涓滴成河

当代中国文学书库

景卫萍 ◎ 著

中国文联出版社

图书在版编目（CIP）数据

涓滴成河 / 景卫萍著 . -- 北京：中国文联出版社，
2023.1

ISBN 978 - 7 - 5190 - 4983 - 6

Ⅰ. ①涓… Ⅱ. ①景… Ⅲ. ①散文集-中国-当代
Ⅳ. ①I267

中国版本图书馆 CIP 数据核字（2022）第 252381 号

著　　者　景卫萍
责任编辑　胡　笋
责任校对　乔宇佳
装帧设计　中联华文

出版发行　中国文联出版社有限公司
地　　址　北京市朝阳区农展馆南里 10 号　　　　邮编　100125
电　　话　010 - 85923025（发行部）　　　　85923091（总编室）
经　　销　全国新华书店等
印　　刷　三河市华东印刷有限公司

开　　本　710 毫米×1000 毫米　　　1/16
印　　张　21
字　　数　376 千字
版　　次　2023 年 1 月第 1 版第 1 次印刷
定　　价　95.00 元

涓滴成河

白楷 题

周至有个景卫萍

——散文集《涓滴成河》序

陈长吟

一

知道景卫萍，由于一篇文章。

每天无事的时候，我会掏出手机来，浏览一番微信朋友圈。一是了解了解亲朋的动向，见面有话说；二是获取一些知识和信息，刷屏也可观天。人只有一双眼睛，能看到的地方很窄，但一块小小的屏幕，却把大家的眼光汇聚起来，真正是窗口窥世界了。这么好的现代福利，傻瓜才不用呢。当然，这只是一种浅阅读，深阅读还得去读经典。不过，人的本质上是俗物，需要有浅有深，俗雅共赏；有饭有酒，肠肚饱满。如果全是经典，那就是神仙了。

有一次，读到了一篇散文，叫《梦野印象》，写的是一位词人的山居生活。作者从周至的首阳山写起，进行跟踪扫描，眼睛如摄像头，看到了山水气韵、野草花木；看到了小径木栅，青瓦土屋；看到了动物和人物。文章叙述有致，节奏明快，把一个叫梦野的汉子刻画得活灵活现。梦野是谁，我没见过。梦野作词的那些现代歌曲，我也没听过。但是，这人的形象通过这篇散文，却印进了我的脑海。

在手机上一口气读完了全文，于是才翻屏去找作者，最后看到"景卫萍"三个字。

从此知道了景卫萍。

二

认识景卫萍，缘于一次讲座。

今年九月，周至县举办文化大讲堂，操办者赵永武先生让我去开坛。我喜欢这个地方，白居易曾在此担任过县尉，并写出了名扬千古的经典长诗《长恨歌》。白乐天号醉吟先生，我虽然不善酒，但也名称长吟，这巧合让我感到了亲切。一个从文的晚辈，到前辈成名的文气浩荡的地儿来讲座，还是有些忐忑的。那天，会议室里坐满了听众，并且大家还持笔记录，认真的态度让人起敬。讲座期间，没人离席走动，不见交头接耳，三个小时倏忽而过，这场面如今少见。不知是我讲得流畅，还是组织者管理有方？但我更愿意归功于文脉深远的影响，文学爱好者们的自律和对老师的尊重。

结束时，有个环节是提问。一位清秀的女士站起来，问到了网媒和纸媒的关系。我知道，在业余从事文学创作的基层作者中，很多人都于网络的平台上发表过大量作品，这被承认吗？我的回答是肯定的，网媒和纸媒，只是不同的载体而已，这乃当今形态。昔年白居易写的诗，有无官方报刊可发表？但它还是流传下来了，应该自有其合适的环境和形态吧。

散场，这位提问的女士前来合影，握手之间，她说自己是景卫萍。

由此认识了景卫萍。

三

理解景卫萍，在于眼前这本书。

景卫萍是这个社会的经历者、观察者、记录者。她的作品写到了现场情景、人物故事、行旅风尘、阅读感受等等，读来亲切自然。

书中的百余篇作品，近到看房，远到观山；小到一朵菊花的绽放，大到一个季节的变化；细察一位歌手的际遇，博览一群亲朋的风姿……无不带着景氏特有的温情。

景卫萍的创作，给我们带来两点启发。

一是用心感知世界。景卫萍在生活中去躁气，存静气，向雅气，她把写作作为自己的精神追求，没有奢求一定要成名成家，没有急着去赶潮流赶热闹，而是认真地对待生活，诚挚地用心写作。先用文字安妥自己的心灵，再用它来感染读者。

二是用笔勤奋写作。景卫萍是个教师，学校的工作其实很忙。但她把有限的业余时间都用在了文学创作上，因为热爱，心守一处，勤奋笔耕，积累了很多文字成果，便有了一本著作的呈现。

在出书的问题上，景卫萍也曾有过犹豫，但她最终还是决定"涓滴成河"。人们常说聚沙成塔，在这里，沙乃散乱的单篇文字，塔便是书。书是写作者前进路上的丰碑，书是文字长河里挺立的礁石，书是人世杂象中的一个档案和总结。互联网的碎片化，阅读中的快餐感，观景时的闪烁处，都会因成书而凝为晶体。

至此我们理解了景卫萍。

2021 年 12 月于朝山庐

（作者系中国当代著名作家，文化学者。现任中国散文学会副会长，陕西省散文学会主席，西北大学现代学院文学院院长，中国散文研究所所长。）

目　录
CONTENTS

一、在场

那美，漫过蔷薇墙而来

蔷薇花也叫刺玫花，花蕾娇俏繁密，一丛丛一簇簇地衬着翠绿的叶子，在五月的门廊前、阳台外、栅栏间，甚至山野的土崖坡坎处，如锦缎般铺展开，分外妖娆。那天，我在一架粉色的蔷薇前驻足，阳光下，朝霞样粉色的柔美花朵随风摇曳，美得令人凝眸无语。鸟儿的啼啭声不断地从花架旁边的树丛里传出，清亮欢悦，似乎在为美色唱赞歌，令我忽然记起一阕词中的句子"春无踪迹谁知？除非问取黄鹂。百啭无人能解，因风飞过蔷薇"，觉的十分应景，只是街上没有像我一样为花儿留步的人。

记得《红楼梦》中，宝玉隔着繁茂花叶看见一个女孩子蹲在蔷薇花架下，用簪子在地上一笔一画一点一勾地写"蔷"字。忽一阵凉风过后，唰唰地下起雨来。宝玉因怜惜女孩被雨淋湿，就叫女孩别写了，看身上被雨淋湿了。那女孩因隔着花叶误把宝玉当作女伴，倒笑她在雨地里淋着，竟劝别人去避雨。这个蔷薇花架下寄托情思的画面，之所以深深地印在我的脑海里，是因为自然美和人情美水乳交融在一起。宝玉天生就是一个对美有怜惜情怀的人。记得以往读《红楼梦》，读到黛玉因伤春悲己，在花冢前独自葬花，吟唱心曲《葬花吟》，宝玉也兜了许多残花来寻黛玉，听了黛玉的满怀悲歌，不觉恸倒在山坡之上，怀里兜的落花撒了一地那个片段时，心里还笑宝玉这个"妈宝男"太娇柔太作态了，如今想来真是误解了他。他对美天生有一种欣赏怜惜。大观园内如花似玉的姐妹丫头们是美的，自然就是他欣赏怜惜的对象。尤其在美被无情的人世风雨摧残之际，宝玉总会用自己独特的方式，去眷顾去抚慰。他不是只知锦上添花的俗人，当凤姐庆生众人热闹时，他竟溜出家门，一身素服去野外的井台上，点上一根素香，祭奠因他招惹而身亡的金钏，金钏若泉下有知，也该体谅公子的一份素心，一份情怀。晴雯遭人算计抱屈含冤而亡时，宝玉不只怀着怅恨去探望宽慰晴雯，还执笔为她的亡魂写了《芙蓉女儿诔》祭文，在芙蓉花前为她吟诵了一首至情至性的美的挽歌。宝玉的这种骨子里的浪漫和温情，让我想起了著名诗人戴望舒。他走六小时寂寞的长途，只为在已故友人萧红的坟头放上一束红山茶。这等情义，在人走茶凉相忘于江湖的世俗冷漠丛林间，是何其珍贵！

当丫头平儿因贾琏淫乱凤姐泼醋而夹在中间受苦受委屈时，宝玉对平儿的抚慰也极其细腻周到。他又是替凤姐两口子赔不是，又是请平儿换下撒了酒水的衣服熨烫，把头也另行梳妆一番。他希望平儿通过打扮梳妆来变换心情。宝玉还教平儿如何调胭脂膏子，并剪下一枝并蒂的秋蕙给平儿簪在鬓上。这些只有母亲、闺蜜、姐妹肯为至亲的人做的琐碎，竟然都是宝玉在认认真真地做。这样的体贴疼爱，特别能引起人的共情，特别能让人想起生活中那些受伤的日子里，被亲友、哥们陪伴开导抚慰的画面。人在失意脆弱的时候，有人能巴巴地想法子让你破涕而笑，这该是一生中多么难得的安慰呢。宝玉作为贵族公子这种体恤受伤的、不幸的人的情怀，怎能不让人油然生出敬意？越是高贵的人越是有一颗众生平等的心。宝玉不只对女孩子们多情，就是对乡下来的贫婆子刘姥姥也有一种怜惜。妙玉因刘姥姥用庵里的茶杯喝了茶，就嫌脏要扔了去。可宝玉却赔笑对妙玉说：那杯子白撂了岂不可惜，不如送给刘姥姥，她变卖了这个器物可以度日。征得妙玉应允，他果真把那茶杯讨了来送给了刘姥姥。这虽只是红楼梦中的一个小细节，却让人体会到了宝玉没有半点"贵人"架子，却有一颗怜贫惜物的菩萨心。佛教讲见性成佛，人的每一个念头都是修行。人在生活中的各种人情之美都会衍化为人性之美。《红楼梦》一书翻得熟了，书中人的习性自然就在生活中有了参照。尤其是宝玉对美的态度也似乎影响到了我。

那次在柳泉村的桃花节上闲逛，看见一个截了肢架着双拐的中年大叔坐在路边，正在用竹篾片编各种提篓、花篮，三轮车上放着他编好的成品，等着兜售给闲逛的游客。看到大叔一边娴熟地编篓子一边和熟人聊天，我赞叹着他的好手艺，不假思索就买下一个圆竹笼拎着。大老远的买这么个累赘，也不讲个价，同伴笑我。我看了大叔一眼，笑说，拿回家正好送母亲剁莕莕菜用，这玩意真是物美价廉呢。听我如此说，有几个游客也凑上去想挑个中意的买。我暗自为大叔招揽了生意而心生欢喜。三月在洛阳旅行时，在白马寺景点外的街头，我看见了一位一头银发穿红夹袄的老妈妈。她手执画笔正在圆形丝帛扇面上认真地画牡丹，身边放着各色的颜料笔颜料盒及已绘画好的各色牡丹扇子。看到这一幕，我心生怜惜，急忙用手机给这位街头老艺人拍了照，并买了两把绘制好的牡丹扇子替老人开了张。老妈妈亲切地操着河南口音说：谢谢啊，祝你旅行愉快。我手执带着中国红穗子手绘的牡丹花的扇子，有种赠人玫瑰手有余香的愉悦。

作家玄武曾有一种建议："竭力主张写作者种一点花。如此可以随时感触到美的细节。审美触角在晨昏随花摇曳、随花伸展，那种感觉妙不可言。"我也时常在各种花丛前留恋，时常在花光鸟影中任思绪飞扬，伸展，那些和花事相关的美好，就自然而然地萦绕在心头笔端了。

病隙笔记

一

人，吃五谷，生百病。不来医院，你就不知道有多少罹患疾病的可怜人，被困于此，失了自在自由，焦灼苦痛地挣扎着，犹如涸泽的鱼儿，眼巴巴地等着施救的手，把他们从困厄中解救出来。

我们住的胸外科和肿瘤科在同一个楼层。看到那么多患各种癌症的病人在接受化疗和放疗时痛苦虚弱的求生状态，我觉得又气闷又惊骇。此刻，方明白圣经所言"平安是福，健康是宝"这八个字沉甸甸的分量。

在这经济飞速发展的高消费时代，人人背负着各种生存压力和攀比欲望，加班加点玩命儿奔波应酬，忙于赚钱挣面子。总以为生活必须先苦后甜，等攒够了钱，捞够了资本，再慢下来享受生活。岂知健康会提前透支，身体部件会骤然崩盘？一旦健康没了，那些所谓的物质品味，梦想追求，顷刻间都会化为泡影。一旦身心失了宁静和谐，日子就真会如一地鸡毛般凌乱闹心。

此刻，病人就是风月宝鉴中吓人的骷髅，我猛然意识到应该以感恩的心去疼惜呵护自己的这幅臭皮囊。别再嫌弃自己的萝卜腿太粗，它天天扛着一百多斤的身子东奔西走，没偷过一次懒，没爆过一回胎；别再不满你的小眼睛不够多情活泼，它天天陪你读书看手机，没黑过屏没飘过一次雪花；别再因贪恋虚名俗利，而让身体超负荷运转。任何事都有人替代你，唯有疾病没人替你。机器的零件坏了可以再买，可身体上的部件坏了，多少钱都买不起。还是从此放慢脚步，多一些淡定从容，为身心多做有氧运动，不再废寝忘食赶任务，不再挖空心思超别人。有多久没去亲近山川风月了，有多久没和想念的人互致问候了？有多久没陪爱人孩子分享心情了？有多久没有开怀大笑酣然入梦了？趁着这健康日了悟时，顾影自怜为身心充电，把最美好的状态留给自己。只有与健康携手，才会让生命焕发出自内而外的美丽。

二

人一辈子最不想去却不得不去的尴尬去处，就是医院。这个既是天堂又是地狱的地方，一头系着生，一头连着死。称它是地狱，因为每天都会嗅到空气中死亡的气息和血腥的异味；每天都有残损的生命，在手术台上和病魔格斗，每天都能看到愁闷脆弱的眼神在病房中交汇，每天都有大把的银子哗哗地流失。可是，我更相信这里是天堂！有多少因爱孕育的新生儿，在此呱呱诞生；有多少不幸的患者在医生的救助下康复，重展欢颜。

医生在患者心中，充当的是救世主的角色，他们是值得托付生命的人。有的医生随和亲切，有的医生严肃沉稳，有的医生冷峻细致，有的医生阳光自信。医生的威望、价值，源自以他们精湛的技术救治患者，得以让病人重现生命的活力；源自他们攻克了多少疑难杂症，赢得了多少患者的信任和赞誉；源自他们能把多少阳光和希望播洒在充满愁云的心田。即使是护士，她们的角色依然神圣。她们每日穿梭奔走在各个病房，娴熟地扎针换药，悉心地叮嘱交代，真是做到了有求必应。尤其是有几位清丽的女孩，总是以笑盈盈的眉眼，温言细语地同病人交流，诙谐地化解病患的忧闷。

当然，医生是人不是神，他们也有自己的局限和困境，亦有良医和庸医的高下之别。医患之间也讲缘分，医生医得了病，医不了命。手术刀下埋伏着诡秘的变数，只因生命是脆弱的，亦是神秘的。最和谐的关系莫过于医患之间默契的信任配合。人常说：病来如山倒，病去如抽丝。儿子治疗期间，医生本着为患者着想负责的爱心，几次调整治疗方案，能不给孩子动手术最好，不想让我们承担更多的风险。这时家属患者对医生的信任和理解就显得尤为重要。我们默契地配合着治疗，就像同一个战壕中并肩作战的战友。如果没耐心，沉不住气，病急乱投医，如果对医生充满猜疑，就会让患者在来去折腾中遭罪出岔子。当儿子采用保守疗法康复出院向医生和护士道谢告别时，护士小姐笑盈盈地建议小帅哥拥抱一下大帅哥，医生和患者心里都因身体康复而溢满了喜悦和感动。一场病看下来，觉得现在的医院不那么冰冷恐怖了，倒像是疗养院，充满了人性的关怀。许多病患因同病相怜而互相劝慰宽心，竟结下了温情的友谊。医生对病人负责，患者对医生理解，医患之间的关系自然显得和谐而融洽。

三

作为患者，当生命最为脆弱痛苦的时候，最需要来自亲人的支撑和陪伴。最周到贴心的不是父母呵护孩子，就是儿女守护父母，要么就是夫妇之间的陪伴。在我们病房，一位姐姐对弟弟的悉心照料，让人打心底里感到温暖敬服。

这个弟弟是个打小患肌无力的残疾小伙子，长得眉清目秀贼帅气，却瘦得皮包骨头，只有五十多斤。他因肺病从急诊转到病房，做了胸部插管手术，监护照管他的就是姐姐。这个扎着马尾，生着鸭蛋脸、细眉眼的女人，有着乡村女人的干练淳朴。看着弟弟痛苦虚弱的状态，她的神情不安而忧愁。那天晚上，其他病床的人都没睡安稳，一直能听到姐弟俩的动静。她一边柔声问弟弟哪儿不舒服，一边伏在他床前，给咳喘的弟弟抽纸巾接痰、擦嘴角。她一会儿给弟弟做雾化疗法，一会儿抱他翻身子，一会儿给他用棉球润干裂的唇，一会儿给弟弟抻裤子接便溺，一会儿喊护士来换针，一会儿劝弟弟吃口东西。弟弟因咳嗽折腾一晚上，姐姐也一宿没合眼。早上，病房的人不忍心抱怨说没睡好，却交口夸这个姐姐好脾性，耐得住泼烦，姐姐一脸歉意地笑着说：打扰各位了。

原来这个可怜的弟弟从八岁上操摔倒后就患上了恶疾，跑了好多大医院都没疗效。后来，父母为女儿招了上门女婿。这个弟弟尽管下肢瘫了，却心智健全，是个单纯、乐天、坚强的人，吃喝拉撒的事儿自己解决，尽量不拖累家人，还帮母亲姐姐做点手腕活。他和姐姐的俩孩子特别亲，孩子有心里话小秘密，宁愿给他讲，也不给爸妈说。他说自己能活到三十岁已经知足了，一旦身体不行了，就把他的眼角膜捐出去，给需要的人带来希望，也是他给社会做的一点贡献。这是他能坐起来说话时讲的，是个极明白的苦人儿。

一个星期，半个月，都是这个姐姐在陪弟弟。她说母亲年纪大了，来医院自己不放心，留她照看家和上学的孩子；男人常来医院看看也不敢多耽搁，还要赚钱养家呢；姐姐两口子在城里都是大忙人，来瞧瞧，指望不上他们看护。一周下来，这个姐姐熬出了黑眼圈，但她却笑着说，这一礼拜，累没白受，成功减肥掉了五斤肉，弟弟病情也减轻了一半。别的陪床有空就玩手机或去楼下放松一下，她有空就挤在床头打一会儿盹，要么给弟弟擦脸喂吃的陪着聊天，要么给弟弟揉肩膀搓手，翻身子接便溺。弟弟不好好吃饭，她嗔恼笑骂两句，又像哄小孩似的变着法子让弟弟多吃点，从没见她吊过脸，叹过气，总是笑眉笑颜的，不忘关心一下邻床的病友，还不忘把她自己拾掇得清清爽爽。孩子们来医院看望弟弟，她搂着孩子们守在弟弟病床前嘘寒问暖，看孩子同弟弟说说笑笑，真让人觉得羡慕。

虽和她只是萍水相逢，但这个姐姐的音容笑貌，却给我留下了难以抹去的印象。人性的善良、淳朴，正是在最艰难最日常的时候才显出仁慈的光辉。它好比一面镜子，照出了某些亲情漠然者的自私，折射出血脉亲情中不离不弃，患难与共的美好。

春消息，慢生活

立春之后，我就开启了寒假休闲模式。说是休闲，无非是早上可以赖在暖和的被窝里，黑灯瞎火地和家人谝闲。等晨曦透过窗帘，听到了鸟啼，慵懒的意识突然一机灵，趁着假期，该给家人熬一锅红薯苞谷糁稀饭，烙个油饼层锅盔，调一碟婆母窝的酸黄菜，从从容容地美美咥一顿早餐。

开了门，日头刚从东边山岭笑眯眯地探出头来，院子里凝在蓑草枯茎上的白霜蒸腾着清凉的水汽，虽说春寒料峭，但已褪去大寒的冷冽。街道旁，晨起的几位老人，正弓肩缩背地围在一个庞大粗韧的老树根前烤火，树根的一半慢慢化成了灰烬，有人用树枝在拨火点旱烟，有人在喝冒着热气的茶水，小火苗在嘀嘀地笑着跳舞，老妇人的几绺乱发被风撩起又放下。老人们在谈天，无非是谁谁的老寒腿痛得下不了床，哪个老伙计减了饭量脸上成色差，谁刚退休就得了瞎瞎病要化疗，谁家又添了新丁、新车，在城里买了房，谁家的儿女孝顺，带双亲逛北京天安门，给老人买东买西……邻居家静默粗壮的老核桃树上，一对花喜鹊夫妻正在衔树枝修补窝巢，高调喜悦的卡卡声分外悦耳。时光正流过腊月这条河，一点点驶向年底，渐浓的年意，正一天天逼近，腊梅该开了吧？

去楼观台的老子说经台赏梅。吃了闭门羹之后，就去百竹园看竹子。偌大的园子里，一竿竿修竹漫无边际，盈盈翠绿登时就拂去了残冬的萧瑟。踩着厚厚的松软的落叶，似乎嗅到春笋破土的清芬，是竹林散发出来的清逸之气，涤尽了人的尘俗欲念，让人目光澄明心底亮堂了许多。难怪东坡居士的"宁可食无肉，不可居无竹"的心声，能穿越千年引发人的共情！在问仙沟的曲折石径上漫步，看到了山谷背阴处的残雪、冰层，看到了破冰的山泉淙淙地流动，汇聚成一绺清瀑，从长着幽苔的斑驳石壁间挂下来，让沉寂的山谷变得有了生机，它是大地脉动哼出的第一支春曲么？

终于见到梅了！宗圣宫里的几株疏枝横斜的梅树已是花放枝头！朵朵明黄馨口的小花一簇一簇开得正盛。几枝红梅只是爆出了红骨朵，但那妖娆的一抹猩红却分外夺目。站在梅树下深呼吸，细嗅花香，静静凝眸，心中有不可名状的欢喜。妹妹问我可知蜡梅的蜡如何写？腊月天开的不就是腊月的腊么？妹妹掩嘴笑道：并非梅花开在腊月就叫腊梅，而是因它的花生有蜡质的光泽才叫蜡梅！哦！我讪笑着伸出手轻轻触摸花儿，果真如此。蜡质层的花冠把蓬勃而纯净的美呈现在枝头，真是报春的使者。紧随山野梅花芳尘的是粉白粉白的山桃花，是白杨树枝头一串溜一串溜毛茸茸的紫红色的花絮儿，是在风中柔软了枝条的透出隐隐鹅黄色的高柳，是摇曳在萧瑟山林间的粉紫色的忍冬花……春的消息不径而走，转眼间就是万物复苏，春色满园关不住了……

一元复始，万象更新。要过年了，除尘布新，我执意要把家里的犄角旮旯翻新一遍，把旧岁的积尘、污秽、霉气全都一扫而光。从早晨到黄昏，扫除整理擦洗不迭，望着除去尘垢杂物后清洁整齐的家，望着擦拭得一尘不染的门窗玻璃，也俨然擦净了我蒙着尘垢的心。家宅洁净，福气自会临门。二十三祭灶日，集市上或转乡的小贩在叫卖"饦饦馍"。婆母说买馍祭灶省心，却没有咱自个烙的馍祭灶虔敬好吃。发酵的面里放了五香调料，撒了盐和糖，搅了生鸡蛋，在案板上搓揉筋道后，再揪成小面团擀成圆面饼，贴在锅底烙，烙出的饦饦馍又厚实又酥香。晚上，献在灶王爷面前，莹莹烛光里，袅袅香息中，祈祷灶王爷上得天庭言好事，回到家中降祥瑞。祭完灶，就嗅到了年味。每年除了剖鱼炖肉煮鸡蒸包子年馍，婆母都会和我一起炸干果。诸如红芋丸子糖饺子，麻叶油饼菜疙瘩，都是家人过年时喜好吃的美食。这些个精工细作的手腕活儿，从备料到出锅，就得忙活一整天，可婆母总是和颜悦色地指导我和女儿完成每一道工序，她为子孙们圆满过年吃得痛快而热乎认真地操劳，和儿媳孙女一起干活儿边说说笑笑的亲切氛围，总让我觉得女人如果带着爱意下厨，人间烟火中的红火光景一定会常驻千万家。

喜欢拎着布兜去年集上办年货。年集上，无论是吃的、玩的、看的、使的，全都怡红快绿、艳紫鲜黄，叫人看着眼馋心热，不知不觉就采购了一大堆。而春联，一定得在街头请摆摊置案写对联的先生现场草就。逛集的人，有图省心的就买印制的对联，喜欢啥吉祥话就随心挑啥买；也有像我一样先各个书案前溜达的人，三五成簇地站在写对联的先生旁边，看他如何按主顾挑选的对联运笔匀墨挥毫，如何和抻对联的帮手十分默契地把散发着墨香的对子晾在地摊上，等风干了就收起让人取走。一副大红对子二十元，先生既显了身手又赚了小钱，乐融融地添了年意喜庆。我选中自己喜欢的字体后，再挑先生提供的对联中应景入心的写。如果有文墨深的书家，会触景生情现编对子，就令人十分高看。今年的春联是在一对老夫妇的书案前挑的。"厚德平铺千里锦，春风喜报万家福——牛转乾坤"，我改了先生对联中的两个字，老先生笑着说改得生动，比诗人还诗人。他正待提笔时，恰逢他的书法老友打书案前路过。他立马请老友代笔，说自己忙活了多半天写得眼神有点昏花，手臂有些发麻。那一位心疼老友也没再客气，接过笔一挥而就，这种不加推脱成人之美出手不凡的洒脱和自信，真叫人觉得牛气。拎着花市买来的鲜花、春联和年货回家，我就把春天和吉祥邀回了家。

古人语：半窗一几，远光闲思，天地何其辽阔也。假日里，或是外出去探访至亲故交，去山野远足，去灯市闲逛，或是宅家翻一本闲书，喝一壶老茶，观几部好剧，暂忘尘世熙来攘往，得一时的欢畅、闲适，足矣。顾城说：人，有散有聚就是幸事，日子如何过都在心情。家人闲坐灯火可亲的假日模式，在元宵节喜雨敲窗的宁静中收尾。急什么，春天刚起头儿，有的是工夫和希望。

父亲箴言

一位养蜂老人和我闲聊时，谈到了他教育儿子说过的四句话。听完这四句话后，眼前这位干巴瘦小却精神矍铄的老头，在我心中的形象顿然高大起来。

老人说自己的女人犯了"七女星"，为他生了七个女儿后，老八才是个儿子。儿子十一二岁时，一天他从山里放蜂回来躺在炕上歇晌，发现儿子冲门外的孩子使眼色，摆手，悄声说我大回来了。他认出那个小子是他们村有名的小霸王，儿子竟然和他混在了一起。为了管教儿子，他忍痛割爱，把蜂全卖了，留在家里和妻子一同管教儿子。他把儿子叫到面前说：波儿，你现在像个昆虫长下翅膀，自己能飞了，家里人拢不住你了。大问你个问题：你如果和蜜蜂交朋友，你会干啥？儿子不假思索地说：跟着蜜蜂采蜜么！那跟着苍蝇呢？跟着苍蝇厕所采屎。对么！道理简单得很，跟着好人学好，跟着瞎尿学坏。你交朋友就要交那些学习好品行好的同学，不要和爱打架不上进的同学来往。儿子眨巴眨巴眼，识相地说：大，我记下了。这是他教育儿子的第一句话。

第二次是儿子考上大学。他送儿子上大学去车站的路上，又对儿子说：波儿，咱农村人口前的老话常说：啥啥比驴还多！咱村现在找不到一头驴了，可大学生多得能拿鞭子赶。你到大学去读书，要知道山外有山，人上有人，不敢虚度光阴，要学些真本事回来。儿子认真地点点头，说他知道了。第三次是儿子研究生毕业，走上工作岗位时，他又对儿子说：波儿，你现在是吃国家饭有工作的人了。大希望你养成终身学习的习惯，活到老，学到老。满足现状不学习，就会落伍，就干不出个啥名堂。儿子又点头说他记下了。第四次是儿子被提拔为人事处处长时，他又对儿子说：波儿，你现在是手中有权的长官了，切记手不要伸得太长。咱该拿的拿，不该拿的坚决不要。啥时候都不要和贪字沾边，做个清官。这次儿子笑了，说：大，你放心。

这就是农民父亲教子的四句话。它在带给我震撼和感动的同时，也给我留下了思索。特分享给朋友们，向这位洞察世事的老人致敬。

梦里不知身是客

每晚都做梦，也就是说每个夜晚，总有一些大脑皮层兴奋着，像长着翅膀的小精灵穿越时空隧道去漫游。因此，那些林林总总的梦，就像夜晚的星辰，无以计数，飘忽闪烁，自生自灭。有的梦像老相片充满温馨，有的梦如鬼故事令人魄散，有的梦神秘得像个预言，有的梦荒诞得令人莞尔，有的梦浪漫得令人追念……

人常说，境由心造，梦由心生。每个清晨，许多人都在谈论自己的梦，由梦引发一些感慨，一些遐思。几个朋友闲聊，谈到了梦，大家都有感而发讲了各自的梦境，我想那些如花儿般开了又谢了的残梦，都揣着怎样的一颗心啊！

一

我梦见了老家门前的那条大河。清清的水流汹涌地打着旋，像急行军一般浩浩荡荡。站在河桥上，望着一河急流，我担心河水会漫出河床，蹿到青纱帐一般密实的秋田里撒野，担心那被激流挟裹在浪里翻跟头的爬虫再也靠不了岸，担心高涨的浪头会悄悄地拽走那两个坐在河桥斗草的闲汉脚上的鞋子。忽然，我的心里又涨满了欢悦，大河又是满河星月满河歌了；槐花又在流光溢蜜香飘两岸了；青青的苇叶中又能听到蛙鼓鸭戏的喧吵了；孩子们又在比赛从河这边的青石跨到河那边青石的神勇了！这时，我看见许多姑娘媳妇端着盆扭着腰来到河边洗衣涤物。她们披着一身霞光，搂袖挽裤地站在河里，满脸的水花，满眼的欢愉。我也加入了她们的行列，任满河清波浸湿我的裙角，亲吻我的双腿。我索性坐在河石上，濯我的双足，涤我的双颊，洗我飘逸的长发，看着水中如藻荇招摇的长发，望着水面上碎银般跃动的光波，我似乎沉浸在"长安一片月，万户捣衣声"的意境里，心里像撒满了月光那样清明。

梦醒之后，我只有长叹：梦中的大河和那些像水一样流走的岁月是不会回来了。老家门前的那条大河，枯竭消逝于 20 世纪 80 年代。在这个山可以移湖可以填的时代里，一条条河流的干涸枯竭乃至消逝是不争的事实。一眼眼机井喷涌而出的股股清泉，正奔腾于纵横阡陌的灌溉渠中，田野村庄依旧充满了生机，而我们也只能习惯于在哗哗的水龙头前浴洗尘垢。我期盼故乡的大河能再现于梦境。

二

我小时候做梦，总是惶急地到处找厕所，而找不到厕所就会急醒；少年时代老梦见自己在考试，黑板上那密密麻麻的阿拉伯数字冲我鬼迷迷地眨眼，直晃得我犯晕犯傻，耳听得下课铃响我会在万分焦急中惊醒。现在，我依然会从梦魇中惶然惊醒。曾梦见自己抱着儿子，牵着女儿，站在繁华街市的公共汽车站牌下，周围全是陌生的面孔，匆忙的脚步。当车门打开人们一拥而上时，我用力把女儿推上了车，刚准备上车，儿子却嚷着他的鞋子掉了。在我蹲下身捡鞋子时，车门砰一声关了，汽车扬长而去。我锐声喊着司机停车，看见女儿趴在车窗前扬着小手喊妈妈，我拉着儿子边追边喊：别怕宝贝，你在车上等妈妈，妈妈乘下趟车来接你。我的话还未说完，只见女儿已哭着从窗口跳了下来，我唬得大叫一声醒来。拉亮灯，儿子女儿都小猫一样乖乖地睡在我身边。最令人绝望的梦境是自己代表学校参加县上的赛教活动。上课的铃声刚响，各位老师都鱼贯而出赶赴参赛的教室。此时，我忽然意识到还未弄清楚自己参赛的场地。看着公布栏上的示意图，我如同走进迷宫一样茫然紧张。惶急之中，我拦住一个正在上楼的学生询问清楚，狂奔至授课室时，评委老师和学生已就坐拭目以待。我站在门口略一定神却发现自己忘了带教案，这一惊唬得我差点魂飞魄散！回去取已不可能，我只能硬着头皮给自己打气：没关系！课已成竹在胸，见过哪个名师上课带教案！当我面带微笑走上讲台，刚一张嘴，我再次发现自己的嗓子哑得发不出任何声音！瞠目结舌的我从令人窒息的虚脱中醒过来，原来又是一场梦！生活中的种种负载和压力投影于梦中，连梦也如此焦虑无奈！但是随之到来的黎明，会让这些绝望烟消云散。

三

也曾梦见自己站在书架前，看着友人送自己的那套外国名著系列，我想起了许多旧事，不由得叹了口气。在这个网络让世界成为地球村的今天，朋友却消失在茫茫人海，杳无音信。忽然我的电话响起，电话那头那个天底下最美丽的声音顿时令我热血沸腾泪落如雨！我紧紧地握住电话，犹如攥着友人的手不想松开，连接在我们之间的电波，涌动着情感的暖流。我又像当年那样迷恋专注地听他讲他的人生际遇，听他讲笑话，唱京戏，论时事。我告诉他，我做的最蠢的一件事就是负气撕碎了他留给我的电话号码。当我流着泪再想把它们拼凑在一起时，才发现碎了的一切是再也捡不起来了。当看见别人打电话发短信给朋友时，我的心里总是充满了迷茫和酸楚。我狂热地诉说着我的肺腑之言，直到东方破晓。朦胧晨光中尚未打开的手机冰凉得连一点温度都没有，梦中的温暖顷刻间荡然无存！

四

还曾梦见和自己暗恋的人在一起。有时我们相遇在街头，感受着他温暖亲和的笑容，我的心总会莫名地怦怦狂跳。我们会一起在街市闲走，看字画，赏古玩，逛书摊，看电影，开心地闲聊。他喜欢激扬文字指点江山，我喜欢装傻充愣刨根问底。有时，我们会默默厮守，他专注地做事，我认真地工作，偶尔，他会深情地回眸，即使什么也不说，自有一份默契和心领神会的柔情在彼此心间荡漾。有时我会告诉他我喜欢一个人在这条街上散步，看春天陌上花开、秋天黄叶纷飞，看他的身影早出晚归。他静静地听我诉说，轻轻地拉住我的手握在他温暖宽厚的手掌中。有时我们彼此都像个孩子，热情洋溢天真浪漫地讲述各自的梦想，讲述彼此老去时，谁会在坟头写什么样的墓志铭。有时，我们会在汽笛鸣响的车站离别，"执手相看泪眼，竟无语凝噎"是古人的离情，我只想轻轻揽住他的腰贴近他说珍重，然后放手看他渐行渐远。有时候我一想他，他就会款款入梦……

我深切地感受到"梦"这个虚幻的世界，对人生来说是多么重要！梦境自由地穿越过去、现在和未来，让我们活在某个时空中，感受人生的苦辣酸甜。虽然时光一年一年地溜走，不变的永远是梦中的情怀。每个夜晚来临，我都会卸去自己白天所有的面具，在温软的枕上阖上那双倦眼，静静地进入梦乡。

本命年

　　本命年也叫"属相年"，民间称"本命年犯太岁"，有"太岁当头坐，无喜必有祸"的说法。庚子鼠年，是我的第四个本命年，即将步入知天命的年纪，回眸几个本命年的际遇，觉的本命年的确有点"邪性"，真是"坎儿"奇，"关口"险，无论是心理上生理上都处于危机状态，有种如履薄冰般的小心。如何闯过本命年的"关隘"，历尽劫波人无恙，事既在人为，又得仰赖机缘和心态。

　　记得十二岁时，刚学会自行车的我，是个自我意识刚觉醒的疯丫头，能骑上父亲的"永久"牌自行车，在街道或上下学路上招遥而过，就觉得特别露脸。六年级过最后一个儿童节，班上彩排节目，因一个女同学要回家取白球鞋，为了节省时间，我便自告奋勇骑车驮着同学回家。在一个下坡的急转弯处，为了避让几个蹲在地上抓石子玩的小孩子，慌了手脚的我，在车头左右晃荡几下之后，栽倒在了沙石路上。摔了个嘴啃泥的我，嘴里唾出了带着血的泥沙和磕断的半截门牙，下巴、手掌、膝盖都磕破了皮肉。又羞又气的我疼得眼泪直淌，而我驮着的女同学和车子都压在我身上，竟毫发无损。触了霉头破了相的我，遭到了师生的同情和奚落，受到了母亲的责骂，心里委屈却有苦道不出，从此落下了人前羞于启齿张口，动辄用手背挡住嘴发笑的傻相。原本喜欢唱歌朗读的阳光个性，一下子蒙上了灰色的阴影。它是少女生理和心理上的一道创伤，从此，我变成了一个有点自卑安静的女生，失去了儿童的顽皮、锐气，青春期的隐密心思日渐萌芽。

　　第二个本命年到来时，我已从青春期不切实际的幻想、冲动、迷茫的心理窄门中挣脱出来，结了婚有了归宿。有许多同龄人，在本命年要么完成了学业端上了"铁饭碗"，要么有了心上人成了家。也有混得背的，要么与恋人分手形单影只，被迫谋生漂泊在外，这就是所谓的造化。二十四岁时，结婚两年的我已身怀六甲，梦中时常见到我的宝贝，他有着我的眉眼，长着爱人的口鼻，有着年画中宁馨儿的迷人笑靥。我和母亲已为小人儿织了毛衣做了鞋帽，缝制了簇新的褓裸。但在小诊所候产时无法预知的难产的困厄，印证了本命年这个坎儿的凶险。当我在产床上被疼痛和恐惧苦苦折磨时，幸亏遇到了医术高超的妇产科医生相助，我才从生死线上捡回一条命，婴儿却窒息而亡。这也许就是命定的劫难吧！幸亏我是个读过一些书的女子，凭着柔韧不服输的个性，挺过了产后抑郁的心理危险期，挨过了一段自怜自卑沮丧灰色的日子，在亲人的精心呵护调养下，终于如愿生下了健康聪明的宝宝，艰难地完成了一个妻子向母亲转型的人生拐点。作为女人，也只有亲历了生死的考验，才能明白人本身的富饶和神奇，懂得在血水和疼痛中孕育生命的伟大。这个生死攸关的本命年，历练让我焕发成熟的丰饶，也让我体察到作为女人的辛苦！

　　"人人有个三十六，喜的喜，忧的忧。"第三个本命年，是人生最鼎盛的时期，有人升迁发财购车买房，春风得意；有人妻离亲丧朋友失和疾病缠身诸事不顺。即使系着红裤带也于事无补，宿命面前只能迎着劈头的风雨默默忍受。这一时期的男女，心理上常常出现某种躁动的情绪，各种人生欲望跃跃欲试，从而导致有人做出藐视法纪人伦不计后果的惊人之举。我三十六岁时，汶川大地震这种毁灭性的天灾，让活着的人们重新思考活着的意义。暑假从新疆游历半月归来的我，内心也遭遇了一次强震。做梦也想不到我的婚姻已出现了危机。当我发现老公有了外遇的蛛丝马迹之后，窝火、嫉妒、怨恨、委屈、焦灼的情绪齐聚心头，但我又不想因一个暧昧的短信或捕风捉影的想象，就颠覆自己经营十多年的婚姻。我以一个女人和妻子的细腻、敏锐、隐忍和理性，潜心省察婚姻出现纰漏的原因，没有冲动糊涂色厉内荏地通过一哭二闹的凶悍方式，撕破脸面损人伤己；而是不露声色地火速辞职回归家庭，以涓涓细流式的爱，润泽伴侣浮躁的心田，让他像倦飞的鸟儿一样，依恋家中的灯火。这艘承载着爱、责任和烟火气息的小船，在风浪中颠簸了几许，又安稳地驶向温馨的港湾。其实，三十几岁的男女，每个人都会出现隐性或显性的情感危机，人人都在婚姻这座围城里左冲右突。情和欲，爱与责任，亲密与孤独，理想与现实时刻都在较劲纠缠。无论哪种情感危机，都需要用信任和爱去化解。如果只是以自我为中心疑窦丛生，不管不顾地刀兵对阵，就会导致两败俱伤劳燕纷飞的结局。本命年有惊无险的波折，是一种历练，更是人生一课。

　　庚子鼠年，我的第四个本命年不期而至。有了前三个本命年的历练，就本着"是福不是祸，是祸躲不过"的坦然心态，来应对这个不同寻常的年份中七七八八的坎坎坷坷。人到中年，上有老下有小，像是一枚螺钉，拧在哪儿就在哪儿吃劲。尤其是心中再揣着梦想，想活得有模有样，那就更得拼命。各种社会责任担在肩上，认真而执着地一边为生计奔忙，一边为心中的小愿景蓄积能量，身心就容易因透支而出问题。此时，健康的体魄比啥都金贵。这个本命年，患脑萎缩的父亲日渐糊涂、昏聩，极像个任性的孩子，变着法子和母亲捣乱、赌气，只有被人关注和照顾，他才是快乐的。老父亲闹出的笑话，让人哭笑不得，无奈而酸楚，只有多陪他散步说话！儿子高考前因病住院手术，望着脸色煞白的儿子被推进手术室，医生们神情凝重地关上手术室的门，抖抖索索软瘫在坐椅上的我，望着医院里乌泱乌泱各怀苦痛的病人，瞬间就灰了我争荣攀比的名利心，只求能在疫情肆虐的大灾之年，健康平安地活着。儿子高考落榜、女儿考研未过线的失意，又奈我如何？只要相信种子相信岁月，他们就会在被踩踏的泥土里破土而出茁壮成长！同全球数千万人丧生相比，流年中的小折磨小风雨又何足挂齿！既然衰老死亡或迟或早要降临，何不在有限的年光里，生气勃勃、率性而开心地活着？

　　人生从少年到白头的每个阶段，都有要面对特定的生理或心理上的危机，它们构成了生命永恒的张力，而这不仅不会消除人生的魅力，反而使之更加丰饶迷人。在人生的下半场旅行中，无论造化如何弄人，本命年如何诡异，我将会温柔以待之，以更加从容的步态笑着闯"关"迈"坎儿"，一如既往地努力成事成梦成人之美，像孔圣人说的那样，从心所欲不逾矩地活着！

暖

一

一天，我、老公和同事小李在路边的一家饭馆吃饭，忽然有一个貌似流浪者的汉子摇摇晃晃地走进了门。只见他瘦长的个子，凌乱的长发，满面的风尘，穿着一身有点不太合身的破旧棉衣。他径直走到了服务员跟前，低声问道："一碗面多少钱。""八块钱。"服务员没有看他一眼回道。那汉子下意识地摸了一下衣兜，迟疑了一下，就要转身朝外走。老公瞅见了这一幕，忙拦住了他，对服务员说："给他上一碗面。"汉子一下子红了脸，说："我……只有五块钱。"老公忙说："你放心吃，这碗面不要钱的。"汉子愣了一下，憨厚地挤出了一个感激的笑容，就坐下来埋头吃了起来。

小李好奇地问汉子："哎，伙计，咋不给人打工挣一碗面钱？"汉子说："腊月天气活不好找，我每天靠收破烂拾废品挣点零花钱。今天刚收了点纸箱子，还没来得及卖掉，身上只剩下了五块钱。"老公说："给人打工肯定比收破烂要挣得多。"汉子说："我是山民，只念过几年书，活不好找，有时候给人打零工，却要不来钱。"小李一本正经地对他说："我教你一个讨工钱的办法，如果谁黑心不给工钱，就去找派出所的人给你要！"汉子笑着直点头。吃完了面，他从口袋里掏出了五块钱要给老公，老公忙起身说："这一碗面是我请你吃的，甭客气了，钱你留着下次吃饭吧。"说着话我们就出了门上了车，那个汉子紧跟着出来了，在车前认真地鞠了一个躬，大声地说："你们是好人啊！你们是好人啊！"

老公摇下车窗，对他摆了摆手，说："甭客气，应该的。"接着转过头微笑着对我说："今天这一碗面，我收获了这个寒冬里一份最淳朴的感动。"

二

朋友说她去做理疗，她穿过中心街时发现逛街的人真多。到澳洲酒店十字路口，看到绿灯仅剩下十几秒，她忙侧着身子避开人，一路小跑着到了对面，匆匆地赶到了诊所楼下。等电梯时，她习惯性地把手伸进衣兜里掏手机，却发现衣兜是空空的，就手忙脚乱地在背包里寻找，依然没有见到手机的影子。她分明记得出门时把手机揣兜里了，莫非是刚才在人多处被人摸走了？

她急忙来到针灸师处借手机打电话，拨号时手心都急出了汗，真害怕听见"您拨打的电话已关机"的提示语。电话居然通了，传来了一个陌生的男声："你好！"她忙问："你怎么拿我的手机？"那人说："我是刚在大街上的十字路一侧捡的，也没见周围有谁来找寻。"她赶快感谢人家，问："你在哪里？"那人说："我在澳洲酒店门口，你快来认领吧！"她欢喜地和针灸师交换了一下眼神，就打了一辆的士直奔目的地。

很快到了澳洲酒店，只见酒店门口站了不少人，她东瞅西望不知该找谁，后悔自己太冒失了，没问清那人在哪个方位。突然，她眼前一亮，一个中年男人有点特别，站在那里东张西望的，似乎是在等人，就上去搭茬："师傅，你是不是捡到了手机？"那人笑着说："是的。"接着就把揣在上衣兜里的手拿了出来，她的手机赫然出现在她的眼前。"真是太感谢师傅您了，您真是个好人啊！"她激动地拱手哈腰相谢，"师傅您方便的话，我请你吃顿饭。"那人忙说："不客气的，我还有事呢！"

目送着那人远去的背影，她喃喃自语道："好人好报！好人好报！"虽说是腊月天气，此刻她心里暖暖的，分明有一缕春风拂过……

人间四月天

　　今天是谷雨，春天的最后一个节气，正是"花褪残红青杏小，枝上柳绵吹又少"的暮春节令，我看到了亲爱的你分享给我的青春秘密"为所爱的人打造一枚独一无二的戒指"的图片和文字。

　　这令我想起了《射雕英雄传》中主题歌所唱的"人海之中，找到了你，一生便有了情意；人生匆匆，心里有爱，一世有意义"的歌词。这看似简单的句子，却道出了真爱对人生的价值。一个人如果一生都没有为爱真诚地付出过，燃烧过，那的确是一种乏味贫血的人生。当老妈看到你的大学男友为你用白玉菩提子打造戒指的视频时，震撼和感动盈满了我的心扉。老妈凭直觉一眼就看出了这个男孩子赤裸裸的真心，由衷地为我的女儿感到骄傲！

　　在这里，还是想把男孩的文字再重温一遍："这是白玉菩提子，我打算把它做成一枚戒指。原样是这样的，需要用砂纸打磨；这样已磨了一些去了，很难做。两边磨平，到达一个戒指的宽度才能开始下一步；下面铺着砂纸，上面是白玉菩提子。你看，那个菩提子中间真的跟玉一样。工程量很大的，手都磨疼了，希望中间不要出什么问题；你看都快成型了吧，后面做的都是细致的工作，你看大拇指给我弄得好疼啊！看，马上就好了，你说你感动不感动；马上完成，剩下就是细致的修边和修角了。虽然不是很完美，但是我感觉弄完以后，你戴上肯定很好看；所有步骤都已经完成了，现在就等我过去的时候，带上一点砂纸，然后试一试你手指的粗细，再打磨到你合适的尺寸，这个工作才算全部完成。感觉挺完美的作品；每天花上近一个小时，历时两周左右，只为给你一个惊喜。爱你，我的安琪儿！"

　　这段看似解说词的简明文字，运用白描的手法，看似平淡，细细品味却意味深长，纯真少年郎的炽热情怀和可爱形象跃然纸上。再配上打磨菩提子的图片，真可谓是珠联璧合，堪称最美的情书。茫茫人海，正值青春，彼此爱恋，你是何其幸运啊！这男生，何其幸福那！在这个什么都被物化、市场化的年代，在这里，我却触摸到了爱情真实的模样。一枚白玉菩提子做的戒指，足以抵得上纯金、钻石所拥有的分量。

虽说你们宿舍的姐妹说过：宁可相信世上有鬼，也不可相信男人的嘴；虽然流传"宁可在无爱的宝马车上哭，也不要在真爱的自行车上笑"的世俗观念，但你切不可被这些偏激流俗的言论所蒙蔽，不小心亵渎了真爱。真爱是人类诗意情怀的显示，如果人们缺少了诗意的润泽，人生肯定一点都不可爱。当然，一枚小小的戒指，也不至于让你盟誓把自己嫁掉的地步，此情若要修成正果，尚需青春的你们接受更多的历练。只有健康成熟的爱，才会促使彼此成为更好的自己。老妈只想提醒你：花开堪折直须折，莫待无花空折枝。好好享受属于你的幸福，珍惜对你好的人，让青春多些闪亮的日子。

在母亲眼里，你就是人间的四月天，是爱，是暖，是希望。

云淡风轻近午天

子在川上曰："逝者如斯夫，不舍昼夜。"时间就是流水，滴滴答答地掠走你我不足百年的光阴。转眼间，一不留神，就迈入了不惑的门槛，向一把年纪的中年又逼近了几岁。从人家的小媳妇，一下子升级为大妈，心中不甘又无奈！但末了，却只能淡然一笑。

位忝中女行列，已是鬓角初白面始黄了，身体机能每况愈下，顾影自忖：身边的许多女人，在岁月这把雕刀下，有的成了憔悴的黄脸婆、水桶腰、鸡零狗碎的管家婆；有的在秋色刚染上枝头，就萎谢凋零，如一枚枯叶。但也有许多女人，虽韶华已逝，但风韵犹佳，她们体态的丰饶，举止的温婉，处事的干练，事业的蓬勃，让人觉得中年也没那么糟糕。成为什么样的女人，全在于人的修为。也许只有对中女的境况有所认知体察，才会以明慧的心态，对抗岁月的风刀霜剑，让这个年纪别被消磨得太不堪。

"删繁就简三秋树，领异标新二月花"，是郑燮题写在书斋上的诗句，其要旨是谈论艺术创作的。我喜欢它，是这句诗启发了我对人生的思考：人在青年时期，元气淋漓，锋芒初张，就应该有独领风骚的魄力，在人生的舞台上，任意驰骋，历经风浪，不负青春不负卿，留下闪光的人生轨迹。而人到了中年，就应该删繁就简，像三秋树那样抖落俗世的浮华和赘物，不喜欢的事儿不做，用不上的旧物打包丢掉，不欣赏的人远避，爱恋的永远不舍。假话不说，真话不全说，碰上硬坎了，学会拐个弯儿过去，即使很痛，也会含泪给世界一个微笑。对世事虽谈不上看得十分明白真切，但一半妥协一半坚持的态度，让妥协有了包容，让坚持成了雅致。留下简单、明朗却见风骨的自我，率性地活着，才好。

删除人生的芜杂，是为了更好地坚守。步入中女行列，第一要守护的就是自己的健康。懂得为自己的健康投资，做个有活力有朝气的女人，从内到外就会透出一种洒脱和悦的气韵。没见过哪个病病歪歪的女人眉头是舒展的，嘴角是上翘的。林黛玉纵使冰雪聪明，和贾宝玉情投意合，也终因体弱多病而输掉自己的全部。每天坚持锻炼，跑步、做操、跳舞、做瑜伽，都至简至乐，挥汗之后的身心，通透、轻快、舒服。我身边就有一个活力四射的老画家。每日清晨，他都会穿着轻便的运动衣，骑着单车打镇上经过。他单车上安装的音响播放的经典歌曲，是每天准时叫醒我的铃声，更是小镇一道独特的风景线。他那衣袂飘飘，车轮翻飞的矫健身影，和那些从网吧里上夜机走出来的萎靡疲沓的少年相比，真叫人刮目相看。

步入中女行列，不再穿地摊货，不再素颜出门，这种生活上的讲究，是爱自己的体现，但也只是对自己外在的光鲜包装而已。一个女人真正的魅力是从言谈举止和生活的细节中体现出的一种素养，一种范儿。人丑多读书，中女们更应该多学习，才不会落伍。阅读对一个人人格的塑造，心灵的滋养，道德的教化，是春风化雨式的、骨子里的浸染，它会让人的心变得柔软、多情、博大，对世间万物多了敬畏和悲悯情怀。即使一朵小花，也不忍去掐它，一只蚂蚁，也不忍去伤害。一个叽叽嘎嘎从不读书的浮躁女人，又怎能和一个安静温婉的书香女子相媲美呢？

女人的前半生，把自己的青春大都奉献给了家庭和社会。步入中年，若还不懂放手，还想为子孙奉献出一切，这就是犯傻，就是不自爱的糊涂人。虽然你我皆是平凡人，不会大红大紫的星光闪耀，但每个生命，都会有自己的梦想或癖好。吹拉弹唱、美食、刺绣、剪纸、摄影、写作、健身、旅行，诸如此类的爱好，总有一款是你心爱的玩意儿吧。这时候，若把那丢了许久的嗜好再拣起来，你定会觉得生活不再是不堪的一地鸡毛，而是忽然有了亮色和情趣。身边的一位姐姐快四十岁了，因演了一次百家碎戏，就一发不可收拾得爱上了这门乡土艺术，自己学编剧本，学当导演，拍戏、演戏，在文艺创作中可谓一枝独秀。自身潜能的释放，让生命焕发出夺目的光彩。邻居一位大嫂，以往是个能干的家庭主妇，可她天性喜欢说唱艺术，加之脑子灵透，农闲时编打油诗和快板儿解闷儿。如今儿女都已成家，五十多岁的她，竟在一家婚庆公司当起了主持。那天亲眼见她穿着旗袍喜庆幽默地站在台前主持婚礼，她现编词儿接地气的表演，真叫人艳羡不已。人的种种嗜好、特长，不止带给人精神寄托和享受，更会让一个不起眼的人变得可爱可敬起来。

生活即修行。有什么样的历练和心态，就有什么样的格局和品行。记得宋代理学家程颢写过一首诗："云淡风轻近午天，傍花随柳过前川。时人不识余心乐，将谓偷闲学少年。"我特别欣赏诗人那种随缘率真的性情。人生苦短累，如何不让光阴虚度，将生活过得有滋有味，这真是我辈值得细细探讨的话题。

孩子们的绿茵梦

这个穿着黑白格子的足球精灵，像一束迷人的光，逗引得孩子们在操场奔跑追逐欢呼，让同学们在享受运动和足球带给大家激情、活力、梦想和快乐的同时，也锻造了每个人的意志和品行，让大家有了存在感和幸福感，为同学们未来美好人生的开启，奠定了坚实的基础。

课余时间，大家在一起谈足球明星、分享足球故事、讨论踢球技法，展望中国足球的前景，总有聊不完的话题。课堂上只要一提到可爱的足球，不会再有同学胡思乱想闹瞌睡走神，气氛立马就活跃起来，有关足球的奇思妙想简直层出不穷。孩子们与足球的一些小插曲，见证了孩子们播撒下汗水和泪水的绿茵梦。

语文老师曾说我柔柔弱弱像是林黛玉的妹妹，想不到竟也能踢足球？我抿嘴一乐，心里蛮自豪的，这就叫人不可貌相。我是那种貌似文静却内里狂野的女孩，赛场上，脚都被踩肿了，也会虎着脸咬着牙挺下去。我们女足是第一届校园足球联赛的冠军，之所以威名在外，是因为我们女队有拧成一股绳的团结精神，敢打敢拼特别能吃苦。几周魔鬼训练撑下来，个个晒得黑不溜秋的都不敢照镜子。我们的弹头队员别看她个头矮，头顶挽一个发髻，一对乌溜溜的黑眼珠蛮清纯的，可她一上场就是一枚炮弹，发射出去，又快又狠，总是踢得对方措手不及，心有余悸。我们的头号种子选手是场上的穆桂英，修长的美腿结实的小蛮腰，参加过夺冠赛。无论是长传，拼抢，射门，她都有沉稳的大将风度。我们的守门员人高马大体格壮，球门前一扎马步，气势就出来了，拦球、扑球特别能豁出去，摔个大马趴还嘻嘻地笑。总之，场上的每个姐妹都有秦川女娃的泼辣皮实，虽说各有各的站位，但奔跑拼抢的目的只有一个：要踢得痛快，踢出风采。踢赢了，我们会尖叫欢呼，踢输了，我们会抱着彼此哇哇痛哭，这份痴迷狂热淋漓，真是刻骨铭心。

学校刚建球队时，教练问我为什么要报名。我说看电视上的球员很帅，下雨天在球场上踢球很爽。教练白了一眼嘻嘻哈哈的我，说你去吧，就把我拒之门外了。我很不服气，就暗暗地自个学着踢球玩。一天体育老师说如果你真想踢足球，就要体能好特别能跑。于是我天天坚持跑千米。第二年的足球招生时，我又落选了。原因很简单，我没有踢球基本功，比我球技好的同学太多，为大局着想，我又落选了，心里特别沮丧。朋友安慰我说：为什么要一条道走到黑？凭你的条件，打篮球一定很棒。我谢绝了朋友的好意，不仅每天练长跑，还混在课余训练的球队中苦练基本功。我觉得自己适合做防守，就经常摸索后卫的技法。第三年，学校换了教练，我踢足球的梦又长出了翅膀。那天我正在和一帮同学在操场上踢足球，只见教练召唤来对我说：我觉得你特别适合踢足球，你来参加足球队吧。我听后，顿时就泪奔了，真想跳起来欢呼：教练万岁！苦心人天不负。我为足球坚持了两年，也成长了两年，终于梦想成真。驰骋在绿茵场上，我为自己和球队骄傲的同时，也明白了一个道理：机会总是垂青那些有准备的人。

踢足球是一项让人热血沸腾的体育运动，每当我的脚和足球接触时，就会有一种说不出的开心自由畅快，仿佛找回了最真实的自己一般。刚上初三，因为功课不好，我特别自卑，很后悔自己以前玩心太重荒废了学业，现在学习特别吃力，有时上课都不敢抬头，不敢接触老师的目光，只是浑浑噩噩地混日子。可校园足球队的建立，一下子让我找到了自己的位置。当足球被踢到我的脚下时，所有人都注视着我，我第一次感到了自己的存在。到现在我都记得足球在我掌控下不断向前滚动的场景。虽然我那青涩的踢法笨拙得让人脸红，但是我感觉自己拥有了一个舞台，一个展现自己的舞台。我畅快的笑着，第一次感觉自己的脊梁挺直了。因为我踢球特别用心，脚上功夫好，训练时肯吃苦，在场上特别有影响力，因此被提拔为本届球队的队长，成为球队顶呱呱的主力队员。每当我在手机或电视上看到职业足球比赛时，我都会有一种被点燃的感觉。虽然我们只是业余的毛毛兵，没有职业球队的雄风，但我们也能体味到赛场上空弥漫的汗水的味道，也能体味到那股子团结拼搏永不言败的精神，也能体味到教练和校长晒黑的凝重的脸上所包含的期待。足球唤醒了我的自尊心，点燃了我的进取心。我一定要抓住每一个机会，让自己露脸，让学校的球队出彩。在失败和光荣交织的赛场上，我深深地体会到：要想证明自己，就得敢于和对手比试。要想获得从未有过的光荣，就得精气神冲天，吃从未吃过的苦！

"野蛮其体魄，文明其精神。"这正是校园阳光体育快乐足球的精髓所在。有梦想，谁都了不起！目前，世界杯正在如火如荼地进行中，绿茵赛场上体育明星们的激情和野性，实力和战术的拼杀，更是唤醒了无数少年的斗志。但愿足球成为孩子们成长过程中的精神图腾，愿他们的绿茵梦，飞得更高更远。

好声音，好生活

同这葳蕤的盛夏一同到来的《中国好声音》，总让我对音乐充满了神性的膜拜之情：唯有音乐这种艺术，可以穿透所有人种的隔膜，给人带来欢愉、抚慰、温暖和力量。尽管我不懂乐理，不识曲谱，不辨古典与现代的音乐流派，但我却能在飞扬的音符中、在歌词的意蕴中，在歌手的声音里，会嗅到大地和花朵的芬芳，会思绪纷纷、悄然动容、潸然泪下，会孩子气的手舞足蹈，尖叫打嗯哨，会在迷茫黯然时，顿觉心生明月、柳暗花明。好声音这个舞台，让所有爱音乐的人都闪闪发光。

每年《中国好声音》的舞台上，都会有几十名拥有好嗓子的歌手，从人海中脱颖而出，在这个舞台上绚丽释放。他们带着心跳和温度唱歌，和着你的眼神、气息唱歌，直唱到每个人的心坎里，用独特的方式讲述着一个又一个动人的音乐故事，诠释为梦想坚持坚守从不放弃的执念。他们也许是身边弹唱的邻居女孩，也许是城市路边漂泊的歌手，也许是宅男、奶爸、域外精灵，他们无论有怎样的长相，有怎样的背景，都在用歌声诉说人的喜怒哀乐，诉说大地的深沉空灵，都在用才艺证明自己活成了一道风景，一束光。虽说冠军只有一个，但能在这个舞台上放歌的歌者，都是成就了光荣与梦想的一代人。

好声音的导师团队阵容，每年都会有退出的和加盟的导师，但这些音乐大咖们，在音乐中永远是闻歌起舞、活力四射的人，永远是兴味盎然、童心未泯的人。集才情与性情于一身的导师们、音乐制作人、舞台伴奏，为音乐倾情结盟，为好声音彼此成就，让好声音的舞台充满了自由燃烧的激情，充满了发现与探索的意趣，充满了如怨如慕的情味，充满了"争宝夺珠"的戏味。这里有藏不住的心跳，有拭不干的的热泪；这里是良人结缘的天空，是佳话集结的地方。无论世界多么残酷，人性多么幽暗，但在音乐的世界里，弥漫的永远是明净友爱的气息，播撒的永远是饱满赤诚的情怀。好声音的舞台，唱得过瘾，听得舒服，玩得潇洒，笑得淋漓，哭得畅快，每个角儿都互相辉映，充满了精神灵光。

作为《中国好声音》的铁粉，我在追随好声音中成长，生命犹如沐浴着圣洁的月光，洗了一个清水澡，整个人涤去了油腻俗尘，显得神清气爽，温润如玉。好声音带来的好心情妙不可言，好心情带来好状态春心不老。与音乐相伴，每个平凡的生命都会迎风起舞；有好声音相伴的生活，就拥有了诗意和梦想开花的远方。亲爱的，别再徘徊张望，记得和好声音相约啊！

女生成长日记

　　四年级的小杨同学，放学回家后，似乎有心事，只坐在书桌前发呆。细心的妈妈忙笑着招呼：今天在学校怎么样？有没有开心或不开心的跟妈妈分享一下。小杨同学怔了片刻，有点难为情地说：妈妈，我有一个秘密，可是不能说。为什么呢？妈妈可是你最好的朋友哟！小杨同学小脸一红，别别扭扭地说：我们班有一个男生喜欢我！妈妈忍着笑，故意问道：何以见得呀？他给你洗碗了，帮你做值日了，还是送你礼物传纸条了？小杨同学使劲摇摇头，说：都没有啦。早上上操排队，我发现他一直冲着我笑，好像在暗送秋波。也许他是冲着你那一排女生笑呢，傻妞！妈妈咯咯笑着说。哦！也许是我想多了吧。小杨同学调皮地冲妈妈吐了一下舌头，接着又直抒胸臆道：我好渴望爱情啊！妈妈惊得竖起了眉毛，忙说：小屁孩，你知道什么是爱情？爱情就是喜欢呗，小杨同学脆生生地答。你喜欢一朵花儿，喜欢一本书，喜欢一个蝴蝶结，那是因为花儿美丽，书的故事吸引你，蝴蝶结戴在头上很漂亮，可那是爱情吗？小杨同学眨巴着眼睛不说话。那爱情是什么呢？小杨同学的好奇劲一上来，妈妈就赶忙掐掉话头，说：小乖乖，爱情很美好，比喜欢更高级，三言两语也说不清楚。等你长大了，自己慢慢去体会吧。那好吧。我饿了，想喝酸奶。小杨同学干脆地结束了这次谈话，喝奶写作业去了，只剩下她妈妈在厨房里笑着发呆。

二

　　放学途中，小杨同学一见到妈妈，就兴奋地嚷嚷开了：妈妈，我今天在学校丢人了。啊！妈妈故作吃惊地望着她。今天的运动会上，接力跑时我把接力棒传错队友了。小杨同学突然压低了声音。怎么搞的？这么粗心！妈妈嗔怪道。我当时跑得太快太兴奋了，老远看见我同桌站在跑道上探着身子急切地招手，我一激动就把接力棒递给了他，可他却没跟我分在一组！那后来呢？妈妈急切地追问。我后边的同学也蒙了，就将错就错，只顾胡乱接过递过来的棒子跑，运动场上想起了热烈的掌声。庆幸的是甲组和乙组的同学都像兔子一样跑得飞快，并列第一名。老师同学一高兴，就原谅我了，他们还安慰我，让我别害臊呢。小杨同学说着说着，眼里竟有了泪光。好开心好刺激的运动会！妈妈握紧了小杨同学的手。你知道这次经历可以用哪句话来总结吗？妈妈一脸坏笑。我知道，不许你说。小杨同学一下就羞红了脸。"不怕神一样的对手，只怕猪一样的队友。"妈妈在她手心画了这十六个字。小杨心有灵犀地笑了，运动会上的这一幕，她永远都忘不了。

三

　　小杨同学在姨妈的单位读书。她妈妈因工作忙，常常把她托给姨妈代管。她时常如影随形般跟着姨妈在办公室里混。这天，女同事打趣她姨妈到：怎么外甥女跟你越来越像了？哪里像了？姨妈笑着打酱油。让小杨同学自个说说。女教师习惯了给学生出难题。姨妈看了小杨同学一眼，心里嘀咕着：她一个小丫头，能说出俩人相像的特点吗？也许她会说我俩都挺文静的，都挺爱读书、爱看电影，蛮有文艺范儿的。或许还会说都长得不赖，白净洋气。现在的大人孩子嘴都跟抹了蜜似的，可会说话了。姨妈希望小杨同学别滥用那些溢美之词，让人家感觉别扭。小杨同学骨碌着她的那双清水眼，很是知趣地说：我和姨妈体型长得像，都是肥臀大粗腿，好自卑的！小杨同学回答完毕，羞赧地垂下了眼帘。同事们被她的话惊呆了，静默片刻后都乐翻了似的大笑起来。姨妈笑得眼泪都出来了，指着她笑骂道：小蹄子，好毒的舌头！你是小魔仙看多了吧，看谁都像一只大肥鹅！小杨同学闻出笑声中的气味来，怯怯地瞄了一眼姨妈的脸，愧怍地低下了头。

生命的橱窗

从女儿上报纸谈起

　　女儿翻着课桌上的赠书，和她的同学一样笑得都很灿烂，这是报纸上的一个镜头。另外一个镜头是许多人撑着雨伞，手里提着书，怀里抱着书，正向学校走来。省城某高校冒雨给孩子们送来了许多图书，报纸上如是说。我问女儿都是些什么书？女儿说有《十万个为什么》《中国上下五千年》《安徒生童话》《草房子》《苏菲的世界》《环游世界》等等，许许多多的好书。可是，当时发给同学们的那些书，后来老师又都收了回去，再也没发给我们看。"凭什么不让我们看那些送给我们的书？"女儿气愤地嘟哝着，可在老师面前，他们只能把满肚子的不快、不满憋在心里，快快不乐地作罢。

　　那些书都到哪里去了呢？校长先生恐怕没有胃口私吞吧？也许收藏在学校的图书室吧？总之，孩子们再无缘见那些书，书包里除了教科书之外，别无他物。学生在校，除了啃教科书上的那些有限的知识外，回家后，还要没完没了地写家庭作业，再没有时间用课外书来启发他们的蒙昧，滋养他们的灵魂，给他们营造一个个梦幻之城。难怪现在的孩子们都少了天真和灵动，写出来的作文也是千人一面，味同嚼蜡。稍大一些的孩子，因为从小没有养成良好的读书习惯，对读书缺乏兴趣，再加上影视霸权的确立，网络游戏的兴盛，读书的风气日渐被边缘化。一个不读诗书的孩子，是缺乏梦想和修养的，而一个不读书的民族，又有多少智慧和希望可言呢？

　　作为学校，不可能没有图书、阅览室，但图书、阅览室是否发挥了它的作用却不能一概而论。经调查，农村大部分中小学图书、阅览室形同虚设。蒙尘的书柜玻璃橱窗里，幽囚着太多的新书和旧书，没有留下被翻阅的痕迹。墙上的图书借阅制度和登记册，全是临时伪造用来应付上级检查的。书中蕴含的人心所需要的温暖、梦幻、智慧和美好品质，犹如被埋在土里的珍珠，更谈不上书对孩子心灵的慰藉和唤醒。难道借书给孩子们读，是很烦琐的事吗？难道给学生开设阅读课，我们的语文老师不是乐在其中吗？只有当孩子们喜爱一本好书时，他们的心灵才会被唤醒，才会像蚕一样咀嚼到书本中的芬芳。尤其是小学生，他们读书的兴趣需要激发，读书的方法需要引导，读书的情趣需要张扬。因此，我们的校长或老师，如果忽略了对学生读书习惯的培养，忽略了对图书资源和信息资源的有效利用，那就是一种极不负责任的表现，可谓误人子弟深矣。

现在，国家对教育的投资很给力，乡村校园的教学设施和城里的条件差距不大，社会各界对教育的关注、扶持更是令人感佩！我们的孩子应该有条件充分享受阅读的充实和快乐。那些对孩子们敞开大门的图书馆、阅览室中，孩子们应该是穿梭在知识汪洋中的鱼，自由自在随心所欲地汲取知识的甘露，编织一个个多姿多彩的梦幻世界。别再让图书作秀！别再让孩子因读不到他喜爱的书而叹息！

进城的树

眼见窗外两行婆娑的绿柳，在一个下午被一帮人砍去枝条，刨出根系，用绳子捆缚了光秃秃的树桩，架上车运走，只留下满地的枝叶和硕大的沙坑及一片狼藉。耳听人们谈论这些树卖了个好价钱，才明白这些树，被买树公司运往城里的某个公园或小区。种树的人一下子赚了不少钱，自然很快活，他亮着嗓门说，树一挪这里亮堂了许多，也再不被鸟儿聒噪得睡不好觉了。见钱眼开的俗鄙之人，哪知这边风景独好的妙处！我为那些叽叽喳喳惊慌逃离，顷刻间失去家园的鸟儿愤愤不平，更为失去窗外的那片绿荫，那份诗意而惆怅！春来时的鹅黄嫩绿，漫天飞絮，盛夏之际的翠枝纷披，绿荫婆娑，清秋时节的缤纷鸟影，声声鸣蝉，冬雪时那随风舞动的琼枝玉叶，还有那些在柳荫中编草帽、捕鸣蝉的孩子，这美好的一切，都随着树的訇然倒地而化为乌有！

据说，现在城里成立了许多买树公司，他们开着车在乡下的村落田间游走，见到那些雪松、柳树、紫槐、法梧、银杏、杉树等风景树，就和树主人交易，然后再倒手卖给城里某些绿化公司，从中谋取暴利。俗谚曰：人挪活，树挪死。树的故乡原本在山林和旷野，那些进城的大树，背井离乡来到城市，因环境、水土的改变，加上自身元气大伤，许多树会凋零枯死，许多树移栽一两年之后，才会像大病初愈一样抽出新枝。倒是那些小树，很快就在城市里扎下根，焕发生机洒下片片绿荫。一棵原本根深叶茂生机勃勃的大树，如果不遭遇天灾，他们就是大地的骄子，就是地球的肺，就是乡村的诗歌！而一旦遭遇人祸，他们就只有灭绝！留给乡村的，是一个丑陋的疤痕和一个残缺的记忆。

现在，日新月异的城市建设，让更多的乡村显得寂寞。人投奔了城市，水引进了城市，奇石异卉进了城市，连树也在城里安家。这难道不是城市对乡村另一种形式的掠夺？每当看见那些大树被粗暴地砍掉枝条，失去满头秀发，我的眼睛常常会发潮，心中充满了伤感！当然，乡村永远是仁厚的，最终会原谅一切，自己把伤口愈合。那些树只不过是到城市去了，如果城市里没有树摇曳的身姿，葱茏的绿意，那城市将会多么的坚硬和干枯，将会失去多少诗情画意！

夜里，我梦见那些裸露的树坑中盈满了绿色，清晨，一只小鸟叽啾一声从窗外掠过，我欣喜地打开窗，看见邻人正在栽下一株株幼苗，于是，我怡然释怀。

母与子

一位母亲在医院病房里看护孩子打吊瓶。男孩十岁左右的样子，偏着磨着不肯服药。好说歹说的母亲，忽然恼羞成怒，不管不顾地左右开弓，扇小孩的嘴巴子，只打得孩子锐声哭号鼻血喷涌，连同打翻的药溅得到处都是。气急了的母亲，被滴答涌流的血吓慌了，一边用卫生纸堵孩子的鼻孔，一边咬牙切齿地揪孩子的耳朵，声嘶力竭地命令孩子仰头！这个气得发疯的母亲！

惊心动魄的一幕过后，清理完身上地上的血迹，冷静下来的母亲，望着抽抽噎噎的孩子，也嘤嘤地哭了起来，边流泪边数落：嫌药苦，白糖好吃不治病么！为了给你治病，我连一双棉鞋都舍不得买，早上骑车带你来，风雪迷得眼睛都睁不开，脚冻得狗啃似的。你爸在城里打工，我一个人在家啥事都得操心，你一点都不体谅妈的愁肠，还这么不争气，想气死我！孩子怔怔地望着红着眼圈的母亲，忽然又剧烈地咳嗽起来。慌忙得母亲停止了数落，目光落在孩子的手上，她突然曙地一下站了起来，急惶惶地跑去找医生，娃手上扎的针跑了……

透过候诊室的窗户，我目睹了这心酸的一幕，真是可怜天下父母心！每个隐忍的母亲，都有一腔悲愤喷发的时候！也只有孩子能承受起母亲的暴怒，充当大人渲泄的工具，也只有孩子能原谅母亲对他们偶尔地施暴而不心存芥蒂。

瞧，母亲从外面给孩子买来了热腾腾的包子，孩子大口地吃完一个，又拿起一个往母亲的嘴边送，母亲温情地笑着，摇着头。一时间，母子的感情，就像雨过天晴，太阳当空，温暖而纯净。

卖红枣的小摊贩

一街两巷的小商小贩，在各自兜售生意。地摊上的两个年轻人在卖陕北红枣，许多人围在那堆红枣前挑拣，姑娘麻利热情地过秤收钱，脸上始终挂着淳朴的笑容。足登运动鞋，身着牛仔装的小伙子，站在红枣旁边的高凳子上，一头染过的金发，像麦草一样覆在额头，远远地看见他，正在凳子上手舞足蹈地吆喝着什么，那么起劲，那么潇洒，那么投入，那种情态打扮，像极了舞台上又唱又跳的红歌星，特别吸引人的眼球。

走近了才听清他的吆喝：走过路过不容错过，陕北的大红枣又甜又脆哩！就那两句简单的广告词，被他富有磁性的嗓门，抑扬顿挫地一渲染，被他夸张的神态动作一演绎，特别煽情有味道。他就地做的活广告，真的招来了许多顾客，大红枣卖得越发火了。比起身边那些木着脸，死守静等的小摊贩，他是那样热情，那样有活力，那样乐此不疲！

街头兜售着他的红枣，活泼泼，乐呵呵地干着他的营生的地摊主，真让我觉的可爱又可敬。时下，许多好高骛远的年轻人，对自己所从事的职业不看好，要么愁眉苦脸的混日子，要么这山望着那山高，频繁地跳槽，不是对自己缺乏信心，就是过于自负而怀才不遇。他们哪里知道好工作是干出来的，而不是找出来的。只有一边脚踏实地，一边突发奇想，才会把原本平凡的工作做得有声有色。即使是扫大街，也能在舞动的扫帚下，找到音乐的节奏。只要心态好，任何平凡的工作，都可干得有滋有味。

家有高考生

对于无缘参加高考的人来说，能进入高考考场，就是人生一次晋级的荣光。尽管网上有人说：考场很小，世界很大。考试是个点，人生是条线。没有人因高考赢得所有，也没有人因高考输掉一生。可看看考场外这些从各个家庭、岗位赶赴在此，守候陪伴学子的家长们那凝重殷切的眼神，就懂了高考对千万考生和家长的非凡意义。有个朋友跟我讲，她经常做梦梦见自己在参加高考，不是忘了拿准考证，就是带的笔画不出字，要么就是试卷上的字迹看不清，她渴望在梦里圆她此生未竟的高考梦，可每次都是在焦灼惶急中惊醒，然后怅恨许久。因此，奋战高考的学子们，肩负的不只是自己的理想，还有一个家族几代人寄予的厚望。那天，我目送儿子昂昂然走向考场大门的背影，眼睛一湿，内心真是五味杂陈，悲喜莫名。

孩子们十多年来读书学习的历练、甘苦，中考已进行了一次遴选。上了高中的，定是天分高家庭教育给力的。没上高中的，孩子和家庭都有一定的缺失。正如老戏词中所言：世人都想把官做，谁是牵马坠蹬的人。恰如十根指头等不齐，小螺丝钉都有它存在的价值呢！没上高中的孩子，上职业学校，掌握个一技之长，也能自立，为社会添砖加瓦，可谓三百六十行，行行得有做工的人。有一类孩子，自小就有学习的天分，就是读书的种子，不用老师家长费多少心思，他就对求知有一种内在的渴望，就像葵花总是朝着阳光，他们要强的一心向学的态度，注定他们会成为学霸，同类中的佼佼者，老师只是起到领航人的作用，家长们作为后盾只是在为他们乘风破浪推波助澜。这些孩子最大的特点就是单纯专注，文理并重，有很强的自律能力。课堂上，他们敏锐探寻的眸子始终追随着老师，他们创造性的思维总能和老师的传道解惑擦出默契的智慧小火花，教学相长的成就感，让师生都觉得欣悦。他们不光特别能吃学习的苦，课余他们无论是参加社会实践，还是参加兴趣班，都生气勃勃，特别出彩。他们也碰触网络，但决不沉迷。这类孩子，就是进985、211的精英，最不济也考个好点的一本院校。他们都是文曲星下界，不知是爹妈哪辈子修来的福分，寒门富户都有冒尖儿成大器的。一旦孩子出息了，父母就特别有脸面，似乎定有什么教子高招儿似的。每年高考放榜时，人家的孩子，总是让人既羡慕，又怅恨！

有一类孩子天分也不错，童稚期亦或少年时，都是机灵码子，都是爸妈期望值很高的人才。可是这类孩子步入青春期后，就变成了渴望挣脱现实管束的猴子精，学习压力一大，就容易厌烦走神儿，还特别叛逆狂妄，凡是励志的正能量的话题，任你侧敲旁击或苦口婆心，他们都会当作耳边风，不上心。相反，网络游戏等虚拟世界对他们都有极大的诱惑。为了上网打游戏，多少孩子学会了撒谎，学会了投机，千方百计钻空子逃课，买手机只为闯关打游戏，在虚幻的世界寻求刺激。一旦上瘾，对其他一切都失了兴趣，学业一落千丈，性格孤僻暴躁，与父母关系冰冷敌对，真的让家长十分焦灼抓狂。我的儿子就是这个类型孩子的代表。仗着中学底子不薄，有演碎戏上过电视的范儿，他一上高中就迷上了戏剧之王周星驰，有个当明星的梦。那好呀，只要用功，咱就考中戏。发现他偏科，我就在县城的辅导机构找了一对一老师给补数学，谁知这小子按时坐车上下学是假象，竟约同学逃课去看电影。给他好说歹说，都收效甚微。高二学了文科，导演梦碎了，又迷上了游戏，嚷着将来上大学要打电竞。当我和老公半夜发现他躲在被窝里打游戏时，气得腿脚都软了，摔了手机又如何？这个混世的魔王，唬着脸拧着脖子执迷不悟的样子，真是令我没辙！高三一咬牙，我们把他送到了西安的培训机构，期望他在军事化管理的学校，不辜负自己的才智，冲刺一下考上个本科。记得上高一第一学期，他被评为唐仲英奖学金获得者，去西北大学参观后，冲父母说他要上西北大学时雄心勃发的样子，此时的他真让我恨铁不成钢！但作为母亲，我依然对他充满了期待。像儿子这一类型的孩子在"高压态势"下幡然醒悟，产生了学习内动力，激发出自己的潜能，考上了自己心仪大学的同学也为数不少。可儿子在高三时又遭遇了爱情和病魔的双重夹击，只有缴械败北的份儿。那些家庭或放养或管不了的孩子，学业都稀松平常，日子得乐且乐，花着父母的血汗钱，要么放弃高考走"单招"，要么高考结束后再定夺。吃不下学习的苦，就等着吃生活的苦。至于那些因早恋而辍学情奔的，或中途辍学搞网上直播的，也不是没有出路，社会这所大学，也会让另类的他们交些"学费"，从而让他们成长，找到自己的生存之道。说白了，孩子上了高中，靠他自个儿成就自己。也就是所谓的性格决定命运吧。孩子成长要走的弯路一定不会少，做父母的可替不着。

大学，是真正给青年人划分层次的阶段。是高精尖科研人才，是社会各领域的白领，还是各行各业的专职技术人才，大学已经为青年量身塑形，因材施教了。因此，高考成绩一出，填志愿又成为一个至为重要的关口，再次考验家长和孩子的素质和眼光。各大高校录取专业、分数线和位次，基本就明确了考生该上哪一类院校。根据社会需求和孩子自身专长志趣报考，基本都有学可上，好高骛远不切实际的盲目投档，往往会导致选错专业或无学可上的悲剧。填志愿，家长的阅历、眼光很重要，百分之六十的孩子都在选什么专业的十字路口徘徊犹豫，最后掌舵拍板的，一定是亲子之间达成的同盟。也许因为新冠肺炎疫情中，国粹中医药发生了神奇的效力，也许是中医药文化进校园进课堂的影响，也许是儿子做过手术对医者仁心有了认识，老公提出让儿子学中医中的针灸推拿专业，全家人一致赞同，儿子也欣然应允。于是举全家之力，给儿子选好了学校，并且是第一志愿就被重庆的医药专科院校录取。当儿子接到录取通知书时，我长吁一口气，比几年前女儿接到大学录取通知书还畅快，十几年因子女教育而生发的悲欢焦灼就此翻篇儿了。

　　抓儿养女，两鬓青丝染霜华，此中滋味，每个父母都是欲说还休，欲说还休啊！

租客笔记

"流光容易把人抛，红了樱桃，绿了芭蕉。"在物换星移人事更迭中，有多少面孔已模糊，有多少往事随风飘散。告别生活过的地方，总有忘不了放不下的牵绊在心中萦绕着。幸好记忆尚存，我要用文字打捞过往生活中的物语人事，为我的租客生涯，为我的第二故乡，留下岁月走过的底片。

——题记

地理物语

我租住的宅子坐落在东西不足一公里的桃花街上。这条街的西边有一个十字路口，贯通东西南北的两条省级主干道，因此，去县城、省城或毗邻的大镇，在这里都能坐上班车。站在宅子的二楼南眺，巍峨的秦岭像逶迤的黛色画屏，东西绵亘引入天际。夜静时，亦可听见桃花街东头那条季节河秋汛涨水时那哗哗的水流声。桃花街隶属于河寨村，据说当年从秦岭峪口流出的水岔开两个河道，河道中间夹着的村落因此得名河寨。这里的土地大多是开垦的河滩地，因土地瘠薄，长庄稼不如作务果园。村民就栽了大片的桃树李树。春天的时候，桃花红，李花白，菜花黄，云蒸霞蔚的景观煞是迷人，这条街也因此得名叫桃花街。

自从乡政府迁来桃花街，学校、派出所、信用社、诊所、邮局、电管站、商铺、饭庄，都雨后春笋般应时而生，沿街一字儿排开。桃花街南北广大地域是星罗棋布的自然村，只因河寨村子小人口稀，远不及周边的大村镇人口密集，桃花街的人气就始终不旺，在街上做生意的店铺也都发不了大财。村里沿街有地的农户，都在自家地里盖了楼房，要么出租，要么自个儿住，有的人家还把地皮卖给外乡人。来桃花街寻找营生的租客，有今天刚放过礼炮开张的门市，有昨天刚惨淡歇业关门的店铺，跟走马灯似的来一波儿走一波儿，今年春季，大超市也在此落户。

十多年间，单桃花街的路就修了好几遭。第一遭是拓宽路面，要变单车道为双车道，原先已长到碗口粗的行道树法桐，全被砍伐刨挖一空，不知去向。路两边栽了刷成红白相间色的水泥隔离桩，搞了绿化带，修了排水渠，种了三叶草，栽植了蔷薇和木槿。抬眼一看，街面焕然一新，空阔亮堂。花开时节，青翠草色映衬着粉的紫的白的开得恣肆烂漫的花朵，流光溢彩的景致倒也令人赏心悦目。只是酷暑天，行人挺着颈子在毒日头底下疾走的滋味很不好受，反倒忆起了法桐清凉的浓荫来。

这几年，农民的钱袋子鼓起来之后，大规模的民宅拆建工程已近尾声，一街两行的楼房都长着相似的模样，吃穿住行体面与否，关乎各个家庭在村人面前的底气和面子。也就十多年的时间，人们出行从自行车摩托车到电动车私家车，仿佛是一眨眼的事情。机动车和私家车数量猛增，像过江之鲫般遍布街巷，路窄车多，街上许多隔离桩被车撞翻，车祸纠纷就时常发生。

公路局又决定铲除绿化带，把原来的两车道变成四车道，先前栽植的那些三叶草蔷薇木槿就遭了秧，在张牙舞爪的机器轰响声中，枝离骨碎，苒苒物华休。如果花木有灵，肯定会叫屈喊冤，凭什么不让它们好好守护一方水土，任由人类肆意作践？随后工人又在加宽的公路两侧栽植了桂树，撒上了格桑花花种，公路两侧又更换了一幅景致。

一到夏天，白花花的毒日头照射在灰白蒙尘的路面上，晃得人眼睛都睁不开，曾经空阔的街道上空密匝匝地架起了高压线和通讯电缆。在疾驰的现代文明的车轮下，手机网络消费已经铺天盖地而来，牢牢掌控每个人的神经中枢。随后，太阳能路灯也落户在桃花街，好多年昏黑的路面亮堂起来，晚上灯下溜达漫步的人多了起来，下晚自习的学生也再不用担心在黑咕隆咚的路上撞见鬼影了。唯一的缺憾是桃花街没有大树荫蔽，春天缺少鸟鸣的欢腾，夏天没有浓荫蔽日，秋天看不到黄叶纷飞，冬天瞧不见雪后树枝上的简笔画，少了些大气象。

街上的住户，大部分人家都在前院开辟了园子，中间的甬道要么是砖砌，要么是卵石铺就的，要么是混凝土路面，两脚是绝不再拖泥带水进门了。园子里有栽植风景树的，有种植各种时令蔬菜的，有栽下石榴柿子树的，有栽植了各色花儿的，有搭建葡萄架的，各种时令菜蔬、各色花儿果子，在春来秋去中呈现出别样的芳华气味，逗引招惹路上的行人眼馋，忍不住要驻足观赏，再笑着夸主人几句。从各家院子的布置，就能获悉主人的性情和生活质量。

从五月到十月间生意最好的莫过于街上的果行。一直有桃、李、梅、杏等水果成熟，等着外地或本地的客商收购销售到全国各地。果行前的货车一溜儿排开，一筐筐、一堆堆的果子被妇女们分拣等级装箱后由男人搬运上车。街上全是来来去去的果农，有谈论行情的，有打听市价的，有来请了果行的老板客商，去果园里相看订购果子的。有抢了高价卖了果子的果农的笑声，亦有错过行情贱卖了果子的果农的哀叹和愁容。

十月之后，弥漫了几个月果香味人车嘈杂的桃花街日渐寂静下来，街上的人流量减少了，各个饭馆的生意也不那么红火了。忙了几个月的果行经纪人，既帮乡亲们销售了果子，又赚了个盆满钵满，就该志得意满地歇歇了。现在五谷杂粮都不种了，街头昔日那些过往的耕牛、拖拉机、收割耕种机，短短十多年就已无迹可寻了。

街头市井掠影

桃花街虽说不起眼，但民风是淳朴的，至今没出过大红大紫的名人，也没出过倾家荡产的赌棍、烟民，更没出过杀人越货的恶人，倒是大多数人家出了许多大学生。

印象比较深的是街上出的几桩非常意外的祸事。骑着摩托一路飞奔，和砂石车相撞惨烈丧生的那对男女，应验了人们口头的谶语：要想死得快，就买一脚踹。当时的摩托车人们称电驴子，若摸不清它爆裂的脾性，它往往就带人在飞驰的刺激中闯入鬼门关。电闪雷鸣的天气里去后院收衣服被电火烧焦的男人，在街上开着饭馆，长得斯文面善，他遭了雷劈，竟让人找不到遭报应的理由。正处在花季的少年却突然患了癌症，曾是人们眼里健壮帅气的孩子，在病魔的摧残下竟虚弱的像一个影子，我一度不忍看孩子父母失去爱儿后那憔悴伤痛的面容。还有村里一个年轻司机，晚上出车回家途中，遭遇抢劫被抽了闷棍，一夜间就从精壮小伙变成了近乎瘫痪的废人。这些偶然的变故，也许只是纷繁世事中众多悲剧中的一幕，但却让人感受到莫名的恐慌，命运的无常。每个生命都宛如江面上的小船，在险恶的风浪中那么渺小无力，充满了无法预知的变数。

村子里的红白喜事都要打桃花街上经过，震得临街窗户发抖的礼炮声，高奏着喜乐的鼓号队，呜咽悲鸣的唢呐声，凄凄哀哀的歌哭声，总会招引人撂下手里的活计出门瞧瞧，即使足不出户，也会支棱耳朵听动静，在心头感叹一番。这是昭告街坊、天地的大悲大喜，欢笑和哀愁洒向人们的心底，像季节燃起花朵又把它熄灭。至于住户们日常琐碎中的口角、鸡吵鹅斗的纷争，也不必藏着掖着，满地鸡毛似的日子不是关上门，就能捂得严严实实的。偶尔在夜里，街头会听到某个女人歇斯底里的叫骂哭嚎声，不是冲着积怨已久的丈夫，就是冲着刚从网吧里揪出来的不成器的孩儿。

　　有一段时间，街上的偷车贼特别猖狂，几乎每周都能听见人们在议论某某人丢了摩托车。那些嚣张的偷车贼脸上也没写字，总会混迹于各个店铺的周围，乘人不备拔钥匙撬锁头，在大白日头底下或暮色掩映中盗了车扬长而去。近几年社会治安挺好，在街头安装了监控设备，大小车辆装了防盗系统，小毛贼就几乎绝迹了。也有一些江湖骗子在街头推销各种新奇玩意儿，总有贪便宜的人上当，给人们茶余饭后添些谈资笑料。

　　桃花街上，我几乎每天都要遇见的这三个人物。虽说他们平凡得很，但他们的举止却令我印象深刻。街上的清洁工是位六十多岁的高个子硬朗老头，身板瘦削微驼，头发花白面孔沟壑纵横，神色安详笑容温和。他干的是把各家各户堆在门前的垃圾，倒进他的深斗三轮给运走的脏活儿，可他清扫捡拾垃圾时从不掩鼻蹙眉、气定神闲的举止，呈现出一种肃穆的庄严感。尤其是他夏天时常穿着一身白色棉绸衣裤在街上飘来荡去，我时常会盯着他的身影目送老远，心里嘀咕着他为何不穿工作服，就不怕街上的扬尘和垃圾弄脏了衣服？可他在清晨和傍晚出工时，衣裤却总是那么干净一尘不染。安装在他三轮车上的戏匣子，总会播放著名的秦腔折子戏唱段，这是他收垃圾的广告，名家们或激昂或温婉的唱腔一路播撒开来，传递着秦人的心曲悲欢，撞击着人们的心坎，主妇们一听见秦腔唱段，就乐颠颠及时地拎出垃圾来，站着听会儿戏或闲聊几句再散去，任凭那袅袅琴韵随车远去。这位干练干净做事勤勉不乏情调的老人，可真是桃花街上的一道风景。

　　骑着三轮摩托卖豆腐豆芽的中年汉子，他中等个子，体格结实，留着小平头，国字脸，鼻直口阔，显得帅气，一双大花眼总是透着厚道的笑意。每天早上他都会从邻镇赶过来，给一些村子的菜店批发豆腐豆芽，再捎带着零售一些。一声高调门的"手工豆腐、豆芽——来咧"的长腔拖音，浑厚圆润清亮，听着舒服够味儿。每次听见他的吆喝声，我就想：这么一副好嗓子，真该去说评书或唱戏。直到有一天，我意外在邻居家请来的戏班子中看到他。他和两个女演员正在悠扬的弦索中清唱，虽没有戏服装扮，但他的一招一式，一颦一笑，一腔一调都和大剧团的演员并无二致。细听他的唱腔，字正腔圆浑厚绵长，细瞧他的眉眼，完全是忠臣良相的气概神采，原来他真是唱戏的料儿呢！下场后我夸他戏唱得好，原来是趁吆喝豆腐吊嗓子呢？他的脸一红，有点羞赧地摆摆手，说：见笑了，我这是赶热闹闲耍呢！他说自小就爱看戏听戏，看过的戏文大多能背下来，后来跟着戏班子学过几天，因要挣钱养家就放弃了发展。空闲时只跟着秦之声学习，再跟着自乐班的戏友玩着唱，唱着唱着，就成了自乐班的男一号。做生意之余，就出来赶场子，找点乐趣过个戏瘾，混个油嘴捞点外快，自在的跟神仙一样了。我望着他红高粱一样淳朴的笑脸，觉得再普通的小人物，只要能找到适合自己的舞台，就一定能活出自己的味儿。

每个清晨，他都会在晨色熹微中，身着运动衣或白 T 恤黑色灯笼裤，把山地自行车蹬得飞快打街上经过，随身携带的播放器唱着热辣的歌子或陕北信天游，欢快的神曲——叫醒了住户们的耳朵，好像美好的一天正在向人们招手微笑一样。据熟悉他的人说，每天晨练的汉子六十多了，是个画家，可从他敦实的身材和矍铄飞扬的神采来看，最多就是个五十开外的老小伙子。他那伴着劲歌热舞，衣袂飘飘车轮翻飞的矫健身影，和那些从网吧里上夜机出来精神萎靡涣散的青年一比照，真让人感慨万千。

桃花街上，经常看见仪表斯文风度优雅的中学校长骑着自行车上下班。桃花街上的中学是他一手创建的，他大刀阔斧地把家门口的中学管理得远近闻名，为人却很低调，街上许多致富冒尖的人家都买了摩托、小轿车，可他却只是换掉了自行车骑上了带脚踏板的电瓶车。当十里八乡的百姓对这位校长赞誉有加时，毁谤亦随之而来，街头传言说他是个伪君子，表面上装出两袖清风的样子，内里确是一只偷腥的猫，捞够了资本老早就在上海给儿子买了房。就像电视剧中的那些贪腐分子，哪个不是隐藏很深的老狐狸呢？瞧瞧，流言就是这么可畏。

让我最难忘记的是几年前一个小女孩的骗术。她十二三岁的年纪，模样长得蛮俊的，一双会说话的眼睛藏着几分羞涩。她来到我的店里红着脸支支吾吾地求助，说出来玩弄丢了钱包，想让我借她十元钱路费回家，并要留下她家的电话，记下我的地址，回头把钱寄给我。看着孩子一脸的真诚和无助，我毫无防范地就给了她钱，并好心提醒她天色不早了让她别误了车。一星期之后，大家在街头买菜时，一个主妇提到了借钱女孩的事儿，立马就有好几个主妇响应都被借过钱，我方才明白女人的善心竟成了骗子得手的筹码。我犹不甘心地拨了她留的电话，那电话却是空号。十元钱的事儿虽小，却让我感到别扭寒心，才多大点的孩子，是谁逼她走上了坑蒙拐骗的歧途呢？不知她现在有无觉醒悔悟，过得怎么样？

人物小传

一

时下农村的婚礼越来越气派，越来越讲究仪式感，主人家都想把婚礼办得体面而风光，在乡邻亲朋中留下好的口碑。而婚礼司仪则是婚礼进行曲中的导演，司仪的气场、水平关乎婚礼的质量。五十多岁的妇人当婚礼司仪不多见吧？她如果没有过人之处，哪能在这个竞争激烈的行当里站稳脚跟呢？

那天，在邻居的婚礼上见到梅花嫂子当司仪，我的心忽悠一下子蹦得老高，简直有点信不过自己的眼睛。穿着湖蓝色旗袍奶油色高跟鞋的她，身材瘦俏挺拔，挽起的卷发透着些时髦，她高分贝的有点沙的嗓门有一种浑厚的韵味，加上笑盈盈的眉眼，整个人传递出一种饱满热情的精气神。她用一口地道的秦川方言说出来的主持词，合辙押韵却又活色生香接地气，颇能引起现场宾主的共鸣，婚礼现场的掌声、谈论她的说笑声，传递着人们对她的赞许。

我兴冲冲地走街入巷，去拜访桃花街上当婚礼司仪的梅花嫂子。怎么五十多岁了，才想起干这个行当？刚一见面，我就急着追问。她给我递上茶水，笑道：家里老人都过世了，儿女也都成了家立了业，肩上的担子一轻，就迷上了这个行当，算是业余爱好吧。这么大年纪当司仪，就不怯场，不担心失口忘词么？我打趣道。我心理素质还行吧，干啥事怯场，是没下功夫做准备。梅花嫂子快人快语地说。刚入这一行时，咱相当于是个幼儿班学生，但我兴趣浓、热情高、爱学习，入门就特别快。我掌握司仪程序后，就立足实际，结合咱当地的风俗、主人的秉性、境况和新郎新娘的特点，编写七字韵律诗。也不动手动笔，全凭记性在脑子里打好腹稿反复演练。一上场子，一入情境就不忘词儿，还会即景生情现编词儿。嫂子的脑子好灵光哦！我竖起拇指。刚开始，老公反对我揽这个活儿，说人家当司仪的大多数都是男的，即使是女的也是专业培训过的年轻人，你这么大年纪了还逞能，万一出了洋相丢了丑，咱往后咋出门见人呢？你哥越是给我泼凉水，我就越是想尝试，越想证明一下自己的能力。记得第一次接活儿是2012年11月20日，本村乡党儿子结婚请我当司仪，人家把那么大的婚礼交给我，这份信任让我激动得直想掉眼泪。我提前一个礼拜就把主持词编好，背得滚瓜熟。出场前的头一天晚上，我兴奋地睡不下，跟木兰从军一样亢奋。早上起来又温习了一遍，理好妆容，只等着跟随礼炮亮相。没想到第一次就很顺，赢得了主家的好评，乡亲们的口碑像长了翅膀一样传遍了十里八村，我当司仪的信心一下子就树立了起来。

能分享一段婚礼上您写给新郎的贺词么？我饶有兴致地说。提起新郎人夸赞，一表人才不平凡。从小到大念书好，成绩分高名校考。大学毕业收获多，省城找到好工作。能力突出人品好，风华正茂志气高。才华出众人更帅，三原美女把他爱。梧桐引来金凤凰，才子佳人喜成双。梅花嫂子没有扭捏作态，脱口来这么一段，一副驾轻就熟的样子。

听说您还有编快板的特长。我继续打探道。那是我农闲时胡诌几句解闷玩的。我当年中学毕业时正赶上父亲病倒，原本不好的家境犹如雪上加上了霜，为了让读高中的三姐考大学，我自愿放弃学业回家务农。可是我心气高，总羡慕人家能说会写的文化人。每当看到报刊上登载的反应百姓生活的打油诗或快板就特别喜欢。看到麦梢泛黄棉花吐絮的情景，我就即兴瞎编两句：麦浪滚滚闪金芒，棉田片片赛月光。布谷声中传喜讯，桂花香里丰收忙。我早起听到公鸡打鸣，就给娃们编歌谣：大公鸡喔喔啼，每天清晨早早起。它的时间定得准，赛过名牌好手表。看到卖豆腐的吆喝，就夸口道：卖豆腐吆喝得欢，天天都把嗓子练。秦腔秦韵声儿颤，赛过演员贠中汉。没想到卖豆腐的果真是个自乐班的台柱子，听到我的顺口溜，喜得送我豆腐不要钱。后来逢年过节要热闹，或看到好人好事好场景，我都忍不住即景生情现编几句，活跃一下气氛，传递一下正能量，大家都夸编得活泼有味道，夸我是村里的土秀才。

记得一次县剧团来村里搞计生工作宣传演出，村长推举我上台说一段我编的快板。主持人有些瞧不起我，冷淡的问我上过台没有。我说上过。我不卑不亢地走上舞台，自己报了快板名《生男生女都一样》，打竹板的推说板子坏了不打板，想冷我的场子，看我的笑话，我没有当回事，就一口气说完了一百多句的内容。台下的掌声、叫好声响成一片，非要叫我再来一段。我只好又说了一段《家乡旧貌换新颜》才收场。下台后，主持人像换了一个人似的，和几个演员满脸堆笑地围着我，夸我口才好快板编得水平高，并邀请我参加他们的宣传队，每天给我发一百元报酬。我因要照顾家里的老人没有去，可是凭着实力赢得了他人的尊重，让我记忆深刻。

没在现场听嫂子的快板真遗憾啊！请嫂子为我说一段，让我也一饱耳福。我被嫂子的才情打动了，一脸崇敬地央求道。梅花嫂子也似乎把我当成了知己，就又为我一个人动情地说了一大段快板：……个别人见识浅，他的目光看不远。光知生个男娃好，男娃的对象哪里找？人人都想生男娃，男女失调比例大。没有媳妇打光棍，个个都把父母恨……如今改革大开放，生男生女都一样。如今社会大发展，女娃能顶半边天。只要健康脑子灵，照样能把事干成。男娃女娃一样好，祖国建设离不了……

感受着嫂子的好词好句好记性，我只有啧啧的赞叹声，只恨我的脑子不是录音机。现在村里老人过寿，许多人家都请我编贺词。我不论亲疏穷富，不辜负乡邻对我的信任，尽自己最大努力，朴素真挚地表达对老人的感恩和祝福。只要寿星们喜上眉梢心情好，真比给老人送一份厚礼实在。我觉得，要想写好文，先要做好人。德行比啥都金贵。不管社会咋变，勤劳善良永不变。村里的秧歌队我做了八年的领队指挥，只要姐妹们耍热闹时扭得欢，我不挣一分钱也要为大家做好服务。

梅花嫂子不只是村里头的才女，还是能干的好媳妇。她老公兄弟五个，四个工作在外，照顾老人的担子就落在她的肩上，在吃喝拉撒睡的琐碎日常中，她几十年如一日悉心照管家里三位老人直到为老人守丧送殡；对待兄弟姊娌，她宽容和气亲如长姐，逢年过节迎来送往，好茶好饭招待不辞劳苦，因此，她的家曾被评为村里的"五好家庭"；她过日子心眼活腿脚勤，曾带动乡亲们养猪养鸡忙致富，被评为乡村模范，和县长合过影，且连任过几次人大代表。儿子博士毕业后换了几次工作，她不忘告诫儿子工作换得勤在哪儿都是学徒，勉励儿子不要这山望着那山高，要抬头看人，埋头做事。她还萌生过在村里办个敬老院的想法，想为村里的留守老人送去温暖。但是身为女人，太多的角色和责任，只能让她与梦想擦肩而过。现在，她只想做好儿女坚实的后盾，保持好心态，遵从内心，率性而健康地活在人生的秋天。

二

他是桃花街上走出来的农民企业家，人长得高大帅气，是个在县城开公司的老板。但他并没有财大气粗的派头，为人低调随和健谈，很容易接近。听说他在家里排行第五，人们就按辈分小五、五哥、老五、五叔的叫起来。五哥说自己素日里除了开车出去回来忙业务，并不喜欢在街上抛头露面。村里的红白喜事他会赶回来帮忙，无论贫富都送一样的贺礼。闲时要么看个新闻关注一下国家的政策，了解一下市场信息，要么邀相好的朋友喝茶饮酒谈天说地聊八卦，从不想掺和村里街巷的是是非非。

五哥谈不上是大老板，但这几年的公益事业却一直在做。孩子和老人，是他特别关注的对象。作为村里有头有脸的人物之一，他帮村上出资成立了老年协会，让老人们有了休闲娱乐的场所。每年到重阳节，都要给村上七十岁以上的老人买礼品，有时是毛巾被、雨伞，有时是被罩、龙头拐杖，有时是米面粮油，小小的一点心意，算是回报乡里的一种方式吧。六一儿童节，他总会给某个幼儿园的小朋友送去一两千元的学习用品，表达一份对娃娃们的关怀。记得去年到县上办事，听说某小学的学生患病募捐的消息后，五哥急忙赶去学校，给娃送去两千元。患病孩子的爷爷拉着他的手久久不松开，他却不愿意说出自己的名和姓。他说：饿了给人一口，强过饱了给人一斗。听人说五哥年轻时特别能折腾，我倒想知道他如何从一个农民，折腾成了一个企业家？

20世纪60年代出生的五哥，只因是家里的老幺，才有机会读完高中。可偏偏时运不济，两次高考他都名落孙山。回家务农后总觉得不甘心，就央告父母给老师称了二斤饼干，冒着风雪走了四十里去县城找老师想再补习一年。老师一边给他拍打身上的积雪，一边望着他热腾腾冒着气的头和恳切的模样点头。高考完后他报了警校，想当一名警察。谁知在警校招生体检的节骨眼上，他却患了眼疾，因视力不过关被刷了下来。大学梦破灭后，灰了心的他窝在家里几天不吃不喝，觉得自己这几年光吃的蒸馍都能摞一堵墙，可还是个泥腿子，觉得太窝囊太丢人。家人请来当民办教师的姐夫给他做工作，姐夫劝他心放大要往宽处想，人生不是上大学一条路，三百六十行，干啥都能活人。他听了姐夫的劝，兜里揣着十几元钱就想去青海找当兵的三哥想办法。身上的钱坐火车只够买到兰州。下了车，他把从母亲柜子里偷拿的两双新布鞋卖了，买了站台票又混上了火车。遇到车上查票，他就躲到厕所不出来。出了火车站正一筹莫展时，却意外遇到了哥哥部队上给连队买菜的老乡。哥哥劝他要面对现实，甭再让父母作难费神，穷家薄产的农民，根本就折腾不起。哥哥送他上火车回家，结束了他人生低谷期想要出门闯荡的行程。

和弟兄们分家后，他娶妻生子挑起了养家的重担。祖祖辈辈都在地里寻食吃，种麦子玉米不值钱，就务果园，苹果桃卖不上好价，就挖了再换品种，重新栽猕猴桃李子杏，或者发展其他营生。一晃十年，日子还是过得紧巴巴的。儿子闹着要吃两毛五分钱的方便面，缠磨的妻子不耐烦，扇了儿子一巴掌，看着鲜血一下子从娃嘴角涌了出来，他是既心疼又愧疚，决定去做生意摘掉穷帽子。

他做的第一单生意是给化肥厂卖囤积的化肥。没钱进货，就托关系找人担保，先赊账把化肥拉回家，等卖完再结账。随后又承包果园，做水果生意，扑腾几年挣了些钱，胆壮了就又瞅准国家退耕还林的商机，搞苗木生意。当他雇人翻掉自己家和承包的十几亩麦地，把大量收购的速生杨扦插在田里，把从河滩上收购的酸枣树栽在地里嫁接梨枣时，乡邻们笑话他胡成精、瞎折腾，他们那里知道这些往日当柴烧的山野贱树，会生出一沓沓人民币来？他在村里率先盖起五间两层楼，烘房时又是唱戏又是演歌舞，满足了一下作为男人作为人子的虚荣心。后来不想东跑西颠做游击生意，就谋划着去城里发展。

虽说城里遍地都是商机，但热门生意千千万万的人都在抢着做，比他有实力有背景的老板如过江之鲫。在朋友的指点下，五哥先从经营夫妻用品这个冷门生意起家，为了买地皮搞投资，他把牙一咬心一横，把村里的房产和家当全卖了，带着妻儿悄无声息的进了城。不知情的乡党以为他做生意蚀了本，因为变卖家产可是遭人笑话的败家行为。在开店卖茶叶打开市场销路后，他又深入到市场做了考察，当即决定注册首家绿色保健茶公司，加工几十个品种的保健茶，为各大超市供货。公司运营发展已近二十年，能在竞争激烈的市场占得一席之地，靠的是他头脑活、人脉广、信誉好，凭的是他能吃苦，不怕麻烦会开拓。做生意稍微有些懈怠畏难情绪，商机就会稍纵即逝，订单就会受影响缩水。现在，儿子完成了他的夙愿，大学毕业后当了公务员，他着力培养的儿媳已经能够在生意场上独当一面，从货源采购、产品加工包装到营销，都有专业人才负责。他这个在社会上摸爬滚打多年的老江湖，一边帮衬年轻人把公司经营好，一边腾出时间回到故里，陪老妻过一份自在的田园生活。

三

在我们这条街上，龙哥算是个另类潮叔。五十出头了却好似一个老顽童，精瘦的身子骨，灵透精明的眼神，八哥一样的巧嘴，凡是和他有过交往的人，都不会轻易忘了他。相声演员说学逗唱的那套本事，他无师自通，笑话幽默、花边新闻、插科打诨、打情骂俏的材料，经过他那个陕西方言频道播出，保准让你既开眼又开心。他是个自己快乐又能带给他人快乐的人。

理发是他的看家本领，几十年的历练，他的项上功夫虽谈不上炉火纯青，却也自称一家。他说自己当年为了学艺，拉架子车去西安卖了两次苹果，挣了十几块钱学费。省城名师可不是随便收徒弟的，但他当时背着"红军不怕远征难"的帆布兜，又提了几斤土特产，硬是凭着农村娃的朴实打动了老师。

来他店里消费的多是街坊邻居和回头客，图的就是实惠舒心乐和。夫妻俩夫唱妇随的热乎劲儿，让人觉得即使没有椅子坐，站着也能拉个家常聊会儿闲天。别看他爱谝爱笑，那手脚也是麻溜得很，剃头刮脸不留一点擦痕，烫、染工艺也是跟着潮流变。无论是剃、刮、染、烫，都因人造型，可着人的心意来，让人瞧着舒心顺眼。对那些上了年纪的大爷大妈，他还分外热情体贴，给他们揉肩捶背的当儿，捎带着讲一些保健常识，因此慕名而来的老主顾特多，龙哥的生意就显得人气旺财气更旺。龙哥说：新老主顾都是咱的上帝，咱务实不务虚，跟那些藏污纳垢花里胡哨的发廊相比，这里干净，舒心。来找龙哥理发的中学生，若想造型、扮酷、染彩发，常被龙哥笑嘻嘻地训导一番，只好乖乖地俯首就范，理出中学生应有的帅气范儿。听说他为当地军人理发坚持了十多年。

说到照相馆，那是龙哥的业余爱好。早些时候，时常看见他穿着鲜亮的T恤，斜挎一个帆布包，骑单车戴墨镜，哼着歌去野外拍照，那副神气，时髦潇洒得像个城里来的洋学生。他脑子灵凡事爱琢磨，电脑、数码相机的添置，更是让他的摄影水平锦上添花。前些年农村学摄影的人少，他的手艺十分吃香，经常看见他扛着摄像机出入于各种公众场合、婚丧现场，随着镜头的切换，他纪录的可是市井人生最珍贵的悲欢剪影。如今他成立了"美能达"传媒工作室，紧跟着潮流做自己喜欢的事情，活得率性洒脱。

听人说龙哥是一名歌手还真不信！一般人在 KTV 或朋友聚会时亮一嗓子还行，可一旦要登台亮相就胆怯心虚变声变调不成体统了。那天，当我看清楚乡村舞台上穿红西装雪白西裤的歌手是龙哥时，眼睛都瞪成了个惊叹号！包装之后的他精神焕发，全身洋溢着狂热的激情。看着他潇洒的跑下舞台和台下摆手晃脑的观众互动，真为他骄傲！但他当歌手纯粹是找乐子，拿手的歌只有那么两三首，为了当好超级模仿秀，他跟着碟片不知苦练了几百遍。说白了，龙哥还是有才有胆的。他戏说：现在不是到处都在搞开发吗？我这是在搞自我潜能开发试验，再说舞台的漂亮妹子多养眼啊……说着说着，他那爱沾花惹草的小辫子就会抖落出来，让人笑骂一通。他说，男人是蝴蝶，见花就想采。

"真善美在沉淀，一颗童心永不变。"现在的龙哥，虽然头顶有些秃，鬓角泛起了霜花，但依然是那个爱穿牛仔裤运动鞋的老小孩。他看见漂亮女人美好事物，依然会迈不开步子，想要用镜头记录下来；他依然是宁可和妻子闹离婚，也要拿出存款帮助落难哥们的血性汉子。他亦是冷笑话大王，说自己给韩国女总统的侄女照过相，给中央首长的警卫员理过发。冬天落寞冷寂的清晨，依然会听到他的音响传递的火辣辣热腾腾的歌子。他说，有人喜欢攀高枝，有人不愿为五斗米折腰，自己一辈子不依附权贵，一辈子昂首挺胸做人，乐得做个清白自在的老百姓。有时候他也会心头升起莫名的孤独感，有时候也会外出游逛一阵子，但归来后依然是那个承担着琐碎日常生活责任的男子，为他的顾客，为他的儿女，更为他自己，活得淡定而温暖。

四

阿兵是土生土长的农家娃，因为他天生一副好嗓子，打小就爱唱爱跳，学校有文体活动的时候，就是他露脸出头的时候。那清澈的歌喉，洒脱的舞姿，总会博得师生的彩头，女生们仰慕的眼神像一张柔情的网，密密地罩着他。可他偏不爱念书，只是爱唱歌，爱跳舞，爱打篮球。中学毕业后，他成了一名打工仔，哪怕上着班，只要有人请他去唱歌跳舞，他总会不管不顾地说走就走，风风火火地先玩痛快再干活儿，像一匹没笼头的马似的。领导爱听他唱流行歌，只要是去唱歌就给开绿灯批假，谁叫这小子有才啊！

自从他娶了亲，倒像是孙悟空戴上了紧箍咒，阿兵整个人一下子规矩本分了许多。他那媳妇儿是个烈性子，别看人长得俊俏蛮得人心疼的，可她心高气傲，挟制起男人来，心眼又稠，手段又辣。阿兵娶了她，只能认怂，家中大小的事都交给她决断。媳妇若是家中的"女王"，他就是俯首臣服的"奴才"，谁说惧内就没出息了？俩人一起外出打过工，回乡开过理发店，也开过饭馆。其间，有三个歌舞团来请阿兵去当歌手，他都因"老婆大人"不同意而无奈放弃。和他同好的男生出去闯，早都混成了酒吧歌厅的红角。可他阿兵只能在为生计奔忙之余，唱几支歌解闷儿。他不甘心做个折翅的鸟儿，可只有埋头下苦攒下了钱，把小日子过红火了，让老婆娃娃有了指靠，他作为男人才活得有底气，有尊严。

梁启超先生说过：凡人必常常生活于趣味之中，生活才有价值。随着城乡百姓物质生活的提高，人的精神世界也渴望得到满足。当乡村歌舞文化遍地开花的时候，阿兵想唱歌的天性再次被唤醒，就像隐在石隙间的小草，春风吹过，总会探出头来呈现一抹翠色。只要有朋友相邀，他都会放下手头的事去赶场子，有时是演艺公司请他出场，有时是乡里婚丧嫁娶邀他助兴，有时是开业或节日歌舞欢庆。只要是唱歌跳舞，不管炎夏寒冬，他骑上摩托就开拔，登台亮相高歌几曲娱人悦己，心里痛快了还能挣点小钱，捞点体面，何乐而不为呢？

可媳妇就是瞧不上阿兵的特长，不喜欢他抛头露面出风头。只要见有人打电话约他，她就会疑神疑鬼瞎猜忌，不是吊脸、找碴、闹腾，就是骂他不务正业，在外面和女妖精鬼混。为唱歌，他俩真没少吵过斗过，惹急了这媳妇，不是动手撕扯衣服砸家具，就是撒泼哭闹、胡成精，从不给阿兵留半点脸面，甚至以离婚相要挟。

辛苦经营了十多年的家，过了十多年忍气吞声的日子，阿兵不想再憋屈自己带着脚镣跳舞，一咬牙一跺脚，俩人当真就离了婚。爱唱爱自由的阿兵，冲出了束缚已久的牢笼，日渐成了当地远近闻名的歌手。他买了红色轿车，给自己置办了几身不同风格的演出行头。包装之后的他，时而是穿着坎肩裹着白羊肚手巾唱着《山丹丹花开红艳艳》的陕北"阿宝"，时而是穿着流行潮装，戴着墨镜唱着《一无所有》的摇滚酷男，时而是身着唐装沉稳庄重唱着《父亲》的可亲大叔，时而是穿着一身迷彩戴着学生帽哼着流行曲的老男孩。他的脸黑牙白，粗眉花眼，坚毅英气的五官给人一种关中汉子的粗犷质朴美，充沛鲜活眉飞色舞的精气神和极富磁性质感穿透力的歌喉，总会感染人的情绪，撞击人的心坎，叫人在他的歌声里沉醉，快乐阿兵的范儿就是一个酷！

单身之后的阿兵，唱歌生活的洒脱背后，也藏着难言的苦涩。离婚对于中年男女，都是一种伤元气的折腾。要强的妻子很快和别人结了婚，一个院子挂着两把锁的尴尬，他只能扛着。经人介绍，他也有了自己的女友。这个女人长他两岁，性情好会疼人，在城里有住房，喜欢陪着他一起潇洒一起乐。可每逢节假日，看见女人的儿女回家来，他就觉得不自在，心里空落落的，仿佛失了根基。儿子大学毕业参加了工作，可还没成家，女儿还是个天真的小学生，正是需要父爱的年纪。时常牵挂儿女，让他觉得有种说不出的酸楚、落寞。

转眼间儿子谈了对象要结婚，他得给儿子装修房子，又听前妻和现任男人也是吵吵闹闹的过了三年又离了，还做了子宫瘤切除手术，他心里就更稳不住了。和这边的女人厮混了两年多也没领证，只是彼此寻求温暖随遇而安罢了。这次他以为儿子操办婚事为由，说得回去一段时间，女人没有强留他，心里尽管怨他薄情，却也无可奈何。回来后，经亲友说和，他俩都愿意为了孩子和好。他又担起了家里的担子，作务果园，装修房子，给儿子结婚，接送女儿上学，尽管累，但听到娃们喊爸，看到娃们欢实的笑脸，他心里曾有的郁躁一扫而光，敞亮踏实了许多。

歌手一旦名气大了，走乡过县的演出就多了，收入也比以往可观了。在外人看来，两个要强的男女经过这么多波折，也该彼此怜惜珍重了。妻子虽不再和他斗嘴吵架，不再反对嘲讽他唱歌，但心里有了隔膜，再不疼他，爱他。有他吃的饭，有和他商量的正经事，可就是没有给他暖的被窝，没有夫妻间的生活。他回来了，她却要去城里打工见见世面。他再次领教了妻子的厉害、刻薄，尝到了生活甩给他的响亮的耳光。自古就有薄情的女子负心的汉，生活从来都是跌宕起伏，难遂人愿。作为一个有家庭责任感的男人，要齐全的家，还是要个人的洒脱，这是一个两难的境地。阿兵相信时间会慢慢化解嫌怨，给自己一个期待。台上当个风光的歌手，台下做个厚道的男人，这样他觉得踏实心安。他不强求妻子回归家庭，只要她活得健康，活得率性就好。他只想做个唱着歌儿生活的男人，守望在家门口，等着在外面疲了累了回家的家人。

五

因一条街上住着，时常见她骑着电动车，轻快地穿过乡间公路，去到果园里劳作，不是和果农交流管理果园的经验，就是领着雇工施肥、喷药、浇地、间果、采摘，像只来回穿梭忙碌觅食的春燕。她总是穿着鲜亮的防晒服，戴着流行的防晒帽，朴实明亮的笑容时常绽放在脸庞，有着庄园主女汉子的精明干练。她就是桃花街上有着"职业农民"称谓的乡村女能人红果。

二十年前的农家小媳妇红果，生养了一对小儿女后，她和家人就谋划着如何发家致富把日子过红火。农民守着土地，不是搞养殖就是发展种植，她和老公决定贷款搞投资，承包村上的三十亩河滩荒地栽果树。针对河滩地瘠薄沙石多的特点，一家人先淘沙换土改良土壤，再打井修路筑篱笆，三十亩土地平整好之后，一半栽桃一半栽猕猴桃。为了节省开支，全家老少齐上阵，她经常披星戴月地在果园里忙活，手上结满了老茧，但从未喊过苦叫过累，即使风吹日晒，可当看到果树开花结果有了收成，心里就鼓足了干劲。头几年，果子产量少价钱低，收入不景气，她决定让老公去城里发展，自己留守乡村和公婆务果园，管教儿女。

一晃十多年过去，果园收益不错，她家也成了街面上家境厚实的小康之家，楼房盖了，轿车买了，两个孩子相继考上了大学。土地承包合同到期后，许多乡亲盯着河滩地这块"肥肉"想承包，她放弃了优先承包权，把园子转让出去，只想把自留地里的几亩园子管理好，把多年拴在果园里负重辛苦的自己解放出来，想尝试干点别的营生。

红果除了勤快能干，还特别要强有想法，是个喜欢接受新事物的女人。近几年，经朋友介绍，她对做微商产生了兴趣，农闲时加盟微商团队后，从销售大时代袜子起家，随后销售一系列生活用品，率先学会了用支付宝收付款。去北京、杭州、香港等地培训旅游之后，她的见识视野开阔了，生活观念有了很大的转变，处事不再拘谨，着装、谈吐愈发时尚、大方。即使不为赚钱，也要活出女人不一样的风采。

乡村第一拨"职业农民"培训刚一结束，她就有点心动：三百六十行，行行出状元。既然她守着土地，为何不尝试做个懂技术有专业特长的农民呢？于是，她又积极行动联络报了名，初级学习培训结业后，她又申报了中级培训，利用农闲去城里农业园艺专科学校上课进修，用专业技术武装自己，日子过得又充实又鲜活，还能圆了自己多年的大学梦。

生活中，她没有一般村妇的粗俗鄙陋，也没沾染上浮华骄奢的习气。她尊师重道教子有方，儿女都上了重点高中，都考上了一本院校，可从未见她在乡邻姐妹面前夸口炫耀过。因听说我教书之余爱读书，常写文章发表，她不妒忌不作酸，总会满心真诚地为我点赞，鼓劲。借我的书刊自己读了，还让女儿向我学习，为人谦和这一点尤其难能可贵。她家的桃子熟了，总会在我路过时邀我去地里尝鲜，或摘些新鲜果子送来，让人觉得她这份人情很美好。

女人贤惠明理福一家。十多年来，从未听她抱怨家里公婆的不是，或爆料自己留守乡村当管家婆的不易。家里的大事情，她从不自作主张，总是和男人公婆商量，民主决议；若是她自己想干什么事，往往是悄没声儿地自己拿主意，免得公婆知晓后操心掣肘。就拿报考驾照一事来说吧，没几个中年女人敢尝试，老公也并不支持她学开车。可她就是想掌握一项技能，想证明自己是当司机的料。于是，红果瞒过家人报了名，趁去果园劳动时偷空去练车。等拿了驾照回来，老公儿女都对她刮目相看，夸她不简单。朋友都被她不负我心做自己的胆识所折服。

作为乡村土地的女儿，红果是个地道的会持家会过日子的好媳妇，亦是个有梦想有情怀勇担当的非凡女子。她有着能做自己的自由和敢做自己的胆量。年轻时，也许没有能力去选择自己想要的生活，可到了中年却找到了新的活法，有能力选择为一个个梦想，认真地去活。

六

生和死，乃是世间最神圣庄严的事情，人们都要举行隆重的仪式，以表对新生的欢庆祝福，对死者的哀悼缅怀。李老先生就是桃花街上的礼仪先生，治丧、贺寿、迎娶、庆生的行当，一干就是三十余载。

先生已七十六岁高龄，但耳不背，眼不花，背不驼，精神健旺，才思敏捷，衣冠整洁，儒雅随和，让人觉察不到迟暮之态。素日不开口时，先生肃雅庄重，一旦进入角色开言致礼，声若晨钟，雄浑醇厚的气韵特别撼人心魄。日常里，他不是帮着干些果园里的杂活儿，就是坐在他家向阳的南窗下，喝茶听戏，读书看报，起草拟写喜联、寿词或祭文，要么就是被请去当司仪先生，或者给闹矛盾的人家调解了事。他还是村里老年协会的会长，时常心系村里的老人，出面为大家伙排忧解难，谋福利。

而今，为了把这一行当传承下去，先生又栽培了两个村里的后生学做婚丧司仪，桃花村大小的红白喜事都要过得体面妥当。先生在过七十寿诞时，村民乡友自发捐资为他送了"德隆望尊"的牌匾。家里客厅中悬挂的多幅字画作品，都是乡里的文化人敬赠给先生的，莫不寄托着耕读积善人家的良好家风和美好祈愿。

李老先生年轻时因家里成分好，中学毕业后被大队推荐到乡上当干部，干过多年的乡上会计，负责几个乡办企业的账务，吃的是人人羡慕的轻省饭。他举荐自己的同学刘某到乡上当文书，同学因笔杆子厉害而平步青云混到了县上，又因男女作风问题受处分回到了乡里。刘某猜疑他从中作梗使坏，于是明里暗里挤对他，处处刁难他。先生生性耿直，不喜巴结钻营，更不愿被污清白忍下这口恶气，就怒发冲冠地找上门去和同学打了一架，赌气辞了工作回家务农。就因这个坎儿跌了一跤，让他错过了转正当干部的机会。20世纪90年代初，他承包了村上的三十亩河滩地，带领妻子儿女一大家人，淘沙换土、打井修路，作务果园发家致富。当年和他结怨红极一时的乡里书记，早已埋骨郊野，而一介布衣的他，却成了桃花街上受人敬重活得体面的乡贤。

先生当司仪，可以说是子承父业。先生的父亲健在时，就是村里识文断字的土秀才，是村里红白喜事的司仪兼总管。在父亲的言传身教潜移默化中，他也爱上了这一行当。父亲病逝后，他随即继承了父亲的衣钵。当司仪先生，不只是按照既定的规矩议程，照本宣科说套话，首先得有威望和好人缘，再就是能依据主人家各自不同的家世背景、人物境遇，编撰应景的对联、贺词或祭文，这就要求先生既要文墨深，又要有胆识，还得深谙人情世故。一旦到了农闲，先生不打麻将不喜游玩，就猫在家里读古诗词，学习婚丧礼仪常识，积累各种素材，练习创作。三十年来，先生手头积累撰写的数百份文稿，装了几个文件袋，足有半尺厚。

翻阅先生编撰记录的文稿札记，苍劲瘦硬的钢笔字，文采斐然的五言、七言诗，写得密密麻麻工工整整。有为孩子满月庆生时戴长命锁的祝词，有宴请席间的答谢词，夸奖小儿的句子甚是灵动，比如"今日的幸运星，明日的文曲星；今天的小精灵，明天的栋梁才"等。祝寿词中，为一李姓先生及夫人八十双寿写的贺词长达数百字，时而骈散结合，时而四言、五言、七言，交错杂陈，时而对偶句，有种一气呵成的淋漓感。比如"时值新春，气清天朗""瑞露滋花堂，祥云笼烟树""鸟兽知反哺，草木知归根""人月同圆双星耀，福禄鸳鸯椿萱茂"……诸如此类的句子多不胜数，读之，无不令人回味悠长。尤其是丧葬致礼和祭文悼词，先生的文辞更是深挚恳切，直击人心，在追述亡人生前德行时，更是在教化活着的人学会感恩惜福，学会做人。灵前祭拜，一定要让亡灵走得安然体面。

如今的职业礼仪先生，出场费动辄就是三五百。先生干了几十年的司仪，从没有收过村里人家的钱，倒是吃了数不清场次的酒席，对提了酒水点心来登门叩谢的，也不刻意拒绝，笑纳而已。地里的活儿再忙，只要有乡亲来请，先生从不推托，无论贫富，他都慨然应允。人一辈子能过几回大事呢？给人帮忙，就要帮到节骨眼儿上。先生看不惯时下某些丧葬习俗中的浪费现象，就会在答谢执事乡党时，趁机革除一些俗礼，减轻主家的经济负担。

正如先生给堂侄的七十寿辰中写的"七十古来稀，当今不稀奇。四肢尚灵巧，头脑甚清晰。知足克俭勤劳作，读书习文乐天派。世间万象皆参透，人到无求品自高"。先生就是这样一位在俗世中，在桃花街上活出济世情怀自我风采的乡村老叟。

七

先生虽年逾八十,中等略显单薄的身板却依旧挺拔,步履依旧轻快,浓眉下的双眸依旧富有神采,和我聊天时的言笑依旧风趣爽朗,思维依旧敏捷,心理年龄至少年轻二十岁。当看到先生家中各类诸如"最美五老""最美周至人""老有所为先进个人""助人为乐模范""省优秀志愿者""德教流馨"等荣誉奖牌时,我的脑际浮现出他骑着自行车奔走在乡间街巷的身影,这个像老农一样淳朴的教育人,真是不简单啊!先生却说他的人生履历很简单,在甘南工作四十年,当过十三年行政干部,当过二十七年教师,退休后回老家当乡里关工委副主任至今,六十年都在为国家做着最平凡的事情。聆听先生回顾往昔岁月中那些难忘的镜头,方顿悟先生之所以心态这么好,是因为他活得纯粹有信仰,活出小我的大情怀。

先生出生在周至首阳山下的一个小村落里,尽管家境贫穷,但他凭着执着刻苦的精神坚持读完高中,1957 年从周至一中毕业,为了响应党的号召,回乡当了两年有文化的新农民,光荣的加入了共产党,成为周至县社会主义建设积极分子。1959 年,他产生了升学深造的念头,于当年七月考上了西北民族学院教育系政教专业。三年困难时期,许多学生因在校吃不饱饭辍学回家,但他却在吃饭时,把自己的食物分给饭量大的同学一点,实在饿得慌,就靠喝盐水充饥。一次他在兰州市中央广场捡到一个皮夹,内有八百元现金和五百多斤粮票,他不为重金所动,却坚持找寻失主,直到物归原主才放心。学校接到感谢信后,对他拾金不昧的事迹进行表彰,他一下子成为全院师生学习的榜样。大学四年,他在学好本专业的同时选修藏语,并利用假期到青海、甘南等藏族聚居区参加社会实践和调研,了解藏族聚居区的经济文化、风土人情,能说一口流利的藏语,会写一手漂亮的藏文。1963 年,毛泽东主席向全党全国人民发出了"向雷锋同志学习"的伟大号召,这对先生的触动很深,坚定了他向雷锋学习,为人民服务的志向。毕业分配时,他选择去了条件最艰苦的甘南迭部县,要把自己火热的青春献给这片贫穷却神奇的土地。

在迭部县做行政工作十三年,他先后当过文卫科、宣传部、统战部负责人,每年下乡蹲点达半年以上。这里山大沟深高寒缺氧,没有公路,下乡去最好的交通工具是骑马,其次是骑骡子、牦牛,有时靠徒步跋涉。但他不嫌不怨能吃苦,深入全县的十二个乡镇四十三个公社和二百多个村子里,访贫问苦做调研,和农牧民同吃同住做朋友。当他看到藏区人民缺吃少穿,生产和文化落后的状况后,感到揪心焦急,就到州上、省上找领导讲实情,提建议,和县乡领导想办法，同农技员一起从外省引进良种，在迭部试种春小麦、青稞、蚕豆、油菜、洋芋等农产品并喜获成功，解决了全县紧缺的口粮问题。同时，他还鼓励干部带领群众搞多种经营，因时因地制宜发展副业生产，增加农民收入。面对藏区落后的教育和许多孩子无学可上的现状，他带头跑申报跑审批，在上级部门的支持下积极筹措资金，并把自己积存了三年的工资七百多元捐出来，两年时间就在全县办起了十三所小学，解决了千余名孩子的上学问题。

在下乡期间，他还给当地农牧民办夜校，组织他们学习毛主席语录和党的方针政策；看到人们有病不去医院卫生所，而去寺院求神拜佛的现状，他一方面向群众宣传医学常识，一方面解决当地缺医少药的实际困难，把温暖和实惠真正送到千家万户。先生把藏族聚居区当亲人，藏族聚居区也把他没当外人，"文革"期间，各派别之间搞武斗，藏族聚居区为了他的安全，把他接到山上保护起来，真正体现了藏汉一家亲的深情。后来，先生因车祸骨折，就调到了甘南州教委，搞藏汉双语教材的编写工作。后来又调到高中当教师，他先后担任高中班主任、年级组长、教研组长等职务，一直干到退休。他当班主任期间，先后给三百多名各族学生送过生日礼物，经常利用星期天义务给学生补课，过节假日请学生来家里吃饭看电视，请爱人为孩子们缝补衣裳，用自己的钱给学生订报刊、买资料，教育学生怎样做人，怎样认识社会，怎样拓展自己。他爱学生如子，学生敬他如父，从几十封学生写给他的信件里，我感受到先生质朴的"红烛"精神，感受到学生对先生的感恩和爱戴之情。他真正践行着教育家陶行知先生所说的"千教万教教人求真，千学万学学做真人"的育人理念，先后在省级以上报刊发表各类教育随笔八十余篇，多次被评为全国优秀教师，优秀班主任，甘肃省劳动模范。先生自己有四个孩子要抚养，肩上的担子很沉，可是他多年来向各民族困难群众、学生和灾区捐款累计五万多元、粮票两千多斤，是真正心系民生学子的学雷锋标兵。先生扎根甘南四十年，从年少到白头，把满腔的热血和爱都倾洒到了第二故乡，收获的是独特的人生阅历，闪光的人生足迹。

先生退休后重返故乡，本该好好歇歇颐养天年，可他却在2003年又挑起了九峰乡关工委常务副主任的担子，在没有经费和报酬的情况下，立即投身工作，不畏严寒酷暑，骑着自行车走村入户，跑遍了全乡的角角落落，对各村各校的退休离任的老人、青少年学生、病残儿童进行摸底登记，为组建关工委和开展工作奠定了坚实的基础。2004年，为解决本村小学校舍危漏问题，他多次找上级主管部门反映情况，经西安乡友会搭桥，西安紫薇地产捐资十万元，先生带头捐款一千元，加上村民集资，盖起了一座结实气派的教学楼。盖教学楼期间，先生担任工程监理工作，半年多坚守在工地上，确保每分钱都花在了工程上。

2006 年，先生在调查农村留守儿童问题时，对本乡一个患了先天性心脏病在家躺了三年多的少年赵普阳给予了特别关注，在先生多次奔走求助和县民政局的帮扶下，西安市中心医院为孩子做了免费手术，病愈后的少年于 2013 年考上了大学，他参加的爱心团队还给孩子资助学费六千多元。当家长孩子登门感谢娃的救命恩人时，先生却说这是关工委的分内事，是他应该做的。十几年来，先生先后资助帮扶了本乡一百多名贫困学子，提起这些经他帮扶的孩子品学兼优学有所成时，先生的脸上写满了一个长者的慈爱和自豪。先生撰写的留守儿童调查报告，率先在省关工委教育发展中心的刊物上发表，引起了国家对留守儿童的高度关注。

十几年来，由先生牵头请法院、德育工作者在乡村、学校搞的德育、法制报告数十场，为推动青少年树立正确的人生观、价值观和构建良好村风民风家风，起到了春风化雨的作用。近几年，先生又心系乡村的产业发展，先后联系西北农林科技大学的教授、西安农校、果业局的专家，来乡里给村民搞猕猴桃田间管理讲座，培养了二十几名学有专长的职业农民。乡关工委组建的书画组、音乐舞蹈组，为丰富活跃群众的文化生活开展了许多活动，先生昨天还刚和南千户村委会联系好，组织书画组成员春节为村民搞春联义写活动。先生曾坚持九年在自家门前办黑板报，宣传科普知识、法制观念，传播国家政策要闻、良好的民风村风等信息，现在已经出了近二百期。

"不要人夸颜色好，只留清气满乾坤。"先生说，他这一辈子如果说有亏欠，就是没有为自己的四个孩子谋过前程，创造过什么便利条件，留下多少财产。孩子们在他的言传身教下，各自都凭各人的本事成的家立的业。在甘南工作时，他有过多次被提拔当官的机遇，但先生不愿意混迹官场折腰逢迎，只想做一个自在清白的小人物，去干自己喜欢干的事情。老伴是个善良淳朴的贤惠女人，几十年来一直支持先生做公益事业，是先生的爱侣和坚实的后盾。前几年老伴因病去世，先生甚是悲苦，但他心系下一代的情怀却一丝未减。先生说，人打出娘胎就是进学校，他要活到老学到老，一辈子爱好读书看报的习惯从未改变。喜欢为集体为社会做一些公益事业，喜欢和文艺青年在一起唱革命歌曲、黄梅戏，只要每天有事干，他就觉得乐呵充实精神。

毛泽东主席说过：一个人做一件好事并不难，难的是一辈子做好事不做坏事。先生就是一个几十年如一日为社会只做好事的人，他获得的那些荣誉都是实实在在的"真金白银"，称他是俗世中纯粹的好人并不为过。他是桃花街上德行最厚重的一位老叟，名叫伍行知。

八

　　年前才做了心脏搭桥手术的王先生，只休养了个把月，大年初五就被桃花镇上的药店请去坐诊。您怎么也不多歇一阵子？我有点心疼老头儿。先生笑呵呵地打趣说：笑我爱钱不顾命么？是病人催逼得没法子！原本四点下班，可先生有时五点多还在接诊。他说，我这人心太软，见病人大老远的来了候着，不忍心让他们白跑一遭儿。患者一来没喘口气儿就撸袖子让先生把脉，先生气定神闲地说，急什么，先歇缓，歇缓。十字街头上赶着让把脉，那叫糟蹋行道。

　　先生是个和气风趣的老头，总是笑眯眯地和病人打招呼。七十八岁的他看上去有点瘦弱，但他瞧病时双眸的神采却如同霜刃。常年见他推着自行车往返山里，上坡人推车，下坡人骑车，身板硬朗的像个老小伙。他南方人轻软的口音，不同于北方人的高嗓门粗犷，听起来觉得舒服贴心。我十多年前第一次找先生瞧病，正怀着两个多月的身孕，逛街时突然眼前发黑发晕，着实吓得不轻。先生给我把完脉，笑着说：没啥事儿，有点儿贫血。吃点蜂王浆，回去让爱人给你多买点好吃的犒劳一下就成，你这次怀的是个宝贝儿。我头胎生的是闺女，先生的话让我不禁转忧为喜。儿子生下后，方觉先生真挺神的，仅从脉象上就能判定男女。

　　先生的家在山里。在先生家门前的大核桃树下，远眺是重重叠叠的山峦，近看是一片壮观的杏林。三间红瓦房傍山而建，一个竹篱围着的菜园子，一只大黄狗，几只老母鸡，房前屋后树上的鸟鸣声，让小院显得拙朴而清雅。窗台上、屋檐下到处是他晾晒的草药。孩子们都去山外的镇上落户了，他和老伴住在山里老家图清静。素日里，他到镇上坐诊，把儿子两口儿都培养成了能独挡一面的乡村医生。老伴患病后，他就在山里陪着老妻，有时间就在核桃树下的石桌前，给上山来的病人把脉开方子，谈闲天，亦或潜心研究中医治疗各种疑难杂症的丸药、汤药。治疗癌症的乾坤丹，是他和北京的一个教授朋友近两年一起研发的，申请国家专利得一大笔钱，得跑关系报审批。俩老头都是淡泊名利之人，暂且放下申请专利的心思，先在临床上救治那些患了癌的病人。春日里，满坡杏花云霞相映，一到夏天，金灿灿的梅杏令人馋涎欲滴。即使山高路远，远近找先生瞧病的人就多，既赏了山野景致，又尝了鲜果，治了病，真是一举多得的美事。先生只开药方不卖药，一个方子只收十元钱诊费，够他和老伴生活就行。家里最显眼最多的就是患者送来的一面面锦旗，挂不了就卷起来收着。

　　先生的父亲曾是个赤脚医生，他从小就受到父亲熏陶，爱上了这个行当。

十三岁时，因家里穷困失了学，就拜了当地的老中医做学徒，从认草药、炮制药、抓药学起，记脉诀背汤头歌。每天还要挑一担柴去卖，卖掉柴，晚上才有油灯纸笔看医书做笔记。跟师傅学着把脉开方子，再去上医学院进修，通过考试拿了文凭，二十二岁就已学医八年，出师后就开始行医了。先生老家是山区，每日翻山越岭给人看病，很累，但他看过的病人都要去回访、跟踪，看似只是和病人多说多问了几句，可对自个儿的医术提升却大有裨益。沿着山路拔草药，是他坚持了一辈子的习惯。20世纪六七十年代闹饥荒，先生从湖北携家带口来周至投奔亲戚找条活路儿，在秦岭北麓的香山寺附近落户安家。物离乡贵，人离乡贱。改革开放后，在家乡熬出来的同行，都成了当地医院的主治医师，唯有他因跨省迁移档案遗失，导致先生错失了到大医院任职的机会，一辈子只能当个乡村医生。他带的徒弟在深圳月收入五六万，可他这位土专家却挣几千块一月。"人生无根蒂，飘如陌上尘。"先生说，这都是命运，走哪条道儿都是活着，都得天黑。

若听先生讲他这些年和患者之间的故事，那真像说书人在讲古，无数个章节儿，令人唏嘘感叹。我有幸听到他讲的几个草药偏方羞煞名医的片断儿，真觉得他是个老神仙。镇上有一位姑娘，快结婚了却突然患了冷热病，在县里最好的医院住了半个月，一旦用药，烧就退了，一停药温度就上去了，主治医生给她做了各种检查，花了八九千的费用，却查不出病因。医院特意请来了省城的教授也没辙儿。情急之下乱投医，有人向姑娘家属荐了先生给孩子瞧瞧。先生见了病人，号了脉，问了诊，确定是小伤寒，只开了三副草药，花了一百零八块，姑娘的病竟奇迹般地好了，欢喜得她母亲直称先生是救苦救难的真佛。姑娘特意给老人送了一款智能手机，方便随时联系先生。有位患者小便不畅去找先生，先生诊了脉后让他去森宫医院先作个检查。这位没听清湖北腔的患者却跑到肾病医院去了，体检、住院、消炎，医生还给患者插了导尿管。也是花费了几千元，疗效却不明显。患者又来找先生，先生说：好家伙，让你去森宫医院作检查，你竟然听成肾病医院，跑错了地方！先生看了他的化验单，让他回去在玉米地捉蟋蟀，一次六只在瓦片上焙干，碾成末儿和黄酒服下，吃几次看看，并给他拔了导尿管那不体面的劳什子。几对不起眼的秋虫儿竟治愈了他小便不畅的毛病，患者直称先生是华佗再世的神医。有一个肝病患者，肚子鼓得像发的面盆，县医院诊断结果是肝腹水晚期，让转院去别的地方瞧瞧。患者心里明镜似的，可仍抱着一线希望来找先生。先生望闻问切一番之后说，要活命，就得依我三个条件。一是放下肩上挑的担子，别干活儿甭操心了；二是别给孩子攒家底了，要舍得为自己花钱；三是得准备好吃苦，得长期喝草药。那人想了想，说自己真不想死，一定照先生说的办。那人坚持吃中药调理，半年后全身消肿，一年后不觉的是个病人了，被西医判了死刑的他，现在竟活得好好的，还能摆摊儿做小生意。先生山里一个邻里小孩发烧，烧退了却不吃不喝，只坐着摇瞌睡，没一点精神。大人急得找先生给瞧瞧。先生说小儿受了惊吓，失了魂儿，得先招魂儿。他先给孩子吃了一剂惊风的汤药，又写了谁也瞧不懂的字符，让孩子母亲悄悄儿放在孩子枕头底下，守着孩子睡一晚上。第二日，孩子果然还了魂，嚷着要吃要喝要出门玩儿。听了这几个小片断儿，我打心底对先生又多了几分敬重。

可先生也因"医闹"事件，曾背过黑锅。多年前，先生诊所门口一夜间突然放了具棺材，真把街坊们唬了一跳。因误诊治死人的庸医不是没有，可凭先生行医几十年的道行，我怎么也不信是先生的错儿。死者是乡上的一名干部，患着低血钾症，这种病，轻则经常感觉全身无力，严重就会导致昏迷休克。这干部犯病后曾找先生就诊，先生告诉他病情严重不能再耽误，得去县上住院治疗。可这干部就没当回事儿，第二天扛着病还去县上开了一天会，晚上睡下病情恶化，老婆打麻将不在家。早上人没了，老婆才慌了神，哭着闹上门来，说是先生的药吃死了他男人。经过医院鉴定，病人突发死亡，和先生的药没啥关系。奈何死者家属胡搅蛮缠吵闹不休，后经乡上、派出所说和调解，先生还是赔了一万元了事。

高手在民间。先生医术好医德高，学问和修行深厚，救治的病人不计其数。只要有同行的晚辈后学来向他求教，他都会毫无保留的把自己的经验分享给他们。秦岭无闲草，先生也一辈子没离开过这方山水。已有五十多年行医生涯的他，还在博采众方中搞草药研发，想要在有限的生涯中为更多的人送去福音。站在春日里的杏林边和先生作别，大地人间，似乎处处洋溢着杏林春暖的美好气息。

行文至此，桃花街上还有许多面孔浮上我的心头，每年给我家端腊八粥的老妈妈，常被山子哥称作"花骨朵"的巧嘴邻妇，像美国大叔一样帅气能干的邻居张君，倒卖二手车老爱讲黄段子的王哥，漂亮风骚却干练的理发店老板娘胡姐，卖旧家具的胖嫂夫妇，干了多年移动业务的宏兄，他们都是我熟悉的邻居，和我有着深深浅浅的缘分。和这些温暖敞亮的邻居曾在一条街上做伴，于我是一种幸运。且容我在此搁笔，留下一些空白和念想，期待在梦中与他们再会吧。

二、人物

爱在路上

巩坤年前的一个梦想，在春节开花结果了。小有名气的他是家乡在外地打拼的一位青年，是个助人为乐的道德模范。坤哥公益爱心团队扶危济困的事迹广为流传，在社会上留下了很好的口碑。

第一次结识他是在学校的晨会上，校长请他这个拥有"广东好人""西安好人"头衔的有为青年回母校为同学们做了励志演讲，赢得了学生们的一阵阵掌声。春节看了他策划组织的南千户村农民村晚，对他的创意和才干甚是欣赏。虽只和他聊了半个多小时，但小伙子的品行却着实让我钦佩。

这几年资讯发达后，家乡的发展变迁引起了巩坤的特别关注。虽然远在他乡，但他很想为家乡的父老乡亲做点事情。今年春节前他利用坤哥公益平台募集到善款一万多元，全用于资助村里品学兼优的贫困学生和几十户困难群众。每一笔善款的捐献人数目和资助人明细账，都在平台上公布接受监督。他还组织村里的志愿者们冒着风寒走街窜巷登门入户，给学生发爱心奖学金，给困难户送鸡蛋大肉，组织书法家为南千户村村民们义写春联，为村民发放爱心萝卜白菜，着实令人感动。

历年来大迁徙式的回老家过年，让农村空前的繁荣热闹，可年节里打牌玩游戏、胡吃海睡、喝酒聚会的习气盛行。怎样让家乡人的春节过得热腾喜乐有意义，爱琢磨事儿的他心头萌生了年初五办村晚的念头。这个想法像电光闪现，他通过朋友圈在群里和大家策划商讨组织村晚的事儿。

万事开头难。农民自己办村晚，是大姑娘坐花轿头一遭儿，压力巨大。在敦促志愿者们组织落实节目时，巩坤的心里也是挺忐忑的，既担心村民参与的热情不高，又担心节目质量低，没观众看，冷场子。让他倍感振奋的是，村里多才多艺的能人、热心人还真不少，短短二十天时间就收集了舞蹈、歌曲、快板、武术、秦腔、朗诵、演奏等二十几个各具特色的节目，参与表演的一百多人，年纪最小的八岁，最长的八十，大家伙儿的热情还蛮高，都想展示一下自己的才艺。没请一个明星大腕，全是村子里挖出来的各类文艺人才。所有节目的演出服装、化妆都是自己准备，舞台背景、音响器材、摄影录像都是村里热心公益的人免费提供的。直到年初一彩排结束，巩坤才长舒了一口气，悬着的心才落了地。

在节目彩排时，表演快板《戒烟歌》的老人说他年纪不大才八十，为这次演出特意置办了一身行头，礼帽、长袍、墨镜、红围脖穿戴好，张口来一段秦人风味的快板，那派头简直一下子就年轻了几十岁。那个表演新疆舞的小姑娘只有十岁半，在寒风朔气的广场上竟没有一点畏怯扭捏，舞姿曼妙轻盈，俨然一只美丽骄傲的孔雀；幼儿园小朋友表演的说唱舞蹈《孝字歌》，是孩子们跟着手机视频学会的，每一个娃儿小手小脸冻得红红的，可学得很认真卖力，拙朴中透着可爱的灵性；跳《开门红》的大妈们有的都七十岁了，可装扮舞动起来个个都是老来俏，并不比舞蹈队的小媳妇们表演的《最美宫灯红》逊色。当主持人的帅哥靓妹，是村里在读大学的文艺尖子，那台风口才呱呱的，令人称赞。

在冲天的礼炮和闹春的锣鼓声中，村晚如约在年初五村委会广场开演了。尽管春寒料峭，可前来看节目的村民还是挤满了广场。身着唐装、头裹白羊肚手巾的老头在唱陕北民歌《为看妹妹我跑成罗圈腿》，帅小伙弹着吉他唱着感恩父母的歌，一对牵着手的母女在深情诵读咏春的诗歌，著名书法家在晚会现场泼墨挥毫为村民送福字，就连邻居大叔的绕口令也绕得珠圆玉润、口舌生花。孩子们表演的《时刻准备着》，更是展示了乡村少年郎的活力。

"这个村子不一般，公益爱心在民间。村晚红透终南山，独领风骚春满园。"这是我看完晚会后的真实感言。尽管巩坤觉得第一次办晚会尚有许多缺憾，但这场别开生面的村晚，让今年春节有了最浓的年味。"不怕做不到，只怕想不到。"面对群众的好评，巩坤谦虚地说："我小时候家里困难，受到过许多乡亲和热心人的帮助，现在能为家乡为社会做点善事，心里特别踏实。今后我要带动更多的年轻人成为志愿者，让民间公益更好地为咱老百姓服务！"

过完春节，巩坤又动身到外地继续上班去了，但他的爱心故事却一直在路上……

草纸王

野菊花飘香的九月，我有缘结识了周至起良蔡侯纸博物馆的主人、汉麻纸的传承人刘晓东先生。先生身材高大，面容温厚，精神饱满，是个典型的关中老汉。他热情地接待了几位慕名造访的客人，像个导游，引领我们参观了博物馆展品和造纸作坊。先生不愧是这里的主人，对博物馆的设计布局、展品陈设、汉麻纸工艺的特点，了如指掌。他如数家珍般地娓娓道来，显示出先生干练、健谈、博识的知识分子情怀。博物馆庭院中的蔡伦像，门柱、额枋间的楹联、馆内别具匠心的蔡侯纸造纸工艺流程图、丰富的民间纸文化元素图片，凝聚着先生无数的心血智慧，不能不令人惊叹！先生和蔡侯纸之间的情结和渊源，不能不令人好奇。

蔡伦是造纸业的祖师。造纸业的推广和传播，对世界文化发展，产生了深远的影响。美国人麦克·哈特在《影响人类历史进程的 100 位名人排行榜》中，蔡伦排在第七位；2008 年北京奥运会开幕式上，第一个出场展示的中华文明，就是蔡伦发明的古法造纸术。追溯"起良汉麻纸"和"蔡侯纸"之间的渊源，据传张、周二姓曾为蔡伦纸作坊工匠，后被居住在起良的刘姓收留。为造纸，他们结为异性宗亲，共同开启了起良村的造纸历史。起良村的"汉麻纸"造纸工艺，一直沿用与汉代造纸相关的名称，如"纸汉坊""纸汉池""纸汉石"等；据考证，周、户两县交界的广大地区，曾是汉代以来各朝的民间作坊，"起良的纸，元马店的席，张屯的筛子不用提"的民间俗语就是证明。

"寒溪浸楮春夜月，敲冰举帘匀割脂。焙乾坚滑若铺玉，一副百钱曾不疑。"宋代诗人梅尧臣的诗，就是手工造纸艰辛的真实写照。"有女别嫁起良村，从早到晚立墙根"的民谚，道出了起良人造纸的苦累。在明朝前，起良村称"利泽里刘地"，刘晓东先生的高祖，明代的大理寺评事刘垂芳，曾和太傅卿赵于奎联名上奏万历皇帝，要求减免起良村田租粮赋，以便扩大造纸规模。皇帝准奏后，这里因而得名为"没粮村""去粮村"，后改名为起良村。从此，造纸文化深深地烙印在起良人的生产、生活、民俗活动的方方面面。据先生回忆，从他记事起，村子里的大多数村民，都参与手工造纸，家家纸坊都设有"纸圣蔡伦"的牌位；每年正月春社活动，都会举行民间祭祀蔡伦圣纸的仪式，锣鼓喧天中，唱大戏、耍社火等民俗活动搞得如火如荼。

起良汉麻纸的造纸原料，来源于秦岭山地的枸树皮。枸树本身就具有药用价值，枸皮生产出的纯天然纸张，虽没有现代市面上的纸张光鲜美观，但它柔韧温润，有一种特殊的香味。以往的酒厂用它做酒封，可以防渗漏不走味；店铺包糖、包药、包点心不发霉；演员卸妆时用它，有清洁护肤作用；书画家用它作画写字，吸墨不洇不褪色，有"纸寿千年"的美誉。随着时代的变迁，现代工业的兴盛，曾闻名遐迩的起良汉麻纸，逐渐走向了穷途末路。原因之一是，国家的封山育林政策，导致造纸原料短缺；二是现代化工业生产规模的冲击和包装技术的更新，导致汉麻纸的市场急剧萎缩；三是人们觉得手工作坊生产耗时费力，太苦累又赚不了大钱，不如养殖经商外出打工来钱快。在二十一世纪到来之后，起良的汉麻纸作坊近乎全部荒废。老祖宗一代代传承的古法造纸术即将失传。

作为起良村古法造纸刘姓的后裔，作为在乡村执教的知识分子，造纸文化已沉淀在刘晓东先生的血脉之中。他望着祖先的牌位和蒙尘的纸圣蔡伦神位，心里像压了块巨石一般沉重，他仿佛看到了祖先们那忧郁落寞的眼神和呼之欲出的期盼。失忆和冷漠，会让千年的圣纸之光黯淡；丢弃和损毁，会让千年的"活化石"蒙羞！"传承了千年的古法造纸术，绝不能在我们这一代人手中绝迹啊！"一个坚定的信念，在先生的心中生根，他决心创建"起良蔡伦纸坊"，把千年的古法造纸工艺，从经济大发展的狂潮中抢救出来，恢复它的原貌和生机。这个理想实现起来，不知有多少艰难，但开弓没有回头箭，他凭着关中硬汉的执着倔强，在退休回家后，走上了一条圆梦之路。

创建起良蔡伦纸坊首先需要的是会造纸的能工巧匠。因为造纸工艺的"三十六道大工序，七十二道小工序"，道道工序要求严格，技术性强，容不得半点疏漏，需要技艺娴熟的行家里手。请村里的老工匠们"出山"，是先生走的第一步棋。许多个日子里，他几乎天天揣着热忱、提着厚礼，逐一登门拜访老艺人们，或在家里设宴请他们聚会座谈，硬是凭着他对古法造纸的痴迷，凭着"踏破铁鞋拌烂钢嘴"的精神，感动、说服了这些身怀绝技的老人，同意和他一起创办纸坊。技术人才归他麾下之后，他又着手解决蔡伦纸坊的选址、构建和审批问题，积极筹备造纸工具等一系列琐碎繁难的事务。为了搜集寻找制作工具的专用材料，他和工友进秦岭、跑宁夏、赴内蒙等地，费尽周折和艰难，耗费了大量的心血，终于完善了造纸的各类设施和工具。此时，村里的乡亲们冷嘲热讽他的怪话、风凉话，能装几箩筐。有说他退休有几个闲钱，烧得发慌胡折腾呢，有说他无利不起早，想啥招套国家项目经费呢，也有人说，就凭几个老农民能造出汉麻纸，也不看看是啥时代了。还有许多观望者，都等着他出洋相瞧热闹呢。就连家人也埋怨他把养老金，贴赔在恢复还原古法造纸的事务中，太不划算。面对这些消极负面的影响，先生显示出他的坚韧和度量，不屑和没见识没眼光的人们计较，一概付之一笑。走自己的路，让别人去说吧。干成大事的人，谁会是一帆风顺的呢？

苦心人天不负。他和工友们终于建成了蔡伦纸作坊，造出了浸透着悠悠古意，弥散着温润芬芳的环保型汉麻纸。全手工工艺流程，既继承了传统的古朴风格，又有技艺上的革新创造。造纸的精细和艰辛过程，让人懂得了"敬字惜纸""笔下问纸"的深刻内涵。雄鸡一唱天下白，起良古法造纸作坊很快得到了文化部门和专家的认可，被列为省市非物质文化遗产；教育厅授予起良蔡侯纸坊"青少年爱国主义基地"的称号；西安美院的教授韩建刚，在半坡展馆专门展出了用汉麻纸绘画的水墨画。刘先生抢救传承弘扬古法造纸的远见卓识，得到了国内外有识之士的赞赏。他一下子成了被文化人关注，被乡里人尊崇的名人。当时嘲讽反对他的人含羞抱愧，自嘲是井底之蛙。慕名远道而来采访他的英国记者，在参观过程中，不断地为他竖起大拇指。成功了的老先生，并没有沾沾自喜坐享其成，他依然低调谦逊，壮心不已。他在上级文化部门的关注支持下，为了进一步丰富蔡伦纸纸文化内涵，扩大古法造纸的影响力，广泛借鉴专家、学者、艺术家的意见，设计建成了蔡侯纸博物馆，并亲自撰写了《造纸赋》，搜集了许多有关纸文化的民间珍品。心有多大，舞台就有多大。刘先生的新设想，就是在蔡侯纸博物馆的基础上，开发建成"中国汉麻纸文化园"，和楼观台、重阳宫连接构成文化旅游产业聚集带，让中外游客更多地了解中国传统文化的根脉，让文化瑰宝永远在历史的长河中熠熠生辉。

望着这位年近七旬的老人豪情满怀展望未来的神采，我折服到无语。一个人一辈子，干好一个职业，做成一件大事，都非寻常之辈。而刘先生的一生，却成就了两个理想。教书育人，他是桃李满天下，受学生爱戴尊崇的先生；当学校领导，他是一位清正廉明，一心为家乡教育添彩增光的实干家。抢救传承弘扬古法造纸，彰显了他老有所为的担当精神和大爱情怀。"千秋圣物蔡侯纸，万世人文华夏魂"。巍巍秦岭，见证了蔡伦圣纸植根起良的历史，悠悠渭水，滋养了这位民间艺人的赤子情怀。

落花时节又逢君

古城四月春深似海，能在雁塔伴山书屋参加作家白描先生新作品读会，也许是一种冥冥中的缘分。我不是第一次见到先生第一次聆听先生谈创作，心中就澎湃不已，而是早已被先生的德行和才情所折服。

作为资深编辑和鲁院院长，先生对全国各地的文学新人鼎力扶持的真诚是有口皆碑的，作家贾平凹先生说："在京城，他（白描）主持鲁迅文学院工作，干得风生水起，说他桃李满天下，弟子遍神州，绝非溢美，他在文学界特别是在青年作家中有着崇高威望。"我单凭三十年前与先生结缘的一件小事，就能体察到先生作为一个专业编辑的热忱厚道。当年十八岁的我是一个刚步入社会的打工妹，怀揣文学梦想和前途未卜的迷茫，给先生主编的刊物寄去了几首涂鸦诗作，不久先生就在他主编的《国际人才交流》杂志上发表了我的处女作诗歌《送别》，并寄来了样书、稿费，还写了一段指导创作的话，先生说："年轻人有爱好有梦想很好，但不要急于求成，要多读书勤练笔，多丰富自己的人生阅历，只有先练好了扎实的基本功才会写出有分量有影响的作品。"捧着先生修改后的小诗，读着先生言辞恳切的指点，我这个灰姑娘的心里像寒夜瞬间亮起了一盏明灯，充满了温暖和力量。是先生给了我文学上真正的启蒙，帮我树起了追求理想的信念。

"人生不相见，动如参与商。"再次得到先生的消息是在多年后我订阅的文学报上，文学报的新批评专栏刊登了一篇先生批评陕西文坛近年创作疲软浮躁之风的评论。读完之后，很欣赏先生敢于讲真话讽时弊的魄力。后来又在文学报上看到他的长篇新作《秘境》的介绍和节选，方晓得先生是个博识多才的学者型大作家。近两年在结识了陕南才子丁小村先生创建的"读书村"这个接地气的公众号后，先生的文章又一次进入了我的视野。我们这些七零后是读着路遥、贾平凹和陈忠实等陕西著名作家的作品成长起来的一代人，是他们忠实的粉丝。作为陕西文坛三位巨擘的朋友，先生写的有关路遥的文章《歌唱的摔跤手》《为路遥母亲画像》《"陈氏馒头"为何筋道》《陈忠实的"两道坎"》等系列随笔散文，先后被我有幸读到。他对朋友的理解、评价、怀念是那么至情至性，令我感受到了大家身上那股子为了理想和命运较劲的精神，也再次领略到先生质朴厚重的文风中所挟裹的风雷，给我强烈的震撼和艺术熏染。

"焉知二十载，重上君子堂。"在先生的新作《天下第一渠》的分享会上，我有幸第一次见到了先生，听了一堂很好的写作课。先生虽已年过花甲却精神饱满从容淡定，依然保持着关中汉子质朴敦厚的本色。听先生和师大历史学李教授、主办人吴文莉三人之间的对谈，对历史和文学之间的关系，对纪实文学实与虚的关系，我有了透彻的了解。"历史求真，文学求美。如果说史实是这部力作的骨骼，那么文学就是这部作品的血肉、灵魂。纪实文学的双重阵地法，即查史料实地勘察和作家感情才情的投入，铸就了这部书的雄浑气象"，非常有见地的观点，令我受益匪浅。

尤其当先生谈到新作的写作缘起、案前准备功夫和作家的终极较量是什么时，现场所有的听众都情不自禁地挺直了脊梁神色庄重地认真聆听着，时时爆发的热烈掌声，表达了对先生才情、人格、情怀由衷的赞叹之情。就像先生所说："郑国渠是一个满载着历史和人文的大渠，它是故乡的地理标志，是故乡的文化符号，承载着他对故乡的爱和眷恋。"正因为他对这片土地爱得深沉，才促使他壮志萦怀，耗费精血写下了这部向故乡、向大渠致敬的力作，抒发了他对故乡的一腔深情。

"老骥伏枥，志在千里。"用曹操的名句来形容先生再贴切不过了。大题材就得需要大手笔，就得有大情怀支撑。这一点先生做到了，他为我们晚辈的写作树立了很好的榜样。恰逢世界读书日，又收到了先生的签名本《天下第一渠》，我欣喜万分，顾不上吃饭，就细细拜读起来。

梦野印象

"千载后，百篇存。更无一字不清真。若教王谢诸郎在，未抵柴桑陌上尘。"这是辛弃疾赞陶潜的诗句，在拜访了山里草根词作家梦野先生之后，这个句子忽然就从脑际闪现出来，令人喟叹不已。

梦野先生已在我的家乡首阳山下耿峪河湾一户农家小屋独自生活了六年。从微信朋友圈得知，他是一个患抑郁症的中年大叔，写了一首火遍大江南北的爱情歌曲《阿楚姑娘》，一个人和几只动物生活在大山深处，过着隐居生活。经常有人带着猎奇或仰慕之心去拜访他，有挺他的有黑他的，朋友圈中这些一鳞半爪的传闻，给这位"隐士"增添了些许神秘色彩，很想去会会这个"另类"的人物，直至这个庚子年盛夏，才有机缘在朋友的引荐下得以和先生相识。

七月的山野草木苍翠葳蕤，河谷中拂过的风夹杂着路边蔷薇、凤仙、木槿和不知名野花的气味，令人神清气爽。嘤嘤蝉鸣和着哗哗流淌的水声合奏着盛夏的乐章。当梦野先生打开他的木栅栏门时，他的爱犬就抢镜头似的撒着欢儿迎了上来。穿过野草掩映的小径，越过石砌的台阶，就来到他租住的宅院前。三间青瓦覆顶竹帘饰墙的土黄色民房，虽有些拙朴简陋，却也结实地矗立在那里，屋檐下耀目的红灯笼别有风韵。站在屋檐下的石阶上举目四顾，青翠的山色扑面而来，门前场院中一片山草野花相生的空地，几条踩出的草径蜿蜒至山野，一副自然样貌，真有点"苔痕上阶绿，草色入帘青"的意味。场院边上长着柿子树、玉兰树、桂花树和一些不知名的树木，柿子树下挂着一个吊床，几只白色山羊雕塑，仿若几只山羊正在青草间觅食，几株玉簪在滴着山泉的水池边开放。

梦野先生忙着烧水烹茶，我得以偷眼打量屋内的陈设。朱漆的大板柜上堆着生活用品，冬天用来烧水御寒的炉台，条形的木质几案上放着茶具杯盏，雕镂精巧古朴的琴桌、几案、半旧不新的书架、音响、电脑、电视、衣帽架，别致的莲花宫灯、红罗帐一溜儿排开，墙上的篆书字画、悬挂的吉他和几案上汉代陶罐里插的野花及门上的对联，无不显示着主人的个性品味。

初见梦野先生，戴着白色棒球帽，穿着黑 T 恤迷彩衣牛仔裤的他，浓眉大眼高鼻子络腮胡子，给人帅气粗犷的印象。乘车去农家乐吃饭时，他的两只爱犬抢在他前面上了车，任凭他哄孩子似的引诱它们下车，可两个小家伙就是耍赖皮不下去，主人只好笑着让步带着它们，让我觉得梦野先生是个心底善良的人。落座吃饭闲聊时，朋友问他梦野是笔名还是真名时，他说这是青少年时在报刊上发表文章时用的笔名，梦想的野心家么，他自嘲式的咧嘴一笑，极像特有范儿的美国大叔。问他是不是混血儿，他笑说那得去问他老妈。他说，总有人把他当老外。一次去超市购物，听到收银台的姑娘悄声对身边的人说今儿来了个老外，待他付款一张口，那姑娘更乐了：妈呀，这老外陕西话咋说得这溜的。听完先生分享的这个笑话，觉得他是个健谈风趣的人，没有一点抑郁症的影子。一聊到音乐和歌手，先生的专业素养就显现出来了，歌手的风格和是不是实力唱将，他都能信手拈来评说得头头是道，有着行内人的鉴赏力和真诚。

等到先生讲起他和动物们的故事时，他在我眼中的形象愈发亲切了。那只陪伴了他六年的名叫恬恬的山羊，曾繁殖了十几只后代，因为放羊太费时间精力，就把羊都送人了，好让它们回归自然更好地生活。但是当他得知养羊的山民因移民搬迁要处理掉这些羊时，他又把恬恬接了回来。因为是这只羊在他人生最困苦状态最差时陪伴他，给了他温暖和抚慰，他不忍心恬恬被宰杀，他要照顾恬恬在自己身边自然老去。"恬恬，恬恬，你穿着一身洁白的袄，像云朵在山里飘啊飘啊，你头顶着倔强的角，为我撑起人生无边的寂寥，你带着两弯迷人的笑，总是远远向四下里瞧啊瞧，你那充满灵性的欢叫，总是让我感受到万物生长的美好……"这是先生为恬恬这只羊写的歌词片段，美得令人无法言说，现在歌曲已出版发行，有着很高的点击量。他的两只爱犬一只叫球球，一只叫贝贝，是母子关系。球球曾是被主人遗弃在山野的生灵。等狗主人弃狗开车绝尘而去，没追上主人的狗来到了他的门口，可怜巴巴地等着他收养。从此，聪明伶俐的狗狗就成了他的门迎和保镖，他自然成了"羊爸狗妈"。因为山里蛇和老鼠多，山民就送给他一只猫，每个晚上小猫就陪在他床头。寒夜里一伸脚，触到热乎乎软绵绵的小家伙，心里就特别暖和。逃离了人群和动物们生活在一起，心里觉得单纯踏实有安全感。当触及抑郁症这个敏感话题时，他不藏着掖着，十分坦率地分享了他曾患抑郁症的原因和治愈的过程。作为 2008 年的汶川地震参与救援的志愿者，他亲历了山河塌陷生离死别的惨状后，加上自己创业失败与女友感情出现危机的打击，他陷入了失眠、梦魇、焦灼、恐慌的抑郁中无法自拔，迷惘痛苦的他特别想逃离这个喧嚣纷扰的世界。是生存还是毁灭，是麻木堕落还是自我救赎，他清醒地选择了回归自然，来到大山深处，让自己安静下来，梳理一下人生的过往，想重新找到自我。

也许当我们烦了累了从气喘吁吁的日子里逃出来，偶尔在大山深处闻闻花香听着鸟语枕着月亮数着星星入眠，吃着农家蔬食和山羊狗猫为伴时，觉得还挺浪漫。但如果让你远离亲人朋友常年生活在这里，就未必能适应这种荒寂、孤独、简陋的苦日子。梦野在此一住六年，一千九百多个日夜，足见他的心理是多么强大，定力是多么好，和大自然相融相守得多么自在。山里的乡亲很淳朴，经常把自家种的菜和做的好吃的送给他，若碰不上他，就把东西挂在他门前的篱笆上。在和大自然、山民及山羊狗猫的朝夕相守中，先生感受到了天地的无言之美、人情的淳朴厚道和动物的灵性之美，这些都给他带来了抚慰和安全感，不仅治愈了他的抑郁症，还让他的心变得丰盈起来，像春风拂过的冻土渐渐吐露出新的生机。看到眼前这个从抑郁中走出来的汉子，谁的心里不是亮堂的呢？

吃完饭，梦野邀请我们去他的住处喝茶听歌。他说，遇到投缘的朋友，自己的话就山泉水般咕咚咕咚直往外涌，遇到话不投机的人，他就懒得张口。茶斟上了，音乐声起，歌手梁凡在第二季《中国好歌曲》中一曲走红的《阿楚姑娘》，再次回荡在耳畔。以前听这首歌，只觉得弦律美，歌手的唱功好，但这次坐在词作者身边细品歌词，才发觉歌词是大家手笔，每一个句子都闪耀着诗意的光芒，都像白月光一样自然、丰沛、芳醇，跃入我发光的眼帘直抵心上，我忽然为自己曾经对美的忽略而脸红。见我们都听得入迷，梦野又让我们观看了著名实力派歌手袁娅维翻唱的《阿楚姑娘》的视频，歌手充满张力质感的音色和动情的演绎及音乐剧般的舞台效果，让人禁不住泪目，纷涌的过往思绪在心头来来回回地荡漾。随后，先生分享了这首词的创作灵感和他的几次情感经历，爱却别离爱而不得的无奈伤感、思念纠结，都在他的一首首诗里歌里。接着，我们又凝神聆听了歌手金志文的《妹子》，梁凡的《首阳山的雨》，霍尊翻唱的《寄一片雪花给你》，王建房的《妈妈》，宋茜的《怀念》，每一首由梦野写词的歌都充满了诗性的无邪、人情的美好，每听完一首歌，大家都情不自禁地想要分享每首歌创作的背景、配曲的风格和歌手的特点。好词配好曲，还得有懂歌的人来唱。当歌手霍尊请梦野为他写给妈妈的曲子填词时，先生想到了自己的妈妈，想到了妈妈带着自己从甘肃流落到陕西的过往，想到了母亲的温柔而坚韧的个性，灵感的火花即刻在笔端闪烁，他一气呵成，为天下的妈妈们写了一首最美的歌。

茶慢慢喝，歌细细品，先生的每首歌词都有婉约派的细腻，也有豪放派的洒脱。在首阳山天地灵气的润泽下，在他听雨而眠闻鸡起舞的山居闲处中，创作的激情不断地在燃烧：《首阳山的雨》《怀念》《北塘》《青梅花开》《你来人间一趟》《去雪山安个家》《西藏》《远走》等数十首歌已花开有主。闲坐在他的土屋中，一首一首歌儿品下来，尽管我不识曲谱，不晓得什么流派，但我却能在飞扬的音符中，在歌词的意韵里，在歌手的声音里，得到了欢愉抚慰和宣泄，心灵变得越来越柔软而多情，宽广而厚实。同时，我也捕捉到梦野诗歌中包藏的老男孩的童真、中年大叔的温情，捕捉到他探戈加摇滚风里搅着雪的多变风格和走笨路做自己的性情。从他的歌里感触最深的就是深情，无论是爱情、亲情、故土情，还是万物有灵的天地情，都充斥在这个七尺男儿的心间，那么厚重，让人觉得珍贵，让人觉得这个像一棵树一样自由生长在天地山野间的他，根融入在故乡的泥土中，心儿向往着未来，明天的艺术之路会越走越宽广。

　　在央视《心理访谈》栏目为他制作了一期节目——《一个山居男人的生活》之后，梦野的知名度越来越高，慕名拜访和邀他出山发展的人很多。亦有浅薄之辈嘲讽他没有那些写口水歌的人有名，也有名利之徒想请他写些火爆动感的容易唱红的歌。可梦野却如终保持着一个诗人的清醒，拒绝了许多媒体的采访和世俗的诱惑。他说他不会为迎合世俗而写歌，也瞧不上那些一夜成名之后就自我膨胀的艺术泡沫。他说：人如果活得太热闹太贪得，会距离艺术越来越远。让喜欢务实的人去务实，让喜欢做梦的人去做梦。他只想做个简单的人，努力写出好的作品。朋友说，梦野守住了首阳山，首阳山也成就了梦野。他的歌《首阳山的雨》，将会成为家乡周至最美的名片之一。

女人花

　　曹雪芹曾在《红楼梦》中以"风露清愁"的芙蓉喻黛玉，以"艳冠群芳"的牡丹喻宝钗。她们的才情风度，自然同花是堪匹配的。用自然界中千姿百态的花比喻女人倒是蛮贴切的。她们盛放摇曳在光阴的枝头，各有各的姿容芬芳。

　　李老师是我去年结识的朋友，她眉眼活泼舒展，时尚的短发自带风度，素雅简约的着装得体大方。她支教来新单位不久，就成为教导处一员得力的干事，做事干练通达，为人爽快坦诚。饭桌上闲聊，操场间漫谈，时常能听到她风趣的调侃和爽朗的笑声。尽管她声称自己是个挟着烟火的俗人，但她却少有算计、油滑、矫情，有的是圆润洒脱的本色。

　　听说她是蒋村镇中学的高级教师，带了多年的毕业班，语文成绩在全县总是名列前茅，是西安市优秀教师，是县级语文学科的带头人，是连续几届的人大代表。可从未听她在闲谈中透露过只言片语，听校长介绍后才知晓一二，对她的才干和低调的人品甚是钦佩。

　　没见她在朋友圈里晒过自己生活中的"小确幸"，她周末去影院看大片，下班去健身房跳舞，长假开车去远游，闲暇时读书写文章，哪一样随心所欲的生活，不让人觉得她生活得有滋有味呢？她却说，你只看到了我光鲜幸福的一面，那藏在心头的痛，掩在门后的艰辛，你又晓得几分呢？常想一二，不思八九，人才会活得阳光淡然。

　　她听说我是个业余作者，就热忱邀请我给她同学的好家风平台投稿，我心里着实感到温暖。等她的文章从平台上发表出来后，我才知她和我都是情趣相投的文艺青年，有些相见恨晚的感觉。人常说，同行相妒或相轻，时常是口里敷衍着称好，鼻子里却哼着冷气，可我俩并非是如此小气之人，我若发了文章，她总是第一时间看，并指出不足之处，给我鼓励。过不了多久她就赶着上了新篇儿，我也会心悦诚服地竖起大拇指为她加油。如此投桃报李，并非互相吹捧，只是惺惺相惜罢了。她发了一篇写公公的亲情的文章，不久我也赶巧发了一篇写婆婆的小文，她嬉笑着说："你这是要跟我比作好媳妇呢，还是要彼此辉映呢?""当然是两者兼顾啊!"说完这句话,我俩彼此会意笑了。心有灵犀一点通,去年春天里我发了《野菜风情》,她发了《又是一年荠菜香》,真是姊妹篇儿呢!

她在我校交流即将结束时,特意请我和校长夫妇吃了一顿饭。因为大家都是性情中人,席间免去了诸多客套,聊得随意轻松有趣。她离开时我竟错过了相送的机会,不免跺脚抱憾。她以交流支教为素材的文章《熏染》,质朴温暖的文字,把身边小人物身上闪闪发光的品质呈现了出来,令人肃然起敬。她有一段写门卫尽责的感慨文字:"一个人人格的高贵真和他的地位无关,位卑者的灵魂不一定低微。他就如一朵苔花一般,虽然香气很淡,但是提醒我只要芬芳即可,哪怕只有一抹香。"读之如沐春风,愈发觉得她是个有心人,有一颗善良的心。

生活中有些人近在咫尺,却始终是个面目模糊的陌生人;有些人即使难得相见,却是心头常常牵挂的人。同声好相应,同气自相求。每当我郁闷不快时,她仿佛心有灵犀似的,先打来电话问候。和她拉完话儿,我的心境顿觉明朗了许多。

她曾以含笑的丁香花喻我,这种美意让我汗颜。那么她是何等姿容的花儿呢?在和煦的春风中,我看到了一株盛放的白玉兰,那朵昂扬在枝头热烈吐芳的花儿,不就是她的化身么?

秦岭闲翁

　　邵德民何许人也，山间一退休教师也。先生自称是秦岭闲翁，可他的生活却充实得犹如成熟的果子般饱满。退休后，他作务果园、照看孙子，偶尔老友约去喝茶聊天下棋，但他最乐意做的事儿还是写字，就像画家丢不下画笔，裁缝丢不开剪刀，习惯使然。逮空儿就写几笔，否则会一天不自在的。

　　先生幼时因受启蒙师熏陶，喜欢看蒙师提笔铺纸挥毫的洒脱劲儿，特别羡慕老师的一手好字，在心里播下了写好字的种子。即使生活再艰难，他也要省下钱来买笔买墨拜师练字。后来教书几十年，粉笔字、钢笔字、毛笔字越习越精，功夫十分了得。他是我们当地十里八村数一数二的书法家，没有谁的诗文书法能出其右，身上兼着陕西省民间书画协会研究员和副秘书长的职位，其书法作品获过许多奖项。

　　先生对孔夫子因材施教的理念甚是推崇。他说学生就像百花生长，各有性情，做园丁的一定得摸透各种花的脾性，才能修剪得法，让个个成才。爱学生是为师者的灵魂，只有巧用心思把娃们的兴趣习惯培养起来，才会让他们受益终生。小学阶段识字量大，想让学生把汉字记牢写好又不觉得生厌，就得进行汉字趣味教学，对难掌握的字或易混淆的字，分类编写出活泼有趣的顺口溜让学生识记。再编些活动手腕手指关节的保健操，字写累了就教孩子念口诀做保健操，字词积累就成了学生兴味盎然的乐事。每年他接手一批新生，第一节课下来，学生总会自得地夸口说："我们语文老师的字牛得很，简直亮瞎你等的眼球！"那师道威望，一下子就在学生中竖起来了！

　　值得称道的是先生教过的每届小学毕业生，他们个个字写得漂亮精神，当地中学的老师时常以我们村学生写的字当模板，这样口口相传，先生自然成了写字名师。直到现在，每年假期里慕名把孩子送来先生家里练字的家长络绎不绝。字写得再丑再慌的孩子，经过先生耐心细致严格地调教、训练，一个假期坚持下来的孩子，写的字都会脱胎换骨，令人刮目相看。写字的信心一树立起来，孩子自然少了厌学心思，令家长头疼的难题自然就迎刃而解了。好字影响人的一生，先生的功德真是"春风化雨源头水，育得桃李花满蹊"！

因事寻找先生，便来到先生老居拜访，看见他正在为村里要结婚的人家拟写喜联。他写对联不喜翻书用现成的，而愿意根据主家当时的情境现编词儿。只见他凝神静思一会儿，就捉笔在手，先在草纸上写下腹稿，在裁纸调墨的当口再溜几眼对联，略作沉吟修改后，随即就笔走龙蛇，淋漓泼墨，顷刻间，一幅喜联就写成了。

先生是个健谈的性情中人，因和我聊得投机，原本只想请先生写一幅字，可他却写得兴起，一气呵成竟为我写了四幅字。还为条幅"书韵悠长"即兴创作了"书犹古琴，韵高怡情，悠然萦怀，远惠子孙"的藏头诗。墨行中灵动的笔法变化，虚实映衬的气韵，呈现在挥毫点墨间的率真顽皮，以及他敏捷的才思，令我啧啧称奇！

先生说写字是一种很好的健身养气的方式，每日若干张字练下来，筋骨活络，气血畅通，眼不花背不驼蛮精神。他对欧柳颜赵等名家的字均有研习，在博采约取之中自创一体，只求写得随心所欲自在率性。村里红白喜事新居落成的对联，只要乡亲登门，就一定应承下来，也不收取资费。一次乡邻硬把票子塞在他口袋里，他生气佯装收下，送客出门时乘其不备又把钱一把塞进他的胸口，让对方红着脸半天掏不出来。先生说人情永远比钱金贵。

拜别先生出来，忽见路边枝柯遒劲的老梅树上刚开的腊梅，朵朵精神，暗香扑面而来。"不要人夸颜色好，只留清气满乾坤"的句子一下子冒上我的心头。眼前这老树新梅，不就是先生艺术生命的化身么？

秦山渭水的女儿

我曾经在周至作协的文艺座谈会上，听过叶广芩老师的创作谈，也听过这位"格格作家"穿旗袍坐三轮车吃着烤白薯在街头兜风的逸事。带着对这位女作家的仰慕之心，阅读了她写的家族小说和以秦岭生态人文为背景创作的系列作品，弥漫在作品中那卓尔不群的气质风骨和质朴率真的性情，深深地吸引了我，在群星璀璨的作家群中，我记住了她。如果说她写的家族小说，显示了她京味小说的温婉典雅绵长醇厚的风格，那么以秦岭生态为背景创作的作品，则显示了她作为一个作家对当下环境生态的担当意识。她秉承一个知识分子的良知和热情，用文字记录秦岭生态人文的历史和现状，秦岭是她精神上的第二故乡，称她是秦山渭水的女儿是实至名归。

古城四月春深似海，我有幸与叶老师重逢，再次聆听了她的讲座——《大秦岭》文化讲堂。六十多岁的她一袭素装，姿容端宁，气定神闲，一开言就口吐莲花，一下子吸引住了在场所有人的目光。我暗自惊叹她的气韵，是文化和岁月的滋养浸润，让一个女人永葆书卷魅力。叶老师的讲座图文并茂资料鲜活，内容完全是她这些年行走生活扎根秦岭原汁原味的生活感悟。讲座伊始，她就以自己的"北京咳"引入，指出北京雾霾令医生束手唱叹的事儿，引出人人感受到的环境问题。再引用汉乐府中的诗句"山无陵，江水为竭，冬雷震震，夏雨雪，天地合，乃敢与君绝"这样的一首爱情诗，来阐释那些在古代绝少发生的现象，在我们生活的当下全都出现的事实，引起人们强烈的情感共鸣，不能不让人反思人定胜天的狂妄和急功近利的危害。接着她把镜头拉近，通过图像资料，重现了我们的母亲河渭河昔日水草丰盈、芦苇婆娑、鸥鸟翔集的渭河湿地的美丽画面，同时也再现了渭河河床现在干涸断流、沙坑遍布、湿地萎缩消亡的惨状。溯源而上，她沿途考察了渭河源头的生态，再也看不见传说中李唐圣主遗鞭的古井涌泛清波的美好画面。仅仅几十年的时光变迁，我们的生态环境就改变了模样，这些悲剧的制造者会是谁呢？

如果说渭河是我们柔弱的母亲，秦岭就是我们雄健的父亲。一讲到秦岭的地貌物候，叶老师的声音里就透着些故乡人的亲切和热辣，如数家珍般娓娓道来。那一株株草，一树树花，一只只飞禽走兽，一块块石头都充满了灵性、神性和传奇。此时的叶老师就是山中的土地佬，没有她不曾到过的沟壑山梁，没有她不曾碰触、不知性情的生灵。山民们和山中的大家伙（老虎）、熊猫、金丝猴、豺等动物之间麻缠纠结的恩怨情仇，她绘声绘色的描绘给大家听，让人感受到秦岭植物遍地无闲草，个个都是宝；让人感受到秦岭动物的自尊和气性，秦地百姓的厚道和佛性。尤其当她讲到不法分子偷猎山中野物，有钱人吞噬猴脑灵蛇等现象时，温婉的语气中包藏着尖锐和鄙夷，呼吁人类拒绝吃有灵性的动物，别让人类的嘴成为埋葬动物的坟墓。

她在讲秦岭的人文时，提到了唐朝大诗人白居易在周至当县尉时钟情于山中蔷薇的掌故。白居易从山中移栽了一株蔷薇，且赋诗一首："移根易地莫憔悴，野外庭前一种春。少府无妻春寂寞，花开将尔当夫人。"现在庭前蔷薇依旧，诗歌依旧，千古的情怀依旧。她讲到了小说《青木川》中的人物原型，见证《青木川》历史变迁的义士徐种德老人，讲到了北大毕业的高才生曾舟埋骨秦岭的故事，讲到了想在老县城建停机坪遭到她阻挠的村长，所讲的人物掌故，无不显示了叶老师深厚的文化底蕴和潜藏在她人性质地中的率真柔韧不向世俗妥协的个性。她虽非地道的秦人，却有着秦人的善良质朴，硬气和大气。秦岭山水馈赠给叶老师的是地泉般涌溢不绝的艺术灵感和为秦岭生态保驾护航的气魄和良知……

就像是春风化雨使得古城的春色清润迷人，聆听着叶老师的讲座，心中也有一种如浴春风的温暖和清醒，心魂在秦山渭水见徜徉、叩问。翻开大秦岭的历史画卷，我们的先祖有过秦汉的大气魄，有过唐宋的大辉煌。现在，秦山渭水所孕育的自然生态和文化魅力，亦勾引着中外游客的魂魄。作为她的后人，我们应该对养育我们的秦山渭水多一些敬畏感恩之心，对秦岭的生态文化多一些敬爱之情少一些冒犯之念。正是因为有像叶老师这样执着人文生态保护的知识分子、有识之士，我们的秦山渭水将会在神州大地上焕发出更为迷人的风采。

两个多小时的沟通交流，让我对天地人生又多了些敬畏和感念之情，对叶老师又多了些倾慕之心。远远地向她深深致谢，默默地祝福她身体康健，写出更优秀的作品。

素描写真

　　生命中，随着时空的转换，有难舍的朋友，注定会像流云一样飘散，那种花飞水流的怅惘，是无可奈何的。但记忆却是个无价之宝，像旧相册一样，珍藏着往昔岁月中那些可爱的人，可追念的事。我时常驻足在记忆的窗口，翻阅着那些美丽的风景，想念着那些像蒲公英一样，零散于广袤原野中的朋友们。

　　越走近她就越喜欢她，这是我对一个八零后女孩的评价。乍一听张菲这个名字，很容易让人想到那个脾气火爆，长坂坡喝退几十万敌军的燕人猛张飞，让人想到阳刚勇猛等男性特征，很难想到春天满园芳菲的花儿，和花儿一样烂漫的姑娘。这个瘦高挑，戴眼镜，喜欢穿裙子和风衣，上下课都讲普通话的女孩，喜欢在乡间小路上散步。她曾戏言：穿着高跟鞋，走在凹凸不平的小路上，真是婀娜多姿！

　　记得张菲初来学校应聘时，和每个应聘者一样，都精心打造了一张名片，什么本科学历呀，英语四级呀，擅长计算机操作呀，当过导游和外教呀，全是些令人炫目的资本，好在学校考察老师是注重能力的。朗读、上课等教师基本功须全面考核。她留在黑板上的粉笔字，拘谨得有点别扭，但读一读她留下的这段文字"风来疏竹，风过而竹不留声；雁度寒潭，雁去而潭不留影；故君子事来心始现，事去而心随空"后，心里暗暗称奇：这段话可是《菜根谭》中的经典名句，小女子能熟记于心，她的文学功底足见一斑。和她一谈话，发现她的口才真叫一个了得！那才思和应对，敏捷鲜活而魅力四射。相关求职问答结束后，她问了我一个题外话：听说著名作家叶广芩，在你们县挂职当副书记，整天徜徉于秦岭密林之中，混迹于豆架瓜棚之下，写出了《老县城》《老虎大福》《青木川》等一系列作品，哪天能看见她吗？我特别喜欢看这个"格格作家"写的家族小说，深婉的叹息中藏着风骨，藏着率真，藏着暖心的温情。提到叶广芩，我和她之间，从素昧平生一下子似乎成了老朋友，我自豪地告诉她，我曾经有幸听过叶老师的文学讲座呢！她是个随和、温婉、浪漫的作家，曾在县城街头穿着旗袍，坐着三轮车，吃着烤白薯兜风，曾像明星一样，笑咪咪地给猕猴桃做免费宣传的形象大使，她和三秦大地的感情深着呢！和叶作家的超级粉丝聊着文学，她成了我的同事、朋友。

张菲带班有她自己的特点。一是她们班的学生出操、集会时，她必定站在队列之前，要求学生抬头、挺胸，站得横成行竖成线。对那些散漫成性的刺头学生，她不厌其烦地耐心敦促他们抽掉懒筋，站出英姿飒爽的个性。时间久了，学生们习惯成自然，即使她不在，学生也能站得跟白杨树一样正、一样直，成了学校一道亮丽的风景！之所以学生服她，是因为她把学生当孩子，爱着，夸着，提携着，和她们抱成团打成片。她说，刚上中学的孩子，单纯如璞玉，可塑性强，为人师表者育人的责任重大。晨读课，她喜欢领着学生诵读，取代了以往自由读书时，许多学生精神涣散的弊病，有目标、有比赛地背诵优秀古诗文，调动了学生潜在的积极性，让那些优秀的诗文，成为学生一生受用不尽的精神财富。语文课，她给学生开辟三分钟即兴演讲，题材不限，有话就说，批评褒奖，自由谈论，唯一限定就是，只有三分钟，解放了学生的嘴巴，激活了学生的思维，师生互动和谐愉快。每个月末的班会课，她都要民主评选出他们班表现最棒的学生，给他们发奖品。只要学生身上有闪光点，都会被开发，被彰显，都会被她称为他们班的新星。学校举行歌咏比赛，她亲自挂帅，给学生教唱京戏《唱脸谱》，国粹京剧刚一登台亮相就气势如虹，台下掌声如潮水般汹涌。总之，张是个有个性的老师，即使班会课上训学生，她的连珠妙语，在学生听起来，都是一种精神的沐浴和享受。

张菲之所以人缘好，是她兼具南北方人的优点。她在东北上的大学，喜欢黑土地人的直爽；在广东任外教，欣赏南方人的圆通；再加之西北人的厚道和一张如花的笑靥。同她交往，你无须设防，也不必虚伪，听她论时事、谈时尚、聊闲天，都觉得来劲、新鲜，长见识、有意思。她喜欢文艺，没事喜欢泡书吧，看书的速度超快，记忆力又惊人，一部长篇一晚上看完，倒能讲得头头是道。特别喜欢的书，就去网吧下载，然后，送给爱书的朋友看，一起分享读书的快乐，生活中的那些雅趣数不尽、说不完。她说，工作三年，攒的银子给自己购置了价值不菲的古筝、笔记本电脑和一部数码相机，这些都是她生活中必不可少的东西，让她的心灵，在喧嚣的红尘中有一块自由的栖息地。谈到理想，她不无感慨：她说她就是那只掰玉米的猴子，上幼儿园的时候，她喜欢舞蹈，长大当个舞蹈演员是她的理想；上小学时，她觉得老师特有权威，于是，她的理想是当一名教师；上初中时，她又迷恋上了小说，于是想当一名作家；上了高中，她又梦想到世界各地去游览，于是，她报考了旅游管理专业，毕业后，天南海北地跑了许多地方，开了眼界长了见识。但她又觉得，外面的世界风高浪险心太累，觉得还是当老师单纯，适合自己。于是，她在一无专业特长二无教学经验的劣势中，来农村建立自己的根据地，让自己茁壮成长后，再向城市挺进。汶川地震后，她又打算去四川支教。她说，有时候觉得自己挺落魄的，像一朵流浪的云，有时又觉得人生就是一种经历，即使不能过理想中的生活，也要过有理想的生活。我特别欣赏她的人生信条，为她的每一个尝试喝彩、加油。

张菲对小孩子的爱，是与生俱来的热爱。她唤几位同事小孩的乳名，比孩子的母亲亲切，她把女孩称小公主，把男孩称为小王子。一个口香糖，一个苹果，一个小故事，一个小制作，一本小画册，一只捕来的蝴蝶，一只抓来的龙虾，一顶编织的草帽，都是她用来宠小孩的礼物。孩子得到了欢乐，她比孩子笑得还甜；孩子受了委屈或家长的责骂，都会在她那儿寻求到安慰。课余的许多时候，孩子们都绕在她身边，叽叽喳喳吵着闹着，像一群快活的小鸟，她说让他们做作业，竟没有一个孩子抗旨不遵，让我们这些做母亲的特羡慕。有一个孩子中途转学，每天都要给她打电话，告诉她，就连做梦都和张阿姨一起做游戏。她给我儿子在野外拍的写真集，充满了烂漫的童趣：烂漫的野花，咩咩叫的小羊，老旧的自行车，结满果子的树，都是原生态的自然，充满了摄影爱好者的情思和创意，展现的是梦幻般的美丽！张菲说，将来结婚，要和爱人生一大堆孩子玩，我们都笑她太天真，除非去国外当个富翁，梦想才会成真吧。

对待感情，她不是那种不在乎天长地久，只在乎曾经拥有的女孩。二十四五岁的大姑娘，心里早有了所倾心的白马王子。在北京工作的男友，是他的大学同学，虽然天各一方，但从她一往情深的谈吐中，我们知道他们即将迈进婚姻的殿堂。就在她赶赴北京准备和男友订婚后，一起去四川支教时，他却在男友的邮件中，意外发现了另一个女孩写给男友的情书。于是，订婚宴摆成了鸿门宴，激烈地各执争吵后，她拂袖而去，乘火车去东北上大学的故地转了一圈，然后回西安应聘，成就了当一名中学老师的梦想。而她的男友，也负气只身去四川支教。她给我讲述他们之间的恋爱故事，看似洒脱的背后，隐藏着酸楚和伤痛。我说，优秀的男人或女人，不会没人追，时间和空间的转换，人与人之间，都会产生一些微妙的情愫，应该给彼此一些空间和理解，真正的感情，是能经受住时空的考验的。他给你发短信打电话，证明你是他所在乎的人，你不能再任性对他不理不睬，考验一个人得有个限度，别让他绝望啊！虽然她口口声声称他为前男友，虽然她对家里人说他们吹了，母亲急着张罗给她介绍对象，但我知道，她不是那种轻易放手的女孩，缘分自有天定。

一个八零后和一个七零后的女人，彼此成为志趣相投的朋友，很难得。朋友就是喜悦地接纳、贴心地交流、无私地付出、彼此牵挂的人啊。我期待着，我们会重逢在另一个美好的时日，继续描绘各自人生的图景。

乡村歌手

　　他们并非真正的乡村歌手，但在我心中，他们是唱着歌，有滋有味生活的人。

——题记

一

　　20 世纪 70 年代出生的他，是爹娘五个孩子中的老五，从外乡山里落户于平川的他们一家没什么家底根基，打小破衣烂衫风里雨里长大的他，没多少文化，却练就一副好身板。二十出头外出务工时，带回一个大姑娘，自己解决了终身大事，又在村头盖了三间土坯房另起炉灶。村人时常看见他穿西装，戴墨镜，唱着歌，蹬着自行车带着小媳妇，风一般从村口刮过，都像看什么西洋景，半是羡慕半是嫉妒地说："这小子倒会穷开心！"几年下来，俩闺女一儿子相继加盟他这个小家，拖儿带女的日子过得是紧巴了点，但从未见他和媳妇为生计发愁打过架。务果园，搞养殖，开商店，跟乡会卖小吃，两口子早出晚归的，像燕子一样辛劳而欢实。进入九十年代，村里的楼房雨后春笋般拔地而起，倒显得他们家的房子矗在村口寒碜扎眼，于是，乡亲们又私下嘀咕："他倒沉得住气，爱瞎折腾得什么似的，咋不修整门面在人前显摆了？"

　　又是几年一晃而过，国家级环山旅游线从村口横穿而过，村口那三间土坯房摇身一变，成为一幢时尚的小洋楼。此时，我们的主人公大春，正坐在自家的阳台上举目远眺：连绵起伏的苍莽群山和漫溢着果香的杂果林，一眼望不到头！大春如果是个文化人，他一定会用"绿树村边合，青山郭外斜。开轩面场圃，把酒话桑麻"来抒发他的诗意！他注目着环山线上川流不息招摇而过的车辆，有了自己的远景规划。他把自家前院装修成一个露天舞场，舞场四周的铁栅栏外围，种了爬藤和花儿。四处攀援的牵牛花，烂漫的蔷薇、虞美人、石竹、太阳花在墙外开成一片，摇曳着风情，漫溢着芬芳，既招惹蜂蝶又勾留眼球。一到夏天，大人孩子都夹着凉席，搬着竹椅，来到路边歇凉。来往车辆过往行人，都会被闪烁的彩灯，沸腾的音乐和凉爽的夏夜风光所吸引，自然会呼朋引伴地来此消遣找乐。舞曲飞扬中，谁想跳尽管来，不收门票。可那些酒水、饮料、香烟、瓜子、口香糖却特别走俏。他们夫妇不只是笑眉笑脸地招呼大伙，还是舞池中的领舞者。他们率先步入舞池夫妻对舞，那份随意、潇洒和沉醉，直撩拨得男男女女们心痒难耐，无论肥瘦美丑皆翩然入池。只见池内衣裙飞扬，扭臀摆胯，眉眼异彩的人们，跳得那个欢哪！时不时地就有秋波暗送，媚眼明抛的甜蜜，在人们的心头激荡。既健美又开心的娱乐，竟让全村五十岁左右的中年人非常青睐，他们往往是夫妇双双步入舞池，重寻往日的温情，只是跳得不够自然。大春时而为他们做示范，时而趁机在哪个娘们的腰上拧一把，引得场上笑骂声从不间断。

　　大春成了十里八村的名人。虽说他已人到中年，可他脸上那乐天的笑容，却像孩子一样明艳，那股欢实劲儿，仍不减当年。这不，他又扩大了经营范围，弄了个农家乐赚起城里人的钱。他别出心裁，在自家院里种了各种翠绿鲜嫩的时令小菜，又要去山里采买香椿、土杂鸡蛋和一些野物，让城里人亲自采摘、操刀，享受田园美食之趣。至于他下一步会玩出什么新花样，谁也说不准，因为时代在发展，人也在赶趟。大春不是什么风云人物，至少他在乡人眼里，是个唱着歌过生活的汉子。

二

　　龙姨和母亲是同龄人，都是奔六的人了。但她没有老娘们的肥胖、迟暮和琐碎，有的是依然俏拔的身材，清亮的嗓子和活泼的眼眸。如果她当年真的去了县剧团，凭她的条件，现在早就成了名角。只可惜，饰演《红灯记》中的铁梅和《十二把镰刀》中梁秋燕的她，却没能冲破封建意识的束缚，和父母哭过闹过之后，和当时成分好又是林场工人的陈叔成了亲。能歌善舞如花似玉的大姑娘，成了村里一个出众能干的小媳妇。

　　在我童年的记忆中，龙姨是一位要强慈爱的母亲。她女儿和我是同学，一条腿患有小儿麻痹症。她为了宝贝女儿上学不受歧视，跑了多次省城医院，为女儿联系做手术的事。做完手术后，女儿那畸形的脚趋于正常，走起路来只是有点跛而已。龙姨总是给女儿扎漂亮的小辫和蝴蝶结，给女儿穿镶花边的衣服，要求她做最有礼貌学习最好的学生。每次去她家，龙姨总会热情地招呼我们，给大家手里塞好吃的，一把炒瓜子，一个苹果，几个坚果什么的，我们都能感受到一分温情和快乐。

再后来，龙姨当选为村上第一位妇女主任。时常看见她英姿飒爽地骑着自行车，拎着公文包，奔波在村舍之间。她待人热忱，对姐妹们知根知底知冷知热的挺关照，因此，那些刮宫流产、带环结扎的计划生育工作，倒也做得顺顺溜溜。一些鸡吵鹅斗的邻里纠纷，经她一说和，准能化干戈为玉帛。抛开干部头衔，她又是出得庭堂下得厨房的能人，村里的红白喜事，都少不了她这个女总管里外打理照应。闲暇时来了兴致，她随即会唱一段她的拿手戏，那雏凤一般的清亮嗓子，那顾盼传情的眉眼，总会博得一片叫好声。

一晃许多年过去了，现在的龙姨已成祖母奶奶了。那天，在一群办嫁妆的媳妇中遇见了她，觉得她竟是那么光彩照人！只见她新烫的一头卷发，齐整地笼在脑后，玫红的袖衫配灰色的休闲裤，脚上穿一双绣花的软底布鞋，整个一个风韵犹存的半老徐娘！寒暄之后，我笑着探问龙姨越活越年轻的秘诀，她颇有些自得地说："姨现在是咱镇上'俏夕阳'民间自乐班的一名演员啦！平时和班子的演员们学健美操，排演秦腔折子戏，扭秧歌练舞蹈，一有演出活动，我们就登台亮相。大家一不为名，二不求利，只图一个自在乐呵。别看姨现在老了，但这腰不硬、腿不僵，一上舞台，好像小姑娘一样来精神。"说着，她就地给大家演示了几个动作，那一招一式，一顾一盼，轻俏曼妙，有一种说不出的神韵。姨又感叹着说："现如今的婆婆，有的麻将桌前一坐，屁股沉得一天不挪窝；有的为儿孙当保姆难得空闲；有的家里负担重，还是那未下套的牛；有的想老有所乐，却没那个文艺细胞。你妈就是一个老古董，年轻时，她可是演过阿庆嫂的人呀！我们这一辈人苦了半辈子，现在赶上了好时候，可得活得像模像样。说白了，姨就是一个不怕人笑话的老妖精，有时侯遇到难缠的烦心事，只要伴着你陈叔的二胡，开言唱一段，就啥忧愁都抛开了，咱都这岁数了，计较啥呢？"听着龙姨的诉说，我深为乡间有这样非凡的女人而欣喜。人生从什么时候开始都不算晚，只要明白了人活一世究竟为谁而活。

夕阳无限好，为霞尚满天。我唯愿乡间多一些像龙姨这样唱着戏跳着舞扭着秧歌生活的老人，让她们在晚年有闲情去实现她们未曾实现的梦想。

校长情怀

胡校长已是中年大叔的年纪了，亦非那种儒雅帅气的高颜值男人，他敦实中等的个头，素日里凝重紧绷的面孔，背着手站在教学楼前检查师生或作沉思状时是那种自带气场、令人敬而远之的人物。

他是九峰初级中学建校以来资历最老的教师，已在这里扎根育人度过了二十几个春秋。从血气方刚的教坛新秀一路成长升职为教育主任、副校长、校长，没有谁比他对家乡的这所中学奉献的青春多、倾注的心血浓、投入的感情深。他把家真正安在了学校里，学校捧回的每一个奖牌、荣誉，家长们的口碑，村委会送来的"福泽乡梓，业辉首阳"的牌匾，都记录见证了他用心付出的足迹。

妻子魏老师是他的师范同学，如果不是他的逼人的才气和执着的赤诚，凭他这个其貌不扬的农村小伙，如何能把人家省城的姑娘追到手？如果说他是红花，妻子就是绿叶，他们夫妇一个是历史专业，一个是数学专业，可谓文武兼备珠联璧合。直到现在妻子依然是毕业班的数学老师。作为校长夫人，魏老师说她没沾过他的光，只有补的台。在代课方面她是学校挑大梁的骨干，在家是相夫教子的贤妻良母，和姐妹们相处，她的宽厚和热诚更是没得挑。比如每当学校排练大型文艺节目，魏老师都是指导老师之一，操场上陪着学生训练几小时，她从没有过怨言，是一杆不倒的红旗。胡老师敬爱心疼妻子亦体现在日常的细节里，每天晨起，拎着暖壶打水的总是他，每次外出回来，都会给妻子买水果、零食，每次过节都会给妻子送礼物。他们夫妻夫唱妇随的恩爱范儿，令人艳羡不已。"公生明，廉生威"，校长的这股子清正之气令人钦佩。

和胡校长共事的这一千多个工作日，觉得他有几个特点。他是一个乐学的有视野的校长。不是带着同事走出去考察借鉴同行的先进理念，就是利用网络平台和校长们切磋，他还善于放下架子，虚心向身边的同事请教，深入同学中间去调研学情。私下里做足了功夫，加上他文科生的语言功底，无论是大会发言，还是即兴讲话、针砭时弊，他都能侃侃而谈、精准发声，显示出敏捷的才思不俗的识见，那些用方言俚语讲出的接地气的朴素观点、鲜活事例，都能像鼓槌一样敲到人的心坎上，听得人脸红耳热，忍不住暗暗叹服，鼓足了干劲。嘴勤腿不懒的校长，时时处处都是他的课堂，捣蛋学生没有谁不怵他"毒舌"的威力。真话都带刺儿，忠言都逆耳，有悟性的人才能品砸出其中的味儿。

凡事注重仪式感，就会提升人的幸福感和尊严感。小到周一晨会、表彰会，大到节日庆典、文艺汇演、家长会，胡校长都特别注重仪式感，都会精心营造校园特有的文化氛围，让每位参与其中的人受到校园文明、文化的熏染。今年的"三八妇女节"座谈会，更是给人留下了特别温馨的记忆。精心装扮的活动室里问候情浓茶果飘香，鲜花成束，从女仆升级为女神的姐妹们喜气洋洋地聚在一起，校委会领导们真诚地为女神们致辞，和大家掏心窝子交流，让孩子们为老师献花送祝福，歌声和欢笑声相伴，人情味特别浓厚。比起城里某些学校领导不露面只给老师们群发祝福、送购物卡的形式，此时的校长谁说不是一个可爱的绅士呢？

近几年来学校的文体活动多次在县、市获得大奖，这既得益于师生们的刻苦训练精心打磨，又得益于校长本人的人脉广，能得到许多专业人士的指点。作为农村足球特色学校第一个走进陕西电视台的校长，能和著名主持人姜小京做一次有关足球的专题访谈节目，对胡校长而言是此生难得的机遇。尽管他面对镜头有点拘谨，但当谈起学校的足球和孩子们的足球故事时，他的心中又升腾起满满的自信。因为足球文化已渗透到校园的每个角落，足球精神已让孩子们脱胎换骨找到了人生奋斗的意义。他如数家珍地讲述着孩子们和足球的有笑有泪的故事，能感受到他融入到孩子们中间的那份淳朴率真，让人深深体味到：机遇总是垂青那些有准备的人们。今年的五月份九中学子志存高远，再次以农村学校不凡的实力，为高新区首届中小学生田径运动会开幕式呈现了高质量的歌舞节目《春华秋实》，赢得了各界人士广泛的赞誉，再次刷新了九中的记录，印证了校长和他的团队超强的能量。

"把简单的事做好，就是不简单；把平凡的事做到极致，就是不平凡。"这是胡校长时常挂在嘴边的语录。作为文化人，他喜欢用作家梁晓声的话"植根于内心的修养，无需提醒的自觉，以约束为前提的自由，为他人着想的善良"和同事们共勉。现在当你走进九峰中学时，定会被眼前绿树婆娑鲜花似锦的美丽所陶醉，定会被学校"高标配"的教学设施所吸引，定会被它绿茵场上活力四射的足球场面所震撼，定会被浓厚的文化气息所打动。作为学校的顶层设计师，面对新的机遇和招生挑战，胡校长既充满了忧患意识，又有着美好的愿望。办好家门口的学校，成就孩子们的未来，福泽乡梓，是他最朴素的情怀。

兄弟老管

被同事们称作老管的老师，其实还只是一个小伙子。他是学校的政教主任，负责学校的德育工作，可他还身兼数职，既是体育老师，又是团委书记，晚上还得负责男生的作息，学校到处都能看见他的身影。大伙私下调侃道："老管可管得真宽，简直是权倾朝野啊！"他笑眯眯地自嘲道："能人是拙人的奴！反正咱底盘重能扛得起，再给个校长当当，也能玩得转！"瞧瞧这年轻人，野心有多大，舞台就有多大。

老管一张圆脸，天庭饱满、鼻直口方，粗眉下一对花眼特有精神，中等个头长得挺敦实。那个挺起的啤酒肚，让人觉得他的内存有点高。他举止谦和，让人觉得亲切。记得我刚来学校时，他就笑眯眯地迎上来打招呼："老师好，我可是您的粉丝啊！您的文笔真好，文章写得朴实无华却耐读有味，有几篇我特意剪下来，在枕头底下收着呢！"他这别开生面的见面礼让我很感动，竟有了他乡遇故知的温暖和喜悦，可我一激动就犯了一个错误，竟然冒冒失失地问他："你孩子多大了？"他不好意思地摸着头说："我还没成家呢！你看我是不是特显老啊？"我一下子闹了个大红脸，赶紧打哈哈说："你第一眼看起来挺沉稳成熟的，可越看越觉得帅气年轻。"

他公开场合对学生训话，从不像有些领导板着个脸端足了架子，甚至疾言厉色，而是静静巡视全体学生一圈，温和却很有底气地发表讲话，每一句话都像学长在教导学弟学妹。如果有谁不识好歹瞎捣乱，他的笑容会迅速冷冻，凌厉的眼神只那么一扫，就会像小刀子一样嗖嗖地刺向谁，没有哪个不赶紧收敛的。对付特别顽劣的男生他会关起门来管教，给学生留足面子，或是在体育课上施展"绝技"，让你领教一下他"绵里藏针"的厉害，再不敢轻举妄动了。而那些早恋、逃课、掐架的厚脸皮女生，却是他的克星，他时常挠着头说："对付女孩子，我总有点怜香惜玉的意思，狠不起来。"

有段时间，九年级二班的班主任因病请假一个月，没人想代班主任当后妈，理由是这个班的刺头太多，男女生抱成团不服管教。学校又让老管出马来啃这根硬骨头，他深入课堂倾听孩子们的心声，革除高压旧弊，给那些有个性爱出风头的委以重任，让他们轮流上岗为班级服务；每天以日志的形式记录在生活、学习、纪律等方面涌现的新星、新风尚；晨会、班会课老师不再空洞说教，而是让班干部作点评，培养班级的凝聚力和学生的主人翁意识。为了缓解学生的学习压力，他组织学生打球、赛歌，既让青春的激情得到了释放，也在潜移默化中拉近了师生间的距离，许多爱造反的学生在他的调教下变乖了。在教学管理方面，他新招不断深入人心，深得学生们的爱戴。一次我们教师聚餐时，我让儿子给学校里他最爱戴的老师敬一杯酒，儿子毫不犹豫地把酒敬给了老管，给儿子代课的老师们嘘声一片，老管那个得意呀，真是没法形容了。

老管曾说他们体育专业毕业的老师，别看肚里没装多少墨水，可个个字都写得不赖。他却是个另类，喜欢读书字却写得很烂，因此在字写得好的同事和学生面前就有些自卑。于是业余时间他狠抓练字。他不怕出丑，黑板上、旧报纸上到处都是他练的字，常常见他对着字帖认真临摹。练得久了，见到了纸笔他手就痒，越写越爱写。一年多的工夫，他的字就写得有模有样了，有老师请他给班级写标语，他毫不含糊，且调侃说："我这人皮厚胆大，明知是班门弄斧，我也要挥毫泼墨，成败任由各位评说。手上沾点墨香，心里踏实呀！"

别看老管总是乐呵呵的，可他心里却也是愁肠百结。都毕业好几年了，他还在民办学校打游击，进不了国家的正规编制。以往县教育局组织招教，他没钱没关系总是落榜。他在学校时谈了个朋友，俩人感情不错，可女孩的父母挑他一无资产二无编制，致使俩人的关系若即若离的，挺玄乎的。他母亲身患绝症撒手人寰，给他的打击很大，作为长子的他怎能不硬挺着帮父亲扛下这穷愁的重担？一回到学校，他就咽下所有的苦和酸，在忙碌的工作中消解他难言的痛苦。虽说学校领导很器重他，但微薄的收入让他不敢谈婚论嫁。每次喝同事们的喜酒，大家就会惦记着吃老管的喜糖，他总是笑呵呵地说："我的马拉松恋爱历程正在进行时！"私下里聊天，大家就旁敲侧击做他女朋友的工作，说那些谈婚论嫁只盯着房子车子钞票的女孩没眼光，女孩找对象得看男生是不是潜力股。

西安市教育局统一管理招教之后，老管他们的命运有了新的转机，他昼夜奋战果然不负众望，在公平竞争的机遇中积极备考全力以赴，从众多的考生中脱颖而出。听到他招教考试成功的喜讯后，我不禁为之欢呼雀跃，工作的问题解决了，罩在小伙子心头的阴霾散去了，生活终于为这个苦孩子展露了笑颜。现在偶尔去他的空间溜溜，发现他已经升级做了爸爸，小日子过得蛮滋润的。

拉拉杂杂写下这些文字，是因为特别想念这个久未谋面的兄弟。在一起时，倒没觉得有多深的情分，可一旦分开了，这牵挂就生了根。茫茫人海中能遇到一个投缘对味的人，真的不容易。遥祝他无论在哪儿发展，都有一个美好的前程！

女人情怀总是诗

"世界上若没有女人，这个世界至少要失去十分之五的真，十分之六的善，十分之七的美。"冰心先生盛赞女性的名句，让我在三八妇女节那天想起生命中许许多多和我有缘的女人花。她们摇曳在时光中，各有各的色彩和芬芳。

赵彦领老师是从西安市七十中来到乡村支教的老师。她来学校报到那天，刚从红色轿车出来，就给师生们很惊艳的印象：秀挺的身材，时尚的衣着，清俊的五官，活泼的眼神，性感的红唇，明烂的笑脸，悦耳的声音，单是这光鲜雅致的风度，就美得令人忍不住惊叹：果真是城里来的"洋"先生！举手投足间散发出成熟女人独特的气质。谁能相信她已过了知天命的年纪。

赵老师和新同事们相处有点自来熟，半点架子都没有，真像个大姐似的又热忱又爽快。无论是饭桌上闲聊还是操场上漫步，同事们都喜欢和她搭伴儿，喜欢听她这个大姐姐分享一些处世经验、生活趣事和时尚美食，听着既长见识又新鲜有味儿。等和她混熟了，就追问她保养的秘诀。她说，生活中有少年老翁，有老年顽童，人活的就是心态。心态好的女人，从不愿和邋遢为伍，从不和蠢才较真儿，每日把自个儿收拾得美美的，精气神自然就足，做事情才会利飒爽快。她可是练瑜伽跳拉丁舞的资深女粉呢！生活中她喜欢养花养狗听音乐看闲书，喜欢利用假期去各地旅游。当看见欧州那些六七十岁的老太太穿着时装无比优雅精致地聚会、跳舞、逛街时，她真为身边未老先衰不修边幅的姐妹们感到惋惜。不爱美失去自我光彩的女人，还有女人味吗？

学校庆元旦演出时，工会请女教师组队跳广场舞，向师生展示女教师的风采。只有几个活跃的舞迷报了名，大多数女教师处于观望状态，有想报名却羞于抛头露面的，有顾虑天寒容易着凉的，有担心自己老胳膊老腿蹦跶不开的，大家的热情都不高，需要有人来点这把火。这个人就是赵老师。她一得着信儿，不只自愿报名，还和负责的老师一起挨个上门邀请。可选的这两个广场舞她都不会跳，但她却一点不怯火，还笑着说，兴趣是最好的老师，只要热爱想跳，三五天的课余时间准保学会练熟。她鼓励大家不要总在台下当观众，要敢登台亮相做演员潇洒舞一回。在她的热情鼓舞下，学校女教师舞蹈队迅速组队成功，姐妹们都以她为标杆，把自个儿扮得美美的，真正舞出了活力和风韵。在准备服装和化妆时，她竟把自己刚买来尚未拆封的保暖内衣和丝巾借给我，令我这个第一次登台跳舞的人记忆深刻。

三八节座谈会上，赵老师的发言令人难忘。她说从教三十余年，这是她过得最温暖最有人情味最有仪式感的妇女节。往年过"三八"，校领导连面都不露一下，只在校广播或微信群里发个祝辞，后勤上再发一个购物卡什么的就把节过了。可在这里，有精心设计布置的会场，有校领导班子亲切诚挚的祝福，有孩子们为老师送上的鲜花，大家像一家人一样坐在一起畅谈，姐妹们即兴展示的才艺和颇有创意的合影留念，都让她感觉到乡村人情的美好，都将成为她人生中最亲切的怀念。她说姐妹们因社会角色太多而没有不辛苦的，因此一定要学会爱自己，懂得为自己投资。只有自己活得健康活得有质量有特点，才能赢得尊重和爱戴。一个不爱美不讲究的女人，连自己娃都瞧不起她，更遑论他人？她坦诚率真的发言句句暖心，给所有人如沐春风的感觉。

她说自己申请来乡村支教，是在为领导排忧解难。校长每年为下乡支教得开动员会，年轻人不惜同校长翻脸也不愿抛家别子下乡。有的老师下乡支教是为了解决职称。而她已经是高级职称了，下乡支教是想离老家近一点，重温一下回归乡村的感觉。这次支教出发前，有同事还在嘲笑她犯傻，两条凳子支一张床板的硬床哪有席梦思舒服，虽说住的是公寓楼，但没空调没厕所的艰苦也是你能忍受的？她调侃说，别忘了咱也是从乡村出来的，打小就练下了吃苦的童子功。每次开车走在路上，看着车窗外逶迤的远山和望不到头的果园，迎面吹着清凉的浸着花香果香的风，心里就美滋滋的极舒服。当城里的雾霾让人捂上口罩禁足室内时，乡下却能享受透蓝的天空轻盈的云朵，能听见孩子们自由奔跑的笑声。有时在绿荫跑道上散步，竟还有踱步的喜鹊相伴。和同事到果园里采摘樱桃、李子，在菜园子拔新鲜蔬菜大嚼农家饭的滋味，实在是美好啊！淳朴热情的乡亲把咱当客人待承呢，咱还不幸福么？她时常边拿手机拍照发朋友圈，边抒发对乡村的爱恋。

教高中政治的她来支教带的是初一两个班的历史课。她觉得农村孩子单纯质朴却透着鬼机灵，行为习惯有点小"野蛮"却不愿自我展示。摸透了孩子们的脾性儿，她就在备课上巧用心思，从培养孩子们学习历史的兴趣和习惯入手，尽量让孩子们在课堂上学得活跃有趣味。课间经常有孩子缠在她身边，她总是摸摸这个的头，拍拍那个的肩，亲切的同孩子们交流对话。班上有个从小缺失母爱的留守男孩，捣蛋、赖皮、不写作业，经常在课堂上恶作剧或睡觉，是个软硬不吃令老师们头疼无语的憨娃、"破落户"。可他却在赵老师的调教下，历史回回都考优秀。同事们问她用何种佛法"引渡此生"，她笑着说：一个从小在冷眼、嘲讽、打骂下成长的孩子，就像活在地狱里。一句真诚的表扬，一个关切的眼神，一次平等的对话，一份小小的礼物，一次次的耐心期待，都能帮助孩子找回自尊，学会改变。爱就是我的佛法。在她牵线搭桥下，七十中助力精准扶贫爱心公益小分队的同学们来到了我们学校。小小的"鞋盒礼物"，却为寒冬中的留守孩子送来了温暖和希望。小小的鞋盒中，装着城里孩子的学习文具、课外书籍、各种玩具、手套围巾和制作精美的手工艺品。得到礼物的孩子们，兴奋地扑闪着亮晶晶的眸子，欣赏着哥哥姐姐们的才艺表演，向善向美的种子在他们的心田悄悄的萌芽。难怪暑假临近时，有那么多的孩子，追着在操场上散步的她签名留言，她也从不敷衍推托，总会笑咪咪地接过孩子的笔，认真地写下她的寄语留下她的电话……

　　支教结束临别时，她邀请政史组的兄弟姐妹去饭庄聚餐，吃一顿散伙饭，我这个教语文的也有幸受邀。席间，姐妹们虽然说笑依旧，但心里对她的眷恋却是真切的。她说自己的家就是同事们去西安的办事处，有事儿一定给她打电话，她喜欢被"娘家人"麻烦。大伙儿被她这种樽前饯别的情分所打动，拍照留念时偷偷替她买了单，跟着大姐姐也学着"聪明"一回。聚散本是人生常态，但别离后依然会想念的那个人，怎能不是一个特别的朋友呢？想念她的飒爽英姿，想念她的率真风趣，想念她亦真亦善诗一样的情怀。

月在青天自皎洁

"青青子衿"是她的微信名，全月秋是她的芳名，未见其人，单听这两个名字，就觉得她定是个知性、有内涵的女子。未曾谋面时，从朋友口中得知她是县城的小学老师，是个军嫂，她的家庭 2016 年被评为首届"全国文明家庭"，她本人在北京曾得到习主席的亲切接见。她在从教之余，创建了一个"新时代好家风"的公众平台，在为传承好家风、弘扬真善美、传播正能量、倾心助力全省精神文明创建工作，默默地奉献着。"厉害了，我的妹！"我不禁啧啧。

经朋友举荐，我时常向"好家风"平台投稿，写一些乡村小人物新风尚、好家风故事和一些小散文，全老师总是第一时间精心编发每一篇稿件，她在文章中插编的图片，总会令文章增色不少。她这种真诚的信任鼓励，给了我莫大的激励。后来她又帮我注册了全国志愿者网，邀请我一起做公益，更进一步提升了我的思想觉悟。这期间，我们虽未曾谋面，也没有深度交流过，但我能感受到全老师那恒久的热情和坚韧不拔的毅力。一个人偶尔做点公益并不难，难的是日复一日年复一年的通过网络平台采写编发图文并茂的好文章。就连她生二胎坐月子期间，也没有间断过对平台的维护，没人会想到她时常会抱着孩子坐在电脑前为平台编发文章。

直到这次我被评为"网上传播好家风最美志愿者"，有幸参加"陕西省军民好家风促进会年会"时，才有机会见到她本人。身着红衣黑裙的她，显得端庄沉稳而干练。且不说她为筹备这次"军民好家风促进年会"倾注了多少心血，单是早上看见她推着童车忙着张罗参会人员的早餐这个场景，就觉得她特别不容易。小家伙坐在童车里好奇地打量着身边的人们，一点都不怯生人，很给妈妈面子。在陕西省家风馆参观时，我才真正了解到全老师被评为"全国文明家庭"这份殊荣的分量。为了让爱人在部队安心服役，她和体弱患病的婆婆在学校宿舍的床上一住就是五年多。当婆婆大小便失禁生活不能自理时，是她每天坚持为婆婆清洗、按摩，像女儿一样贴心的照顾老人，和女儿一起听婆婆讲故事，是娘俩最快乐的事。工作之余，她还经常下乡支教，关爱留守儿童。为了促进军人家庭的建设，每年探亲时，她都会为军嫂们举办公益讲座，为"军娃"进行义务辅导，带头成立军民好家风志愿服务组织，春风化雨式的传播着爱的能量。

听同是爱心讲堂最美志愿者的朋友李老师讲，别看她的同学全月秋外表是个娇小柔弱的女子，可内心却非常强大，是个揣着一团火的人。她在念高中时，学校宿舍因天雨意外垮塌，在其他舍友都仓惶撤离时，她却大着胆子冲进去，用双手刨挖救助被压在土块瓦片中的伙伴。延大毕业后，家境清贫的她为了偿还上大学欠下的债务，只身去深圳打了一年工。她去打工时朋友给了她一百元钱，第二个月，她就给朋友寄回了二百元以表谢意……这些个小插曲，足以看出全老师是个凡事有担当有情怀的女人。

当时明月在，曾照彩云归。在全老师的影响下，更多的志愿者加入了她的爱心团队。与智者为伍，与好人同行。大家聚在一起是一团火，散开是满天星，都希望用各自的爱心，为我们的家，为我们的国，去谱写更多传递真善美的华章！

杨争光印象

    人与人邂逅，都是注定的缘分。因志趣结缘，因艺术结缘，都是美好的遇见。九月重阳，因看到刘祎老师在朋友圈发的"龙窝读书会—对话杨争光—影视文学纵横谈"的资讯，我有点心动。记忆中只知道杨争光是电视剧《水浒传》的编剧，是《激情燃烧的岁月》的总策划。等用手机百度一搜，先生的名望立马惊得我暗自啧舌：他在电影、剧本、小说领域都曾是蜚声国内外的大家，而且是秦山渭水孕育的才俊，我这个和他共饮渭河水的故乡人，却对他只知其一，不知其二，感到脸红的同时内心升腾起的想要见到真人的念头就特别强烈。

    在龙窝读书会上，来了先生一帮知名的文化界挚友及和我一样慕名而来的文友，可谓济济一堂，人气颇旺。先生瘦高身材，留着平头，衣着朴素，一脸随和的笑容给人一种温润内敛的印象。可当和嘉宾的几场关于影视文学的对谈结束时，先生作为关中汉子的血性风骨和文化人的气度见识，令在场的我油然生出敬意和爱戴之情，觉得他是一位深刻有锋芒的艺术家。

    先生在分享影视剧创作收获时，多次强调成功的影视作品都是优秀的团队合作的结果，不能一味地夸大编剧或导演的作用。一部好的作品，既要有好的编剧、导演和演员，又要有好的投资、策划和制片。只有每一个参与影视剧创作的团队人士把自己承担的角色当回事，把自己手头的活儿做漂亮了，作品拿出来才会赢得市场，才会经受住时间的检验。中国有许多大导演再拍不出好片子，是因为这些人个人膨胀得有了霸气，眼里没有了他人，只会唯我独尊的人还能拍出好片子么？许多影片动辄称××导演作品，试问他会写剧本，会演戏、会制片吗？先生的这些充满"葱姜味"的爆料观点，颇能切中时弊，引起人的深思。正因为先生有这样的眼光和襟怀，他写的电影《双旗镇刀客》，才能捧回国际电影节大奖。他编剧的《水浒传》、担任总策划的电视剧《激情燃烧的岁月》和由他的小说改编的电视剧《老旦是一棵树》，都是上乘的影视作品。

    先生在分享如何创作好的小说和剧本时，更是坦诚。他认为好的小说和剧本，都需要作家扎根在生活中有敏锐的洞见。作家不要动辄就追求宏大叙事，而要从最单纯处入手，把人性写得越丰富越好。作品中的艺术形象一定要鲜明，没有灵魂和个性的人物是立不起来存活不下来的。搞创作的人，一定要多读像司马迁、曹雪芹、鲁迅、托尔斯泰等大家的作品，但也不要迷信权威，要有自己对生活的思考和切入点，要在借鉴学习中找到适合自己的路子，去表现人情世态，这样写出的东西才会有分量有价值。若把盆景当大山，老写那些浮华媚俗的东西，你的写作是无意义的，只会是些喧嚣的文化泡沫。先生分享的这些掷地有声的观点，都是他多年创作的真知灼见，含"钙"量是极高的，对在场的文友是一种精神上的补给和滋养。

在批评当下文坛的浮躁之风和教育的功利化时，先生忍不住横眉立目拍案而起，慷慨陈词挥斥方遒一番，文友迭起的掌声和叫好声，是对他这种不讳恶不粉饰的真性情的至高褒奖。先生说，一个艺术家一旦和拜金利己的庸俗观念沾了边，就会丧失人的本真迷失自我，就不配吃这碗饭。中国的现代化不只是科学技术的现代化，而是人的现代化。不是你住上别墅穿上名牌就是文明人了。要完成人思想意识的现代化启蒙，就需要高级的精神食粮和优质的教育来为国民"补钙充能"指点迷津，要让人自内而外散发出文明自由的光芒。因此，有担当的作家，就不要总拿我们先人留下的那些遗产，给自己脸上贴金，就不要用虚假的"心灵鸡汤"来毁掉我们的下一代，要写出配得上这个大时代的真正富有美感的作品。先生最后还分享了一个温暖的故事，勉励人们不要对当下人人活得累的时代太悲观，要在自我省察中有所扬弃，有所坚守。人性的光芒永远都在，人民追求过上具有美感的幸福生活的愿景一定会实现。原定两个小时的"对话杨争光"，因为嘉宾热情参与气氛热烈而延时至近四个小时，在场文友都听了一次高水准的文学课。

在朋友的眼里，先生是一个横空出世的"文体骑士"，是一个执迷于做诗性探索的作家，是一个仗义执言剥皮见骨的"文坛刀客"，是一个做自己成就自己的文化人。听了先生的文学课，很期待在他的作品中去认识一个更加鲜活而有趣的灵魂。记得袁枚在《随园诗话》中说过："盖士君子读破万卷，又必须登庙堂，览山川，结交海内名流，然后气局见解，自然阔大；良友琢磨，自然精进。"这次龙窝读书会，可谓是我重阳节一次文化之旅上的登高之举吧。

在现实和梦想之间

一

  他是美术老师，毕业于商州师范，十八岁和同学一起走出秦巴山区。若论年纪他是嫩了点，但如果在学校搞一次民意测验，他的人气肯定是大满贯。青年学子蓬勃的朝气，俊朗飘逸的神采和洋溢的艺术气质，让人打心眼里觉得赞。但你千万别以为他是一个锋芒毕露多么自负的一个青年，听他讲笑话，谈时事，他为人的质朴、低调和那种天生的幽默，让人生出一种亲近感。在学生眼里，他是会变魔法的老师。线条和色彩从他的手指间挥洒出来，就是一个个灵动、飞扬、奇妙的梦想世界。他画的柳条让你能感受到春风在舞蹈；画的荷花能让人嗅到荷塘的缕缕清芬。操场四周粉墙上的水彩壁画，给校园文化增添了亮色和活力。是他把学生从单调的文化课中解放出来，泥塑、剪纸、素描、卡通人物、水粉画无不涉猎。一次次校外写生，一期期师生画展，虽是涂鸦之作，却无不在唤醒孩子沉睡的潜质，无不在激发孩子们对美、对大自然生态的热爱。课余，别人随便消磨掉的零散时间，他却猫在宿舍里潜心作画。一张张素描，一幅幅水粉画，一尊尊石膏像，挤满了他宿舍所有的空间。每当我走过他的窗口，都会被他那满屋华丽的狼藉和拼命三郎式的勤奋所震撼，忍不住夸他两句，他却淡淡地回应：在美院，像我这样的，一抓一大把。

  一学年下来，他要辞掉工作去外面的世界闯荡。艺术家需要更广阔的天地嘛！大家调侃道。哪有你们说的那么神气，只不过想给梦想一条生路罢了。他曾经慨叹：当教师，一个月二十九天都是快乐的，只有发工资这一天是悲哀的。你若离去，校园就寂寞了。同事们有些难舍，他却双肩一耸，两手一摊道：不必伤感，今天走了穿红的，明天来个穿绿的，地球少了谁不都照样转。他的满不在乎，倒显得别人有些自作多情。别离在即，他却邀请同事们去办公室一趟。

二十几幅咖啡色镶边的镜框画，竟然在办公桌上一溜儿排开，全是风景画，美得令人啧啧惊叹。他让同事们挑自己喜欢的随便拿，他的一点小意思。每个同事都挑了一幅自己喜欢的画，心里却暖暖、酸酸的，不忍说再见。我挑了一幅凡·高的《星空》，他说，你倒是有眼光的。虽只是片言只语，却让人难以忘记。后来听说，他为了装裱这些油画，专程去了西安一趟。由此，我觉得他是一个重情义的小伙子。

他重返校园已是半年之后。那天，同事们锐声喊着他的名字迎接他，孩子们簇拥着他赶也赶不走。"好书不厌百回读，良友曾去还复来"，整个校园升腾起一种莫名的快乐。半年的漂泊，让他留恋校园这方净土，喜欢被孩子们崇拜拥戴的成就感。他不甘心沦为画商赚钱的机器，也讨厌浮华世界的喧嚣和尔虞我诈的伪善，他想做一个心灵自由的人。看了他的画作，曾劝他去进修，为以后的发展做准备。他像贾宝玉厌弃功名一样不愿听此类混账话，他说：人在社会上混，靠的是实力，而不是文凭。与其混文凭，不如埋头做自己喜欢的事情。他喜欢看名人传记和古典诗词，他声称自己读书，一是为了涵养性情，二是为了获取一些处世经验，每个人的历史嘛，还得自己去写。浏览时文报刊时，他说，这是在绚丽的肥皂泡里给精神洗澡。平日里得手一本好书，我看完让他也瞧瞧，交流起来，他咳珠唾玉的颇有见地，让人觉得他全没有涉世不深青年的毛糙和肤浅。假期里，他会东游西荡满世界采风，偶尔，他也会在办公室和女孩子调情，常满腔戏谑地冲喜欢他的姑娘泼凉水，说他心爱的姑娘在远方，只需哥哥耐心地等待，因而他曾被女同事笑骂着围攻过。私下里，他自嘲地说，一个穷小子，居无定所，事业无望，不敢认真谈恋爱！对朋友，他崇尚性灵之交。遇到投缘的人索画，他会慷慨相赠，并调侃说，这是无名画家的拙作，将就吧。对他瞧不上眼的人，凭谁怎么套近乎，他都不肯动笔。他一旦拿起画笔，就静默得像是一座山，一画就是几个小时，任凭蜂飞蝶舞，全都置若罔闻。

初识他，所有的鸡零狗碎都拼凑不出一个丰满真实的他。

二

收到寄自北京中央美院的来信，我颇感意外。拆信一看，竟是他的文字：我来北京了，手机丢了，号码也没有了。路过邮局，想到用这种方式联系你。突发奇想就来了，一切都很陌生，不习惯，这几天正在适应。我的新号码是这个，收到信请联系我。读完此信，我不禁叹道：这小子，竟折腾到北京去了！

拨通电话，我急着询问，他忙着诉说，一波一波的暖流在彼此心间涨潮。他说，在西安工作几年，忽然想上学，背起包就来了北京。可来北京后，他觉得自己就是一只刚刚跳出井口的青蛙，面对迷宫一样繁华而诡异的大都市，呆头呆脑的，心里一味地发慌，有点茫然失措。手机丢了不是问题，住地下室、啃方便面不是问题，问题是巨大的反差让他丧失了自信，觉得特别没底气。看着一拨一拨比他年轻，比他造诣深厚，开着私家车来美院上课的学弟学妹们，他觉得自己太渺小，老被一种没顶的焦虑感纠缠着。我听出了他的自卑和困惑，用名人的话开导他说，"人生如大海，出海愈远，愈感到其浩淼无边"。问他是想做池塘里自在的小虾呢，还是想游到大江大河里，风里浪里历练呢！既然已经出来混了，就调整好心态去适应新环境，挺一挺，眼前的坎儿就过去了。好歹，咱也是北漂寻梦者，得有气魄。释放完北漂的不适情绪，他嘿嘿笑着表了态，上课去了。

撂下电话，我对朋友的牵挂却并未撂下。他来西安发展，既当老师，又办培训班，怎一个"忙"字了得！只能那样，否则妹妹上大学的费用和他攒钱买房的计划就得泡汤。听说和他一起出山的同学们，有的改行当了推销员，有的进了装潢公司，有的考上了公办教师，几年打拼下来都相继成了家，买了房子，小有成就的样子。而他却仍在城市漂着，和女孩子谈恋爱，是只开花不结果。追问其中缘由，他却抱怨现在的女孩太现实。我嗔他挑剔，既要女孩儿模样好性情好，还要超脱世俗，如此追求完美，就只能在缺憾中蹉跎岁月了。在他看来，闲云野鹤的生活他还没过够呢，何必急着进围城过那种烟熏火燎的日子呢！

忽然有一天他打电话给我，说他在上海的世博园观光呢，给我描述他和这座美丽城市邂逅的种种见闻和感受。他说世博园是人类艺术创造的集中展示，千万不容错过。这小子，是不是抢银行了，世博园的门票那么贵！我正犯嘀咕呢，他又对我哭穷，一年学上下来，他又成了无产阶级，最后一点银子，索性都花了吧，千金散尽还复来吧！我想，如果他兜里还有支票，下一步说不准还会周游世界呢，他的心野着呢。问他打算在哪里发展，他说准备回江东呀（西安），至少那里还是根据地，不用流浪街头。北京上海的水太深，呛得他有些晕。

三

又是许久相忘于江湖的状态。朋友因时空阻隔而日渐疏远，实乃人之常情。但有些倾心相交的朋友，即使好久不见，也不会因时空距离而疏远。经常逛逛他的空间，看看他的动态、作品，知道他不喜欢被打扰，也不说话，心里就觉得踏实。他看了好的电影总会分享出来，有什么好书也不忘向我推荐。我房子装修时请教他如何购买字画装饰客厅，他谈了想法后，说不必破费了，他给我画几幅画儿吧。当我收到他快递来的墨宝，心里正不胜欢喜的当儿，他却在微信里声言，今年不想再听到"房子装修好了，给画幅画儿"的声音了。他这样率真，十多年都没变。去城里办事，想约他出来聊聊，他竟欣然约我去他的家里坐坐。

他这几年扎根省城，不是办书画班挣钱忙生计，就是埋头画室搞创作，偶尔和古城的艺术界朋友切磋交流一下，没工夫搭理别人，日子过得没黑没白的。因长期办班熬夜作画，这种连轴转的辛苦消耗，导致他的视力、腰椎、手指肌腱都出了问题，他一边贴膏药吃中药调理，一边忙得不亦乐乎。他绘画的活儿揽得多却干得细，绘插画、画条屏、扇面、人物肖像、山水花鸟、油画临摹，坐着画累了就站着画，感觉太闷了，就边听音乐边作画，不论春秋和冬夏。问他何时办画展，他调侃说，政府已经成功用高价房耗尽了年轻人的才华和理想，市场需求什么就画什么，很少有好作品沉淀下来，办画展的梦还早呢！

现在，他完全有了自我消解人生难题的能力，不再同谁叨叨日子里的琐碎烦扰。他说，人除了自渡，别人都爱莫能助。看到他小巧而雅致的家，看到他几案上墨迹未干的书法作品，看到他书橱里陈列的老庄著作、唐诗宋词和西方经典著作，看到他画室里那么多各种题材的画作，我觉得他这几年成长得特别快，气质修养既有道家的风骨格局，又不乏儒家入世的野心抱负，一开口说话，气场就不一般。他选择了隐婚，娶了一个九零后女孩，不举行仪式不摆酒席。我调侃他选择以少女为妻，是否更能激发他的创作活力，他却坦言说小姑娘单纯，她们因个人崇拜或相信爱情，会抛开世俗的一切；而成熟的女子太难缠，世俗的一切都想要，凭自己的条件可应付不来。尤其画油画，油墨、颜料、画布、画笔动辄就是几千上万块，学画二十年，钱都让画材商赚走了！哪里还有闲钱追慕虚荣呀？不过，我现在是做着自己热爱的事情，挣着心安理得的钱，吃着老妈做的饭，一切都挺好的。

在他的画室端详他作画的背影，那绷直的腰杆，凝神专注的眼神，那不停涂抹勾勒的画笔，都显示出一个专业画家修炼出来的勤奋和静气。年轻就是最大的资本，十多年逐梦的坚持，让他终于完成了丑陋的毛毛虫的蛹化期，一只美丽的蝴蝶就要迎着春光翔舞。我不想说"奔跑吧，兄弟"这样励志的话，只想让他慢下来，精心构筑自己的精神大厦，以强健的体魄，向着诗意和远方迈进。"向前走吧，沿着你的道路，鲜花将不断开放。"我用泰戈尔的诗句勉励他，并祝福所有追求理想的人。

三、乡恋

采撷曲

每年的夏秋两季，我都会去坡嗲的果园里采摘樱桃和毛桃。"春果第一枝"总是被大棚的樱桃抢了头筹。水果超市樱桃那水灵、光鲜的品相，一下子就攥住了人的眼球，洞开了人们寡淡一冬的胃口。此时，我总会在双休日骑着电瓶车来到我的樱桃园，看看那些小硬球一样不起眼的小绿豆儿，是否发育得有了少女的春色，是否染上赤霞的光泽。

今年春季雨水稠，忽冷忽热的气候很难将息。樱桃花因倒春寒授粉不良，缩果干果现象严重，再加上病菌侵袭，许多树叶子发黄，而杂草又长得特别繁茂。看到果园将芜的样貌，我满心怜惜焦灼，赶去镇上买回了杀菌药，亲自执药枪给果树喷雾。眼瞅着药枪喷洒的水雾在树梢的阳光下闪着五彩虹影，我仿佛感受到了果树药到病除起死回生的气息。尽管我呛得直想咳嗽，累得有点腰酸腿疼，但没有半点懈怠，只想着樱桃园能重焕生机。

而此时的毛桃也到了花期。这两年，田里的蜜蜂少了许多，因此人工制粉授粉就成了一种额外的劳动，毛桃的雄花蕊就派上了用场。一旦它成了高价商品，就滋生了盗花贼。有些见利忘义的农人，不光采自己田里的雄花出售，还偷采别人田里的雄花，逼得各户人家加强了防范，早间四五点就有去地里打着手电筒采雄花的，又无形中添了忙乱。一过五一，每个双休都是劳动日，不是忙着授粉就是间果，不是施肥就是喷药、打梢，常常弄得两裤腿尘土，一身的汗味儿。但此时的果园里，新叶贮清阳，千朵万朵鹅黄色的花儿次第开放，鸟儿在枝头啁啾，蜂儿蝶儿上下翻飞，人在藤架绿荫下劳作，不时有山野的清风拂过，吹得花叶摇曳衣襟撩起，让人觉的田园风光的生趣怡人，心里敞亮而清爽！尽管劳作会流汗，双手会被各色草叶染成靛青色，但看看果园在自己的作务下田畴平整，枝叶泼碧，花儿吐芳，果儿垂挂，心里美得直想哼小调吼秦腔。吃饭时胃口开了，睡得也香沉了，做农妇也蛮有滋有味儿的。

初夏的甜西瓜，五月的鲜樱桃。毛桃园的活儿刚料理清整，就又忙着采摘樱桃。樱桃因冻害减产过半，但一亩地的园子还不是有满天星似的果子等人来采么。清晨的樱桃园里，鸟儿比我到得早，它们的歌声也浸着甜味儿。鸟儿和我一样，日日贪恋这果园漫溢的香味儿。风也似乎迷上了这片果园，拂过挂着露水的樱桃林，似乎有无数只手，从东到西从南到北翻开樱桃叶子，瞧瞧这些泛着霞光的红樱桃。我请父亲给樱桃代言，他站在果树下，衣袋里塞得鼓鼓的是樱桃，手里捧着鲜艳的樱桃，乐呵呵地说着我教的词儿："樱桃好吃果难摘，要吃鲜果子就来地里摘。"别看老头子因患阿尔茨海默病，越来越像个老顽童，说过的话拧身就忘，可他竟说出了这么流利的广告词，仿佛有樱桃魔仙附身呢！每天早间摘空了枝头成熟的果子，可五月的艳阳晒一天，傍晚时枝头上又变戏法般有无数颗玛瑙在闪耀。天天有果贩子来园里订购樱桃，若没有收购商，我就骑电瓶车驮一筐去批发市场，市场上的商贩眼尖手快，见到品相好的果子争着蜂拥而至，抢着要呢。采摘樱桃时，婆母总挑有疤痕的果子吃，好果子留着卖钱；我呢，专挑梢头最好的吃，日啖樱桃三百颗，绝对是我独有的福分。有时摘累了，我就坐在草地上，想着邀约一大堆朋友来开个樱桃宴，定是浪漫之举。若有空闲，泡点樱桃酒，熬点鲜樱桃果酱吃，那才叫美味呢。若遇上骤雨，熟了的樱桃就遭了劫，裂口的果子是无法出售的，只能留给来园子采摘的人或鸟儿享用。五月将尽，樱桃罢园，即使穿着长衫裤戴着遮阳帽，我还是被风吹日晒成了小麦色，由此悟得：要想捂白，甚少得一个月，而晒黑，一天就成。

到了金秋九月，果园的丰饶都呈现在了枝头。空气里弥漫着各种水果的甜香味。乡亲们天天在果园地头转悠，打听毛桃各个品种的行市价格，关心走快递的客源，关注采摘时天气晴雨，谈论来年毛桃果品的嫁接更换，随时为卖果子的人家帮忙。一个村子，几百亩的毛桃产业，上百吨果子，得靠邻里相帮大家伙的力量，才得以把果子从枝头输送到货车上行销到全国各地。现如今，地里安了喷灌，刈草机、翻耕机等小型农具，给果农助力不少，开进地里拉货的小三轮，替代了人们一筐一筐搬运的辛苦。但到了采摘旺季，一日三五万斤果子，靠的都是精壮男女婶子大爷们一齐到地里，谈笑间，长着金毛味甜汁浓的果子就进了筐子上了车。为了感谢邻里帮忙采收，主人家总会买来瓜子烟酒招待，赶上饭点，还备下臊子面和几荤几素的家常菜，吃着喝着时谈论的无非是农事和家长里短，跟过节似的，透着些丰收的喜庆。

十月过半，果子都已上市或进了冷库。此时的果园，有点采摘过后的疲弊、慵懒，还有点风霜溜过的老涩。单等着园主人翻地、蓄肥、剪枝，休养生息之后，在冬天里静默着，积蓄孕育来年的生机。夏秋两季的采撷曲，浸着浓浓的果香味儿和人情味儿，是以为记。

村居的日子

　　每年元宵节之后，春天的大迁徙总会如期而至。各行各业的人们忙着收拾行囊，从乡村出发，穿梭于人头攒动行李拥塞的车站码头，奔赴各自的岗位，该上学的上学，该做工的做工。可庚子鼠年的疫情，却让大多数人处于待业状态。居家守望的日子，各人活出了各人的状态。

　　回归家庭的主妇们，注定要搞好菜篮子工程，让居家的儿女亲人吃出家的味道。今年的餐桌，肥鸡大鸭子的节日排场少了，取而代之的是各家厨娘们精心做出的家常菜。猪肉牛肉很贵，我们就多吃菜少食肉，超市里的反季节菜价也高得离谱，咱就多来点萝卜白菜蒜苗葱。荠菜饺子南瓜包子，家常豆腐酸菜鱼汤，辣子锅盔手擀面，搅团麻食棒子粥，煎饼煮馍菜团子，各种花样的家常饭菜，也是吃得生猛爽口，真是令口舌过足了瘾，为肠胃减了负，也不会吃出"高内存"，还能教帮厨的孩子学点做饭的手艺，让他们体会到一日三餐琐碎家务中母亲的辛苦。一家人吃着团圆饭，再想想那些正处在疫区受难的同胞，又怎能不生出身在福中要惜福的感概来。饭桌上的五谷果蔬鸡蛋排骨这些看似寻常的食物，哪个来得容易？哪样不是土地上的出产，哪个不是辛勤劳动所得？民以食为天，土地是人类的衣食父母，人哪敢不敬畏不珍惜呢？厨房烟火，关乎一个家庭的幸福指数。此刻想起老妈四季常绿的菜园子，想起她给我送来的那一篮篮豆角茄子辣椒青菜，我又怎能不感念，不觉得亲切呢？

　　立春过后，风温润起来，太阳的光芒增加了热度，土地解冻了，草芽儿露出了地面。困守家中，很庆幸尚有傍山的田地可以舒活筋骨，呼吸吐纳。果园里，修剪后的果树要绑枝条，市场行情不佳的果树要嫁接新品种，所有的果树地要翻耕施肥，单等着一场透雨过后，孕蕾的果树开出满枝丫的繁花。那些地里翻出的草籽果粒虫卵，引来了长尾巴的灰雀、白肚子喜鹊、黑老鸦和斑鸠来啄食，它们兴奋地卖弄着长腔短调的歌喉，听得人心里也舒畅起来。开春的活儿忙完后，闲不住的妇人在尚未起身的麦地油菜田里剜野菜，男人们有的在修理农具，有的在劈烧柴，再整齐地堆出或圆或方的干柴垛。我时常因乡亲们整修得像棋盘样平整的地垄树盘而感动，农民对土地的深情，就是从不耽误农时，总把希望寄托在春天的田野里。这让我想起陶公的诗句：道狭草木长，夕露沾我衣。衣沾不足惜，但使愿无违。衣裤鞋帽浸了汗染了尘又何妨，只要收获时节，满山遍野的粮食水果能有个好行市，家家有个好收成，就很知足了。

居家的日子，也是自我修行的日子。许多因生计奔波而搁置的个人嗜好又重新被拾起，有学二胡练书法画画儿的，有学厨艺学绣花学篆刻的，有利用网络上线听课培训的，有要考证高考刷题充电的，这些有奔头且自律的人们正在蓄积力量，等待他日的雄起绽放。有些人终日沉湎在玩游戏刷抖音看爽剧的自嗨自娱中，有些关心政治的人，在刷新闻看热搜，指点江山激扬文字，忙得不亦乐乎。老头老太太们都坐在向阳的场院里摸牌下棋或斗嘴解闷儿，小孩子们没有多少功课可做，年轻的爸爸妈妈就在自家场院里陪他们看书或玩游戏，这惬意的亲子共处的画面，甚是温馨。

我在这次宅居中，最大的收获是看完了三本书，读了些作家们在武汉疫情抗击中写的五花八门的文章。茅奖得主陈彦先生的长篇小说《装台》，写的是小人物的悲欢，这些靠下苦挣钱吃饭的人们，活得干净、皮实、坚韧，有情有义。最难得的是小说的语言，说的都是西京古城老百姓的心里话，也说出了世态炎凉，特别耐读有味儿。毛姆的名著《月亮和六便士》得静下心来品读，也许有人认为书中的主人公毅然舍弃舒适的中等阶层生活，听从内心的召唤，背叛亲人朋友，过着流浪汉似的苦日子，是一个十足的混蛋！但世间总有人为理想中的"月亮"而神魂颠倒颠覆一切，对世俗中俯拾即是的"六便士"视而不见。什么样的生活值得或不值得过，这取决于人如何看待生活的意义。毛姆借由小说亮出的观点是：精神优于物质，个体大于社会。而这种离经叛道的立场，正是读者为之肠热的情结所在。周晓枫散文思想的深度，切入生活的敏锐性，语言饱满纯净浓烈的色彩，都给人直击灵魂的震撼。在阅读中见天地见众生，找到参照也找到力量，人才会不断反省自己发现自己，从而去共克时艰，很好地成长。

加缪说：热爱生活的人总会得益于生活。人活着有很多种方式，每个平凡的日子都不应该辜负。抗击疫情的日子总会过去，走出家门走进春天的日子即将来临。只愿过往的日子，会在记忆里留下亲切的怀恋。

端午琐忆

孩子们天生对各种节日有种热烈的期盼，端午节的种种乐趣，都深深地珍藏在记忆中。

——题记

家乡端午节的序曲是从麦梢泛黄开始的，俗谚有"大麦上场，女儿看娘"的讲究，凡是出嫁的闺女，在五月麦收前，都会提着礼品回娘家走走，看看爹娘，问问庄稼长势。此时，外婆和当家的女人们就开始着手为端午节做准备了。

今天从集上捎回上好的糯米、大枣，明天去集市或苇塘采买苇叶。我们村就有一方苇塘，春天满塘里紫红的、尖尖的嫩笋，挨挨挤挤地在水塘里疯长。夏初时，满塘挺拔密实的苇杆张扬着绿飘带一样又宽又长的苇叶，妇女们穿了雨靴，叽叽嘎嘎在塘里采苇叶的场景很是热闹，惊得塘里的青蛙水蛇胡窜乱蹦。五月初三四，节日的气息就扑面而来，巧手的奶奶和母亲用花花绿绿的碎角料布片，给孩子们做了形如粽子的香包，里面装着从小商贩手里买来的香料。有的香包做工别具匠心，做了各种形状的动物图案：小红猴戴绿帽，长胡子的小银鼠，红眼睛的小玉兔，胖乎乎的福猪，再在上面绣上福禄双喜、长命百岁等吉祥字，给孩子们用红丝线穿了系在脖子上或缝在胸前；再就是用五色线拧成花花绳，系在孩子的手腕、脚脖上。有的花花绳上还系着一圈小小的银铃铛，孩子一走动一抬臂发出的清脆的铃音煞是好听。不过洗脸的时候，那些花花绳就易掉色，弄得脖子手腕红一道绿一道的，但孩子们心里喜欢，也就不大在乎了。

然后是采艾草，细心的母亲在河边采回茂盛的艾草，晒干扎成束，或插在窗棂门首处，或堆在墙角熏蚊子。小时候因我们经常去野地或山里打猪草，母亲还会用泡了雄黄的酒擦抹在我们的脚踝或耳梢，以防毒虫伤了我们。一说到雄黄，大家自然想到了《白蛇传》，许仙的娘子白素贞因误喝了雄黄酒而现形的情景，自然会海吹神聊一些有关鬼狐的聊斋故事。五月初四早上，女人们就泡好了米，备好了枣、豆子等佐料，已煮好的苇叶水淋淋的，散发着清香。吃过午饭，母亲们不歇晌就包起了粽子。我们几个孩子会帮母亲捋一会儿叶子，一会儿就不耐烦了，会乘母亲不备，伺机抓一把枣子飞也似的逃出去。我们家每次都是奶奶帮母亲包，只见奶奶拿起捋好的苇叶，双手的中指和食指轻轻旋出一个弧，掌心里就托着一个锥形的苇桶，然后右手轻轻一撩，白的米、红的豆子就麻溜地进了苇桶，捏几个蜜枣进去，右手再往回一折，苇叶的梢头就严严地盖住了米，最后用备好的丝绳拦腰一系，眨眼的工夫，一个有棱有形的粽子就出现在了眼前。巧手的人包粽子麻溜得很，手笨的可就慢多了，而且包出来的粽子，要么米露在外面，要么粽子松散臃肿，丑得没法见人。奶奶说，凡事没有坏就没有好，干嘛都得用心思，耐着性子学，方可熟能生巧。要看谁会不会包粽子，只需问她粽子有几个角，她若迟疑着说不出来，或着说有五个角，那就露了馅，就会遭人讥笑的。

　　吃过晚饭，母亲们就开始煮粽子了。粽子下到锅里，水的多少和火候的大小都很有讲究，水过少或火过大，会煮出夹生的粽子来。性急的孩子晚上强打着精神不去睡觉，单等着吃粽子，灶膛下烧火的奶奶总是慈爱地嗔孩子："急猴儿，忙什么！去睡一觉粽子就出锅了。"孩子们仍不甘心地等着，最后还是斗不过瞌睡虫便睡过去了。

　　端午的早上，天刚麻麻亮，出锅粽子的香味就弥漫在整个村庄里，孩子们连脸都顾不上洗就站在锅台前，抓起个粽子一把扯开系索就狼吞虎咽起来。那莹白香软的糯米、甘甜如蜜的红枣和苇叶特有的清香，直勾得馋虫儿在抓挠，也就不管形象了，放开肚皮，饱餐一顿。也有一些斯文的孩子，把端午的粽子当"美女"一样来品评，他们把粽子捧在眼前左瞧右看，慢慢地嗅那丝丝缕缕的香气儿，然后轻解丝绦，慢褪罗裙，待粽子的凝脂玉体呈现在眼前时，仍会强抑嗜欲，轻轻地嗅，慢慢地咬，一口一口细细地消受她的风味。外婆们把捞出的粽子连同给外孙买的印有"五毒"的红围兜装好，打发外公或舅舅赶紧给闺女孩子送去解馋，邻居们互相品尝着各家的粽子，品评着各家主妇的手艺，空气中弥漫着的香气香味总是挥之不去。

　　小时候为了能多吃一个粽子，姐妹们还比赛捡麦穗儿呢。一个个小丫头猫着腰，那一双双小手跟啄食的鸡头似的不歇气儿，看谁的小萝筐先冒尖，看谁的胳肢窝下夹抱得麦捆儿多，谁就会得到母亲的奖赏。奖品自然是多得一个粽子，吃起来也就分外的香甜。

　　记得四川的阿婆来陕探望大妈，她的小蛮背篓里装着端午的粽子，穿州过县坐了火车来，可那粽子咬在嘴里却令人龇牙吐舌，原来那粽子是放了花椒的五香麻辣味儿的。端午节，恰逢家乡的麦收季节和夏令水果上市，果园里或场院中那一树树金灿灿、甜津津的梅杏，那如同胭脂一般的五月鲜蜜桃和红晶晶的樱桃，让家乡的端午又溢满了果香味儿，再加上场院里麦垛儿上嘴里叼着麦秆儿编蝈蝈蚂蚱笼子的孩子和吃得肥嘟嘟的鸡崽，让人觉得端午真是一个丰收喜庆的节日。

如今给我们做香包、拧花花绳儿、包粽子的奶奶已长眠于地下，母亲的青丝也已遍染秋霜。一年一度的端午节又快要到了，我好想早早地赶回家去，帮母亲捋一些苇叶，亲手包一个浸满乡情的粽子……

风吹麦浪

　　"远处蔚蓝天空下，涌动着金色的麦浪。就在那里曾是你我，爱过的地方。当微风带着收获的味道，吹向我的脸庞，想起你轻柔的话语，曾打湿我眼眶……"当汽车 CD 响起这首优美的旋律时，儿时故乡麦收的画面就浮现在眼前……

　　"田家少闲月，五月人倍忙。夜来南风起，小麦覆陇黄。"每年的芒种前后，就是繁忙紧张的麦收时节。因炎夏天气多变，成熟的麦子最怕风吹雨淋了，农谚称收麦为"龙口夺食"。报时的布谷鸟在田间飞南飞北，一声声地叫着："算黄算割——算黄算割——"记得小时候听母亲讲过这样一个传说：从前有个地主老财，种了几百亩地的小麦。麦收时节，地主手搭凉棚，望着翻滚闪耀金光的麦田，喜上眉梢。他让家里的长工们提前用碌碡光好场院，磨好镰，备好木杈扫帚，套好大车，择吉日开镰收割。不料天有不测风云，一场狂风暴雨把已经黄熟的小麦全击伏在了地上，地主老财气得眼冲血光一命呜呼，化作一只报时的布谷鸟，飞在村庄田间，一声声地催促人们：算黄算割！算黄算割！千万别误了麦收！每当听见这只鸟儿清脆的鸣叫声响彻田野时，各家各户就开始忙着收拾夏收时的器具，准备开镰收麦了。

　　"妇姑荷箪食，童稚携壶浆。相随饷田去，丁壮在南冈。足蒸暑土气，背灼炎天光。力尽不知热，但惜夏日长。"诗人白居易《观刈麦》中的诗句，真实生动地再现了以往关中农村麦收时节的画面。那时父亲披星戴月忙着抢收麦子，几乎是守着麦子吃住在麦田场院里，实在困乏了，就倚着麦垛睡一会儿。当大人们挥汗如雨忙着抢天气收割碾打小麦时，孩子们也没有闲着，不是烧水送茶饭跑腿，就是一大帮孩子去生产队的地里拾麦穗。"黄金落地，老少弯腰。"当生产队的一大片麦田刚收割完，孩子们就像一群寻食的小鸟儿，落在了地头，开始鸡啄米似的猫着腰拣遗漏的麦穗。大孩子们眼疾手快，眨眼的功夫左手就拿不下了，右手也满了，就把两只手的麦子合在一起，扯几根麦秸，一缠一绕一挽，一把麦把子就放进了竹筐里。邻居的姐姐双手像耙子似的拾得飞快，真叫我又羡慕又不服。当我们每人都扛着自己捆扎起来的麦捆或提着往外掉麦穗的篮子凯旋而归时，心情和正在收割庄稼的爹妈一样愉悦。尽管热汗长流，尽管针尖一样的麦芒扎得人生疼，但闻着饱满的麦穗溢出的清香，看着堆得小山似的麦垛子，感到无比的欣慰和踏实，觉得生活有了奔头，有了指望。捡的麦子多，得的实惠也多。母亲总是变着法儿犒赏孩子们，素日里难得出笼的大白蒸馍、葱花煎饼，蘸着油泼辣子尽饱咥，还可以用麦子换西瓜、桃子、李子等水果和货郎带来的各种小玩意儿，因此孩子拣麦穗的积极性很高，平原上的麦子拣完了，就三五成群的又去山上拾麦穗。

在山上拾麦穗的乐趣可多了，我们就像一只只快乐的小甲虫，在麦香四溢的山坡上蠕动着。拾得竹筐满了，或能扛起一捆来，就找个阴凉地歇一会儿。有时还会意外在麦茬地里发现带着斑点的鸟蛋，或尚没长毛羽的雏鸟。奶奶总会叮嘱我们不要碰那些鸟蛋和雏鸟，免得鸟妈妈发急伤心。女孩子采来各色野花插在辫梢发髻，或在花丛中蹑手蹑脚扑蝴蝶玩；男孩子更是淘气，不是逮蚂蚱，就是寻蝈蝈，有时误捣了野蜂窝，成群的野蜂像轰炸机一样嗡嗡地追来，吓得作鸟兽散去，被蜂蛰的孩子往往眼涨脸肿得惨不忍睹。最悠闲的莫过于坐在树荫下，嘴里叼着麦秸秆编逮蝈蝈的笼子，或者躺在草地上吹口哨讲笑话，逗得同伴们们叽叽嘎嘎挤眉弄眼地大笑。

晚上，场院上灯火通明，脱粒机轰响着，孩子们帮大人们在脱粒机后拉麦捆，在堆得像小山一样的麦垛子前，大孩子们就像蚂蚁一样忙碌着，几千个麦捆被我们搬运到了机口前，然后被大人送进了机口，脱粒机器生猛吞吐，金灿灿的麦粒便源源不断从机身一侧的风口涌出。一帮孩子累得趴在麦草堆里歇气，另一帮孩子就又冲上去，干得热火朝天。汗水加上尘灰，孩子们个个都成了大花脸，但没有一个叫累的，晚上能吃到母亲炸的油饼，还有放了芝麻、花生的麻辣汤。正因为孩子们和大人一起劳动，才真切地懂得了"汗滴禾下土。谁知盘中餐，粒粒皆辛苦"的艰辛付出，才真正能品咂出捞面、蒸馍中溢出的香味儿。

如今，农耕时代麦收的景象，完全被轰隆隆的机械化所取代了。那些锃亮的镰刀、铁叉和麦地里闪着金光的麦垛子，场院中碾打扬场的景象，早已成为了记忆中的老照片。看到白发的老爹时常蹲在后院的储藏室里望着镰刀木杈等农具发呆，那悠远的眼神，似乎遗落在闪着金光的麦田里。孩子们也不再放农忙假了，繁重的课业负担和网络时代的动漫世界已经主宰了孩子们的童年。农村有些地方成了工业区或者果蔬区，再也看不到麦苗青青、麦浪翻滚的画面，嗅不到从麦子散发出的醉人的芬芳。

　　听到《风吹麦浪》这首歌，不只唤起了心头的缕缕乡愁，我多么期望在广阔的田野里给孩子们开垦出一顷良田，教他们春天插秧播种，夏来挥汗收割，让他们尝尝碾打晾晒的滋味。这样的教育，不是惠及子孙乐亦无穷的诗意人生么？

家乡的社火

社火，是春节期间民间的自演自娱活动。社，即养育万物的土地神；火，即能驱邪避疫的火神。社火源于古代民众对土地和火的崇拜，随之产生了新元伊始祭祀社神和火神的风俗。社火一词的记载出现于宋代，当时的社火由祭祀、巫术、百戏、乐舞、民间杂耍等表演组成，每年正月初一到十五，是各村社组织祭祀耍社火的日子。随着时代的变迁，社火祭祀的仪式逐渐增加了娱人成分，演变成民间的娱乐活动。

家乡集贤堡子耍社火，讲究的是天时人和。历史久远的且不去考证，单是记忆中 20 世纪 80 年代初，只要是遇上风调雨顺的好年景，父老乡亲耍热闹打社火的热情，就会随时被新年震天的鞭炮声点燃，年俗的气息甚是浓烈。改革开放这几十年，家家户户忙着奔小康抓经济，加之丰富多元文化的影响和网络信息的覆盖，昔日街头巷尾活跃的乡土民俗却日渐衰微，爱耍热闹的眼见民心各有所属，人气不旺，也就淡了出彩头的心思，社火也就打不起来耍不成了！年味越发地寡淡起来，人们似乎又怀念起打社火耍社火的热闹了。打起来，耍起来，锣鼓家伙敲起来，和谐盛世怎能不红红火火、轰轰烈烈地耍一次热闹呢？人们心里憋着一股劲。

过了正月初五，全堡子锣鼓喧天，北街村、新城村、东村、西村二三十个社首相约互相打炮，打社火拉开大幕。此时各社锣鼓齐鸣打前阵，马上骑着膀阔腰圆的壮汉，赤身穿着大红裤衩，披挂着串铃，威风凛凛地勒马做先锋，指挥地上列队奔跑的赤身勇士。地下的猛男，十岁左右的稚子和年逾六旬的老者也参与其中。有的配着绶带举着彩旗，有的扛着钉耙大刀，有的腰缠褡裢装的炮仗。有的社还组织了赤身摩托方阵，开着大铲车载着抱着炮仗的汉子，雄赳赳气昂昂地来到对方社首门前示威叫阵，都显得彪悍威武却又喜气洋洋。指挥者手指炮轰门庭，各勇士点燃纸炮，瞬间炮声震天，如天女散花般的各色炮皮由天而降，人喧声、马鸣声，增添了节日的喜庆气氛。各社社首都是些爱热闹有威望且能说会道者，狭路相逢，彼此插科打诨、嬉笑怒骂，文骂（对联、顺口溜）、武骂（俚语粗话）连珠炮似地发射，谁也不甘拜下风，听得满街瞧热闹的男女老少前仰后合起哄、爆笑不止，直到双方社首达成共识缔约结盟开耍，三五天的闹腾才渐平息。

以往打社火时，若一方社首不热情应阵，对方会用牛犁地的方式将对方平整的前院纵横深翻，或叫嚣着冲进对方社首家中，在社首家粮柜、面缸、水瓮、灶底下放上成捆纸炮，炸得面粉、瓮水、种子颗粒四处飞扬，屋内霎时烟雾腾腾，一片狼藉。此时，对方社区血气方刚的子弟，群情激昂地要求社首出面，反戈一击，给予更猛烈的回应。人们不避风和雪，不避亲和友，各社火队精身子在初春的寒气中你来我往，伴随着阵阵锣鼓，炮打不息，段子、笑话讲不完，但无论怎么耍，都不会红脸闹矛盾，耍的就是风采和性情嘛！集贤堡各街巷和外村看热闹的人流，都乐呵呵地议论着哪条街的社火打得火，闹得欢，哪条巷的炮皮多，段子鲜，哪儿闹得动静大就往哪儿赶，跑东撵西地想要一睹集贤冷娃，热腾腾的彪悍却不乏风趣睿智的风采。

打社火之后就是装社火和耍社火了。社火表演分为马社火、车社火和杆社火等。表演的内容很丰富，根据秦腔中的传统折子戏和历史故事、民间传说及现代戏中的内容桥段，如《白蛇传》《西游记》《三娘教子》等几十处戏，扮有帝王将相、才子佳人、英雄好汉、神仙妖怪等人物。表演之前的装社火才是真正体现古堡人文内涵的大手笔、大排场。各社都需要请懂行的艺人、能人策划指导，都需要各类人才热情参与，各显身手。根据社火内容，给各种角色化妆，准备租赁各种道具、服装、布景。化妆即关中人称"打脸子"。"打脸子"多是浓妆重彩，不同的颜色代表不同的身份和性情，和戏曲中的装扮大同小异。有些重点人物讲究脸上贴金，如猛张飞两眼圆睁，为了突出两眼，贴上金箔，阳光一照，两目发光，神态飞扬，很能体现主人的英雄气概。有的角色，穿上戏服戴上头套和面具则可。妆化好了，再穿着各色戏服，戴好各种行头，一匹马一个人物，一辆车一出戏，各有讲究。角色的道具五花八门，表情形态各异，却被主事人安排得繁而不乱、井井有条。各社仪仗、车台前的横幅、对联，都请文墨深的人撰写，在继承传统文化中融入集贤古堡人杰地灵的新气象新风貌。人们从凌晨三四点钟起来装社火，得忙碌大半天才能装成十几出桥段。耍三天两日的，每天的故事桥段布景都不同，没有男女老少众乡亲群策群力铺排添彩，社火是耍不起来的。

元宵节这天的社火最出彩。正午吉时，礼炮骤然响起，锣鼓紧跟着敲起来，几十个社火长龙在震天的炮声中开始闪亮登场。各村社火呈现首尾一条龙阵势，进彩门祭拜封赏完毕，就开始绕堡子的几条主干道进行表演，各村的社火都亮出各自的仪仗、锣鼓和桥段的风采，生旦净丑异彩纷呈，众妙毕现，真是无边光景一时新，有道不尽的风流和彩头。

街头看社火的阵势，可谓人山人海，摩肩接踵，就连沿街的楼上，树上都安插满了观众。人们一边抻着脖颈目光灼灼地观赏社火，一边不停嘴地夸赞评论着，年轻人还忙着拍照发朋友圈秀街景，而负责录像的媒体早就占据了采景的最佳位置，要把耍社火的盛况及时向更多的民众传播。十几里的游街表演耍下来，已是夕阳西下，人们带着尽兴的愉悦告别节日狂欢。

家乡人耍社火，祈盼的是风调雨顺国泰民安，展示的是民众的精气神，图得就是喜庆热闹。在热闹中释放着民众的情怀，亦展示着生活的幸福、多彩。

蒙太奇时代

20世纪80年代初，我的家乡大曲村，从以往贫穷、闭塞的自然村中脱颖而出，日渐显露出她秀丽的田园风光和传奇一样令人神往的魔力。举目远眺，大曲村南倚巍峨苍翠的秦岭，北临广袤的渭河平原，和终南古镇南北相毗邻。笔直醒目的柏油马路，像一条银灰色的飘带绕进大曲村，路两侧呈辐射状分布的村居掩映在绿树中。走在杨柳摇曳的柏油路上左右瞧去，真是桃花红，梨花白，菜花香，素有“百果园”之称的杂果林遍布眼前，耿峪河、大曲河、田峪河哗哗的水流声，滋润着东西绵亘、阡陌纵横的诸多自然村。大曲村委会红墙灰瓦坐东朝西，与它左右一字排开的是大曲小学、供电所、卫生所、供销社和林站等事业单位。和村委会一路之隔的正对面，就是南北占地近百亩的绿色军团所在地。大曲村这个人口不足千户的村子，被人们美其名曰“大曲市”，她的美丽源自这所绿色军营，源自军营中那一场场电影蒙太奇。

驻扎此地的部队，是保障通讯光缆设施安全的通讯兵团。每当拂晓时分，嘹亮的军号声准时划破寂寥的夜空，部队列队出操，学生去学校上早课，各家各户炊烟升起，人们又开始了新一天的生活。每当晨曦中听到出操的解放军“跨、跨、跨”整齐划一的跑步声和洪亮的口号声，我们这些上学的孩子就挺直腰杆来了精神，无限崇拜、艳羡地呆望着与我们擦肩而过精神抖擞的解放军叔叔，俨然自己也成了一位虎虎有生气的小兵。那时无论是男孩女孩，最喜欢的颜色是橄榄绿，最大的梦想是长大后去当兵。就因为学校和部队毗邻，母校在八十年代初就成为远近闻名的西安市军民共建文明小学。其他学校的孩子只恨爹妈没把他生在大曲村，总想来大曲开开眼，见识见识那些从庄严矗立的部队大门内出出进进的吉普车、大卡车和威武神气的解放军。只要从部队大门口经过，无论大人孩子都会故意放慢脚步，眼神越过大门口荷枪站岗的哨兵，向大门内留恋的张望几眼。高大茂密的法国梧桐像一道道绿色的屏障，掩映着宽阔挺拔的大道，大道两边是警卫连所在的社区。向里张望，能看见气势雄浑的灰色办公大楼被扶疏的花木掩映着，大楼前是一个小广场，再北面是一个篮球场，时常能看见来回跑动的人影，能听见尖锐的哨子声和喝彩声。目力范围之外的军营装置和军团人的生活，对人们来说是神秘向往的所在。

听大人们讲，解放前，这里是一个石头遍布、杂草丛生、野物出没的荒草滩。自从部队在此驻守，这里就变成了建筑林立、树木成行、花果飘香、人气兴旺的好地方。七十年代末，随着改革开放的春风吹遍神州的各个角落，昔日戒备森严的军团，和当地的老百姓也搞活了关系。军区服务社率先向老百姓开放，那里的商品物美价廉；部队的卫生院也在大门内侧开设了门诊，为老百姓解除病痛；最振奋人心的是，作为部队文化娱乐生活的电影，也要向老百姓开放了！为了方便老百姓看电影，部队在靠近公路的院墙东侧开辟了一个偌大的露天电影场。这个喜讯如同千里的霹雳万里的闪，顷刻间照亮了人们被灰暗寂寞笼罩的心田，在人们的心头掀起了滚滚的春潮！我记得自己第一次守在部队大门外看电影的人群里，心里的那份亢奋、紧张、期待、迷茫和激动真是无法言表！犹如初恋，巨大的喜悦和向往交织着，焦灼不安地等待着与情人晤面！攒动的人头，伸长的脖子，举过头顶的或高或矮的凳子，越来越密集的人群那浓烈的气味，叽叽嘎嘎兴奋的喧吵声，简直让人透不过气来！连部队大门口那高挂的路灯也似乎急红了眼！当里面的战士列队坐好之后，刚一接到开放群众的指令，迫不及待的人潮就汹涌奔腾而入，一时间，杂沓的脚步声，纷乱的人影，犹如挟着雷声的乌云，黑压压的向电影场扑去！抢占席位、呼朋唤伴、小孩子尖声呼喊的骚乱声，随着一束乳白色的魔幻之光投向宽大的银幕而隐没，所有人的眼球、心魂都被吸引到了一个梦幻之城。银幕上那纷呈的绮丽风光，那扑朔迷离的故事，那风云变换的历史时空，那交织着爱恨情仇的酷男靓女，那亦真亦幻的生活场景，牵动着所有人的心弦，让每一个观众都看得如醉如痴，一时间迷失在时空巷道中，不知道自己身在何方，今夕何夕！我无法知晓成人的内心经受着怎样的冲撞和激荡，作为一个孩子，第一次看电影，我完全像一个灵魂出窍的疯子，一会儿傻傻地笑，一会儿傻傻地哭，狂热兴奋的一塌糊涂！直到电影散场，所有人都像受到失恋打击一样，心中盛满了依恋和甜蜜的哀愁！

我不知道电影会给人多少娱乐和陶醉，我只知道电影成了风骚的大众情人，每个人都迷恋她，更多的人追求她，为她朝思暮想，盼着和她约会。只要看看每周电影公放日的黄昏，大曲路上熙熙攘攘的人流就会明白，人们对电影有着不可抑止的激情。外村的人们情愿步行几十里，也要来赶场电影。许多人宁可顶着毒日头赶农活，也不想误了黄昏时的浪漫之约。下雨天或冬天，电影是在部队开会学习的礼堂内放映，因地方有限，以购票的方式凭票入内，许多人因错失了看电影的机会而快快不乐。春夏秋天气晴好的夜晚，是看露天电影的好日子，电影场的角角落落或坐或站都挤满了人，就连院墙外的树杈、学校的围墙上都坐满了观众。场外的公路和稍远的果园、河畔上也三三两两的散坐着些人，即使看不见电影画面，在月白风清的夜色中，听听电影中的人物对白和音乐，也是一种消遣享受。小孩子们猴儿似的爬上爹的肩头，搂着大人的脖子看电影，别提有多神气！以往人们劳累了一天之后，不是早早昏天黑地扯大觉，就是聚在一起打牌、说荤话解闷，自从迷上了电影，人们闲谝时就有了话题，谈起影片中的历史故事、人物命运、世界风云和明星大腕，津津有味，特别来劲！负责作务棉田果园的人在一起，谈论交流的是电影放映前加演的农田管理科普宣传片中的新知识；妇女们在一起，拉呱的是电影《喜盈门》等生活片中的家长里短新风尚；年轻人在一起，不是神侃少林寺、武当功夫的出神入化，就是回味每场电影中令人荡气回肠的爱情经典；孩子们匝堆在一起，不是讲抗日英雄如何戏弄痛击日本鬼子，就是讲妖魔鬼怪如何和人斗智斗法。一场场电影，就是一个个浓缩的时代和人生，一场场电影，就是瞭望世界的窗口通道，人们在感受世界的丰富多彩时，总会唤醒心灵深处一些沉睡的意识，催生一些心灵的花朵！在电影文化的熏染下，更多年轻人精神面貌焕然一新：哼起了流行歌，穿起了喇叭裤，在校念书的更加用功了，毕业回家的，谋划着像电影《人生》中的高加林一样去外面闯世界，许多头脑活泛的人率先做起了小生意，种植栽培了果树新品种。

随着电影的公映和热播，大曲村也如同飞机上吹喇叭——声名远播。随着外村人的增多，理发馆、杂货店、铁匠铺、小吃摊等能赚钱的买卖，都雨后春笋般在这条路的地界上见缝插针地开了张！夏秋时节的时令果子樱桃、桑葚、桃子、苹果、核桃、板栗等鲜货，都成了抢手货。地摊上的电子玩具和各种小玩意更是琳琅满目，许多人的手腕上都带着明晃晃的时髦的电子表。即使没有电影的日子，人们也喜欢聚在这条路街上闲逛，消磨时光，对有着神秘色彩的军营生活依然充满了向往！当然也有一些当地的小混混借着看电影滋事、兴点风浪，不过在军团警卫连的眼皮底下，也没有人敢放胆干坏事。思想解放的小伙子和大姑娘往往借着看电影的机会，要么去野地里谈恋爱，要么在看电影时对心上人飞媚眼、送秋波，许多由父母包办定下的娃娃亲都相继解除了婚约！有的姑娘对军营男子汉怀着些倾慕的心思而芳心暗许，每年都有退伍的军人携带本地的姑娘回了家乡，臊得姑娘的爹妈恨声骂道：都是电影惹的祸，把人的心都演野了！骂归骂，看电影的人依然是场场爆满，大曲市的夜色因电影的点缀而分外迷人！

我那时候还是个上小学的丫头，哪怕一顿饭不吃，都不能落下一场电影不看。每逢有电影的下午，我和姐姐就早早写完作业，她做晚饭，我扯猪草，单等着爹妈从地里收工回来夸我们懂事，准许我们去看电影。电影开演前，部队往往会来一点小插曲，那就是各个连队的赛歌会。一连刚刚唱完《打靶归来》，二连《在那桃花盛开的地方》的歌声就风起云涌地唱了起来，三连更是士气高昂，以更高的嗓门回应起来，电影场上空的歌声此起彼伏，场上的观众轻轻地和着节拍，一起沉醉在音乐的旋律中，开怀不已。欣赏完了部队赛歌，电影大餐才正式开宴！《大渡河》《英雄儿女》《喜盈门》《少林寺》《火焰山》《牧马人》《天仙配》《画皮》《尤三姐》《基督山伯爵》等近百部各类题材的电影，是我们少年时代成长的岁月中最丰富的精神食粮。在我幼小心灵发育的特殊时期，除了听老人讲古和听广播中的评书，几乎没有课外书来读，而电影却为我们构建了一个那么丰厚的艺术氛围，让我们在活生生的电影故事中读懂了历史，读懂了战争，读懂了艺术，读懂了生活，那颗懵懂的心因汲取了民族血脉中的人文精华，似乎一下子丰盈起来，张开了梦想的翅膀，萌生了艺术的幼芽，奠定了我此生浪漫的情感基调！现在虽然二十多年过去了，但那些儿时的电影镜头，依然在我的记忆中！记得看了几部聊斋电影，那些三分像鬼七分像人的鬼狐，不知让既怕又爱的我们惊梦过几回！外国电影《简爱》中的女主那发自肺腑的爱情独白："你以为，因为我贫穷、低微、不美就没有灵魂吗？——你错了！我的灵魂和你一样平等！如果上帝赐我一点美貌和财富，我就会让你难以离开我，就像现在我难以离开你一样！"令多少自卑的灰姑娘挺直了脊梁，感动得热泪盈眶！无可质疑，电影给我们的心灵的慰藉，精神的启蒙，是那个时代馈赠给我们的最珍贵的礼物！

　　时代的列车轰响着向前挺进，随着党中央裁军百万指令的传达，驻守大曲的八团和长安县的二团合二为一，曾经像传奇一样辉煌一时的电影时代，萎谢得令人措手不及！人去楼空的惆怅在人们的心头久久难以挥去，昔日车流人潮熙攘喧哗的大曲路和被人们称为梦幻之城的露天电影场从此冷落寂寥下来。随着乡村电影队的成立和电视的普及，人们似乎又找到了精神依存的空间，昔日那种万人空巷看电影的盛大场景已不复存在。现在随着经济和科技的飞速发展，躺在自家的床上就能享受中外大片的精神快餐，但少年时代那份看电影的激情和亦哭亦歌的狂热却难以再现！我深切地怀念着梦想孕蕾开花的蒙太奇时代！

那树，那河

一

女作家三毛曾写过一首《如果有来生》的诗："如果有来生，要做一棵树，站成永恒。没有悲欢的姿势，一半在尘土里安详，一半在风里飞扬；一半洒落荫凉，一半沐浴阳光。非常沉默，非常骄傲。从不依靠、从不寻找。"读着这样的句子，我为树的洒脱、美丽、骄傲和永恒而感叹。可是，在物质文明飞速推进的今天，并不是所有的树都那么幸运。

我和老公在十多年前植树节亲手栽植的几棵白杨树，已有盘子口那么粗，挺拔健壮，绿叶婆娑。可它们的浓荫，却致使毗邻的猕猴桃减产。于是，不断地听见有人盯着这几棵树说：如今不用木料盖房子做家具了，那树有啥用？干脆解决掉，别妨碍你家的果树卖钱。老公不置可否，我望着美丽的树，狠狠地白了那人一眼。可是，那几棵树还是被撂倒了。想着电锯从树的踝骨咬下去，吐出一圈白森森的骨粉后，树轰然倒下的惨状，我的心里有说不出的难过和愤懑。想要指责几句，又自觉在实用主义者眼里，我这马后炮的辩解是徒劳的。我不禁想起老宅场院上那几棵大杏树的遭遇，忍不住要为那树写篇祭文了。

我家场院毗邻的四棵大杏树，腰身都有一搂那么粗，少说也有几代人的树龄了。树身那霉黑潮湿的皮层上，纵裂的树纹很深，却像生铁铸就的一般坚硬。春来时，树上的繁花像云锦般明媚，几里外都能看到那飘逸的美丽。初夏，那些荫庇在浓荫下的累累青果，渐渐透出诱人的颜色，招惹得田里劳作的乡邻焦渴难耐地奔到树下，吸几口青翠浓荫的当儿，黄澄澄的果子就送到了嘴边，酸溜溜甜津津的果肉，就浸出特有的浓香。杏子熟时，我家的场院总要热闹一阵子，哪个亲友乡邻不借串门子来尝尝鲜呢？来不及采摘的果子落下来，在地上摔得稀烂，小脚的奶奶，就天天守在树下拣杏核，再用箩筐淘洗晒干后，等春节剥果仁吃。杏仁饱满油香，是干果中的上品。秋风中那金黄的叶子铺满一地的辉煌，孩子们就在叶子铺的软床上翻跟头，或猴儿似的比赛上树攀高，笑闹声时常不断。

可是，父母为了筹建更赚钱的果园，就打起了占半亩多地的杏树的主意。于是，电锯又一次从树的踝骨咬下去，吐出一圈一圈白森森的骨粉。老树只能沉默着引颈受戮，在颓然倒地时，只痛苦地呻吟一声。他们却只顾算计着树身能卖多少钱，树枝能劈多少干柴，全然忘了树们曾馈赠给人们的美丽和快乐。为了穷尽土地之利，索性连它的老根也要一镐一镐刨挖出来。这些路旁、地头、田间、沟畔徒然绿着的树有什么用呢？于是，树的悲剧命运开始了。

许许多多的大树，在人们建果园、修路、盖楼和规划新景点时，遭遇被肢解被剥皮被刨挖被水泥混凝土围困的窘境，渐渐枯萎绝迹。眺望村庄，很少见到榆树、槐树、桐树、椿树、杨树、柿树那像屏障一样，荫庇着村庄的深深浅浅的绿色云朵了；很少再闻到榆荚、紫桐、槐花、椿芽、柳笛的清香了；很少再听到鸟雀欢鸣，稚子树下游戏的笑闹声了。取而代之的是，鳞次栉比的楼房和漫无边际的浓桃艳李。乡村缺少了杂树生花鸟鸣啾啾的生机和老树荫庇的古朴，还有属于田园的气息和福祉吗？

二

"这么多年，我竟然一直在寻找，找那条流淌在梦中的河流。我知道，也许它不在任何地方，或是就在我心底最疼痛的故乡。"每当听到汪峰这首河流之歌，我都会怅然凝眉，脑海中浮想联翩。往昔"关关雎鸠，在河之洲"的画面哪去了？往昔"蒹葭苍苍，白露未晞"的诗意哪去了？记忆中，家乡各个村庄间哗哗流淌奔腾的大河的清波还在荡漾吗？还有那些大河的支流蜿蜒蛇行的小河，还听得到淙淙的流水声么？几十年的时光里，许多像血管一样密布在田野村庄间的无名小河，似乎是喉管被扼断的细流，暗自呜咽着消失了影踪。叫得上名儿的大河，大多只看得见满河床的乱石、杂草、垃圾，却不见流水的影子。难道只有在记忆中，才能依稀记得那儿时河流的模样？

清早，是村前大河的水最干净的时候，清流中招摇的水草绿得发蓝。通往河桥的路上，是家家户户扁担的吱扭声汇成的晨曲，大大小小的水缸都盛满了清波。路边的野草花被木桶中泼洒出的水滋养得分外鲜亮。中午是媳妇姑娘们在河边的青石上浣衣洗刷的时候，叽叽嘎嘎的笑闹声，随着水流悠然飘远。傍晚收工时，河桥上、青石边总有乡亲在歇脚，有人在洗脸涤足，有人在聊闲天，夕阳铺在水里，似锦缎在幽幽地闪着光。渐渐地，星月也要来河里洗澡了。

春天里，孩子们在河岸的歪脖子榆树、槐树上捋榆钱和槐花，等妈妈下地回家做菜饭，或者折了柳条拧笛子、编草帽。夏天里，孩子们不是在河里逮龙虾摸鱼儿，就是光着屁股在水里狗刨式地凫水，大胆的男孩子从河桥上仰面掷下去"漂黄瓜"，博得阵阵叫好声。伏旱天，大人就在河堤上的闸口引水浇地，欢快的水流声，奔腾着漫灌进大田里，似乎能感觉到干渴的土地咕咚咕咚的痛饮声。喝饱了水的庄稼，舞动着肥绿的叶子，弥漫着田野特有的清芳。秋天是汛期，向来温驯的大河，突然变得躁动喧嚣起来，湍急的水流挟裹着从山间冲下来的枯枝败叶，仿佛要冲破河堤漫过石桥，巡河的人就吼喊着，赶走那些在河堤上玩耍的伙伴们。冬天到了枯水期，有些男孩子下到河底，在河石下掏螃蟹，在河畔的洞里寻泥鳅，有时会把冬眠的蛇掏出来，惊得一把甩出老远。有的比赛飞跨近乎三米宽的河岸，大呼小叫地好不开心。直到大雪封了河面，大河才真正像银蟒一般静卧在村口，等待着春天到来时的复苏。

眼下，村外河畔的芦苇，槐树、柳树都无迹可寻了。平整过的河道里，早已种满了果树和庄稼。只有秦岭各峪口的大河还在。可是，都是只见满河床的乱石杂草和裸露的沙坑。流水到哪里去了？莫非它散到泥沙里，散到云层里，散到植物的身体里，亦或被埋在底下的管道引到了城市的高楼中？只有汛期到来时，河道才恢复了生机，才能听到喧嚣的激流声。那浑浊的洪流像是狰狞的猛兽，摧枯拉朽般咆哮而去，不久，河床又渐渐断流、干涸、沉寂。鸭群嬉戏、鱼儿群游、落花逐波、少年摸虾的景象再也看不到了，哗哗流淌的自来水里已无梦可寻。

人们只好溯游而上，去山里找寻河的源头。秦岭的每座山谷，都藏着潺潺的溪流，每个峪口的河道，都能听见哗哗的水流声。人们在烈日下像吐着舌头的猎犬一般，向山里狂奔而来。山涧河道成了人们消暑的唯一乐土。乡村离开了河的滋养，那还是乡村么？

"枯藤老树昏鸦，小桥流水人家"，不只是古典文化中游子的乡愁，更是现代人念念不忘的乡愁。我盼望故乡永远是"绿树村边合，青山郭外斜"的模样，我期待家乡的河再现绿水长流，唱着奔腾不息的歌，流向远方的画面。

年俗随想

腊月光景，时间老人的脚步似乎也迈得紧了些。为何把终岁之月称为腊月呢？古书中对"腊月"二字来历的解释有两种：一曰腊者，接也，意为新旧交替之月，有除疫迎春之意；二曰腊字通猎字，意为歇冬的农人猎获禽兽，来祭祀先祖诸神，以表感戴之德。有关腊八的传说，民间的说法有多个版本：有说腊八这天是释迦摩尼成道之日，各寺院在这一天都要煮粥敬佛；有说明太祖当年落难，曾在饥寒交迫之时得到村妇用杂粥救济，后来当了皇帝就特赦这天为"腊八节"。民间的诸多传说只是证明了腊八这一习俗的久远和深入民心。小时候，母亲总会用玉米、麦仁、稻米大豆、黄豆五谷杂粮和核桃杏仁等坚果，在先一日晚间熬好。又备好臊子、萝卜、葱蒜、豆腐等作料。腊八早上，香喷喷的腊八粥刚一出锅，村里的媳妇大娘们就先舀一碗敬灶神祖先，又舀出几碗热腾腾地分送给邻居尝鲜，然后一大家子就美美地打一次牙祭。还要给院中的果树枝干上抹些腊八粥，祈福果树来年多结果实。大人孩子这一天吃了腊八，就都添了一岁。这真是"腊八品尝金五谷，福寿俱来乐无忧"啊！

过完腊八节，眨眼的工夫，小年就近在眼前。腊月二十三是小年，也是民间祭灶，送灶神上天奏事之日。此前，掸尘扫房子的活儿得做了。要过年了，还不得除旧布新，干干净净迎春接福呀！洗换被单床罩、清洗各种器具、掸拂尘垢蛛网、洒扫庭院旮旯、疏通明沟暗渠等拉拉杂杂的活儿，得主妇整整忙乎几日。直至门厅窗明几净，厨房器具洁净井然，卧室焕然一新，场院无杂物堆陈，厕所被冲刷干净为止。扫尘完毕，预示着所有的污垢、晦气统统被扫地出门，主妇们才会如释重负般抻抻酸痛的腰，又吆喝着大人孩子，赶早去澡堂子泡澡，去理发店理发，好清清爽爽迎新年。剩下的日子，主妇们便一趟一趟地去赶年集，今儿添置了碗筷、器具，明儿购回了新衣裳新家电，后儿又买回了年画、春联。总之，家里是一天一个新气象，直到年三十，挂上红红的灯笼，贴上花花绿绿的春联、门神、福字、窗花，除旧布新的讲究才会落下帷幕，屋里屋外，处处盈满了盛世丰年的吉庆气息。

　　小年这天，是敬奉灶王爷上天奏事的日子。主妇们为了表示对这位主管人间饮食的灶王爷的感激、敬奉之意，早早发了面，烙了饼，供奉在灶台上，并点燃香烛，跪拜在灶前，默默祈祷，请灶王爷上天宫，对天帝多言民间疾苦，回返人间时，多施祥瑞。年三十，各家要在八仙桌前悬挂祖宗族谱，在供桌上摆放水果、点心之类的供品，备好香烛，再携带纸钱、鞭炮去坟地，燃放鞭炮恭请先祖回家团圆过年。年初一，各家主人早早起床，净手后，大开门庭，燃放烟花爆竹，恭请灶神、土地神、财神等诸神登堂入室，赐福纳祥。一时间，各家院落闪闪烁烁的烛火随风摇曳着，能看见满地散落的花花绿绿的纸屑，能闻到丝丝缕缕的刚出锅的饺子馋人的香味……随着时代的发展，年轻人对祭灶迎神这些老祖宗传下的旧俗，有点轻慢，认为这种习俗有点迷信色彩。但我认为对这些习俗不可一概否定，既要摒弃糟粕，更要传承精华。记忆中，当年那些老井台、牲口厩都贴了对联，是祖辈对天地、土地以及万物怀有敬畏、感恩之心的表现。有信仰才会有神话！人间烟火的悠长岁月中，唯有心存善念，日子才会过得有滋有味。

　　为了能让在外辛苦打拼的儿女亲人们回家，吃到丰盛的、有家乡风味的年夜饭，父亲天天去赶集，采买年货，大包小包地往家拎；母亲、妻子日日在厨房忙活：今儿煮肉、炖猪蹄，剖鱼、杀公鸡；明儿发面、蒸年馍，烧油锅、炸丸子；后儿又得和面剁馅，包饺子。屋外，三九寒天，滴水成冰，屋内却火焰烈烈，热气腾腾。年三十晚上，一大家人，男男女女，老老少少，聚在一起，说说笑笑地守岁、吃年夜饭，素日里留守岁月的孤单寂寞、异乡赚钱的辛苦劳累，一扫而光。大家吃着母亲、妻子烧的拿手菜，喝着香醇的家乡酒，唠着家长里短的新鲜事，聊着出门在外的酸甜苦辣，兄弟举杯话金融风暴，姐妹私语论儿女情长，是那么坦然自在，其乐融融。爷爷奶奶笑呵呵地看着孙子孙女们花团锦簇的都在眼前，脸上的皱纹笑得像一朵花；爸妈慈爱地望着在外经风沐雨、辛苦打拼的儿女，都鸟儿一样飞回家里，心里那个乐呵啊！妻子深情地瞟一眼常年在外挣钱养家的老公就坐在身边，心里像喝了春酒一样甜蜜温暖；儿女们吃着日渐苍老迟暮的爹娘烧出这么丰盛可口的年夜饭，心头的暖流直在肺腑间激荡，美丽的烟火和劈劈啪啪的爆竹声，在充满温情和快乐的夜色中弥漫着。一年到头的辛苦忙碌，最盼的就是年节时，和父母妻儿坐在自家的热炕头上，听听父母积攒了许久的唠叨，谈谈自己来年创业的筹划和打算，享受几日稚子萦怀、老妻相守的悠闲，一年又一年的沧桑岁月，才会显得那么情味悠长。

　　年又在家人的忙碌和游子的期盼中，向我们走近。何谓年？谷穗沉沉下垂的形象曰年。年是收获、感恩的象征，是古老中国大地最重要的节日。因此，回家过年就是满载而归，收获爱情、亲情的时间，耳边似乎萦荡着"有钱没钱回家过年，家里总有年夜饭"的歌曲。小时候对儿女来说，父母在哪里，家就在那里，现在，对父母来说，儿女在哪里，家就在那里。新年来临，无论你身在何处，都别忘了收拾行装，回家过年。

三月，等雨来

去冬无大雪，今春少雨水，秦川大地真是干透了！虽说从立春前后的腊梅迎春到春分前后的浓桃艳李，各色花都次第开放了，各类草木日渐发芽长叶，各种生灵重现生机，鹅黄浅粉，流霞素云，漫山遍野的铺展开来，真是草长莺飞柳垂金线的好时令，但是少了雨水的润泽，各样儿花草枝叶都似乎少了鲜润的光泽，弥漫在阡陌通道间的浮尘，似乎让鸟的歌喉也变得不那么甜润，即将破土的新芽，在干燥的黄土下焦渴地蜷伏着……

每个夜晚，我都会仰观天空的星月风云，估摸一下天气变化；每个清晨，我都会凝神聆听窗外的动静，鸟啼声声风吟细细，可总为没捕捉到雨声而在心底轻叹一声。口中默念着诗人的句子"等待久了的田圃跟牧场，等待久了的鱼塘和小溪"，祈盼雷公雨婆快来探访三月的大地。每天，我会把淘米和洗菜的水积攒起来，一桶一桶地拎出去，给房前屋后破土抽枝的花木先解解干渴，连长在墙角石缝间隙的蒲公英，在我的呵护下，也擎举着明烂的花朵，显得那么楚楚可人。乡亲们在一天又一天地额手望天的期盼等待中，已经在清浚水渠，准备打开机井引水浇灌田圃。可是，唯有天空的雨水才会遍及大地的每个角落，才能让所有生灵得到甘霖的洗礼润泽。天气预报每天显示出勤的红太阳，热闷得人有点躁有些烦，而那偶尔出现的雨云，却充满了不确定性，不是被隐在乌云后的太阳赤化，就是被轻狂的风儿吹散……

只是等雨来么？等新冠肺炎疫情清零，天下太平，孩子们去上学，大人们去做工，人们都摘下口罩，自由地穿梭在街市上、春风里，欢畅地去旅行去会友，放开心胸各干各的一份事去，这是一种实实在在的企盼。尤其是大大小小的孩子们，多么想尽快从手机、电脑的屏前逃离，眨眨疲惫的眼睛，回到校园里，和同伴们去操场上踢球撒欢儿，和老师们一起在课堂上探索知识的奥秘，和好朋友去田野里放风筝看花开。只要校园内能听到孩子们自由的笑声，能看到孩子们为梦想拼搏的身影，父母牵挂的眉头才会舒展开，所有抗击疫情的英雄们吃苦受累的牺牲就都值了！

清明时节的雨，杜甫诗中的雨终于来了。雷电不惊心，风也不轻狂。只见细密的雨丝斜织着，刷刷的雨声兴奋地喧哗着，嗒嗒的屋檐水串成了银线珠，大地上所有的生命都在雨帘下静默着，幸福地颤抖着，迎来一次酣畅无比的沐浴，把这个春天所有的尘垢、伤痛和惶惑都冲刷干净。我兴奋地打开门窗，冲到院子里扬起头，任雨丝儿亲吻我的额头脸庞，孩子气地嚷着：下吧，下吧，种子要发芽，果树要开花。放眼瞧去，雨润桃花红，梨花带雨白，牡丹含苞的花蕾上沾着晶亮的雨珠儿，绯红的樱花紫色的丁香在雨中别有一种情致。原野里深深浅浅的绿色都青得直逼人的眼，雨润过的崖畔枯藤中的嫩芽儿已泛起轻烟似的绿色，沟壑间断流的小河又唱起了新编的春之曲，梧桐花紫色光波里漾着蜜的香甜。从集市上买来的种子明儿可以下播啦，满畦的春韭可以上餐桌啦，作务果园菜蔬庄稼的农人能枕着雨声安恬入梦了……

念念不忘，终有回响。雨终究会来，老树终究会抽出新芽，庚子伊始肆虐的疫情终会消亡。然而在全球蔓延的病毒，像是再次扬起的警笛，它揪扯着人的神经，扰乱着人的心绪。刚刚回归正常生活中的我们，可以去户外赏花解闷儿锻炼身体，可以去集市采购生活用品，但是性子和脚步还是一定要慢下来，不要到处胡逛瞎混，真还没到天高任鸟飞为所欲为的时刻！只有等全球的民众从祸患中挺过来走出来，等大地清明人间大安后，人们才算在宅居修行中完成了对生命的眷顾，回归到安其居、乐其业的正常秩序中来。

人间三月，花开花谢，留春住，等雨来，等远方将归未归的人，等某个不期而遇的缘份，等一回久违的相聚。当彼此想念和等待的人终于在街头四目相对时，即使不说话，也十分美好。

山野的味道

酸甜苦辣鲜，既是美食的味道，又是生活的味道。那么山野的味道呢？那天去山里野游，意外见到了一树树一丛丛鲜红的羊奶子山果，我竟然像个小孩子似的，又惊又喜地跑过去采摘，直到吃得肚子鼓鼓的。品咂着羊奶子山果酸甜醇香的味道，一下子就勾起了童年味蕾中留下的回忆。

只要春风吹过原野，只要一看到南山那冷峻的山脊，被二月的春阳投上明丽的色泽时，春日山野的气息就扑面而来。春芽吐翠的气息混合着各种杂花的香味，让人有种熏熏的醉意。荠菜、艾叶、茵陈、香椿、韭菜的气味最为特别、生鲜。荠菜、韭菜馅儿的肉饺子又鲜又香，食之令人胃口猛增；艾叶茵陈的清苦味儿糅杂在筋道的面条中，拌上酸辣的浓汤，口齿间弥漫的香味耐人回味；香椿炒鸡蛋的鲜香味儿，自然更是妙不可言。槐花的清香在暮春里最为浓烈。抬眼瞧去，南山沟畔满眼的绿色中，一团一团的白云朵，却散发着馥郁的甜香。饭桌上端上来的槐花饭，拌着玉米粥吃，五谷的香味和花的香味最是绵长。这些山肴野蔌，都是奶奶和母亲在春天里特为家人烹调的美味。

还有一些清芬的口味是属于山野中的孩子们的。紫色的梧桐花很迷人，喇叭形花蒂中的糖分，可以被孩子们嘶溜一声吮吸到口里；竹林中的嫩笋剥开了咀嚼，那股子清香脆甜的滋味很是爽口；撅断刺莓花的嫩茎，剥下长着软刺的皮，一口一口嚼着，也是满嘴的清香。羊奶子山果是独占一枝的春果，它色艳、形俏、味美，大人孩子肚子里的馋虫都被它勾引醒来，得空相约着跑到山坡上的林子里把肚子撑圆，还会把果子采到瓶子里，或折了树枝扛在肩头招摇着回家，给老人孩子尝鲜。

刚一立夏，庄稼地和果园里，就成了孩子们偷食美味的乐园。孩子们一放学，就雀儿一般三五个一堆一簇，挎着草篮子投身于大自然的怀抱，进行瓜田李下的秘密扫荡。哪里的豌豆熟了，就潜伏到地里，撩着衣襟摘一大捧，没工夫掐筋，就直接塞进嘴里大嚼，那甜香的绿汁儿直顺着嘴角流；园子里那些桑葚、梅、杏、李子、苹果、五月鲜的桃子，都招摇于枝头，散发出馥郁的果香味。若是各家各户的，孩子们就趁大人不备摘些来和伙伴们分享；若是集体园子的，就私下分工伺机偷袭。男生女生都心照不宣地结成了同盟，放哨的，爬树摘果子的，树下接应的，都猴精狡猾，跟泥鳅似的。若被看园子的人发现，就东西南北地作鸟兽散，看园子的哪里追得上这些"贼"，只跺脚佯装着吼喊叫骂几声也就罢了。有偷杏子被刺扎伤脚的，有从树上摔下来鼻青脸肿的，可这点痛又算什么呢？西瓜是从不用刀的，捧起来地上狠劲一摔，就红瓤黑子的开了花，人人都啃成了大花脸。实在没得吃，就掐大田里那些浆已升满，已由清翠色变成明黄色的麦穗。麦穗子掐来，在火上烧烤一番，在手里揉搓，吹去软壳，就剩下麦仁儿，一把按到嘴里咀嚼，那从口里慢慢溢出的麦香味儿，也无比令人陶醉，无比鲜美。

大田里的美味过了季，就又该向山野扫荡了。美丽的南山永远像一位慷慨的母亲，毫无保留的向她的儿女们一样一样呈现出五色斑斓的山果来。最令人眼馋的是山里的覆盆子、五味子、山葡萄、毛栗子和猕猴桃。覆盆子也称为树莓，灌木丛里就它茎上长着刺儿，谷粒大小的果实呈密集型聚在一起，色泽鲜红或红紫，和桑葚的味道相似，酸甜而多汁，是我童年最爱吃的山果。五味子也叫药吊吊，一串串鲜红或玫红色的水晶果粒球棒，吊在翠绿色的藤蔓间甚是好看，采回鲜果来生吃，果肉甜中浸着苦香味儿，甚是开胃，越吃越爱吃。采五味子时，时常会碰到可爱的松鼠，看见人就抱着果子一溜烟不见了踪影。五味子若蒸后晒干，是中药中的上品。一嘟噜一嘟噜的山葡萄伏在藤蔓间，由深绿色变成蓝黑色，其味酸甜浓烈，酿出的葡萄酒，色艳、甘冽、味正。毛栗树又高又大，像刺猬球一样的坚果，在劲爽的秋风和烈日的吹拂照耀下炸裂，噼里啪啦落在山坡或沟涧的叶丛中，剥开生食脆甜；若在坚壳上划了口子炒熟了吃，有烤白薯的滋味儿。棕色的猕猴桃看起来其貌不扬，但绿色的果肉果汁犹如玉液琼浆般鲜美甘纯，是山果中的珍品。

冬天，经了霜的秋果拐枣、火晶柿子挂在堂屋，咀嚼或吸食，都甘美香醇。时令菜蔬蒜苗、芫荽、萝卜、白菜，味儿都是最鲜的；炒豆子、爆米花、烤红薯、熬玉米糖稀的味儿最诱人。一年四季，山野特有的气味总是弥漫在我的唇齿间，飘荡在我的梦境中，给我的童年留下了特别的滋味。没有在山野中浪荡过的孩子，是无福消受这种美味的。谁是大自然养大的孩子，谁就永远望得见故乡，永远懂得山野的趣味！现在的孩子们，就像笼中的金丝雀，哪里有过自己寻食吃的自在和香甜？

守望者

一

　　我去一个乡村小学拜访一位担任校长的老友，偌大的校园里，遍地是荒芜，到处是空寂。一到六年级只有五十几名就读的学生，眼看着要面临关门的尴尬。我惊叹之余探问缘由，老友苦笑着说：现在的孩子太少了，独生子女家庭居多，和 20 世纪六七十年代一个家庭普遍四五个娃的状况咋比？娃娃都被计划掉了；有些学生因爸妈在外打工，就随大人去了城里读书，有的学生被送到寄宿制学校；还有一些孩子挤到县城去借读，享受所谓的优质资源去了，剩下的孩子就没几个了。各乡镇许多村小都撤并合校关门了，没关门的也是苟延残喘，这就是目前的现状。

　　在我的记忆中，乡村最充满生机的有三个地方，一个是集市，一个是农忙时的田野，一个就是校园了。那老槐树下清脆的铃声，那教室里孩子们欢腾的歌声和朗朗的读书声，那操场上滚铁环、丢沙包、跳皮筋、踢键子、打乒乓球或追逐嬉戏的笑闹声，那放学路上的歌声自行车的铃声交织在一起的生机，曾是乡村多么美妙动听的交响乐啊！

　　可眼前的校园却静得让人心慌：花坛的花儿和杂草都长得生机勃勃，围着院墙的法梧、柳树长得高大茂盛浓荫蔽日，可惜没有孩子在下面捉迷藏讲故事玩游戏。教学楼也盖得挺气派的，早替代了以往的青砖瓦房，教室窗明几净，还装了空调呢！图书室、音乐室、微机室、体育器材室、劳技室、少队部都是一应俱全的，可就是没能吸引住孩子们，除了零零星星来上学的一些孩子，别的伙伴都像鸟儿似的拣高枝去了。导致这种萧瑟现象的原因是什么呢？

　　家长对乡村小学教育的失望不信任是根本原因。即使国家配备了和城里相差无几的硬件教育资源，可学校缺少真正热爱乡村教育的专业老师是关键。国家分配的师范院校的学生，大都耐不住乡村的平淡，找关系去了县城或人口相对集中的乡镇中心校。在村小留守的大都是本村或邻村中壮年教师，他们既要跨年级带课，除了教孩子语数英外，还得兼职体音美等课程，教法老套专业不达标的老师怎么会培养出素质高的人才呢？一个孩子在启蒙阶段能遇到好老师是一件多么幸运的事情，一个乡村学校能留得住几位优秀的老师该是多么的骄傲。家长们的心里可有一杆秤呢，宁愿多花钱择校也不愿意自己的孩子被耽误，早早输在起跑线上。村小生源流失就这样恶性循环，愈演愈烈，总不至于校长跑到学生家里，央求家长把孩子送来念书吧。老友郁闷地解释道。

乡村众多小学衰败凋零的现状是不争的现实，可果真就再没有起色没有希望了吗？眼前这所幽静精巧的校园，在我心里可是喧嚣尘世中的桃花源，是特别适合学生成长的乐园。我在校园里流连转悠，发现教学楼后面的一大片空地，全长满了半人高的荒草，时不时的传来野雉的叫声，写着禁止入内的竖牌。我想为什么不把这块地开辟出来，种上鲜花或果蔬，带学生来此上劳技课呢？师生共同分工管理这样的园子，一起走进自然，一起看新苗破土鲜花盛开，一起分享劳动的甘苦，一起体验稼穑的艰辛和收获果实的甜美，是多美好有意义的事。这样孩子们对土地自然就会产生感情，对劳动创造生活自然会有深切的体验。

现在许多孩子去城里上学，逐渐蜕化成了"四体不勤五谷不分"而被极度物化了的新人类，他们对祖辈生活的家乡又会产生多少感情呢。许多孩子沉浸在作业堆或看电视和玩游戏中，再也不是那种爱学习爱劳动爱田野朴素单纯的乡村孩童了。这荒废的园地，让我感受到爱心缺失不能与时俱进的乡村教育者不担当、懒作为结出的恶果。把孩子教得跑光了的学校不关门、老师不下岗才怪呢？

一个个高楼林立的村庄，若没有了学堂没有了先生，没有了像鸟群一样叽叽喳喳的孩子，它的精气神和文化根脉又在哪儿呈现和传承呢？乡村的孩子从小漂泊在外读书，不曾感受过家乡袅袅的炊烟，不晓得父辈耕作的意义，能指望他们热爱乡村，回归故乡，建设好美丽的家园吗？童年生活奠定了人生的根基。在外乡打拼的学子，你们听到故乡守望者的召唤了么？

二

父亲是一辈子都在土地上耕耘的农民。它对土地的守护和耕作充满了虔敬之心。地里的一个个碎石瓦片他都会捡拾扔掉，地里的一丝丝杂草他都要拔除干净，路上的一个粪蛋蛋他都要捡起扔到田里。他时常怀着一颗喜悦之心在村庄田埂上走着，听着蛙鸣，听着渠水欢唱，听着麦子拔节豆荚炸裂的声音，瞧着油菜花那铺向天边的金黄，瞧着玉米挺着红缨枪似的棒子，瞧着果树上的小圆球一日日壮大光鲜诱人，田地里的庄稼果木的清香气息一阵阵沁入心脾，让他的心感到无比的踏实满足畅快。

可是有一天，我却发现父亲的眉头紧紧地锁着，满是皱纹的脸上露出忧愤之色。问他老人家有啥心事，他叹出一口气说道：村头的那五亩地荒着，真是叫人看着扎眼戳心。那地咋回事呀？又不是咱家的，您操的哪门子心，生的哪门子气！我莫名其妙地问道。原来村里的一户人家，因举家去城里开饭店，就悄没声息地把地卖了。可买主却把这块地闲置在那里，都三年了也没个动静。眼见杂草丛生荒蒿萋萋，常有野雉鸣叫，野物出没。父亲看着这么好的土地一年到头撂那儿荒着，怪可惜的，就常常对着那块地发呆皱眉生闷气，嫌怨买了地的人家缺心眼，为啥不建果园或种点啥呢？他要是知道是谁买了地拿去糟蹋，一准儿会去找人家理论，要么敦促赶紧种点啥，要么建议把地再承包给别人耕作，只别再让地荒着，叫人看着不自在，心焦。

我口里答应帮父亲私下问问地的情况，心里暗笑他多事。许多有钱的人买地皮投资，并不指望种啥麦呀菜呀果呀的，淘神费力的收益不大。可父亲却一年四季里都牵挂着这土地，当他得知是外乡的一位有钱人买了地时，他就灰了规劝别人的心绪，长叹一声不再言语。不久，父亲又告诉我，说他在梦里和邻居老王叔一起承包了这块地，种了三亩麦子，一亩苜蓿，一亩油菜。春天里，麦子涌翠浪，苜蓿开紫花，油菜花闪金光，他高兴地都从梦里笑醒了。他说，那买地的人一年到头不露面，咱索性把这几亩地犁了种上，这地歇了好几年养得肥肥的，种啥成啥。等那买地的人来了看见咱再理论，说不定他就不忍心让地荒着了……

我望着搔着白头、老迈却一派天真的父亲，忽然想到了一句词：双鬓多年作雪，寸心至死如丹。老农民对土地的深情，让我在感动之余又心生愤懑：在乡村广袤的原野中，有多少土地因被征用圈占而三年五载闲置在那里，迟迟不见利用？那一块块荒芜的土地，就像大地上的牛皮癣一样，斑驳丑陋而刺眼！难怪失去土地的人们会冒着侵权的风险，在荒弃的田地里偷偷播下种子，即使收获着微薄的希望，那也是农民对土地的眷恋啊！

五月，五月

在布谷鸟的嘀咕声中，天空忙着播撒稠密的雨水。雨霁云开之后的乡村，犹如泼了水彩的油画，散发着鲜润浓郁的草木气息。

五月的乡村有花有果。家家院子阶前都是花木扶疏绿肥红艳。豆秧、黄瓜、葡萄开始吐丝扯蔓儿，夏令时蔬莴苣、茼蒿、生菜、小葱，长得鲜翠喜人。月季、绣球、石竹、石榴等花儿次第辉映，煞是明媚娇艳，尚能嗅到柿子花和枣花的清甜味儿。

一眼望不透的果园里，青杏、梅李、桃子正在枝叶间悄然膨大；猕猴桃正值花期，招来野蜂嗡嗡地闹着；最惹眼的莫过于被誉为"春果第一枝"的樱桃。想想早春时节耕作施肥才过了几天，春风就催开了树上千枝万朵的繁花；立夏刚过，满枝青豆绿玉般的樱桃，就染上了胭脂霞彩，变得润泽光鲜起来。看见这撩人的美色，没有人不想走上前去亲吻她的芳唇。

此时最快乐的莫过于这些漫山遍野长腔短调欢唱的鸟儿。鸟雀们把巢安在高高的杨树、桐树间，一到清晨五点，它们就呼朋唤伴去田间果园，晨练、觅食，飞到各家园子的高枝上啄食早熟的鲜果润嗓子，那歌声也透着脆脆的甜味儿。望着鸟儿们的欢实劲儿，我特想化身为它们，可以飞到各家园子去尝顶大顶红的果子而不必难为情。一个果农说，红嘴长尾巴灰雀特别有意思，竟然把她家长在沟畔的一棵樱桃树当作自己的地盘儿。某日她去采果子，一对灰雀厉声嘶叫着俯冲而来扑啄她，跟战斗机似的，吓得她拔腿就逃，原来那樱桃树上竟孕育了三只鸟宝宝呢！

"田家少闲月，五月人倍忙。"家乡的田野已经看不到风吹麦浪的景象了，漫山遍野的果园，吸纳了成千上万的劳动者。人们在果园里，有的施肥、喷药，有的授粉、掐尖，有的除草、间果，一个个结实的身板鼓足了干劲，一张张红黑的脸孔闪现在叠翠的枝叶间，洋溢着乐业的神采。尤其是那一帮能干的媳妇大嫂，忙完了自家地里的活儿，就去缺人手的园子揽活儿，她们不光干活儿手脚利索麻溜，还特别能说会道。东家长西家短的花边新闻、婆媳之间的官司、育儿养女的甘苦，都抖搂出来与人分享，听得人蛮过瘾的。说笑乏了，就有人放了戏匣子或流行歌曲解闷儿。这样一天活干下来，既赚了银子又不觉得寂寞，吃得香、睡得沉，日子过得充实而有滋味。

此间最忙碌的要数采卖樱桃的果农了。满树的樱桃玛瑙串似的，晃得人心花怒放。为了卖个好行市，果农得挑那些个大色红的果子采摘，上果梯攀高枝，胸前挂个小果篓，一颗一颗的采摘，跟选美似的。果子采摘后，还得运到市场去批发。从各地赶来的大大小小的商贩，瞧着各家的果子品相酌价，不怕不识货，就怕货比货。一比较，有的果农为自己作务的果子品相好卖了高价而眉开眼笑，有的果农面露愧色，只好贱卖成色欠佳的果子。熙熙攘攘的行市上，人们皆为利来利往，鲜果也借此渠道一车车一筐筐流通到城里，成了人们舌尖上的美味。樱桃成熟期最怕天公不作美，若一连几日艳阳天，果子就甜就俏，若赶上大风骤雨，樱桃就会在枝头咧嘴傻乐，让果农顿足气闷叫苦不迭。什么叫靠天吃饭，只有农人最懂。也只有果农，在五月的果园里，能感受到风吹花香歌声甜的诗意，那粘在衣襟上的果香，连梦境都染上了樱桃红的浪漫，把远方的你轻轻呼唤！

"五月榴花照眼明，枝间时见子初成。"五月的大地最是丰饶多姿清鲜明丽！既是播洒汗水的时节，又是收获在望的时日。一边耕耘，一边收获，愿天底下所有淳朴的劳动者，都能在五月的土地上写下最美的诗。

乡愁

雪，落在故乡的山野里，四处银装素裹，像一幅纯净的水墨画。一位作家曾说过：雪是冬天的脂粉。它让北方萧瑟的大地变得美丽灵动，它也遮盖了不为人知的残缺。放眼望去，曾在飞雪中千树万树琼花开的原野，四处突兀地耸立着高高的塔吊，丛林般密集的脚手架，长长的天臂车，一座座拔地而起的楼层，似乎带着冰冷的威严，分割着寂寥的田野和天空，欲与秦岭试比高。洒过盐的宽阔大道上，再也听不到踩着雪的咯吱声，湿漉漉的停了许多巨兽似的挖掘机、压路机、商砼车。首善新区、良心工程、子孙工程等巨大的招牌，醒目地树立在正在开发建设的场地边。雪过天晴后，这里又会是机器叫嚣，工人忙碌的施工景象，令即使从未离开过故乡的人，也会为一夜醒来身边日新月异的地理新坐标而大睁诧异迷惑的眼睛。

我居住的小镇，被县政府分割出来托管给一个新的奶娘——西安高新区。这是城乡一体化建设中的又一块试验田。喜耶，忧耶？众说纷纭，莫衷一是。有人说这一举措，会给故乡小镇发展注入生机活力，带来繁荣的新气象；有人说这是城市工业文明伸向农村的一只手，不知是攫取，还是给予。政府决策一旦施行，我的小镇和乡亲只能被开发的大潮挟裹着，趔趄着身子，怀着悲喜莫名的心情朝前奔，谁能左右得了什么呢？

星罗棋布的各个村子，不断传来土地被征的消息。一亩地，开发区用七八万元人民币就能买断。许多乡亲觉得土地不再金贵，地里出产的粮食、果蔬的收入，抵不上打工做生意挣得多，何苦还要束缚在土地上苦巴巴地劳作呢。他们巴不得开发区把地征了，毫无拖累地去城里发展。的确，这几年农产品行市不景气，乡亲们作务的桃杏、李子、葡萄、弥猴桃等水果，虽说长势喜人，但采摘时跌落低廉的价格，像锥子似的刺伤了农人的心，泄了农人的气！刨去果园投资的化肥、农药、人工作务采摘的费用，就赚不了几个钱。眼瞅着枝头地畔上卖不出的果子腐烂，有的乡亲要么砍树改良品种，要么把果园撂荒，让土地闲置。面对开发征地，许多人拍手称快，弃地不顾，怀揣着赔偿的地款，奔向城区另谋发展去了。舍不得丢不下土地的人，茫然无措地处于迟疑状态，一边是开发区的快速发展，一边是征了地乡亲购车买房进工厂的洒脱，只好忍痛割爱，也就纷纷成了出卖土地的合伙人。于是，昔日望不到头的千顷良田、果园，就这样被动辄数十亩上百亩的圈占，被新规划的社区、公司、工厂、取而代之。没有了土地的农民，身份自然就成了尴尬得很难界定的一类人。可存在的即是合理的，传统意义下的农民正被时代赋予新的使命，青壮年进工厂或进城谋生，人们只图现世的安稳、富足，谁还去费劲思考若干年后农村会是个啥模样。

　　有些村庄的拆迁正在蓄势待发。为了扩路，我们邻村靠公路居住的农户要拆迁。也许是开发区拆迁政策得力，也许是乡亲的觉悟高了，不再做鸡蛋碰石头的徒劳博弈，拆迁工作推进得顺畅和平，不再有前些年钉子户抗拆迁的暴力事件上演。即使会有个把"刁民"负隅顽抗，不知他能忍受多久被大多数人孤立的寂寞！前些年国家移民搬迁，是先建好了安置小区才让农户挪窝儿。可邻村的这些被拆迁户，却没享受这种待遇，而是直接拿了拆迁费自个儿先想法子去了，要么去镇上或县城租房住，等着政府盖好小区再安置；要么去亲戚家临时搭个伙儿，重买地皮另建房，却也没人流落街头，没一家居无定所。眼瞅着一条四车道加绿化带的宽阔大道一码一码地铺过来，曾经多少辈人熟悉的一条老街竟只剩下残破的碎片！不知这些乡亲揣着赔偿款搬家时，有没有过彻夜不眠的惶恐、不安？有没有离开故园老宅的不舍、无奈？看着承载着几辈人烟火记忆，耗费自个儿大半生心血积蓄，一砖一瓦建起的宅院，房前屋后栽的树种的菜，在叫嚣的挖掘机的轰鸣声中轰然倒塌，被踩踏成泥，变成一堆堆丑陋破败的生活垃圾时，有没有人流下苦涩而心痛的眼泪？

　　开发依旧在家乡的原野上如火如荼地进行着，大有撸起袖子大干昼夜不停工的架势。橡胶、钢构、沥青、瓷砖、玻璃、斑马线、红绿灯、绿化带所打造的街区，有了城市的范儿。在此落户的社区、管委会、公司、工厂、学校、超市、餐饮等新兴产业，如雨后春笋般地铺展开来，气派夺目，漂亮整洁。曾是桃红李白、麦浪叠金、果香弥漫的土地，正在一亩亩一片片地沦陷、缩减。

　　夜晚，创业大道、科技大道、振兴路、环山路上的路灯交相辉映，已经让乡村夜幕中闪亮的星星失去了光彩；清晨，各种车流交汇的噪声，早已淹没了乡间在树林天空飞翔的鸟儿的欢鸣。尚在耕种的果园里，人们还是从东到西，从南到北，把土地深翻了一遍，再用耙子把土块敲碎，把地平整得顺顺溜溜，几只白肚子灰雀正在果园里悠闲地啄食草籽、虫子。冬剪后的果树，在雨雪的润泽下正在潜滋暗长暗孕胞芽。那些房前有绿树菜地，河里有鸭鹅的村庄，不知能不能躲过由开发区招商而被改造的命运？

眼看着家乡的土地被侵占被改造，眼看着农民不再爱恋土地，眼看着乡村像个摆阔的土豪，失去了它原有的质朴生机，我对这种突兀的变化，有种无所适从的深情怅惘！人人心里有对乡村未来的憧憬，人人心中又充满了乡村被异化的怀疑。不知眼前这雪野正悄悄孕育着希望之春，还是深深埋藏着一个失望之冬，我的心上弥漫着挥之不去的惆怅。

野菜风情

花开了，燕来了，又是一年春草绿的时节。几场春雨过后，房前屋后，田间地头，那些松软的泥土或枯叶杂草中，就会探出荠菜水嫩鲜绿的倩影。紧随其后，那些香椿芽、茵陈蒿、艾叶、苜蓿芽等野菜相继爆芽吐绿，绿汪汪水灵灵的在春风中油光粉嫩地招摇着。于是，乡下这些能干的媳妇、大娘们提着竹篓，拿着铲子，笑语喧哗地蹲在野地里，左挑右剜，采摘回这些带着泥土气息的鲜货，为家人打牙祭。同那些冬日里吃腻了的土豆、萝卜、青菜相比较，野菜风味自是不同！唇齿间包括味蕾，都久久弥漫着野菜特有的浓郁清芬的香味。这些时令野菜一旦拿到城里的菜市场，就成了抢手的绿色佳肴，谁都想尝尝春芽的鲜味。刚出锅的荠菜饺子、荠菜春卷那沁人心脾的香味，往往令人口水暗涌，食欲猛增。

乡村的女人们大都是挑野菜的能手，从春到秋，她们总会从田野里采摘回各样时令野菜，解家人之馋。听老辈人讲，旧时饥年春荒，野菜可是人们用来果腹充饥的粮食。能采摘食用的野菜不下几十种，荠菜、蕨菜、灰灰菜、河芹、榆钱、槐花自不必说，还有那些马齿苋、车前草、红杆蒿、蒲公英、枸杞头、白蒿、花花果、鸡肠子、牛筋菜、野小蒜等等植物的嫩茎枝叶，都是可以吃的野菜。有的用沸水焯后用蒜泥辣子凉拌；有的剁碎后蒸春卷；有的淘洗后酿酸菜；有的同院子里种的南瓜冬瓜，地里产的土豆红薯掺在一起做汤饭，吃起来又爽口又省口粮，不知搭救了多少条饥肠辘辘的饿汉！秦腔戏里丞相的女儿王宝钏为了追求自主的爱情，同势利的父亲决裂后，在曲江寒窑苦守十八载，当她在田野里剜野菜时，邂逅从西凉国归来的军爷薛平贵，演绎了贫贱不能移，富贵不能淫的爱情经典。宝钏女提篮剜野菜的满腹惆怅，同现在村妇们闲采野蔬的心境可谓是天壤之别！

现在，许多野菜都成了原野里自生自长的野草，而有些野菜依然是人们保健、养生颇有嚼头的美味佳肴。"三月的鲜味，四月的蒿，五月里来当柴烧"说的就是河滩、路边自生的茵陈蒿和艾叶。它们都是些气味较浓郁的春草，人们掐回刚从旧岁枯根上长出的嫩叶，沸水焯、清水漂洗后剁碎和面，擀出来的菜面筋道耐煮，捞一碗宽面，浇上臊子蘸些辣子、蒜泥，吸溜一口，那浓郁的香味真是令人回味无穷！"门前一株春，春菜常不断"说的是香椿芽。它叶厚芽嫩，绿叶红边，被人们称为树上蔬菜。掰掉头茬后很快又崩出嫩芽，可以采几茬。炒一碟香椿鸡蛋下酒，嚼着品着，那滋味真叫绵长醇香，妙不可言！以"牧草之王"著称的苜蓿是营养极为丰富的绿色牧草，那满坡浓郁的紫红色花朵，一直是我童年记忆中的锦绣。它的嫩芽却是人们喜欢吃的菜蔬。无论是苜蓿炒肉还是蒜泥辣子凉拌，吃起来都是满口清香。灰灰菜是人们夏季喜食的野菜。果园地垄中，灰灰菜在肥水阳光的滋润下，长得特别鲜亮水嫩。食用时先揉搓掉叶面上薄薄的沙脂，或炒或拌了香油吃凉皮，味道也极佳。它还可以采许多晒干贮藏冬季食用。至于槐花榆钱，依然是孩子们春天里喜欢采摘随口塞进嘴里的美味，将开未开的槐花，犹如玉色的月牙挂满枝头，采下之后清水漂过，拌上面粉脂油蒸熟，还未出锅，麦香和槐花的甜香，就丝丝缕缕的往鼻子里钻，令人馋涎欲滴。据说人们食用的这些野菜不但维生素丰富，色香味俱佳，而且许多还是草药，有预防高血脂、滋补肝肾、清热解毒的功效。上古时神农氏尝百草为民解困的壮举，就是最好的证明……

偶然翻阅小儿的百科全书自然卷得知，草本植物有一万多个品种，包括可以加工做成各种美味甜点的小麦、稻粟等。正如三字经里所言：地所生，有草木，此植物，遍水陆，……稻梁粟，麦黍菽，此六谷，人所食……念着这样的句子，我的心里满是惊叹和感动！原来那些按季节时令种植收获的五谷菜蔬，和遍及田野各个角落的野菜野草，都是人类生息繁衍的生死至交。它们用红花绿叶为大地着装增色，用累累果实养育万千生灵，在大地的怀抱中接受阳光雨露的滋润而自在的生根长叶，开花结果乃至消亡，它们才是真正的自然之子啊！我望着绿色原野中的青青碧禾，纤纤野蔬，心中升腾起一种从未有过的对自然造物的感恩之情。

樱桃情结

春果第一枝！樱桃可谓独占风头，樱桃花自然是农家果园最早绽放的春色。每年在雨水节气过后，那蓄积了大半年的生气，呼啦一下子就密集地在满园枝杈间缀满了花苞。一夜春风过后，红褐色的花苞就羞涩地绽开笑颜。远远望去，一片莹白剔透的琼花海洋。粉嫩的白中透着浅绿的萼和鲜亮的鹅黄蕊，有的还是摇曳的骨朵儿，成群的野蜂嗡嗡闹着，清凉的风中流荡着蜜的气息。

我每年都是五月份来果园采果子，今年赶上樱桃开花，徜徉在花蹊中，满心的欢喜，满眼的爱怜，竟无从表达！草木有本心，何求美人折。花儿就是要在春风里枝头间燃烧它们的青春，孕育美好的生命之果。

樱桃花凋零坐果之后，叶芽儿就探出头来迅速扩张，不几天就集结能量长出绿汪汪的叶子，为果子遮风挡雨供给养料。樱桃树不像桃树，苹果、李子、猕猴桃那么难伺候，三番五次地喷药、疏果、施肥、浇灌，它抗旱抗病能力强，不疏果不需要喷农药，只要在膨大期追施农家粪肥一次、灌一次水，就等着五月来果园采果子了。说它是绿色水果一点不掺假。五一节前几天，樱桃还是青黄色的硬豆豆不怎么起眼，可只几天的功夫，密匝匝的果子中间那些个头大的小果球就突然珠圆玉润的有了好看的光泽，似乎染了胭脂的色彩。在园中守望的父亲就告诉母亲说，梯子果篮都备好，头茬果子可以开采了。且别说樱桃的口感如何，单是它的色泽就很养眼，鲜黄、猩红、玫红、酒红、枣红，每种颜色都很丰满，水灵灵的秀色欲滴。不管是摆放在果盘中，还是高挂枝头，晶莹剔透的，都会撩拨得人口舌生津咽下几口唾液。咬一口，果肉鲜美，甜中浸香，酸中透甜，甜中浸苦，弥漫在唇齿间的鲜味，常常令人回味无穷。市场上卖的樱桃，大都只有七八分熟，要吃到新鲜熟透的樱桃，最好到园子里去现摘，那鲜味无以言表。

有的朋友来到园子里，看见满枝头珠光宝气的樱桃，就像迷失在花果山一样，眼都花了，只顾满园子乱走，总想挑最好的摘，一圈下来也没采下几颗。会采果子的，眼特别尖，单捡果球膨大、色泽光润的采下，直接送进口里享用，若要带走，一定得带上果蒂。若踩着果梯攀到树上去，树梢的果子自然是上等货色，鲜果从枝头一直漫溢到篮子里，真是流光溢彩、果香漫溢。一拨拨来果园采樱桃的人来来去去说说笑笑的，好不惬意。特别高兴的是小孩子，鸟儿一样欢快地在园中穿枝拂叶地跑来跑去，或者猴儿一般吊在树上，这颗果子闻闻，那颗果子尝尝，肚子吃得鼓鼓的。樱桃好吃，果难采。对果农来说，采摘樱桃是件费力的苦差事。树大叶密，枝高果稠，密密匝匝红玛瑙一样的樱桃，得用手指一颗颗掐断或者掰掉果蒂放在篮子里，一天下来，拇指和食指又黑又酸又疼。正逢初夏，下有土地蒸腾出的火气直往上窜，上有热辣辣的阳光直射脖颈和肩头，全身热哄哄的，幸好有这满树的果子解馋，倒不十分难耐。若三五天猴儿一般攀高上树，在枝杈间晃来荡去的，从早到晚往往疲累不堪。如果能卖个好价钱，果农再辛苦再累，心里都是甜美的。如果碰上阴雨天，眼看着满树成熟的果子被疾风吹落被骤雨击炸，果农就急得火猴一般，巴望着老天赶紧开眼放晴。鸟儿们倒是吃得肚子鼓鼓的，唱起歌来都是甜的。等果子收完，爸妈的面孔就染上了沧桑的烟火色，但他们心里乐呵呵的，倒像是打了胜仗一般。

每年的五月份，儿女们无论多忙多远都会赶回家帮老人采摘樱桃。爸妈的这个园子，不知让多少亲戚朋友享受到田园采摘之乐。老爸一提到他的园子，就自豪得脸绽菊花、满眼溢彩。当年，这块地栽植的是苹果，少年时代在苹果园里躺在草庵中里边啃苹果边读小说的画面犹在眼前。可有一年，秦冠苹果卖到一毛多钱，园子里堆积如山的苹果卖不出去，可愁坏了爸妈。后来，家里还是把苹果园砍了，又栽了樱桃。樱桃树好作务，只三五年工夫就开花结果。因父亲选的品种好，我家的樱桃以个大色鲜、肉厚味醇赢得了市场，既让孩子们和乡邻亲朋饱了口福，又增加了收益。

那天，母亲忽然对我朋友说："今年一定来园里吃樱桃，明年也许就挖了树栽猕猴桃呀！采樱桃实在是个苦累活，我和你叔都上了年纪干不动了。"闻听此言，我心里一揪，忙道："怎么舍得呢？五月若吃不到咱家园子的樱桃，会不甘心的！"父亲笑着说："你妈在说笑话呢。十几年来，樱桃树为咱家创造了多少财富，接待了多少朋友，留下了多少欢声赞语啊！咱虽说老胳膊老腿的，可还结实着呢！我要为娃们留下园子，每年等着你们回来吃！"父亲的话扫去了我心头的阴翳，我俨然望见父亲蹲在果园地头笑呵呵地招呼亲朋进果园的情景。也许这是父亲最朴素最幸福的乡土守望吧。可一想到去年母亲左手腕骨折却不肯在家歇着坚持一只手采果子的情景，一想到父亲已七十多岁还开着电摩去市场批发樱桃的情景，我心里就涌出难言的苦涩来。我期望在城里打工的弟弟尽早返乡，更期待樱桃园永远是乡村最美丽的风景！

月上柳梢头

春节至元宵佳节，各地灯节的习俗大都是相近的。城市乡村、街巷酒楼、单位社区、千家万户各种花色的彩灯高挂低悬流光溢彩，仿佛是一眼望不到边的灯笼之海，营造出了一种红火、祥瑞、光明、喜庆的氛围。

家乡的习俗是正月初五过后外婆家要陆续给未满十二岁的外孙们送孩儿灯（也称花灯），给正好满十二岁的外孙送一对大红喜灯，母亲则要给刚出嫁的女儿送一对大红宫灯，象征吉利又添丁。鲜艳的红绸上镶着"岁岁平安""花好月圆""龙凤呈祥"之类的吉祥话，都是长辈在为晚辈们祈福。大红的灯笼高高地挂在门前，再点上烛火，从红绸里映出来两团朦胧的红晕，既好看又有了梦般的境界。送给小孩的各类花灯，是让他们晚上串门子玩的。

元宵节临近这几日，耍狮子、扭秧歌、踩高跷、扮社火、打太平鼓、办灯展、猜灯谜等文化活动，在各地就热热闹闹地掀起了高潮。到了上元节晚上，吃过了元宵，月光倾城，浪漫气息越发火爆起来，简直是"火树银花不夜天"。"谁家见月能闲坐，何处闻灯不看来。"屋内，央视元宵晚会正笙歌沸耳地闹得正火，屋外已上青天的圆月和千万盏红红的灯笼交相辉映，把如银的夜色妆扮得亮丽而妩媚。皎洁的月色下，街巷中四处游走的大人孩子笑语喧阗。那腾空炸响的焰火，犹如魔幻的彩笔，在无边的天幕上幻化出五彩缤纷、光焰夺目的花色，那瞬间爆发的辉煌和寂灭，不禁让人目眩神迷、如醉如梦！

古称元宵节是中国的情人节。古代的女孩子们素日养在深闺，大门不出二门不迈，只有元宵节这天破例，可以香车宝马，珠翠满街地结伴而走，去观灯，去赏月。那些翩翩少年和怀春的女子相遇于街头，借着观灯赏月而偷觅意中人，"众里寻他千百度。蓦然回首，那人却在灯火阑珊处"的惊喜和惆怅，不知荡漾在多少年轻人的心头梦中。现在，尽管时代不同了，但"月上柳梢头，人约黄昏后"的浪漫情怀却是亘古不变的。即使没有情人，即兴约几个朋友月下把盏开怀畅叙，亦或沐浴着恬静的月色闲闲地漫步也甚妙。"不展芳尊开口笑，如何消得此良辰"啊！兴许一个人举目，"天上一个月亮，心中一个恋人"哼唱着相思的歌谣，也挺逍遥的。"此时相望不相闻，愿逐月华流照君"，说白了，有情的是人生，无情的是岁月啊。看着街头三五成群的孩子拎着小灯笼，像萤火一样快乐地游走，听着他们口里哼着"灯笼会，灯笼会，谁家灭了谁家睡"的童谣，我仿佛又回到了小时候闹元宵的场景。

那时候，由于家里孩子多，舅舅家送的花灯只能轮换着打，或只让年纪小的玩，因此能拎着灯笼的时候，就特别高兴。那些灯笼也不像现在用各种塑料和红绸做成的电子灯那么形态各异、花色繁多、功能奇特。灯笼大都是用彩色的玻璃纸和有皱纹的彩纸或彩纱布做成的，有红艳艳的火晶柿子灯、西瓜灯，有粉红色的莲花灯，有黄灿灿的桔子灯，有的火晶柿子灯上还套着五角星，大多数的灯笼上都绘有喜鹊、腊梅等各色喜庆图案。在灯座上点燃一节小蜡烛，那随风摇曳跳跃的小火苗顿时让小灯笼鲜亮美丽起来。无风的月夜里，拎着华灯结伴游走的队伍，像火蛇游龙一样在村落里环绕。有风的月夜，会不时传来孩子们的惊叫、笑骂声。有的灯被风吹灭了，有的灯被风点燃了，呼啦一下连灯架子都着了，轮换着打灯笼的孩子手里攥着小蜡烛，气得跺着脚哭。有些捣蛋的男孩子自制了弹弓和弓箭，专门躲在暗处偷射别人的灯笼。一旦嘭的一声，击中了目标，就会大声坏笑着扬长而去，有时也会误伤人，惹得哭骂声一片，不欢而散。

最热闹的要数正月十六晚上的碰灯会了，所有的花灯在这晚的玩闹碰撞中都要起火燃烧，预示着火烧财气旺，因为明年舅舅家会送新的来，旧灯留着要害红眼病的。于是，淘小子们疯丫头们就尽兴地在月亮底下闹着笑着，把元宵节变成了孩子们的狂欢节。

"有灯无月不娱人，有月无灯不算春。"上元之夜，我游走在如玉的月色中，穿行在红红的灯影里，心里乐陶陶地遐思无限的青葱岁月。而今元夜时，月与灯依旧，可是还有多少大人孩子会从低头玩手机中抬头望月亮，人约黄昏后啊！

四、亲情

大伯，大伯

听说大伯患了脑瘤，我一时间又惊又痛，难以置信。无奈现代医学仪器太先进，彻底粉碎了亲人们但愿是误诊的幻想。省城的医生说了，为大伯做手术的意义不大，好好的一个人走着来，是要抬着回去的，何苦要老人遭这个罪，还是回去好好在老人跟前尽点孝道吧！

看望大伯，是强装着笑脸去的。做人本分厚道，勤劳持家一生的他，人生的晚境却要遭受病魔的摧残，想想实在令人心酸。大伯看见我进门，唤着我的小名，招呼我快坐，忙唤大妈给我倒水，自己拧开炕头的风扇让我凉快凉快。我强忍哽在喉头的酸涩，坐下来和大伯说话，嗔怪他不顾惜身体，村东村西四处揽活儿干，累垮了自己没人能替。大伯笑着听我数落他，说是年岁不饶人，承认自己替儿女操的心太多，最近经常感觉头晕，吃饭没胃口，啥都干不动了。听医生说，他没啥大病，血压低，歇些日子就好了，还怪大哥他们带他去城里检查乱花钱。我怕再说病情会黯然伤心，忙岔开话题，和大伯聊起了家常，聊起他小时候的生活状况。好多年没时间听大伯讲那些陈年旧事，今天见大伯打开了话匣子，就饶有兴头地问东问西。听大伯讲那些过往的岁月，对大伯又多了些敬意，心里越发难过起来。勉强陪大伯吃了中饭，让他歇着安心养病。回到母亲家，刚看见两鬓斑白酷似大伯的父亲我眼泪就突然流出来，像个孩子似的哭起来。

第二次去看大伯是在一个月之后。听母亲说大伯瘦得厉害，吃得极少，精神大不如先前了。偶尔在外面闲坐，呆呆地闷着头不言语。亲戚们都陆续赶来看望他，让大伯意识到自己的病大有来头。他再也不吵着要去医院买开胃的药了，小妹劝慰他别多想，他说：我都这把年纪了，还瞒哄啥呢？谁能强过命嘛。好吃好喝的堆在眼前，大伯却没了胃口。听大妈说，大伯晚上睡不着，也不说话，一个人摸索着起来，拉开门信步出去漫游。可怜大妈不敢惊扰大伯，只能悄悄跟在他后面走。大伯一会儿驻足望望天，一会儿停步望望寂静的村庄，一会儿边走边叹气。绕着村子走一遭，再回来睡下，一声都不言语。大妈只能悄悄抹眼泪，她知道那是大伯抛不下生活了一辈子的家园。又过了个把月，我再去瞧大伯，他已经认不出我是谁了。朝夕相伴的亲人，几十年的同胞兄弟一概认不清了。看见有人来瞧他，他脸上会露出恍惚凄凉的微笑，想说什么，已无从说起，因为记忆衰竭，他视睡如归，偶尔言语一声，也是含混不清。眼看着大伯一天天的衰弱下去，我心中悲苦，却无可奈何。

大伯走了，永远地撒手而去。只能在梦中或另一个世界相见了。盛殓之前，大妈一遍遍地走到灵床前，揭开大伯的蒙脸纸，摸索着大伯的面孔，抻抻他的衣服，叮咛他闭上眼放心走。忽然，大妈坐在炕沿放声大哭，悲悲切切哭诉着：冤家呀，你把我一脚蹩在半道上，让我咋活呀！冤家呀，你辛苦了一辈子没享过一天福，说撒手就撒手呀……大妈揪心扯肺地哭声，像利刃一般刺痛了每个亲人的神经，一时间都想起了大伯的好，都禁不住大放悲声。

万物皆有生死，唯有记忆不灭。最早的记忆来自大伯对我的疼爱。依稀记得五六岁的光景，姐姐带着我在路边的地里拔猪草，我看见大伯骑着自行车赶集回来，就乐颠颠地跑向大伯，锐声喊着要坐大伯的车回家。大伯叮嘱姐姐拔完草早点回来，就抱起我放在自行车后座上。在姐姐的羡慕嫉妒中，我得意激动地搋着大伯的衣襟，任凭大伯载着我在凹凸不平的乡间小路上，颠簸飞翔。可是我的脚却突然塞进了车轱辘内，当大伯把我的脚从车辐条内掏出来时，脚踝骨已蹭掉了皮，血红一片，我害怕地大哭。大伯一边责怪自己太粗心，一边安抚我，说带我去他家，让大妈给我炒鸡蛋吃，免得我妈看见了责怪。每次当我和姐姐因淘气或做错了事被脾气火爆的母亲撵出家门时，大伯家就成了我们的避难所。围坐在大妈的热炕头上，吃着大妈炒的豆子，听大伯边剥玉米边为我们讲那些稀奇古怪的鬼狐故事，我和姐姐时常会在笑声中忘掉被责罚的烦恼。

大伯年轻时学了一套做豆腐的手艺。逢年过节或赶上村里过红白喜事，大伯和大妈就忙得整宿不睡觉。泡豆、磨浆、过滤、烧火、点卤、压包，大人孩子各有分工。拂晓时分，大伯就挑起豆腐担子，送货上门或走街串巷地吆喝他的生意。时常见大伯停在某个场院中为乡亲们称豆腐的情形。他一边询问主人家怎样待客，一边麻利地为主顾割豆腐过称，过完称总不忘再割一块给添上点，碰见相熟的女人，就会开玩笑说：孩子他干爹来了没？称二斤豆腐给他吃吧。此等打趣的疯话，自然会招来女人的笑骂，主顾乡邻都会笑成一片。为了能吃上大伯拌了辣子蒜泥香醋的豆腐脑，我经常帮大妈捡豆子拉风箱烧火，跑腿替大伯去小卖部买烟。大伯就是靠着做豆腐、作务果园，驮筐做小生意和四处打工，一点点积攒下家业，帮三个儿子娶了亲，盖了房，立了门户。

作为长子长兄，大伯从小就是一个有担当的人。爷爷老实憨厚，幼年失怙，娶亲之后另立了门户，在生产队的马房里安了家，没有任何根基和庇护，靠爷爷奶奶给大户人家当雇佣来勉强度日。大伯十岁时就能给生产队放羊，就能帮大人分担家务。记得大伯说他十五岁时正赶上闹饥荒，能吃的野菜树叶都被吃光了，兄弟们饿得连说话的力气都没有了，再不想办法弄吃的，只有饿死的份。情急之下，大伯毅然去外村家境殷实的表姑家借粮。大伯向表姑诉说了家里揭不开锅的恓惶，乞求表姑怜念他们哥几个可怜。善良的表姑背着家人，装了一袋子玉米，让大伯走后门回家。背了粮食口袋，边走边抹泪的大伯刚一回家，就瘫倒在地上不省人事。爷爷病逝后，大伯就成了除奶奶之外的二当家。他让三叔学打铁，送四叔去当兵，送五叔读高中，带着父亲一起去山里扛木料，挖药材，一起驮着筐子贩水果卖蔬菜，风里雨里哥俩总是在一起。哥几个成人后，大伯和奶奶相继帮他们娶了亲，建了房，那其中的周折、艰辛、难肠、酸苦，自是不言而喻。在我记忆中，哥几个先后都住上了土木结构的瓦房，唯有大伯还住在老宅的三间草棚里，大伯是最后一个住进新房的人。

那次看见大伯和父亲一起去逛会，依旧是大伯他骑着车驮着父亲。他们都冲着我笑，形如皱菊一样的瘦脸，豁着牙的嘴，让我忽然想流泪。年纪古稀的大伯越老越看重亲情。时常看见一身布衣的大伯，背着手，从三叔家出来，又到四叔家看看，去五叔家聊聊，再到我们家来，和父亲一起抽烟、喝茶、问询儿女们的境况，诉说各自家里的烦难，互相劝解着，感叹着，有时只是默默地相守着坐一会。兴致好时，大伯也会找他的棋友杀几盘。每次看见年迈的大伯为村里缺劳力的人家打零工，我们总会劝他别再干了，可他总是说，闲着闷得慌，干这些杂活也累不着，挣几个零花钱手头活便，两个孙儿上学，你哥的负担不轻的。原指望境况好起来，辛苦操劳一生的大伯也该歇下来，享享清福，可是造化弄人，让人总是措手不及。

望着灵桌前大伯慈祥的遗容，只能默默垂泪。可叹灵前的秦腔折子戏，慢板苦音中，演员凄容哀婉地诉说着人世的悲欢，似乎在追忆，又似在安抚亡魂。灵前灯下那只起舞的飞蛾，也许是大伯幻化的魂魄，久久地不肯同他的亲人作别。安息吧，大伯，您会永远活在亲人们的记忆中。

母亲的眼泪

医院的大门口，都是戴着口罩扫码鱼贯而入的人群，整个门诊、急诊大厅楼上楼下，都是出出进进东奔西走的男女，空气中混杂着医院特有的消毒液和各种人体散发出的气味以及嘈嘈切切的人语声，让人觉得气闷。放眼瞧去，医院的各个脚落，都有皱着眉头各怀心事的病人、家属，有黯然落泪的人，有紧张巴望的人，有愤怒控诉的人，也有无奈认命的人。吃五谷生百病，各人有各人的苦，谁也无法替代，谁也无处可逃，都等着医生的救治。此时的医院就像是教堂，每个信徒寻踪而来，虔敬地各找各的归依。

我闷坐在省院急诊科住院部的病房里，为儿子因气胸所遭受的痛苦而忧虑。窗外的风声雨声和阴暗的天气，似乎有一种天人感应的哀怨。孩子所受的苦在母亲这里都是加倍的，但我还得强颜欢笑故作轻松给娃宽心。在儿子做插管子排气手术时，我如坐针毡，恨不能替他受难。儿子躺在病床上因伤口作痛心烦，我就处处陪着小心，以免触怒他。特别能理解他刚结束高考的战斗就又要和病魔抗争的辛苦。看他胃口不佳，吃不下医院食堂的病号饭，我就冒着风雨在外面买回他想要吃的。可他还是蹙眉吃两口就放下了筷子。劝他多吃点，他就不耐烦地摇摇头。倒掉吧，我又觉得浪费，只得闷着头硬塞进自己的胃里。买回的鲜奶和水果，他只爱吃葡萄。水果店的葡萄，一斤三十二元，贵得令我直咂舌，但只要儿子喜欢吃，我就买。

明天要做肺大泡切除手术了，术前和术后，都是限时不许吃喝的。望着儿子愈发消瘦的小身板，我想让儿子好好吃一顿，给身体尽可能地多补充些能量，自己能心安一些。可他却不买我的账，在外面跑了两趟买来的饭，他都说难吃没胃口。这熊孩子太难伺候了！我气得真想拂袖而去任他由他。可我怎能和病人较劲儿！闷得发一会儿怔，偷偷地抹了几把泪，还不得想招儿吗？邻床的大姐见我这当妈的作难，就帮我劝儿子说：这么帅气的小伙子，缺的却是精气神儿。只有多吃饭才能长精神头儿，身体才扛得住复元得快，才能早点回家和你的同学们去度长假。我也趁机让他在手机上点可口的外卖吃。儿子总算给了大人面子，点了外卖。直到他吃了东西，我心里才踏实了些。

早上，我用热水给儿子擦了身子，帮他换上干净的病号服，单等手术室的医生接他去手术。手术室门口，陆续有进去做手术的病人。送儿子到门口，我来不及抱抱他，拍拍他的背，做出必胜的手势，儿子就笑着挥挥手进去了。他得独自面对考验，我把一份重托和信任都给了医生。术前医生又一次和我们夫妇谈话，医生强调了手术时可能会出现的风险及应对的措施，我忍不住泪眼婆娑，双手合十拜托医生。此时的医生就是患者心里救苦救难的观世音，他们冷静持重而胸有成竹。多台手术同时进行，担着心捏着汗的永远是患者最亲近的人。有一个妇人在坐椅上默默地淌眼泪，那决堤的泪水不知藏有她多少难言的委屈和惶恐！有时候无声垂泪，对女人而言，是种宣泄，能哭出来比憋屈在心里痛快些。也有人在手术候诊室谈笑，也许是故作轻松，减少空气中凝重的气氛吧？候手术的当儿，我无心他顾，也不敢走开，耳朵始终支棱着，生怕医生传唤不在跟前。当医生喊儿子的陪人时，我的心一下子就提到了嗓子眼，赶紧和老公跑到小窗口，只见医生扬着眉头说手术很顺利，已解决问题，向我出示了肺大泡的切除部分，并告知病人正在术后观察阶段，半个小时就能出来。一颗石头从心头挪开，我再次向医生致敬！妙手回春这个成语来形容医生，再贴切不过了！

当儿子从手术室被推出来，望着他寡白清瘦的尚未完全清醒的面孔，望着他插在鼻子上和胸部的管子，腋下缠裹的纱布及管子里鲜红的血迹，我的心又是一阵刺痛。术后监测仪器在床边桌上闪着起伏不定的光波，他的右臂缠着血压监测仪的带子，左手腕上部扎上了吊针。我轻唤儿子的小名，他眼皮翻动着看我一下又闭上了，仿佛极度疲惫，眼皮沉重地睁不开。他的嘴唇干燥起皮却不能喝水，我只好用棉签蘸了水，隔一会儿，擦擦他的嘴唇。我用热水轻轻擦去他胸前做手术时留下的斑斑血迹。守着他昏睡，等着他从虚弱迷糊中一点点缓过劲来。

一会儿病房又推进来一个腰身缠满绷带的老太太，是从重症监护室转来的。她是陕南山里的人，过桥时摔到桥底下，腹腔几处骨折，因快八十岁了没法做手术，只能用绷带缠裹住保守救治。老人的女儿、儿媳、医生护士一起把老人挪到床上，老人疼得龇牙咧嘴直喊娘，满头凌乱汗湿的白发似乎也疼得直发抖。女儿一边柔声叫着妈，像哄小孩似的抚慰她，一边给妈擦汗搓手捏腿。听说他们在重症监护室已熬了七天，花费了八万多，老太太哭闹着要回家，不想再拖累孩子花儿女的钱。过了危险期，儿女把老人转到普通病房来，男人们都回去挣钱了，单留两个贴心的伺候老太太。看着老妇人遭罪的样子，真让人觉得恐惧。恐惧的并非衰败死亡，而是生命在遭劫的苟延残喘中欲死还生和任人摆布的惨境。成为一个失去体面尊严，让自己痛苦也让别人痛苦、怜悯的活死人，该是多么悲哀无奈啊！可造化就是这么弄人，只有忍受的份儿！

　　苦难中，人才能体会到人世间最深切最真实最暖心的至爱亲情。病人都有因病情和疼痛而不堪忍受的烦躁期，都有最虚弱最脆弱的身心依傍期，陪伴在患者身边的人们，都得有十二分的细致和耐心。他们时而要为病人擦屎接尿倒痰盂，时而要喂病人一羹汤一匙饭，他们有力的臂膀任病人依靠，他们一次次及时的搀扶，一个个鼓励的眼神，一句句贴心的问询，都可能在脆弱而敏感的病人心里照进一些光亮。亲友的关切、探望和送来的鲜花祝福，更让患者感受到人情的美好。儿子一天天在复元，脸上有了血色和笑容。老太太也不闹腾回家了，小重孙每天打来的问候电话，让老人愁苦的脸上有了笑纹。我和邻床的女护工帮邻床的姐俩给老太婆在病床前洗了头。我抻着老太太的两条胳膊，媳妇搂着老太太的肩，女儿负责洗头，护工负责换水，尽管老太太哎哟哎哟别扭得直喘气儿，一眨眼的功夫，老太太像毡片一样的脏发就洗得顺顺溜溜的叫人觉着舒服。病房内互帮互助的好氛围，让老太太的眼泪渗出了眼眶，也让邻床做了肠胃手术的大姐触景伤情。她为了让儿子安心上班不耽误挣钱养家，为了让儿媳把小孙子带好，自己花钱请了护工。儿子只有在周末才得空儿瞧一眼母亲。问她老公呢，她说早离了，去养活人家儿女去了。一个单身母亲有多难，我无法感同身受，但大姐落寞的语气和藏着泪光的眼睛让人觉得酸楚。

　　母亲的眼泪，总是悲喜莫名啊！但哭过，痛过，还得心怀愿景乐呵着活。

收藏者

　　尽管过往一去难再寻，但定格在光阴里的相片儿，却影现着已逝年代里的物像，讲述着每个生命在场的故事。手头这本镶嵌着儿女、姐妹、爹妈、老师、学生、朋友的一百多张相片儿，每张相片都有各自独特的底色、背景和气味儿。一张一张翻阅，似乎在捡拾那些散失在记忆中的如歌如诗的画片，看得让人发痴、发笑、泪目。有那么几张相片，更是沉淀着特有的浪漫和温情。

　　外公和外婆的一张黑白合照，虽看不出年份，但黑与白这种最朴素、最单纯的色彩，却给人以庄重、柔和、安宁的感觉。相片中的外公外婆看起来约四十岁，都穿着粗拙的黑灰色棉袄棉裤。戴着火车头帽子的外公，像极了电视剧《老农民》中陈宝国饰演的外号叫"牛大胆"的农夫形象，一身的黑土味儿，微蹙的眉头，沉实的目光，给人厚实、帅气、倔强的印象。包裹着头巾的外婆那满月似的白脸盘却透着淳朴秀色，尤其是外婆那双羞赧中带着喜气的双眸，含着某种清澈的期待。据母亲讲，这张照片是外公冬闲时和外婆捎着山货来到镇上枭卖后，在镇上的照相馆拍的相片，这是他们走出秦巴山区来到关中平原秦岭北麓落户的纪念。如果外公当年没有魄力，对家庭缺少担当，如果没有外婆柔韧果决的响应相随，他们是不会一副挑子担了全部家当，携儿带女翻山越岭远走他乡求活路的。即使生活再艰难，日子再苦累，也难以抹杀他们骨子里的浪漫。这是外公外婆生前唯一的一次合影，被小舅收藏着，作为念想，留在后辈人的记忆里。

　　这些年，姐妹们与父母的合照并不少，但童年时的一张老照片，却让我生出特别的情思。相片是母亲二十多岁和我们三姐妹的合影。照片中，母亲怀里抱着蜷着发卷的尚不会走路的胖丫头三妹坐在椅子上，三妹的黑葡萄似的眼里还噙着泪花。六岁的大姐和三岁的我站在母亲两侧，大姐和我都穿着小碎花布衫松紧裤和圆口小布鞋。大姐扎着整齐的小辫略歪着头，脸上带着娇媚的笑涡儿；我的头发披散着，只在头顶扎了个小桃尖，也许因为紧张害羞，我的双唇紧闭着，双拳紧攥着，细眯眼有些好奇地望着前面。母亲穿着深色花呢布衫，一条乌黑的粗辫子醒目地搭在胸前。她略仰着脸，启着唇，露出些微的笑意。能看出她眉间浅浅的川字纹。记忆中，母亲在三十岁时，已生了五个女儿，她因养不出男孩而性情压抑，而天性要强的她却并不因生了女娃就看轻自己和女儿。她在下地挣工分，早起晚睡做家务的间隙，学会了裁剪缝纫织毛衣，总是把我们姊妹收拾得齐齐整整，把两间小土屋拾掇得井井有条，把锅灶和桌柜抹得干干净净。她和父亲白手起家日子过得并不宽余，但她凭着勤快能干和精打细算，一九九零○年竟然成了我们队上第一家买彩电的人家。姊妹们童年都有照片留下来，这都归功于我的母亲爱生活，疼孩子，懂得在寒素的日子里留存一些美好。

　我结婚后在婆家拍的一张全家福是彩照，是妹妹在我家走亲戚时用傻瓜机子拍的。说它珍贵，是因为它是奶奶除身份证之外在世间留下的唯一影像。相片里，奶奶头顶褐色帕子坐在藤椅前，瘦瘦小小的身量显得单薄却坚挺，她笑得祥和而天真；婆婆穿着湖蓝色的印花对襟褂子，公公一身簇新的灰黑色的衣裤，他们站在奶奶左侧；穿着红底白花格子西服的我和穿蓝色西装的老公站在奶奶右侧，穿米黄色风雪衣上大学的二弟站在父亲和哥哥身后，三弟也许串门要去了，缺席。一家人都笑着，但都笑得浅淡恍惚。老中轻三代人中，奶奶是个苦命的女人。她是从渭北逃荒来到周至，做了南山坡嗲这家人的媳妇，很少回老家去。年轻时只生了一个孩子，却在刚满月时抽风死掉了。后来抱养了一个多子家庭的男婴抚养成人。给儿子娶了亲，儿媳一连生了三个孙子，老太太看到家里人丁兴旺，心劲儿特别足，经常跟爱耍钱的丈夫吵架。别看她身量小，却是田里家里的好劳力。我刚结婚那阵子拙于擀面，面对一坨老碗口大的一团面怵得慌，七十多岁的奶奶就操起擀面杖，奋力抻搓揉碾咚咚有声，不一会儿，一案板白布般平展筋道的纸面就铺在案上，令我十分惊叹！听老公讲，奶奶特别勤俭持家，院里五月的梅杏、八月的核桃、酥梨、柿子，她都会拉着架子车驮着篓子去路边摆摊儿，挣些小钱补贴家用，留着给几个娃子娶媳妇用。几个孙子都是在奶奶的炕头上长大的，她一见到孙儿从外面回来，就跟见了宝贝似的两眼放彩，忙打开箱子，啥好吃的都留给小子们享用。她把一生的心血都浇注到儿孙身上，直至油尽灯枯。老公说，直到老人去世多年，他都忘不掉奶奶打开箱子时那扑鼻的果香味儿。

　眼前的这张全家福是刚拍的艺术照，终于了了我这辈子没穿婚纱结婚的憾恨。专业画妆师、摄影师和电脑精修技术的完美结合，让我这相貌平平的中女重返青春，儿子女儿如玉似花自不必说，单说着婚纱穿旗袍的我，朱唇粉面，眉目青黛，无比恬静温婉地挽着老公，笑意盈盈地冲着未来憧憬着或回味着什么！那气质，那风韵，简直光彩照人，连我都有些惊艳恍惚！眼角的鱼尾、额头的皱纹、鬓角的霜华、嘴角的黑痣都被精心抹去，这还是我吗！定睛细看，可不就是我，被瘦身塑形美化的我。老公也是风度翩翩气宇不凡，只是他那头青丝染霜白的硬发，藏着岁月的风尘浸染的痕迹！翻阅着几十张不同造型的相片，女人的虚荣心得到了极大的满足，终于有了一帧伉俪情深的合影。想起自己作新娘子的那天，我的眉眼里并未溢出幸福的憧憬，而是藏着一份忐忑、羞涩、期待和迷茫。那寒素的嫁妆撑不起女儿的荣耀，那俭朴的婚宴也不值得竞夸。没有首饰，没有婚纱，没有浓妆艳抹，素颜的新娘子即使有点委屈不甘，也只能藏起穿旗袍戴珠翠的美梦，寄希望于未来。等日子过好了，一切想必都会有的！几十年的尘世婚姻路，在烟火漫卷的琐碎平凡中，我们夫妇彼此包容理解，共同承担、经营、呵护，才有了今日全家福中那美好的留存。

这厚厚的一本相册，是人生路上我们收藏的点点滴滴的记忆，闲时慢慢看细细聊，一种甜蜜混杂着惆怅的思绪，总也挥之不去。

来自山城的大妈

又一个唤我小名的亲人去了。生死轮回，没有人会在意残花的凋零。我望着灵堂前大妈那慈祥的遗容，想到她生前耗尽生命之火的病容，觉得她受难的灵魂飞升天国是一种解脱。听着堂姐苍凉的哀哭声，我为失去父母的她难过，更为我们这个家族生命之树上凋零的一朵花儿而哀伤。

奶奶的五个儿媳，五朵女人花，她们摇曳在风尘中，各人结各人的果子，各人有各人的宿命。

大妈是一九六一年蝗虫吃田的自然灾害时从四川逃难来陕西，流落到我们村的。只因奶奶一顿救命的饱饭，她就留下来做了奶奶家的大儿媳。十七岁的大妈白净瘦小，细眉细眼，手脚麻利，口快嘴甜，待人热情和睦，奶奶是把她当闺女待承的。长辈们素日都喊她王家，没听人喊过她那个叫王素芬的名字。奶奶教她擀面蒸馍纺线织布，裁剪缝补的活儿一学就会，几年下来，她就能说一口带着川味的陕西方言，至今还记得她把纳鞋底讲成"拉孩底"，凡事爱讲"对头"的腔调。

奶奶在几个儿媳中最偏爱大妈和三娘。三娘是三叔在洵阳修路时领回来的山里姑娘，性情柔顺美丽善良，奶奶怜念她俩远离故乡亲人，没人帮衬，就多疼她们几分。等父亲、三叔都成了家分出去另立门户时，大妈一家还和公婆小叔子住在老宅的几间茅草房里。爷爷病逝前，为了让他住上新盖的大房子，大妈把爷爷接来住在自己家，亲自服侍老人吃喝拉撒，给爷爷亲手裁缝老衣，是几个妯娌中最厚道最会心疼人的大嫂。

记忆里大妈是个好脾气的女人，对我几个猴子一样闹腾的堂哥们极少动肝火发脾气。见到我们姊妹，总是喜眉笑脸地唤着我们的小名儿，嘘寒问暖，让我们去家里玩。我们一旦在家里挨了母亲的打骂，就去给大妈诉委屈，有时做错了事怕母亲责罚，就躲在大妈家不回去，不光蹭吃蹭喝，还央告大妈送我们回去，向严厉的母亲讨个人情，免去对姐妹的责罚。大冬天最喜欢赖在大妈的热炕上，一边听大伯讲笑话，一边吃着大妈炒的玉米黄豆粒儿，觉得特别香甜温暖。大伯做豆腐时，大妈帮工很辛苦，孩子们就愿意帮大妈拉风箱烧火，单等她给我们盛上一碗浇了辣子的豆腐脑，解馋。大妈的母亲从四川赶来看闺女，老太太的小背篓里总会装些山城特产，什么怪味蚕豆、米花糖，大妈总会分一些给我们尝鲜。记得第一次咬开从四川捎来的粽子，那又麻又辣的肉粽子，呛得我咧着嘴吐出来，再不想尝第二口。总之，小时候没少从大妈家混吃混喝，除了奶奶，就算和她最亲。

大妈虽不当家拿事，却是个性情柔韧的女人，像他们老家那些担担客一样泼辣皮实。她嫁给大伯时没有嫁妆，家里住的是草房子，全是靠她和大伯勤俭持家，种庄稼做豆腐务果园积攒下家底盖了房子。大伯和她分别帮三个儿子娶了亲立了家业。几十年间，为孩子们订婚嫁娶，帮儿女建房，给孙子待满月酒，一桩桩一件件琐碎繁难的事情，没有一件事不让她操心劳神费周折，悄悄爬上她脸上的皱纹也越来越密集，可她仍像只老蜜蜂似的，田里灶上里里外外忙个不休。几个孙子孙女出生后，大妈又转换了角色，成了慈爱的奶奶，几个孙子都是她帮着经管大的。我时常见大妈背上背一个，手里再牵一个，每个孙子都是她的心头肉儿。孩子们在她一口粥一碗汤一个故事的呵护下渐渐长大了，可大妈的青丝却染上了霜花，腰腿也已不再挺拔。

大妈这一代女人太不容易。年轻时吃苦受穷谨守妇道，得盯着婆婆的脸色讨生活，等她们几十年的媳妇熬成了婆，她们又要讨媳妇儿的欢心过活。居家过日子，锅碗瓢盆的磕碰中，大妈难免会受些委屈惹些闲气，只因娘家亲人离得远，多少难与人言的辛酸愁肠，都得她独自吞咽消化。记忆中，大妈最快活的事儿就是和大伯一起坐火车回四川。她娘家在重庆的某个县城里，生活富裕，她回趟老家，老娘和弟弟总是给她许多贴补。每次她从娘家回来，都是穿着簇新时尚的衣服，拎着大包小包回来，招惹得左邻右舍的女人们眼红得直啧啧。这时的大妈，满脸皱纹笑得菊花一样灿烂。

渐入老境，大伯大妈本该安享晚年，可为儿为女积劳成疾的他们相继染病。大伯撒手而去，女婿骤然亡故，大妈的身体一下子就垮了！患脑梗的她耳背了，眼花了，腿脚不灵便了，她变得脆弱、孤独、郁闷，直至瘫痪在床，很快就老病相摧步入了风烛残年……宿命面前，大妈向谁乞哀告怜？死亡是人受苦一生残酷的解放，无人能够逃脱幸免。

魂归故里的大妈，您安息吧。在这个庚子疫情防控的非常时期，阻隔了许多的亲朋为您守灵送行，不能在灵前为你唱几折您爱听的秦腔，不能有鼓乐为您开路送行，有的只是亲人们抚棺的悲凄哀痛！但你会永远活在亲人的心里梦中，您身后的那棵承载着家族生命轮回的大树，一定会在春天里，绽放更多的新芽。

老小

　　不知从什么时候起，我兜里开始备着小糖果了，比如说那天刚停好车，不等进门，隔着塑料帘子父亲就叫上来我的小名，我真是欣喜不已，马上拿出糖果来奖励他。

　　但最近这两次回家，还是明显感觉到父亲的身体状况衰退了，走动起来脚力迟缓很多，说话声气弱了，也不怎么主动开口，大家在一起闲聊，基本上是你问他什么他说什么，没人搭理他的时候，就一个人长久地呆坐着，左手玩着右手的样子。犯糊涂的时候更多，甚至有时分不清冬天夏天，认不得西红柿。有人在身边的时候还好，若是跟前没人，就表现出惊人的破坏力，假牙摘下扔不见了，电话手表摘下扔不见了，亲情手环也是再三地揪掉，要么就把东西挪腾胡塞，而且脾气有时会很暴躁。母亲每次出门的时候都会尽量带着父亲，有时不方便带就把他锁在院子里，每当这时，父亲就会整个下午像困兽一样在院门前来回趸摸出路。

　　这八九天里，我每天陪着父亲说话，没话找话也罢，无论干什么都带着父亲，赶集带着，游玩带着，走亲戚带着，散步带着，并时常惊觉怕把父亲弄丢了。母亲嗔怪说你真是闲得无聊，成天叫个瓜老汉跟前跟后的。但我却找到了带着父亲去放风的乐趣，比如我指着黑绿的玉米地问：你知道今年玉米为啥长得特别好？雨水多么！我指着茂密的李子林问：你知道今年的果子为啥都不甜？还是雨水多么！我指着村委会的楼房问：这几个字认得不？大—曲—片—区—化—中—心—社—区。下面这五个呢？永—远—跟—党—走。我故作夸张地说：这你都认识，你也太厉害了！父亲竟然得意地说：那当然么，党领导一切（政治觉悟还蛮高）。我又问：你听过一种叫石蒜（彼岸花）的花么？咋没听过，田峪沟里多得很。开什么颜色的花？黄色。我继续夸：天，这你都知道，我妈成天说你糊涂，叫我看，谁都没你灵醒！父亲竟颇有心计地说：哼，在她跟前，我是装糊涂呢。说完父女俩一起傻笑个不停。会永远记得那天傍晚带父亲环山路上散步，走得有点远了，天说变就变，顷刻间暴雨如注，父女俩落汤鸡般往家跑，我过马路时脚板打滑跑掉一只凉拖，父亲转身回去捡弄，得六七辆车减速等候。这雨幕中的一瞬让我依然能感受到父亲天性的护犊情深。

这些天来父亲明显话多了，昨天下午带着在外面转了一圈听人议论，回来见了母亲，竟然主动开口说话了：明咱这过会，今黑里红孩儿洞热闹得很，李家都去烧香去了你不去么？有多久没听到过转头忘的父亲这么一长串应情应景的话了，我简直惊喜得要掉眼泪！

龙应台说，人过四十，是一个走向失去的过程。经行几处江山改，多少亲朋尽白头。没有人能阻挡时光的脚步，结一场父女缘分，最有用的，就是揩掉夜半不眠的泪水，尽量多地陪父亲说说话，走走路……

太阳花可以安然无恙盛放如前，而患脑萎缩的父亲的确是活成老顽童了。父亲是不午睡的，我和母亲每天午饭后都会像哄孩子一样给父亲好说让他睡一会儿，可没等我们合上眼父亲就又起身了，他要出去，他不停地拧门把手弄出烦人的声响，弄得所有人睡不了。我说那就让他出去，后院还是敞亮，院门锁好就行了。母亲说待在后院也是害人的时候多，也是翻东翻西手脚不停，不是把柴火倒来腾去，就是把你脱在院里的鞋子鞋带抽掉不知塞到哪里去了，要么就是窝了你葡萄秧子的芽尖……真正煎熬的是母亲，七十岁的年纪，家里家外老的小的全靠她操持，午饭后想歇觉是不能踏实的，过一会儿就要起来去后院看看父亲有没有捣乱搞破坏。

果真父亲每天都有惹怒母亲的时候，这天我正准备午睡就听后院吵开了，出来一看，原来是母亲精心作务的院径两旁长的铺着绿绒毯似的太阳花全被父亲连根拔掉了！母亲一边跳着脚怒骂父亲一边我抖落父亲的种种"恶行"：咱今年为啥没豆角吃，我园里辛辛苦苦种的长得绿泱泱的豆秧子你全给我当草拔了，我这家那家求来栽下的花里树里你给我不是揪了就是折了，如今这院里只剩下这些太阳花了眼看花骨朵儿坐上只等开呀今又被你糟践成这了……虽然母亲骂得声泪俱下，可父亲毫不示弱，赌咒发愿地说他没拔……

我愣神看着堆在院地上已经被太阳晒得蔫头巴脑的太阳花秧子，突然想起给学生教过几遍的李天芳写的《种一片太阳花》，这花的性子我是了解的，就一边示意父亲悄声着一边安慰母亲说：别生气了，跟个病人计较也是白计较，这太阳花泼得很，且都是带着根的，不信我给你重新栽上这两天雨水又多肯定还能活。说着就找来铲子挑好两排整齐的土窝子，再一撮一撮地把花秧子栽进去，培上土，浇上水，又拉着父亲指着说：记着，这是花哦，开了好看，可再不敢拔了。在替父亲收拾这烂摊子的时候，我安详而细致，作为女儿，这点耐心和包容，是儿时欠下父亲的。

花不负人，果然五六天时间，所有重新栽下的太阳花不仅缓上性子，而且开得轰轰烈烈。院子来了人看得惹眼，母亲欣然，我便拉着她说：你看你女子本事不，都能起死回生呢。

母亲

　　母亲去城里务工没有一个月，倒是换了几份工作。她找工作的执着和频繁跳槽的经历，让我听后哭笑不得。这个不服老、不听劝，一心想去城里见世面的母亲，真有些老妇聊发少年狂的劲头。在五个子女全都成家生子之后，辛苦了一辈子的她，本该歇歇气儿，过几天清闲日子，可母亲却有她自己的想法：趁现在还能干点事，她想去城里找份自食其力的活儿，换个心境儿，也让年轻人在家历练历练，尝一尝柴米油盐当家过日子的滋味。刚过完年，不顾儿女们的反对，母亲就托在城里打工的熟人四处给她找活干。劝不住她，就只好让她去城里开开眼，闯一闯，如果找不下工作，自己碰了壁，收心回来倒也好。

　　可母亲偏是个不肯轻言放弃的人。在小饭馆里当洗碗工，弯着腰一干就是十几个小时，几天下来，母亲就腰酸背痛脚浮肿，实在撑不住。辞工后又找了份扫路的活儿，每天凌晨四点半得起床做饭，六点上工到下午七点下工，除了中午吃饭，整天都得在路上守着，风里来雨里去且不消说，单是那份孤寂就够母亲熬的了！随后母亲又托人找了份家政工作，照看两位老人的日常生活。两位老人无病无痛的，待人亲切，和母亲挺对脾气，母亲很满意这份工作，总算在城里扎下了根。几个月后，老头子因突发脑溢血病故。触景生情，母亲想到了家中的老伴，牵挂起她的果园，于是赶紧辞工回家。想想母亲这大半生立身处世的人生历程，就像一本又厚又重的书，读着它，作为女儿，我的心中有太多的喟叹！

　　母亲是在山里长大的，作为长姊，十一二岁的她除了做饭、打猪草，喂牛、养鸡手脚勤快外，还像个小"母亲"似的，每日里看护着弟妹们。冬天里衣衫单薄的她，幸亏守着山林，有那红红的火塘，否则只有冻僵的份儿。小姨五岁时脖子上长了个痘疮，外公外婆忙着挣工分顾不上管，只说女娃命贱，抗一抗，就没事了。看着妹妹小脸蜡黄病歪歪地躺在炕上不吃不喝，母亲又担心又心疼。她硬是自作主张背起小姨，翻山越岭赶了二十几里山路，来到镇上找了医生。医生给小姨处理了化脓的伤口，敷了药，说再延误些日子，孩子就没治了。母亲搂着小姨，流着眼泪哽咽难言。回去的山路上，母亲不停地唤小姨的名字，生怕缺精神的小姨在她的背上死去。听母亲讲这段经历时，我感受到了母亲的善良和魄力。

母亲从十八岁嫁给父亲到现在，已近五十个春秋。他们白手起家，从给家里添置一台缝纫机，一辆自行车，一头牛，一台电视机做起，像天下所有在土地上耕作的农民一样，凭着勤劳和精打细算过光景。在我的记忆中，母亲有一副好身板，她不是和父亲披星戴月地在田里、果园里劳作，就是坐在缝纫机前或灯下做针线活儿。三十岁之前，她的五个孩子相继出生，全家人的吃穿用度，全凭地里的出产和她的苦心经营。年轻气盛的她很少舒心地笑过，那时常凝成川字的额纹里刻着太多的压抑和苦累！一连生了几个丫头，让她在众姬娌和乡邻面前，老有一种难言的自卑和憋屈。而她偏又是个心高气傲的女人，家里缺劳力，可她既不向别人张口，也不让他人看笑话，就只有和父亲不分晨昏地在地里打拼。

丫头虽多，可哪个也舍不得送人，一个个收拾得齐齐整整，干干净净。有一年寒冬腊月，为了让我和姐姐过年有新衣穿，母亲和邻居大妈分头扛着几十斤豆子，摸着黑步行二十里去赶集，想㮲了粮食为我们姐妹做新衣。等她们顶着一头霜花到了镇上，早集却散了。她又饿又累又气直抹眼泪，却不甘心白跑一遭，饿着肚子等了大半天，才等到一个买主，好歹贱卖了些钱，终于为女儿买了几尺花布。为了省钱，大人小孩身上穿的衣服鞋袜，都是母亲自己裁剪缝纫、熬夜赶做的。每年临近过年时，母亲在院子里的缝纫机前，埋头一坐就是一整天，穿针引线，脚踏手抻，直忙得头昏眼花，整个人都冻成了冰疙瘩！年三十晚上，她还赶着在灯下给我们姊妹绱鞋、钉扣子，年饭都是姐姐和父亲做的。只有年初一，她才有时间倒在炕头，美美地睡个囫囵觉。

眼瞅着自己的孩子一天天长大，一个个婚嫁，母亲操心劳神却心里欢喜。每个外孙出生，母亲都是最高兴最忙活的人。伺候女儿坐月子，整篓子鸡蛋给女儿送，外孙满月时，给外孙从头到脚做衣服鞋帽，铺的盖的全是手工活。三九寒天给小人儿洗尿布屎片，手冻得又红又肿，一晾就是满竹竿。我女儿小时候没奶水，母亲就买了一只羊，天天和父亲换着班给羊割草，给女儿挤奶，再煮开了晾温了给女儿喂，一晚上得起来好几次，从没嫌过泼烦。尤其是孩子晚上发烧，母亲不想让我大老远从学校赶回来，就自己抱着孩子，让父亲打着手电陪她去医院，一点都没有马虎过。带一天孩子比干一天农活还累，但母亲并没有什么怨言。三妹在新疆生小孩时，母亲不放心，还千里迢迢地赶去伺候月子。弟弟的孩子出生两个多月时得了肺炎，是母亲白天黑夜的守在医院里，既要陪着笑脸安抚年轻的媳妇，又要精心守护着婴儿配合医生治疗。眼巴巴地看着医生给孩子头上脚上扎针，孩子哭得声嘶力竭，一向坚强的母亲心疼得眼泪直淌。半个月下来，染过的头发又是霜花点点。几个孙儿从小到大，不知耗费了母亲多少心血。

母亲虽说是个目不识丁的女人，但她处事的果决、干练精明却远远胜过为人散淡的父亲。虽然她和父亲在别人面前都称对方是当家的，但我们家真正管家的却是母亲。邻里间婚丧嫁娶的事，母亲常被推选为女总管，我们家的大事小情也都是母亲抛头露面去打理。母亲没有像有些女人那样守旧，不让女孩子出门历练。她托人在外地给姐姐找了份工作，姐姐临走时她只淡淡地叮咛同行的人照顾她，让姐姐凡事留点神，好好干活，别想家。可当姐姐独自坐火车回家探亲时，她却怕孩子出差错，特地赶了一百多里来到省城，在火车站检票口眼巴巴地盯着一拨一拨走出的乘客，等了几个小时没挪地方，生怕接不上女儿。当姐姐出现在检票口时，母亲便大声唤着她的小名迎上前，那一刻，母女俩都是泪流满面，激动地不知说什么好。后来几个子女陆续到省城打工上学，她曾多次去城里看望，一次都没走错路或迷失方向。她说出门在外嘴学乖些，鼻子底下就是路，更何况她记性好。

母亲还是一个特别爱清洁的一个人。屋里院外，厨房炕头，她总是收拾得清清爽爽，打扫得干干净净。门前的自留地里，黄瓜、豇豆、西红柿、茄子、辣椒、蒜苗、青菜等时令菜四季都有，自己吃不完就送邻居尝鲜，连城里的亲戚都专程来到她菜园里，说她作务的菜吃着香。院子里的花坛内，月季、菊花、美人蕉、一串红等各色的花儿，开得更是五彩缤纷，生机盎然。这些都是母亲平日里忙里偷闲作务的，每当母亲看着这些花儿草儿时，她的眼神都闪现着一种和悦的光彩，像是园丁在欣赏自己的杰作一般。

这两年，母亲上了年纪，可是啥事还是少不了她操心。弟弟在外务工因和人发生冲突受伤，住院动手术、找当事人家属说事，母亲在陌生的城市和医院奔走，那些个磨牙扯皮的事都得她兜着扛着，谁也不像她那样耐心坚韧。弟弟婚姻破裂后再婚，母亲没少跟着淘气熬煎，操心费神。儿女们这些个七灾八难的事殃及母亲，可是母亲却像一株饱经风雨侵袭却依然傲然挺立的大树，尽管树身苍老干裂，但它与命运抗争的生机犹在！母亲以她一贯的坚强，消解着人生的悲苦愁怨。她时常说，福祸都是命中注定的，无论是福是祸，人都得受，都得扛！谋事在人，成事在天，凡人能扛过去的，都是好年景。

现在不种庄稼了，母亲又有了新的喜好，就是和父亲作务樱桃园和毛桃园。毛桃园施肥打药，灌水蔬果的活儿又多又杂，可她却领着父亲干得不亦乐乎。

她说，老天眷顾她，给他老两口每人一副好身板，哪天干不动了，就成老废物了。看着满果园累累硕果，母亲乐呵着呢！樱桃成熟的时候，她和父亲不分晨昏守在园子里，等卖完了果子，她掐樱桃的手指已糙黑干裂得不成样子。今年，她因洗澡摔倒左手腕骨折，只休养了五十多天，就去果园里采摘樱桃。看着母亲用一只手采樱桃，我心里又痛又酸，可她就是不听劝，心里急得跟火猴似的，总担心成熟的果子烂掉了可惜。

母亲像许多女人一样，一辈子为了孩子，为了过日子，舍弃了自己所有的梦想。步入晚境，本该闲下来享享清福，和大妈们扭秧歌、打麻将、耍小牌或出门逛逛，可这些母亲都不感兴趣。听邻居说，母亲年轻时，可是乡上文艺队能歌善舞的红角呢。为了家，母亲真的连性情都变了。在母亲六十五岁的当口，她和父亲不顾女儿们的反对，拿出所有的积蓄，又帮弟弟又建起了一幢漂亮的楼房，实现了她这辈子一定要住上自己盖的楼房的愿望。建房过程中受了多少累，忍了多少气，耗费了多少心血，是我这笨笔，难以尽述的。乔迁新居时，她又摆了酒席，请了自乐班唱戏，酬谢乡邻，总算在人前扬了眉，吐了气，为她和父亲在村里树了碑，立了传。

尽管上了年纪，她仍不服老，依然是家里的"老太君"，作务果园的老把式。妹妹要接她去城里享清福，她说她一辈子劳动惯了，不喜欢当个老废物让人照顾。她喜欢待在她的田园里，和她的树呀花呀果啊的作伴。瞧瞧她老人家那种过生活的心气儿，我巴不得她再活五百年呢！

南山南

一

"南山南，北秋悲，南山有谷堆。南风南，北海北，北海有墓碑。你在南方的艳阳里大雪纷飞，我在北方的寒夜里四季如春。"第一次听到这首穿透人心的民谣，我就忍不住泪湿眼眶，强抑心中涌溢的悲怆，我想起了在秦岭南山已荒芜的家园里埋葬的外婆，想起了在渭北偏僻的村巷里拄着拐杖、伶仃地望着南山的外公。

外公八十多岁了，因户口迁移时，他在故地被注销了户口，在异乡又因延误申报户口，而弄丢了证明身份的材料，因此，成了一个天不收地不管的"黑老头"，至今没享受到国家的养老待遇。舅舅是个厚道的农民，为外公跑户口受了几次挫折，在外县又没有可托的关系，就灰了心，放弃了户口申报，不沾国家一分一厘，自己担起了赡养老人的责任。

外公已是耄耋之年，背驼了，发白了，走起路来步履有点蹒跚。但他耳不背，心不糊涂，竟能一一唤出晚辈们的名字。今年春节，家里呼啦一下子来许多亲戚，女儿、女婿、外孙、外孙女和重外孙、重外孙女，屋里站得满满的，大人小孩给老人磕头拜年，发红包，说吉祥话，鼓励他老人家好好活。他那个瞅瞅，这个看看，伸出粗黑僵硬的手，这个摸摸，那个捏捏，枯瘦的脸上，瞬间乐开了花。他一边擦着泛潮的眼睛，一边喃喃地说："我都活成老怪物了，还活？这把贱骨头早都没用了。白吃饭，讨人嫌。全家人都懒得搭理我，上学的上学，做工的做工，只剩下我这只看门狗，每天守着空屋子，看日头从东天挪到西天。实在凄荒了，就到村外的大田里去，手搭凉棚望南山。南山那个远哟，老是云遮雾罩的，看不真切。""外公，您想不想回南山看看？"我忍不住问。他迟疑地点点头又摇摇头，一副无可奈何的愁苦相："谁愿意带我这个累赘回去？

走不了，爬不上去了！""您实在想去，我们开车送您去看看，只在山口瞧瞧。"母亲和二姨赶紧站出来，阻止我多嘴，"路太远了，老人哪受得了路上的颠簸。万一有个好歹，咋向你舅舅交代？你们都挺忙的，哪有这个闲工夫。""我哪里就死在路上了？你们怕我去了给添麻烦呢！"外公恨恨地戳了戳拐杖，生气地不再吭声了。一时间大家都讪讪的，妹妹赶紧打圆场说："我们想您了，就常来看看您，不怕麻烦的。"说着，就扶起外公到院子里晒太阳去了。

母亲和二姨、小姨、妗子又叽叽咕咕地商量起老人百年之后的事，问棺木的漆刷了几遍了，寿衣都晒了没？小姨冲两个姐姐诉起了苦，说自己住得离爹近，操的心最多，但挨的骂也最多。姐妹几个给外公添置的衣服也不少，却总不见他穿几件。年前，她让外公换上新棉衣棉裤，可外公死活不肯换下那身穿了多年的旧袄裤。那天，她劝老人把旧袄脱下来，给看看有没有虱子，外公非但不领情，还骂她多事。小姨恼他不穿新衣裤，故意寒酸人。外公却说新棉衣买得不合身，套不到旧袄外面。哪有棉袄套棉袄的？小姨噎得无话了。二姨说，爹是越老脾气越怪，由着他吧。我忙插嘴："那身旧袄裤，该不会是外婆给外公缝的吧？""可不是你外婆给缝的？有不少年头了。"母亲若有所思地叹道。"我外公那是恋旧，舍不得丢下外婆留在他身上的一点念想，你们不懂老人的心思，只是怪他。"她们听我说的有道理，就不再说外公了，又各自说起了家长里短。我不喜欢听大人商量外公百年之后的事，仿佛人活到了这把年纪，就真成了废物。儿女唯一操心的，就是如何让老人吃饱穿暖，再给老人养老送终，却不去体察老人是否还有什么心愿未了，不去体恤老人是否能够安心地颐养天年，只把心思用在过日子心疼儿女身上。外公说过，人老了不怕死，最怕的是困在某个角落里等死。人不是一下子就死掉的，是慢慢地意冷心灰老掉的。他不再关心看不尽的世事，只牵挂他那些故旧亲人生活得怎样，不知还能不能瞅见。望着在流年中一天天衰弱的亲人，我突然发现，我对老人的一生有太多的盲点，不知道他的生命有过怎样饱满的状态。

二

十月间，我打算揣着外公的梦想，去秦岭山里走走，给外婆上上坟，看看搬迁之后的故园变成了什么模样。进了山，耿峪里迂回盘旋的山道，平坦宽阔。傍着耿峪河两岸修建的山庄、别墅，给层林尽染的山野添了几分典雅的气派。山还是那座山，河还是那条河，只是脚下的路不再有硌脚的砂石。记得年少时出山或进山，我总是连颠带跑的，才能像影子一样紧跟在外公的身后。记忆中，外公的身板高大腿脚修长。他的肩头不是扛着豆子玉米，就是核桃药材，去山外的镇上粜了，或卖了，再买回些种子或生活用品回来。他总是大步流星地走一阵子就会歇下来，吃一锅旱烟等等我，让我缓口气儿。我就趁机缠着外公讲山里"雷打石"的传说，讲他年轻时打仗死里逃生的经历。直到某一天，在老镜框中看见外公四十多岁的相片，我才觉得他一身黑粗布打扮，和《老农民》中的"牛大胆"是"亲哥俩"，那么多被国民党抓丁的后生，都被山里游击队的枪给收了魂，只有外公和两个同乡，从死人堆里捡回一条命。外公说子弹嗖嗖地擦过头顶，把树枝伤得皮开肉绽。他被子弹追得飞窜，绊倒在一个草窝里，又被人压在了身下，昏死了过去。等他醒过来，见满坡都是尸首，只有秃鹫像幽灵一样，发出瘆人的叫声。我虽为外公不是游击队而遗憾，可打心底里崇拜这个有着传奇经历的男人。

外公虽是个目不识丁的山民，却是一个十足的"土秀才"。他不但会讲像《聊斋》这样的鬼、狐传说，还会说评书，唱花鼓戏。他的老师大概来自民间先辈，也许还有在地里劳动时，总是带着的宝贝收音机。电台啥时播评书，啥时唱戏，啥时预报天气，他都摸得一清二楚。等大人孩子在坡地里歇晌时，他为了活跃气氛，奖励肯出力气的孩子，就即兴说一段评书，或讲一个民间故事，为大家解解乏，我常听得张着嘴呆想半天。犹记得每次翻越十八盘的大梁时，我都会想起他讲的那几个等路鬼。外公说，十八盘有一个饿死鬼和绊死鬼守着山道，走这段山路时，要悄没声息地快走，如果谁说饿了走不动了，饿死鬼就会顷刻附在说话人的身上，让人饿得心发慌、手发抖，挪不开步子；谁若东张西望不注意脚底下，就会撞上绊死鬼，这时人多半会犯迷糊，失足踏空翻下深崖。因此，我们小孩子没有谁斗胆在十八盘喊饿的，都收敛着声息，紧着脚步赶早走出禁区。外公曾说，屋前橡树林前的陡崖下，有一个蛇精在修炼。蛇精每天会从洞里探出头来，吸纳天地精气，人若碰巧在崖畔，就会被吸到半空中，驾云一般。等蛇精缩回身子，人就会跌下崖去，不知去向。因此，我们从不敢去那幽深的崖畔边玩。听说那里不只有蛇窝，还有狼洞呢，某个夜半时分，还会听到凄厉的狼嚎声。现在想想，那些鬼怪全是外公编出来唬小孩的，无非教育孩子走险道别耍滑，不要到危险的地方去。山里死了人办丧事，会请外公去唱孝歌。所谓唱孝歌，也叫唱阴歌，听母亲讲，那是给殡天的人去阴间的开路歌，也唱人在阳间生老病死的各种痛苦和各种祈愿。既有独唱的，也有合唱的，全都是围着棺木一圈一圈地唱，连唱三个晚上，人的一生都尽在歌里浮现。我遗憾没有亲眼见过外公唱孝歌的场面，但相信外公一定是个出色的歌手，歌声一定会给生者和亡灵带去抚慰。

三

　　外公年轻时，可以称得上壮举的是，他在秋收后，乘着月色，携着妻子儿女，从商县黑山山坳里的出逃事件。当年，陕北人为了活命，走西口；山东人为了活命，闯关东。外公眼看着三个嗷嗷待哺的孩子，饿得皮包骨头、衣不蔽体，心里那个焦灼啊。他和外婆每天挣下的工分，仅够喝几碗玉米糊汤掺野菜糊口，一年到头吃不到几口细粮。黑山山坳石头多土地少且贫瘠，再这样在集体里混光景，非饿死人不可。早年他和队长翻过秦岭梁，到关中给队里买过牲口，见那里一马平川土地肥沃，就寻思着去关中寻条活路。他和外婆私下商量之后，连父母都没敢吱一声，就卷起铺盖卷儿，挑起家什担子，连夜上了秦岭梁。外婆背着儿子，牵着二女儿，外公挑着全家的家当，领着十岁的大女儿，一家人前后相跟着，在崎岖的茅草山道上疾行。一路上风尘苦旅，女哭，儿啼，磕磕绊绊。饿了，他们就寻些野果子充饥；渴了，他们就烧些山泉来喝；累了，就找个山庙或石崖凑合一宿。出了山，一路打短工、讨饭来到周至，为了躲避各种运动和盘查，也为了尽快落脚有地种，外公这个异乡人还是决定进山。在老乡的引领下，他进了耿峪，在庙沟的山梁上搭了个窝棚，开始了安家、开荒、秋播的新生活。

　　耿峪山里，聚集了许多从陕南各州县逃难过来的山民，他们分居在大山的沟沟岔岔中，一里一户，二里一舍，依山而筑的房子一座高出一座，像鸟巢一样分布在向阳的山地里，渐渐形成了东林、民生、庙沟、耿义几个自然村。这里真正成了外公和他的老乡们创业大半辈子的第二故乡。"暧暧远人村，依依墟里烟。"只几年工夫，昔日冷寂的大荒山，就变成了秦岭腹地的"世外桃源"。那一板柜一板柜的小麦，那一屯一屯的玉米、黄豆，那挂在屋檐下的辣椒、扁豆串子，圈在地上的土豆堆，都是外公他们遍山开荒撒种的收获；那圈里的牛、栏里的猪、坾里的鸡、磨道中的碾盘，都是秦岭山地给外公辛勤劳作的馈赠。记忆中那些陈列在屋檐下的板撅、锄头、犁耙，挂在土墙上的背架、竹篓、箩筐、刀鞘，哪一样没被外公的汗水浸染过？秦岭肥沃的山地养活了他们，使外公从一个住窝棚的穷得叮当响的黑户，变成了一个家境殷实的老农民。同时，外公也恋上了这方热土，即使山外的风光再好，他都不会离开山地，陪着大山慢慢过光景。

四

外公生性耿直，命途多舛，就像一块山间的顽石，在岁月的洪流中几经打磨，日渐消损，却不改其本色。他四十多岁时，因祸不单行，一只眼瞎了。先是二姨的婚事出了岔子。母亲是外公的长女，嫁到了山外的平原。结婚时，外公特意请了木匠，用上好的木料为女儿打了板柜、炕箱、五斗桌作为嫁妆，体面地把女儿嫁了。刷了朱红洋漆的家具，过了四十多年还完好无损，见证了旧时光的美好。二女儿喜欢山里不想外嫁，经媒妁之言和邻村的李姓后生订了亲。结婚的吉日已定下，猪杀了，豆腐磨好了，嫁妆都置备齐全了，二姨却变了心，和本村另一个已婚后生，在结婚前两天的夜里私奔了。二姨和有妇之夫相好的事，瞒得滴水不漏，晚上，姐俩还在被窝里谈论出嫁的装扮，天亮时，却不见了二姨的人影。外公召集亲友下山寻人，可山外的岔路那么多，东西南北朝哪个方向去呀。好事不出门，坏事传千里。一时间，整个山村都在关注这次婚变，外公的脸面生生被揭了一层皮。情急之下，外公亲自登门向亲家谢罪，归责自己生了个孽障，满口答应赔偿男方家为办婚事所支出的所有开销。逃婚风波在人们的嚼舌中平息下去，但这种丑事，却让心高气傲的外公晦气了好一阵子。第二个打击接踵而至，比悔婚更酷烈。一表人才的大舅，新婚刚三个月，就因意外被木料砸伤，导致脑出血不治而亡。外婆撕心裂肺的哭号，响彻了整个山村。外公患有眼疾的左眼，一气之下彻底瞎了。他劝慰外婆说：人活着生儿养女，不是父母欠儿女的，就是儿女欠父母的。两个冤家都是他们前世的仇人，都是来讨债的，不必为他们作践自己。外公打发妗子改嫁，只怪儿子对不起人家女子。舅舅留下的遗腹女，外公也没有让外婆留下。孩子没了爹，再不能没有妈。孩子跟着妈，不受罪。和人私奔的二姨在外漂了一年后，因怀有身孕，又回到山里。外公对姨夫抛弃妻子，拆散人家婚姻的行径甚为鄙视，硬着心肠不让他们进门。尽管姨夫是个精明能干的后生，和二姨生养了三个儿女，日子过得和和美美。和外公前嫌尽弃后，他刚四十出头，就因肾炎并发症撒手人寰。

大舅去世时，小舅只有五六岁，是外公最小也是唯一的儿子。外公打算给四姑娘招个女婿。山里活计苦，没有劳力，遍地的庄稼收不回来啊。四姨的婚事操办得顺心顺意，四姨夫是个厚道勤快的后生，只三年就给外公添了两外孙，刘氏一门人丁兴旺，外公外婆的眉头才得以舒展开。五姨因从小生得弱，外公托亲戚给她在山外找个人家，也许是千里姻缘一线牵吧，小姨很快在眉县落了户。等到小舅刚满十八岁，外公就给他张罗娶了亲，想早早卸下肩头的重担，和外婆过几天舒坦日子。冬闲时节，围着火塘，熬一罐浓茶，温一壶老酒，和老伙计们唱唱花鼓戏，谈谈农事、家长里短，给孙子孙女们讲讲古经，再去山外的镇上逛逛庙会、听听戏。谁知渐入老境的他，又接连遭到命运的重击。小姨生了孩子后，查出患有心脏病，不久因病情恶化一命归西；二姨父刚到中年，就撇下儿女一大家子含恨九泉。外婆因过度操劳伤心诱发高血压，患上了半身不遂的瘫痪病，又因一次意外摔倒被死神掳去。尽管外公不顾年老体衰，山里山外地长途跋涉，去为女儿料理后事，去为外婆寻医问药，但却无法与命运抗衡，只能眼睁睁地任凭他深爱的妻女，像落花一般凋零。他说，命里该去的留不住，命里该受苦的逃不脱。

外公就像是山里的一根苦葛藤，风刀霜剑严相逼，却依然缠绕在山脊上，坚韧而苦寂地活着。

婆母

婆媳关系历来很微妙。娘俩时而是盟友,一致捍卫家庭的权益不被外来者侵犯;时而是宿敌,因爱着同一个男子而互相挑眼不睦。婆婆或媳妇在私下里能称道彼此的并不多见,能无口舌之争相安无事相处已属难得。回望婆母已届古稀之年的人生际遇,虽然娘俩之间的感情也有过波折,但我打心底里敬重、爱戴她。

作为农妇,她把自己的一生都交给了土地。前些年种庄稼,近乎十亩的半坡地,从耕耘播种到收割碾打,全凭正处于盛年的她和公爹外带一辆架子车一头壮硕的母牛劳作。尤其是割麦子时那下蒸上烤挥汗如雨的情形,秋季掰玉米时被粗糙的玉米叶子刷划得生疼且带着血痕的粗黑的手,都刻在我的记忆里。农活再苦再累,婆母都不抱怨,总是披星戴月地奔走在地头场院,单留我在家里帮奶奶干些省力气的活儿。我时常望着她单薄却硬挺的身板,惊叹她像一架运转的机器,从不知疲倦。现在想来,是因她生了仨光头小子,沉重的负担逼得她不敢懈怠、不敢不勤苦地撑起一份家业。

家乡这些年不种庄稼改作务果园,婆母和小儿子过生活。四五亩的园子,给果树授粉、间果、喷药、除草、修剪的活儿,她都能干得很在行。不只把自家园子里的活儿料理清整了,还得空儿给邻居当雇工,像只勤劳的老蜜蜂总在果园里忙碌着。我们夫妇心疼她年纪大了,让她少干点,她总是说:作务果园比种庄稼省力气,累不着。若几天不下地,胳膊腿都不得劲儿。最令人犯难的是每年暑热伏天里抢水浇地的活计。婆母凭着她的要强机敏,总会在乡亲们为浇地抢水而鸡吵鹅斗时为家里及时排上队。有时夜里,她一个人在离坟地很近的果园里浇地,一守候就是一个通宵,邻居直夸她的胆子大精神好。单想一想山间猫头鹰瘆人的怪叫,那游走在杂草中的蚊虫长蛇,我就怕得龇牙,但婆母却总是平淡地说:又没有虎狼兵匪,有啥可怕的?那坟地里躺着的都是老邻居,只要心里没鬼,鬼就不会现形。儿子给买的矿灯,就像马王爷的第三只眼,亮堂得很,毒虫早就避开了。若是生长期的果子受了旱遭了灾,那才叫她忧虑心焦呢。每到采摘果子时，婆母瘦巴巴的脸上总是洋溢着明朗的笑纹，那些她培育的杏儿果儿，侍弄的花朵菜蔬，都是土地奖赏给她的厚礼。不是农人，就难懂这份来自地头间的欣慰。

婆母亦是一位性情和顺心灵手巧的妇人。她不是那种妒富笑贫的势利眼，从不在人前逞强斗狠，因性情柔和说话公道占理儿，赢得了极好的人缘。早年间农闲时，她不是教一拨儿媳妇纺线、织布、纳鞋底儿，就是帮许多人家裁剪衣料缝衣服。或听着秦腔戏，或叽叽呱呱拉家常。如今上了年纪，农闲或雨天，就在家里玩几盘小麻将，谁家主妇遇上愁肠事想不开，就来和婆母她们拉呱一番，在互相解劝中没有不舒展眉头的。即使吃个搅团漏鱼儿，她也会吆喝左邻右舍的主妇来尝一碗。

至于婆母的厨艺，除了没当过大厨，啥家常饭她都做得有滋有味，无论是摊葱花饼烙柿子馍还是蒸槐花饭，都能吃出山肴野蔌的味道。经她和的擀的硬面、软面或菜面，或宽或细都筋道耐嚼，再浇上她用野菜烧的酸菜汤，再炝些个生姜葱花蒜末儿辣子油，那酸酸辣辣的味儿，比吃宴席还解馋过瘾，让人吃了这次还惦着下次。

每到年节，除了杀鸡宰鹅蒸年馍，她都要炸油锅。炸油锅是烦琐的活儿，蒸、搓、抟、擀、包、炸的工序一点错不得，得忙活大半天做准备，然后再烧油锅开炸红薯丸子、糖饺子、鸡蛋春卷、油饼、麻花等干果子。一忙活起来，往往累得我腰酸背痛叫苦不迭，可婆母总是心平气和不急不躁，从早忙到晚不说一个累字，还不时地和孙儿们讲笑话儿，教他们学几招。那修炼出的好厨艺好性情，实在令我咂舌。这些干果子入口香酥脆甜，是年节里全家和客人都爱吃的美食。她说，一年到头，孩子们难得回家团圆，让他们吃上自己亲手做的吃食，她心里高兴，累点也值了。

这几十年，婆母肩上压的担子，遇到的坎儿，如果换做别人，可能早就被生活的艰难击垮了，变得抑郁麻木或刻薄愤世。她三十几岁，丈夫就患上了癫痫顽疾，她不嫌不弃四处寻医问诊，从而过早地成了这个七口之家当家主事的管家婆。给大儿子盖房娶亲，供二儿子上大学，葬埋公爹公婆，为不成器的小儿子苦撑着盖楼房，为他三番五次讨老婆受气，花甲之年丈夫的突然走失，这些流年中一桩桩一件件泼烦麻缠的事儿，不知让无兄弟妯娌帮衬的婆母，遭受了多少煎熬，承受了多少委屈，有过多少无望的挣扎。可婆母却像是山间柔韧的蒲草，任何一场风雨都没能摧残她，却反而锤炼了她与命运抗争的意志。不知道她以怎样的气度和胸怀吞咽消化了这些苦涩悲酸，让她历尽劫难却依然坚挺硬朗地摇曳在秋光中，淡定而从容。

　　也许，命薄是她的软肋，但心气儿高却是她的铠甲，是爱和责任赋予她勇气，是随遇而安的胸怀让她变得自愈力极强。她时常沉醉在自幼喜爱的秦腔戏文里，那从山野、河滩、果园中吼出的或粗粝或激昂或柔婉或深情的唱腔，才真正能抚慰婆母这颗孤清寂寞的心。记得公爹走失后杳无音讯，老公四处寻访未果而日夜焦虑心急上火嘴都起了泡。婆母心疼儿子，把无法言说的悲切隐忍于心，劝阻儿子不要再费心寻人了。可当儿子因弄丢了老宅门上的钥匙要换掉锁子时，向来温和的婆母却一反常态，厉声喝止道：门上的锁子不能换！给你大把门留着！你大身上还带着一把钥匙呢。原来婆母一直在默默等着亲人归来，老宅的门锁里留着他们夫妻共同拥有的岁月。

　　而今已步入古稀之年的婆母，活得更加明白，更加淡然，也更加慈爱，更加乐天儿。世事无穷尽，惜福知足者常乐。只要儿孙们生活顺心顺意，只要身体健康不拖累子女，她就觉得开心知足。婆母就像是老宅那棵露出老态却依旧结实的核桃树，只要每年看见她奋力撑出一片浓荫，做儿女的心里就特别踏实有底气。

山川记忆

"秀色难为名，苍翠日在前。时见白云起，天际自卷舒。"这是我眺望故乡的秦岭时喜欢信口吟诵的诗句，借此表达我对这方山水的深情。自小在秦岭北麓生长的我，说秦岭是我生命的血地，一点也不夸张。当年，外公外婆拖家带口辗转逃荒走进秦岭过光景的日月，镌刻在南山梁上山石的记忆里。当年扎着长辫子像花儿一样的母亲，就是父亲从山里娶回来的媳妇，连我父亲的小名也叫山娃子，他白手起家盖起的第一栋房子，木料都是从南山扛回来的。南山丰饶的水土，让山里山外的人家，靠山吃山，都过上了红火的光景。尽管因移民搬迁，那些像鸟巢一样散落在秦岭褶皱中的小小村落，都已在岁月风尘的洗礼中残迹斑斑，但我还是喜欢一年一年地走进山里，去探访那留存的山川风物。

农历十月一，我去山里给外公外婆送寒衣。初冬的耿峪川道了无人迹，驳杂萧瑟的山林间，能听到风拂秋叶秋草的窸窸窣窣声。那些傍着河湾建起的农家乐，此时都闭门歇业，门可罗雀，跟夏天高搭凉棚、生意兴盛判若两个天地。正值枯水期的河道，清流淙淙，石寒草衰，再不是夏天里那个藤蔓缠络清泉漫白石的好去处。酷暑里，人们携儿带女来到山里河湾纳凉，坐在山风鼓荡绿荫匝地的河湾，看蝶戏山花鸟鸣枝头，观漂流者乘着橡皮筏顺流而下，那种透爽快活的画面，已切换成眼前冷寂的白头蓍花，偶尔有长腿鹭鸶鸟在川道翩跹飞过的图景，那矗立在河湾的苍黑的透着斑斑赤红的"雷打石"还在原地守候。

记得年幼的我跟着外公一起出山时，我一跑上总是连颠带跑，才能跟得上肩上扛着黄豆、核桃、药材等山货的外公。外公大步流星地走一阵子，就不时地回头瞧瞧我，然后歇下来吃一锅子旱烟等我，给我讲川道旁"雷打石"的故事。如今这个讲修炼成精的石妖，想要封锁峪口水淹山村而被雷公击毙传说的老人已不在，石头还是旧时模样。站在著名作家陈忠实先生题写"雷打石"的巨石旁，我突然为生命的衰老短暂而感到惊心！前些年权贵们修建在山里河湾两侧用来避暑度假的别墅、山庄、花园、洋房，在秦岭违建拆迁中，大都灰飞烟灭。拆迁工队在山里忙活了几个月，一辆辆运载钢筋水泥建筑垃圾的车辆，来来回回所造成的喧嚣拥堵最终也销声匿迹。河道山野无言地接纳了闯入者构建的华厦美宅，又无言看着这些闯入者累积的资本坍塌毁灭，真有卷地风来忽吹散的梦幻感！山川又成了生灵们的乐园，鸟雀的歌声又多了些自由的甜润。

一行人步入荒草没径的山道，吆三喝四的在苍莽的野岭爬坡越沟。一路上呼吸着山里清冽的空气，在白茫茫的苇花丛中放歌，在霜溜过的厚厚的落叶林间小憩，有划破手指崴了脚走到腿颤腰酸的辛劳，也有走到热火时索性连外套毛衣一起搂掉却瞬间山风袭来的爽飒。土质肥沃的王家梁上，昔日春来麦苗青青夏至豆花飘香，秋来密不透风的青纱帐似的玉米田，冬至雪地里撵兔子的画面，都被眼前藤蔓纷披荒蒿野草弥漫的荒野所湮没。所幸儿时熟悉的野葡萄、五味子、覆盆子的蔓架尚在，刺猬似的坚果毛栗林尚在，赤红的老鸦枕和霜溜过的甜柿子还在，比云朵还轻盈皎白的野棉花还在等着越冬的鸟儿来采撷做窝。曾经和小松鼠在藤蔓间争抢五味子的疯丫头的笑声，犹在耳畔回荡……

挂着拐杖坐在还未坍塌的舅舅家的老宅的门墩上，我浮想联翩：记忆中的院落被四面的青山环绕着，坐落在向阳的坡上。每个染着霞光的清晨，花翎公鸡就会跳到柴垛上抖擞着翅膀打鸣，一时间，栏里的猪、圈里的羊、棚子里的牛，都有了响动。外公扛着锄、腰里揣着收音机，赶着羊上了坡；外婆吆着牛在石碾子前推磨、罗面，嚯嚯的石磨声里，被碾碎的五谷从磨缝中细细地洒露出来，散发出芳醇的甜香味儿。永远不会忘记那撑在老核桃树旁的披着霞光的玉米架，那风干在墙壁间一嘟噜一嘟噜的青豆角、红辣椒，那悬挂在房梁上腌制的一挂一挂熏染的腊肉，那一筐一筐晾在场院的黄豆，那一堆一堆从地里刨挖的土豆，那朱漆板柜里一柜一柜的麦子，以及埋在麦子里的一枚一枚的土鸡蛋。外婆不是在场院里晾晒粮食剁猪草，就是在灶间忙着为孩子们做各种美食：洋芋糍粑啦，腊肉焖豆角啦，自家磨的老豆腐啦，油炸的干果啦，煨在火塘里的爆栗子啦，用玉米熬出的糖做出的豆瓣糖啦，这些舌尖上的美味总是让人吃得香甜而满足。外婆那张汗津津的永运挂着笑意的脸，不知给了我多少温暖的记忆。

而今，宅院已被荒草杂木封存，从幽黑破旧的窗洞望进去，屋内蛛网密结毫无生意，山里农家殷实的光景已无迹可循，外公外婆已长眠在老宅前的树林里。外公被移民大潮挟裹着去了山外平原落户，却天天手搭凉棚望南山，念念不忘回南山。他临终前交代：死后绝不埋在异乡的黄土里，一定要回山里老宅的林子里安息，陪着外婆。选择了火葬的外公，魂归故里。山再高路再远，舅舅都要在过节时赶回来祭奠。我在老人坟前献上菊花、鲜果，舅母、老姨焚烧了亲手糊的寒衣，舅舅焚化了从纸花店买来的冥币和老人生前没享受过的"楼房""沙发""彩电"，告诉二老他们的宝贝孙子大学毕业就要结婚了。老姨边烧纸钱边对着坟头絮絮叨叨说话儿。我的父亲，外公七十六岁的大女婿，也逞暮年之勇赶来，站在老泰山坟前默哀，他头顶飘扬的白发，像雪一样刺伤了女儿的眼睛。我想，外公外婆若泉下有知，定会坐在林间冬日的暖阳里，听着儿女的唠叨、嘱咐，欣慰地笑着，细细地诉说那些湮没在尘烟中的往事，慢慢憧憬着后代子孙的好日子。要不，我昨晚的梦境里，外公怎么会突然笑呵呵站在山梁上，冲着山下赶山的亲人们招手呢。

下山时途经松润园后山，那从半山上奔泻而下的一绺飞瀑，让我想起了因病早逝的二姨父。二姨父是个精明的山里后生，年轻时因反抗包办婚姻追求自由恋爱，拐走了我的二姨而轰动了整个山村。他曾是山里庙沟村的村主任，为了让生活在沟沟卯卯的山里人能通上电，能吃上自来水，他每天在细麻绳一样绕在山梁上的茅草道上奔走，和请来的技工勘测地形，带领乡亲们开凿沟渠埋管道，垒砌石坝修水槽，引水入户。机械到不了的地方，全凭人力抬石料运水泥。能吃苦的乡亲们愣是凭着流血流汗不留遗憾的精神，在农闲时苦干了三年多，拦截的溪涧水才欢唱着奔泄向山脚下的发电站，在各家院子的水笼头里喷涌而出。如今，当年修建的发电站还在，奔腾的溪水还在，可我的勤俭坚韧的二姨父又在哪里呢？

"死去何所道，托体同山阿。"携着父亲的手赶山归来，斜照影山头，树林增暮寒。我沐浴过山光水色的心灵，变得澄澈而丰盈。且用文字留存我对这一方山水独特的记忆。

生日札记

　　儿子，今天是你的生日。十八岁，正是玉树临风乳虎啸谷的年纪！那天去学校接你回家，人群中瞥见你的瞬间，我竟有点恍惚：眼前这个挺拔俊朗，为我撑伞挡雨的大男孩是你么？当时光射箭般穿过生命的草尖露水，如呼吸般深切的过往，也会变得亦真亦幻。十八年，你已从稚子长成青年，老妈却已白发丛生，鬓染秋霜。人生如梦，却不是梦。每个生命诞生时，都沾满了血污，都是一次庄严的出征。在你年满十八岁成人的今天，回想起养育你的点点滴滴，老妈不禁悲喜莫名。

　　记得你出生的那天，是个下着淋漓秋雨的寒凉日子。我躺在医院的备产床上，分娩前的阵痛，折腾得我直冒虚汗，而心里的焦灼更是让我十分害怕。产前做 B 超显示：胎儿是脐绕颈，生产时孩子可能会有危险。医生严肃的提示，让我觉得肚子里俨然揣着一颗导弹般令人惴惴不安，但这颗"导弹"却必须"发射"。尽管疼痛和忧愁煎熬着我，但我下定了最后一搏的决心，一定要让你平安地降临人世。阵痛越来越急促、剧烈，在医生护士把我弄上产床的那一刻，羊水破了，生命之门等你我母子共同去奋力开启。

　　母子的心是相通的。尽管撕裂的疼痛让我忍不住呻吟，但我咬紧牙关，双手死死攥着产褥的一角，配合医生，拼尽全力！在一声崩裂般的哀号声中，你像个小勇士般冲出了狭窄黑暗的产道，来到了人世间。啊——啊，你发出了一声声又亮又嫩的啼哭！我睁开泪水汗水交织的眼睛，急切地搜寻着你，颤着声问道：孩子啥都好着没？护士笑着提溜着湿漉漉皱巴巴的你说：是个儿子，健康的宝宝，六斤六两。一瞬间，郁积在心头有关因难产而导致死亡的恐慌顷刻间消散了，我的心里一下子畅亮轻松了，仿佛卸下了千钧重负，又好似打了个大胜仗，有了扬眉吐气的喜悦。你徘徊在产房外神色严峻同样紧张不安的父亲，也如释重负般舒了一口气，挺直了腰杆。

　　"我们终于有儿子了！"我和你爸相视而笑的那一瞬间，心中似乎响起了千万重欢乐的回声，一直传递到乡下同样为儿女捏着一把汗的父母亲那里。这一天，是生命中多么重要的一天啊！儿女的生日，母亲的难日。你也许现在还不懂得这句话的分量有多重，但妈妈亲历了你的诞生，仿佛目睹了自己的诞生，我想到了我的老妈，心中涌满了感恩的暖流。从此，我记住了每个亲人的生日。亲人们每过一次生日，都提醒我生命的源头和根在哪里，生命的延伸和希望又在何处。

做父母的都明白，世上没有比孩子更让父母牵挂操心的了。在儿女身上倾注心血，父母永远是无私无畏的。你的稚嫩弱小，召唤父母迫不及待地为你保驾护航。那个让我拥抱、任我亲吻，牵着我的手，对我充满依恋的小男娃，转眼间就想成为小小男子汉。记得上小学的某一天，你放学时背着小书包挺着小胸膛走向我，一本正经地说：从今天开始，我不能叫你妈妈了，小屁孩儿才叫妈妈，我已经长大了，得叫你老妈。从那天之后，你就真的没再叫过我妈妈，那时你也不过是一个刚换了乳牙的小屁孩儿呢。五年级时，你参加了中小学的演讲比赛。你走上演讲台时，台下的我紧张得腿发软心狂跳！可你却扬着阳光自信的小脸，把《为自己竖起大拇指》这篇稿子讲演得声情并茂。你那雏凤般清亮的嗓音，让老妈心里甜得发紧，忍不住热泪盈眶。当你在师生们热烈的掌声中赢得特等奖的荣誉时，你真的是为自己竖起了大拇指！那时，你的眼角眉梢满满都是一枚小男子汉的骄傲呵！一路走来，你是有多么想证明自己的强大呢。

步入青春期后，我们娘俩渐渐产生了代沟。老妈想走近你，你却带着防范的眼神避让；想跟你谈天，你却生硬地说有啥好谈的？你宁愿把时间给朋友给手机游戏，也不愿和老妈敞开心扉。老妈一张口过问你的学习，你就用冷淡或嘲讽的眼神瞪我，或者极不礼貌地怼我。当我发现你在补课机构上课逃课时，当我深夜发现你在被窝里玩手机时，当我发现你给女生写的情书时，我心里的愤恨、焦虑、酸楚真是难以言表……这青春期的叛逆，令老妈又困惑又无奈，眼中时常含着委屈的泪光，渐渐在你面前失去了表达欲念的勇气。尽管这是一个有苦难言的伤口，但老妈还是选择了包容和隐忍，选择了反思和等待。可是，让老妈选择对成长中的你放手，选择对你的学业不再过问，可真是不容易啊！因为爱，我会原谅你的反叛无理，也坚信你一定会从青涩迷惘走向成熟理性。

而今，熬过了高考前的黑暗，挺过了手术后伤了元气的病痛，我们母子在风吹浪打的洗礼中，坚韧地泅渡上岸。共同经历过苦难的我们，终于有了彼此体谅疼惜的眼神。看着生气勃勃的你亲热地喊着老妈，和爸妈坐在餐桌前，狼吞虎咽地吃着老妈烧的家常菜，眉飞色舞地给我们讲美国大选台湾局势时，我的泪水一下子就滑到了下巴边上。你真的长大了，我也再不想提别人家的孩子如何如何了，你就是我独一无二的宝！

今天，是你十八岁的生日。十八而志，责有攸归。祝贺你成人，老妈会为你祈福，希望你有一个健康的体魄，有一个值得期许的未来。你不是一个完美的孩子，老妈也不是一个完美的母亲，感恩彼此，才会坚强陪伴。因为相信未来的你会越来越强大，老妈会越来越像一棵老了的树，所以往后余生，还请你多多关照。

守候

　　老宅里除了这棵核桃树还在，所有不合时宜的旧物、印迹，都湮灭在风尘中。幸运的是没有人能把父亲抬头可见的南山移位变形，没有人敢动他的这棵核桃树。

　　此刻，父亲就坐在他当年栽植的树下乘凉。只有看见南山，看见这棵树，他才觉得心里踏实安详。五十多个春秋过去了，核桃树早已成材，密集的年轮里都记录着这个院落的今昔变迁，每个秋天都把它累累的果实馈赠给主人。父亲这个年逾七十的老头，一辈子生养了五个子女，盖过四次房子。父亲就如秋天收割后的土地，奉献了一切之后变得苍老、落寞而安详。

　　父亲喜欢坐在核桃树下给儿女讲已逝去的过往。婆的老宅院里那棵核桃树是这棵树的前辈，有一搂粗的腰身，挂着累累的果子。每到八月前后核桃成熟的当儿，父亲就会像猴子一样扒蹿到树干上抢起竹竿敲核桃，核桃在竹竿的敲打下噼里啪啦地炸开，青皮脱落，果实蹦离出来，我们小孩子争着去抢去捡，急得婆吼喊着让我们避开像雹子一样的核桃雨。偶尔有一个砸在背上或头上，硬生生的疼，有时额头还会起个包呢。婆总是笑着对帮她捡核桃的我们说："甭急，甭抢，每家都有一小篓子解馋哦！"剩下的她要留些过年上供，再卖些买油盐。刚蜕皮的核桃吃着鲜香油润，晒干的核桃吃着油香甘美，口味独特。

　　后来老宅迁了，婆离开了人世，院子的核桃树、杏树、梧桐、槐树都变卖置了家当。现在的核桃树上的核桃由弟弟爬树敲打，母亲和父亲总会把核桃分成几份，送给女儿们尝鲜。每年腊八父亲要给核桃树喂腊八粥，他说树也要过生日。这棵树当年从老宅移来时，差点儿没缓过性子死了。他想锯掉树冠把这棵枯木当栓牲口的木桩，来年春天它却意外地蹦出了几簇绿汪汪的新芽，渐渐抽出了新的枝条。枯木逢春是吉兆，父亲对他的家业兴旺充满了干劲儿。

　　如今父亲喜欢坐在核桃树下抽闷烟发呆或听戏，等候他的儿女们回来。这两年他的记性大不如前了，刚说过的话转身就忘了，刚放在那里的东西一会儿就记不得了，半年多不回来的外孙外孙女都叫不上名儿。熟人问候他，他就挠着头笑着说只觉得面熟认不得，邻居们笑话他是个老糊涂虫，故意开他的玩笑，他就有点羞怯恼火，就不爱去人群扎堆的地方闲逛，喜欢一个人去地里闲逛。每次女儿们回来他都乐呵呵的，不是陪着孩子们说话儿，品尝着女儿带给他的零食，就是去地里拔葱摘豆角，帮着母亲烧火剥蒜。每次女儿们离开，他都要亲自送到路口，都要叮咛开车小心，过几天再回来看看。那次下大雨，妹妹急着打车去城里，不让他送出门，当妹妹在雨中候车时，却发现父亲不知何时跟了来，叮咛妹妹加件衣服别着凉。妹妹上了车，他挥手目送着车走远。妹妹说当他望着雨幕中父亲单薄苍老的身影时，她坐在车上流了好久的眼泪。

父亲每天都要去地里，早上去拔草，傍晚去浇肥。不干活儿就去地里看看果树，看看地头的几垄葱、几架豆、几十株玉米。玉米刚下种那会儿，鸟雀们会刨食玉米种子，父亲就整天守在地里赶鸟，骂空中的雀儿偷懒不叼虫子，专门来祸害田禾。

眼下父亲坐在核桃树下，陪他的老伙计老木匠杜叔给他和母亲做寿材。他用自己攒的私房钱从山里购回上好的枣松，他说人活一世，走时背一副好棺木睡着，是有体面的事。他给杜叔泡好茶供好烟，等着给他当帮手。杜叔说木匠活儿越来越少了，木匠这一行当快要失业了，村子里这一茬老人也都干不动了。父亲就夸杜叔的手艺是绝活儿，木匠活儿远近闻名，给自己做的寿材细致、结实、美观。

望着这棵枝繁叶茂的大核桃树和树下日渐衰老混沌的父亲，祈盼父亲和这棵核桃树永远守候在这老宅子里。

想起我的婆

　　婆的幽幽魂魄早已化做夜空里那颗美丽的星星，永远闪耀在我心灵的上空。因此，我的梦里常常往事重现，花开一般美丽而惆怅。

　　婆是在寒冬里走的。当我奔赴老宅，看见她的尸体停放在冰冷的床板上时，我悲恸不已，涕泪如雨。在滴水成冰的早上，婆是该倚在老宅的热炕头上，颐养天年的呀！往日里，邻里、儿孙一进门，她就笑眯眯的、忙不迭地扬手招呼着，催着叫上炕，枕边炕头环绕着她闲话家常琐事，笑语融融，十分散淡安适。尤其是看见她的宝贝孙女回家，她总会窸窸窣窣地在炕柜里摸出一个大红苹果或几颗核桃，笑眯眯塞在我们手里，催着叫吃。而今，任凭我千呼万唤，万唤千呼，她已不再回应我半声。握住她那曾传递过绵绵爱意，而今已僵冷枯干的手指，我第一次感到被亲人撒手不顾的孤独。瞥见大伯们那含蓄着凄苦和悔意的脸，心里又是一番揪心的疼痛和酸楚。他们真正成了失去娘亲疼爱的孤儿了，把肠子悔青了又有何用？谁能抛开生计之累，日夜厮守在白发苍苍神思昏昏、任病魔摧残，如风中烛火般苟活的老娘身边？在寂寞的老宅里，婆将走的前几天，只声声唤娘接她回家。婆走时却非常安静，没有执子之手，浊泪凝噎的不舍，她是要把这尘世悲欢、故恩旧情一笔勾销，任凭它们风吹而云散了。

　　婆盛殓时，我被淹没在一片哭声的海洋里，只痴痴呆呆地无所依傍似的凄楚。犹如雷闪之后的骤雨，亲人们在掩棺永诀的刹那，都把憋在胸中的苦怨烦难，化作滚滚热泪和滔滔干嚎，淋淋沥沥痛快酣畅地向亡人抖擞出来："永难见面的亲人呀！"在此起彼伏的悲鸣里，大妈的哭诉包含着太多的沧桑。昔日的川妹子熬到两鬓染霜，她怎能忘了母子三人飞蓬般逃荒至此，因了婆的一碗吃食，一分怜念而留下，做了一家人，相伴大半生的缘分。母亲因小孙子住院未能见婆最后一面而痛悔不已。生性好强的她遇上当家主事的婆，怎么也有几场红脸戏唱。而真正理解婆欣赏婆的人还是母亲。她常说，没有你婆这根台柱子，哪有你们景氏家族四世同堂几十口子的家业！你爷生性老实，她一个人持家，什么穷愁没熬过，什么困苦没扛过。多艰难的日月都挺过来了，可就是抗不过这生老病死的轮回。干姑的哀哭让人想起婆的热肠。婆年轻时身子刚健，奶水足，为了挣斗口粮，曾奶过几个孩子。只要有缺乳哭着寻上门来的孩子，婆就一定会掀了衣襟解人急难。吃她奶水长大的孩子，自然和她亲如母子。千里迢迢来奔丧的堂姐哭得更是泪人儿一般！她一字一句地数落着自己的不孝，没有为患病的婆梳过一次头，洗过一次衣，没有为婆喂过一次饭，端过一次便……姐姐的悲歌犹如鼓槌砸在所有亲人的心上，唤醒着灼烫着亲情的良知，令亲人们叹息愧悔不已。刚才还借哭亡人而抛洒自己伤心泪的人们一想起有婆的日子，那长哭悲歌越发姿肆，哀音绕梁了。我猛然顿悟，原来长哭可以当歌！而我只是心碎，无法任那狂野的悲歌从哽咽的喉间爆发。

夜里，我梦见了漫溢着麦香的小山头，一垄一垄的麦茬地，金灿灿平展展地向山际延展。一时间，记忆中的场景，像一部部无声电影，缓缓地，静静地，展示着往日那动态的画面。我像个快乐的小甲虫绕在婆的身边，同她一块爬坡坡，过沟沟，去山上拾麦穗，平原上的麦穗早就被我们拾光了。即使是去山里，婆依旧麻溜如风，步子刚健洒脱。别看我那时小，可拾起麦穗来鸡啄米似的快活，乐得婆一个劲地夸我："娃娃勤，疼死人；娃娃懒，用鞭子赶！"拾得累了，婆孙俩就找个阴凉地歇息。啃几口干粮，喝几口凉白开水，然后我就依在婆的怀里，嚼着麦秆，眯着眼，听着耳边鸟语啾啾，虫鸣叽叽，缠磨着婆讲故事。婆抚着我的头，给我讲山里的五味子何时熟，哪里的韭菜最好摘，萤火虫怎样打着灯笼在河岸边聚会，寒家老鸦一溜溜怎样在雪地里觅食……见我真要睡过去了，婆就吓唬我说，一旦睡着了，什么野蜂呀，毒虫呀攻击人，往往蜇得人鼻青眼肿。胆小的我顷刻之间就睡意全无，忽就忆起了婆讲过的狼在夏夜叼走睡在麦场边孩子的故事来。于是，我便去地头间的草丛中折些开得正盛的刺玫花，插在小辫里，也给婆的鬓上插一朵，再盯着婆那张麻脸看半天，婆神态平和地笑了，说："脸刻着字呀！"我接住说："不，脸上绣着花的。"婆的麻脸是小时候出痘时不小心感染留下的。别人看着丑，我也私下里为婆悄悄叹息过，不知婆是怎样在别人异常的眼神中挺过来的，她小的时候可曾对着镜子落过泪？有一次我和邻居的孩子拌起嘴来互相对骂，忽然她就骂了一句："你婆是个丑麻子。"骂毕，竟一脸得意，而我竟被骂得脸红脖子粗地呆在原地，眼泪流了一脸。心里恼恨这个吃过婆烙的柿子饼却讲婆坏话的臭丫头。回到家，我什么也不说，只是缠坐在炕头做针线的婆念古经。有月亮的晚上，姐妹们挤在炕头间，听婆轻轻地哼起："月亮夜，白花开，有个女孩给谁家，嫁到终南王葵家，王葵爱戴红缨帽，媳妇爱穿绣花鞋……""棒槌棒槌叮叮咣，眼泪滴在石板上，石板开花溅海棠，海棠河里洗衣裳，洗得净净的，锤得硬硬的，打发大哥出门去……"听着，听着，姐妹们就会香甜地睡去。只有我的心头潮起一股酸酸、凉凉的东西雾一般弥漫开来。我忽然瞥见月光下婆的脸上晃动着无数亮点，神奇而美丽。

　　婆是个大字不识的人，但她的心里却包藏着绵绵不尽的爱。我以为爱就是最朴实的美丽。在凤仙花盛开的季节里，婆总是摘下花瓣，采来枸叶，捣碎花泥给我们一个个包红指甲。待早上起来，手指脚指胭红胭红的，别提有多漂亮。不过谁都会为没有婆小指上那修长的红指甲而遗憾。记得某个夜里，堂兄睡迷糊了，从外面如厕而归，把灶头当炕头爬上去呼呼大睡。婆忍着笑，轻手轻脚抱起他扛到炕上，一点责怪都没有。那时候，受了父母的打骂，我们总把婆的炕头当作我们的避难所。只有婆的手是最宽厚的，她给我们姊妹扎小辫，给我们在寒冬里焐热棉袄，任凭我们夺走她手里的碗刨吃几口……毫无疑问，和婆在一起的时候，我小小的心总是盛满了温暖。婆患病后，神志时混沌时清醒，她还不忘了去果园里，揣几个苹果在怀里，看见小孩子就笑眯眯地从怀里往外掏。望着婆那风中秋叶一样轻飘单薄的身影，我时常心酸难过。爷爷过世早，在婆的心里，儿孙是她在世间唯一的牵挂、寄托。而昔日的孩童，都如蒲公英一般在城市乡村的各个角落扎根安家，一年难得几次欢聚。留给婆更多的是牵挂和寂寞。身子硬朗时，婆总会在有庙会的日子去庙里敬菩萨，或者在家里置了香案，摆上鲜花、鲜果敬菩萨，见婆虔诚地跪拜在观世音菩萨像前念念有词，常觉得婆是天底下最温柔好心的老妪。

　　坐在婆的坟前，任凭思绪在记忆的巷道里捡拾散落满地的花瓣。作为孙女，我无法触摸婆一生的苦难历程，只不忘她的爱，她的善良，她无所不曾承担的坚韧。老宅回不去了，婆的音容笑貌也只有在依稀的梦里了。唯愿她的尸骨安息在仁慈的地母怀里，而那坟前的青青草树，相信是她生命的再生，美丽而蓬勃。

以这样的方式读你

　　刚下过透雨的晴和天气，果园里鸟鸣啾啾，土地松软，满眼青翠。猕猴桃架下，浓荫清凉，洒下点点光斑。我和老公在给果树间果、喷药，父亲特意赶来帮工。

　　父亲今年已是七十二岁的老人了。看到父亲清瘦的脸颊，单薄的身影和一头衰草似的白发，我不忍心让他帮工。可他却说：瘦归瘦，筋骨肉，自己硬朗着呢！胃口好，能吃就能干。一辈子劳动惯了，一闲下来反倒觉得腿脚不得劲儿。光坐着等吃喝，人就废掉了。他和母亲今年还是留守老人，既要作务果园，又要照看两个年幼的孙子，啥杂事都少不了他的份。五一期间，一亩地的樱桃熟了，他从早到晚不是忙着和母亲爬树采摘，就是骑上电动三轮去市场发货，任务还完成得蛮出色。我暗自称道父亲的刚健，心理却隐隐作酸，都是那要强的心劲儿逼的，一辈子为儿女操心，少有享清闲的时候。

　　就这样，我们三人边劳作边闲谝，父亲的话匣子一经打开，就像是一架时光穿梭机，在播放旧唱片。一个个远去的人，一桩桩尘封的往事，都鲜活生动起来。我就像是一个打破砂锅问到底的孩子，有我听不厌、问不完事儿。别看父亲当下的事儿记不住，可那些旧年时光留下的印迹却记得一清二楚。我完全没有想到东拉西扯漫无边际的闲话中，父亲一生的轮廓，竟然像雪地上留下的足迹那样，清晰地呈现于我的眼前。

　　父亲出生于兵荒马乱的一九四四年。爷爷的父亲早亡母亲改嫁，他是寄居在舅舅家的孤儿。爷爷成人后，舅舅家为他娶了一门亲，当时爷爷和奶奶的身份，其实就是舅舅家的帮佣。几年之后，另立门户的爷爷奶奶是贫农家庭，暂且寄居在生产队停放大马车的车坊里。奶奶擀面烧火时稍不留心，就会被车辕磕碰撞伤。父亲说，他的童年记忆就是为了保命，和小伙伴们对大自然中一切能吃的动植物，进行掠夺式的搜寻和猎取。秦岭山川对他们这些野猴儿一般的小子们是慷慨的，山果野蕨，河蟹龙虾，都是些上等的美味。20 世纪 60 年代闹饥荒时，吃糠咽菜的凄荒也挨过。十二岁了，才有了机会进学堂识字念书，十八岁小学毕业，成绩名列前茅，却正赶上国家上山下乡运动，凡年满十八岁的青年都得回家务农。这是父亲人生中的一大缺憾，他认为是时运不济，没有读书的命。他打小就喜欢给奶奶帮灶，奶奶把他当女子使唤，因此他练就了一手好厨艺，给大队做过饭、管过灶。镇上食堂招工时，却因奶奶嫌工资低，抵不过生产队挣工分而泡汤，他当名厨的梦又碎了。但又因他算盘打得好，为人厚道，生产队里的保管、出纳都做过，还当过驻队干部搞过清查工作。初学养蜂时，他因不熟悉蜂群的习性不小心惹恼了它们，蜂群哄地围攻上来，像下毒签一样蛰得他喊爹叫娘，从此打消了养蜂的念头。八十年代实行土地承包制之后，除了种庄稼作务果园，他还养过獭兔和母牛，种植过天麻和芋头，虽然都是小打小闹的小农经济，足以证明父亲是一个过日子谋发展，干劲足手脚勤的庄稼汉。

二十五岁时，奶奶托媒人给他订了山里的姑娘。亏得父亲实诚勤快，深得外公外婆的喜爱，虽家境贫寒，他还是把我妈娶回了家。当年给他说媒的老太太都快九十了还健在，他时常去陪老人说说话。大伯和他相继结婚生子之后，十四口人在一个锅里吃饭，负担太重，奶奶让大伯和父亲另立门户。分家时，三条檩，十五条椽的家当，令父亲心酸不已。住在临时搭苫的茅草房里，遇到秋霖，屋外下大雨，屋内就渗水漏雨，炕上漏湿了，母亲搂着姐姐和他挤在灶膛的柴草堆里打盹，他难受得心里跟猫挠似的。父亲小名叫山娃，一辈子和山结缘，靠山吃山，盖新房的木料，全是他从山里舅舅家一根一根扛回来的。后来，父亲又盖了三次房，八十年代的三间青砖大瓦房，九十年代的钢筋混凝土平房，和现在住的楼房。一生盖四次房子，对一个农民来说，那是一个浩繁的工程。每幢房子从奠基到竣工，木料砖瓦、钢筋水泥、门窗灶台无不浸透着父亲的心血汗水。当他七十岁时帮儿子撑起一幢体面的楼房时，也为他一生的勤劳树了碑，立了传。

父亲有近乎五十年的烟史。从最早的一毛钱一包的"羊群"到现在几块钱的"猴王"，普通人抽的是普通烟，也乐在其中。偶尔抽几盒别人送的高档货，他会像打牙祭一般快活。他抽烟不上瘾，一天不过三五根，解解乏；他喝酒不嗜酒，心里高兴或愁闷就泯两口，微醺则行。问他这一生有啥爱好，他说年轻时好交朋友，人缘好；年岁大了，喜欢陪奶奶玩纸牌解闷。奶奶那茬老人相继辞世后，现在农闲时逛庙会看秦腔是他最大的乐趣。看着身边的亲人伙伴因病相继辞世，父亲很注重养生，干梳头干洗脸勤洗脚多运动，是他挂在嘴边的长寿经。他说，多活一天，就多看一天世事。城里工作的妹妹想接他去享清福，他去过一次后就再也不肯去，还说城里住着不接地气太憋闷，没有农村的天地敞亮。父亲一辈子是个硬气人，低三下四求人的事儿绝不沾边，伤天害理的歪心思一点都没有。又因他一贯奉行闲话少讲，闲气少受，吃淡些走慢些，吃亏是福的处世方式，因此父亲活得人淡如菊……

　　记录下这些文字，我觉得自己是个幸运的女儿，能够以这样的方式靠近父亲，倾听父亲讲那过去的事情，这是既温馨又难得的时刻。逢年过节陪老人拉家常，人情世故应酬多，事儿繁杂，往往不能随心所欲畅聊。等老人病卧在床抽空陪着，那时因牵挂太多心不在焉、没什么好心绪，也不能尽兴话春秋。只有在大田里和父亲有一搭没一搭的闲话，心情才是舒畅的，语气才是诙谐的，话题才是至情至性的。期待下次和父亲聊天，依然在美丽的果园田间。

与君书

想到今儿是你五十岁生日，为妻心里感慨万千。人生不满百，五十岁既是知天命的年纪，也是步入人生下半场的开始，这一段路应该遵从内心，走得洒脱从容。有些男人五十岁，还是个精壮的老小伙，有些人已是腰身不再挺拔的病老头。虽说你已是鬓角泛出霜花的中年大叔，但在我眼中却是正值盛年的成熟稳健的大丈夫，犹如一棵在秋光中渐染霜华的挺拔繁茂的树。特别感恩上苍让你我历经岁月风尘的洗礼，依旧彼此相看两不厌，依旧互相珍视对方，如同左手与右手的关系。我累了倦了，你是我最想依靠的肩膀和靠山；你困了乏了，我是你得到抚慰的怀抱和停泊港湾。

但凡世间幸福的夫妻，无论贵贱贫富，都是在生活的磨砺中"三观"日趋相同的人。虽说素日里我偶尔会对你横挑鼻子竖挑眼，但在心里，还是觉得你够爷们，是个有能为有担当能给家人朋友社会带来福气的暖男。作家冯唐的母亲说过一句话：一个男的，生下来就……只能自己去奔命。是的，作为男人，要成家立业过上好日子，就得要独立、学本事、会挣钱，需要自求多福。作为普通农家中的长子，你老早就接过患病父亲肩上的担子帮母亲撑起一份家业，成家立业，做生意学技术，都是靠自己独挡一面。你不只是母亲弟弟的帮手，更是我父母及姐妹们倚重信赖的亲人。他们有事总是先打电话找你商量解决，足见你待他们的真诚、细心和体贴。你陪老人闲话时总不忘给老爸修剪指甲；外出游逛时，总会搀扶老人过马路、下台阶，这些小细节，我看在眼里暖在心头。

术业有专攻的你，给哑巴牲口瞧病，比给人看病难而费心。胆大心细的你在几十年的实践操作中，练出了真功夫，是高风险养殖户们的福星。特别是你这个"土专家"与时俱进永不甘落伍的精神更是难能可贵，快五十岁了，还硬是啃透了那些比砖头还要厚的专业书，既考取了兽医资格证书，又提升了专业素养，为儿女们树了典范。每当看到你为各大养殖场做防疫保健排忧解难时，我就为你而骄傲。客户们对你的信赖、敬重和拥戴，让你活得有底气有光芒，凭本事吃饭的人就是牛气，为妻对你敬业乐业的精神甚为折服。

　　生活中，你的那些小情趣虽不起眼，却折射出一个人不俗的品性。把狗狗当小孩子来宠，打疫苗洗澡毫不马虎；素日里喜爱植树侍弄花花草草，时常捡一些奇石放在案头把玩；作务果园虽是粗枝大叶却从不揠苗助长；每天晨跑晚练不间断，虽非肌肉男，却没有中年男人的油腻肥胖；喝茶不打牌，和朋友聊车聊孩子聊女人聊家常聊时局，见识不俗。偶尔抬头望望浩渺星空，低头想想失散的朋友，但最牵挂的还是自己的日子和亲人……

　　五十岁，上有老下有小的负重年纪，已没有大的野心，却也壮心不已。你不盲目攀比给自己添堵，许多事看得开不勉强不纠结，既不委屈难为自己，也不愿在经济上、情感上、生活上给身边的人添乱。你孝敬高堂安享晚年体贴周到，教育儿女成人成才不敢怠慢，与朋友交往，诚信厚德人缘好。你曾说自己半是烟火中的俗人，半是田园中的逸士，这就是一个成熟男人尽人事听天命顺其自然的心态吧。为妻虽然愚笨，但在和你晨昏相伴的忧乐中，还是自认为知夫莫若妻的。本想在你生日这天，照个全家福，或陪你一起去旅游，但常恨此身不自由，你我都未能放下俗务率性而为。相信我们的未来一定是可期待的，那就让我俩在人生下半场这短短几十春秋中，做自己认为对的事儿，慢慢卸去肩头的重担，学会克制贪得的欲望，活得率性洒脱健康平安吧。

远山的呼唤远

人，不只生活在当下，他还生活在记忆里的某个地方。

——题记

一

　　一方矮矮的墓穴，倚枕着青山密林，沐浴着朝霞暮霭，聆听着泉流鸟鸣，安息在此的外婆，一定会恬然闭目的。这一方山水，该是外婆的最爱。当年，年轻的外公外婆携儿带女从陕南山里辗转逃荒，穿州过县走进周山至水，过了一辈子光景，这是一种缘分。许多像鸟巢一般散落在向阳山坡上的人家，都相继携了家眷、牲畜去山外的平川落了户，留下的，是那些带不走、忘不掉的山川旧物和往夕岁月。

　　我坐在外婆的坟前，向外公讲起了外婆去世时我做的那个梦：葬外婆的林地一夜之间成了花的海洋，红白相间的芍药开满了山野，清晨的晶莹露光中闪烁着一条架向天际的彩虹！我迷失在这炫目的美丽中忽然惊醒。外公说，那是你外婆离了苦海去仙界享福了。一时间，我竟不再笑来世轮回的荒诞，心里似乎得到了莫大的安慰。

　　"外公，听妈说，您年轻时不肯去山外落户，可现在却同意和舅舅一起走，心里是咋想的？"外公叹了一口气，说："以前，有你外婆在，一大家子人就是不想挪窝。可如今没有了她，我再也熬不住了！从早到晚见不着人，我的心太空太荒了！"望着外公饱经风霜的容颜，一股热辣辣的液体盈满了我的双眸。"去的永远去了，可活着的还得苦撑着活。"

　　我想起了和外公一家相邻的王婆。王婆中年丧夫老年丧子，命苦且硬，虽已年过八旬，佝偻着背，但她眼不花耳不背，心慈言善，帮孙儿料理家务，井井有条。当得知长孙一家秋后就要举家搬迁时，她静悄悄地用一根腰带结束了自己老迈的生命。是不愿拖累孙儿，还是故土难离，要和亡故的亲人不离不弃？眼望苍天，我只有无比虔诚地向那苦难的灵魂致敬！"外公走了，谁来陪外婆？""她有她的死鬼儿子做伴！我得守我的幺儿幼孙！"刚才还那么脆弱的外公似乎又捡回了当年的一点倔强。大舅是在新婚后扛木料因意外丧生的。当时，外公一夜之间瞎了一只眼，外婆挂在腮边的泪水再没有干过。外公恨他爱的人，一个一个弃他而去吗？

<h2 style="text-align:center">二</h2>

　　举目四望，小小的院落被蓊郁的林木簇拥着，被四面的青山环绕着，恬淡安然得像一只进入梦乡的大鸟。场院上没有了鸡飞狗吠的喧嚣，惟有那粗笨的石磨还固守原地，长草的磨道里也似乎辨认不出那一圈一圈杂乱的蹄印。我默默地注视着这个荒寂的场院，想念着它昔日的模样：那只肥胖的黄猫，白天蜷在炕头，呼噜呼噜大睡，可清早，总能看见它黄色的影子，电一般从场院的某个角落一闪而过；早起的鸡婆们在鸡笼里咯咯地吵着，待外婆打开门，它们就争先恐后地扑棱着翅膀飞奔向场院，围着外婆咕咕地讨要吃食。一时间，栏里的猪，圈里的牛都有了响动，用各自的方式召唤着主人给它们清理棚圈，添食加草。吃饱了的牛推着石磨，孩子似的撒着欢儿疾走，嚯嚯的石磨声中，被碾碎的五谷，从磨缝中细细地飘洒下来，散出淡淡的甜香。于是，一家人坐在暖暖的朝阳中喝粥的吸溜声犹在耳畔回荡。记得有一只贪食的花翎大公鸡，老在吃饭的我们身边伺机抢一口吃食。某日，外公把一团刚出锅的芋头甩了出去，大公鸡因抢食过猛，连噎带烫，顷刻间竟然毙了命。望着大公鸡紫涨了冠子，蹬腿挣扎的惨死相，全家人都愕然了！"鸟为食亡"的悲剧上演得如此惨烈，因此永远定格在我的记忆中。

　　进了门，舅母端来茶水招呼我歇歇脚，望着烟熏火燎几十年的老屋内那厚实的案板，砌着"S"形的灶台和寂灭的火塘，我仿佛又看见了外婆在锅台间忙碌的身影。生养了六个儿女的她，永远像一只勤劳的小蜜蜂，为这个家的吃穿埋头操劳。小时候，每次来山里度假，当我翻过最后一道山脊，远远听到狗锐声呼唤人时，人困马乏的我陡然间便长了精神。只有我晓得亲爱的外婆早已摘回几个香脆的黄瓜，或在挎篮里备下了山果为我解困去乏。午饭必定是我爱吃的腊肉烩菜，肥嫩的扁豆掐去筋，紫色的洋芋刮了皮，和肥而不腻的熏肉烩杂在一起，那浓浓的香气，总会钻出锅盖，丝儿丝儿地让人吸着鼻子陶醉半天。

接下来的日子，除山野间各样野果任我享用外，外婆会变着戏法犒劳我腹中的馋虫儿。在炭火微红的火塘里煨洋芋，埋核桃，在乌黑的茶罐里煮鸡蛋，用大麦熬粥喝；如果是冬天，什么炒豆子爆栗子啦，什么玉米糖做的芝麻黄豆糖啦，各种馅的扁食干果啦，都让人吃出无穷的欢乐，我连做梦都在咂吧着嘴！我认为外婆就是一个天生的美食家，她做的土豆糍粑堪称一绝。精心挑拣上好的土豆，蒸熟后去皮，然后在案板上捣烂，再用木砧一下一下地捣锤，直至捣成提起来如细滑筋道的面条时，方盛在碗里，浇上腌制的酸菜汤，吃起来酸辣香浓，比夏日中的浆水凉鱼更解馋。就连进山挖药材、割漆的人们，外婆也像招呼亲朋好友那样，让他们进屋歇把火、喝碗水，尝尝她炒的豆子、做的家常饭。

"吃饭了。"舅母把我从甜美的回忆里唤醒。端起碗，我却难以下咽。佯装着喝口汤，连同汤一同咽下的，是我大滴大滴的泪。几十年里，那数不清的一日三餐，忙不完的田间地头，理不清的纷繁琐事，剪不断的儿女情长，一点一点熬干了外婆的心血，蚀损了她的健康！而今，最疼我的亲人已长眠于地下，在她的呵护下长大的我，却不能为她尽一点孝心。这难道不是人世间最令人又痛又悔的憾事吗？

三

没有外婆的家空落落的，让我无法久留。这个曾令我魂牵梦绕的山里家园，终将因无人居住而颓败为野物出没的荒原，谁还会去水井路饮那汩汩上涌的山泉。井台四周，傍崖而生的杂树灌木中，在五月里繁开的野刺玫，妖娆于其中。井台四壁长满了幽苔，热了渴了拘一捧潭里的水喝，甘冽清凉不胜爽快。外公曾说此井是龙眼泉，天涝时它蓄水，天干时它涨水，永远不溢不枯、清清的一潭碧水。春夏时节朵朵花开之后，一架架、一串串、一嘟噜一嘟噜绿莹莹、红灿灿的瓜菜，招惹得歌声时常在井边缭绕。而现在，幽幽的一潭水，再也等不来那个临水自照的小女孩好奇的脸。唯有不知名的水泳虫在其中，荡出一圈一圈轻轻的涟漪。抬眼望去，大片大片的山地，因无人耕种而长满了杂草蓬蒿。昔日里一垄垄、一畦畦长势郁郁森森的豆子玉米、满坡紫色粉色错杂的苜蓿豌豆花，都已烟消云散。再也不会有满坡锄草的男女老少那繁忙快活的景象了；再也不会有外婆顶了一头水气，从玉米地里抱回肥硕的玉米棒子供我们"哨青"的甘美了！

"表姐，俺带你去摘果子吃。"虎头虎脑的小表弟打断了我的思绪。于是，我们立马就隐身到这莽莽丛林之中：不足十岁的他山猴儿一般，一会儿蹿上树摘几颗梨子扔给我；一会儿钻进藤蔓深处摘几串紫晶葡萄递给我；一会儿又告诉我他在山道上装的兽夹子曾套住了一只豺狗；一会儿又告诉我，毛栗成熟还得一些时候。望着眼前正学鸟叫的少年，我仿佛又看到了那个曾在山野间乱闯的野丫头的身影：记得一次和小姨去采蘑菇摘野果，因只顾着去攀折崖畔的野百合，竟被树杈间两条扭缠在一起的蛇吓得灵魂出窍，大张着嘴却一句也喊不出来……

　　"小弟，去山外落户读书，高兴不？""高兴，再也不用背干粮跑几十里路去上学了！"唉，这崎岖的山道，不知凝结了山民们多少肩挑背扛的艰辛，留下了山民们多少悲欢离合的故事！"离开了山地，你会想念它吗？""想了就回来，还会梦见它。"表弟吃豆子般干脆地回答，而我却听得愈加惆怅满怀，尽管人们都渴望走出去，走出大山的闭塞，但谁又能真正走出曾生他养他的故园呢？

　　我也会枕着一枚山中的红叶入梦的，而梦中，那片红叶早早已被我的泪水打湿，为那曾被岁月淹没的一切。

自行车的故事

一

那天，我看见大伯和父亲走在一起。大伯推着自行车走在前面，父亲拎着凳子紧随其后。我看见他们都冲我笑，形如枯菊一样的瘦脸，豁着牙的嘴，孩子一般可亲。他们说一起去看戏。眼睄着伯父跨上车子，蹬了几圈后，父亲脚尖一点，轻轻一跃，坐了上去，伯父的车头慌了神，左右摇摆了一下，就轻快地向前驶去。望着他们远去的背影，我的心头忽然一热，禁不住要落泪了，这老哥俩！伯父今年七十岁了，父亲比他小四岁，哥俩的头发都灰白稀疏，都是一样单薄却硬朗的身子骨，所不同的是伯父比父亲高大一些。一起出门，哥哥依然要强，身后驮着比他年轻的弟弟！也许他们在路上会换回来，弟弟再把哥哥驮一阵。

我被眼前的画面深深打动了！人上了年纪，似乎把亲情看得重了。奶奶在世时，老哥俩经常坐在奶奶的炕头，陪着母亲闲话家常。奶奶去世后，经常看见伯父和父亲在一起抽烟，喝茶，聊闲天，诉说各家里的烦难，互相解劝着，叹息着，有时只是默默相守着坐一会，有时就一起去逛集。年轻时，哥俩曾一起搭伴去山里扛木料、挖药材，一起骑自行车贩水果、卖蔬菜，一起拉着架子车送患病的爷爷去医院，一起为各自的日子辛苦打拼。彼此也犯过口舌，动过肝火，但随着岁月的流逝，那些琐碎都已成过眼云烟，留下的是对彼此的牵挂和依恋。

记得父亲讲过伯父怕狗，说有一次，他们俩一起推着自行车去卖苹果，天上正过飞机，轰隆隆的声音由远而近，伯父以为是谁家的野狗撵上来了，大喊一声快跑，就没命地狂奔起来，差点跑丢了鞋，惹得父亲笑岔了气！伯父听了不服气，也讲了一个父亲的笑话。说父亲胆小，和他一起看果园时睡一张床，一天晚上做恶梦，嘴里不住地喊打狼，打狼，脚拼命地猛踹，几下子就把伯父的脖子踹肿了！年少时，他们也许一起搭伴偷过绿地里的西瓜，也许一起在河里摸过鱼，抓过蟹，也许曾骑着一辆自行车去城里游荡，那时候他们是血气方刚的小哥俩。

车前坐着神采飞扬的哥哥，衣袂随风鼓荡，车后坐着神态怡然的弟弟，满怀悠然自得。岁月是一条长长的藤，老哥俩是一条蔓上相依的两个果，共沐风雨，共担风尘！蓝天下的岁月，是这长长的路，路上相伴的缘分，是一首深情款款的歌。

二

"妹妹找哥泪花流，不见哥哥心忧愁……"电影中的小花，在过往的部队中寻找失散的哥哥。他在学校大门口的学生流中，寻找他的妹妹小花，一天又一天，年复一年。一串串的自行车铃声，犹如轻快跳荡的音符，那些充满生气神采洋溢的中学生，来了又去了，却怎么也找不到妹妹那张笑靥如花的脸。于是，他成了这所学校的门卫，日夜守护在学校大门口，尽管他知道再也等不来妹妹，像只白鸽似的落在他的自行车后座，一路洒下他和妹妹的欢声笑语。

现在，那辆飞鸽牌自行车就放在门卫室的屋檐下，车子蒙尘就像他落寞的心。记得妹妹刚学自行车那会儿，他是妹妹的助教，终日嘻嘻哈哈跟在妹妹身后，看妹妹这个笨小孩学骑车。学得累了，妹妹就顽皮地坐在车头或车后坐上，总是仰起头给他唱刚学来的歌子，他听得高兴就把车子踩得风一样快。记得那次他和妹妹骑车去赶集，迎面碰上迎亲的队伍。妹妹望着妆扮华丽的婚车，羡慕地说："车里的新娘子真漂亮啊！啥时候才能看见哥哥娶亲的婚车?"他嗔妹妹幼稚，心里却暗暗许下心愿：将来，哥哥一定让你成为最美丽的新娘！妹妹上中学后，他挑起了养家的重担。父亲过世得早，他要做母亲和妹妹坚强的后盾。周末，只要有空，他总会骑车去接妹妹，守在校门口，看着妹妹像一只乖乖的白鸽向他飞来，他就觉得自己是天底下最开心的人。记得他那次去相亲，就是被妹妹逼着去的，妹妹要陪着他。他和妹妹在媒人家的门口坐了两个小时，最终却没有等来要见面的姑娘。听说那女孩嫌弃他家穷临阵变了卦。妹妹气得黄脸，泪花在眼圈里直打转。他觉得妹妹受了羞辱，胸膛里似有一团火在烧！唯有那次骑车，兄妹俩谁也没再说一句话。

有时候命运就是个无常的疯子，会在人毫无知觉的情况下，给人致命一击。

晚上母亲和妹妹包了饺子犒劳在外打工的他。他在吃饺子时，给母亲和妹妹的碗里分别拨了饺子，一家人吃得温情绵绵。当他早上准备骑车送妹妹上学时，背着书包的妹妹忽然晕倒在他的面前，没有说一句话，就在他的怀里静静地走了。母亲哭得死去活来，他只觉惊愕、揪心、惶惑、颓丧，犹如在噩梦中。在人们的声声叹惋中，他埋葬了患血癌的妹妹，在她的坟头烧掉了未读完的书，含泪哼唱起那首丁香花……

他骑着车子时常出现在学校门口，就那样痴痴地等，等，等所有的学生都回家后，他才怅然若失地离去。他时常想，不知天堂里有没有自行车，不知那像小花一样的妹妹，在那边是否还在上学？他不想抱怨命运，他只想在往后孤单的岁月里，天天看着那些雀儿一样叽叽喳喳的少男少女，走出校门骑上自行车，平安回家。这时候，妹妹就活在他的眼前，心中。

牵手

一

孩子幼小的时候，走路时，我总是护着他们，走在我的右边。人多或过马路时，我会牵着儿女的小手，紧紧地攥着不松开。等他们上了中学后，和我一起走路时，就不肯再和我牵手。过马路时，当我习惯性的伸出手想握住他们的手时，他们竟迅速地躲开了，昂着头阔步向前。也许孩子们认为自己长大了，再让我牵手有些丢脸。于是，我学会了对他们放手，但心里有些失落。

现在，和父母同行，我总会有意识地放慢脚步，等等他们，也是习惯性地让他们走在右边。父母上了年纪，腿脚自然不太灵便，越走越慢了。过马路时，我会挽起父母的胳膊或牵着他们的手一起走。我能感觉到父母的依顺和有女儿陪在身边的安心。虽然他们遍布老茧的手粗糙黑皴，但是温热依旧，是血肉相连的那种暖，一直暖到心底。

记得那天带父亲和儿子去逛超市。上电梯时，发现父亲有些紧张，他小心地探出一只脚，仿佛在过一条陌生的河时先试水的深浅，再迈出另一只脚时，仓促的有些失重。待立定身体扶稳后，才略略地松了一口气。我安慰他别紧张，第一次上电梯都是这种感觉。购完物下电梯时，我和儿子走在前面，忽略了跟在后面的父亲。拎着东西的父亲一只脚踏上了电梯，另一只脚却因为紧张而迈不开。眼看着电梯的输送带把他往前拽，他顺势上了电梯，两条腿前后劈开，像扎马步一样弓着身子，满脸的惶恐，却强自镇定着。儿子猛然回头，大声对我说：妈妈快看，姥爷在练劈叉。看到父亲那滑稽的站姿和儿子开怀的笑脸，我的脸腾得一下红了，简直是哭笑不得，我可怜的父亲！我噔噔地跑下电梯放下东西，又三步并作两步赶到父亲身边，帮扶他立定身子，忍不住环顾四周，心疼地笑了。父亲也笑了，一脸的尴尬。紧紧地挽着父亲的胳膊，看着他亦步亦趋的跟着我走下电梯，像一个安静胆小的孩子。

挽着父亲的手臂走着，心里有几许心疼，几许爱意，还有几许怅然和感伤。人生这般仓促，转眼已成老暮。作为儿女，我们在爱怜幼小的孩子时，也别忘了，父母的老手更盼着我们去牵去挽啊！

二

滚滚红尘中，爱我的那个男子是谁！为此，小女子也曾在佛前许下愿心：必是那个学识非凡、举止不俗、正直善良、大度风趣，与我一见钟情的男子吧！

曾遭遇过我的白眼，却回报我以明灿的笑脸；曾收到退回的情书若干，又写了若干份给我；曾在我被爱情伤得千疮百孔之后，却结结实实地向我伸出了大手。我奇怪他为什么作如此固执的等待——天涯何处无芳草？他回答的干脆明白——因为爱。

十年前，我坐在他的自行车后，他吹着口哨，衣袂飘飘，神采飞扬；现在一家四口骑着摩托车去兜风，感觉仍是那么惬意、自在。

十年里，总比我起得早捅开炉子换煤球，却从不替我涮锅洗碗，且声明：大丈夫有所为，有所不为。我干不了的活都找他，包括给孩子拉拉链。待我拍马逢迎时，他不无自嘲地说：不是鄙人聪明，而是有些人太笨。

嫁为人妻十足的一个拙妇。家常饭菜倒可应酬，一旦亲朋造访，提起下厨，我就紧张皱眉，只得死皮赖脸地求他。剖鱼宰鸡、清炖红烧，他全权包揽，我倒乐得做一个被他"使来唤去的丫头"。

去田里劳动，夫妇相随一起疏花间果，翻地喷药，艰辛中自有一番乐趣：绿茵茵的果园里，有一搭没一搭地扯着闲天，讲些或荤或素的笑话。在听鸟鸣看蝶舞的间隙，总忘不了为他捧上清茶一杯。

过日子，他是家庭总裁，财政部长，我不屑做个管家婆只盯着钱匣子要挟男人。重大事件民主协商，不好对付的麻烦他过后才告诉我，也是轻描淡写的。有时看他燕子一般早出晚归为生计打拼，我就忍不住多给他碗里卧一个鸡蛋；无意间瞥见他黑发丛中夹杂的银丝，就忍不住摸一摸他那承担着太多责任的肩膀。

上演家庭风暴时，也少不了一份默契：他轰隆隆"打雷"，我则静悄悄承受：我气咻咻地作河东狮吼，他则默默然一忍再忍。风雨过后，相视一笑，感情仍像水洗似的明澈。

也曾在他耳边嘀咕：谁谁送给妻子漂亮的衣饰，谁谁收到老公送的鲜花，谁谁携着妻子去拍婚纱照。但这样的幸运从未降临到我头上，我恨他不懂女人心。每个特殊的日子，他要么亲自下厨，要么陪我逛街，要么发个信息祝福，要么打个电话，随便丢下"喜欢什么自己买吧"的托辞，虽心里疙疙瘩瘩的，眼里仍会一片潮湿。

喜欢他赞美儿子时那骄傲的语调，给女儿剪指甲时细致的眼神；欣赏他勤勉务实奋进昂扬的人生追求和照料双方父母的拳拳孝心；感念他支持我的梦想，年年为我订阅杂志的关怀……

十年的尘世姻缘，我们的物质在一点点积累，我们的精神在一点点丰富。那一点点未曾忘记过的琐碎细节，就在这充满人间烟火味的平淡之中。

感谢上苍：十年来对我们这个四口之家的垂怜眷顾，赐予我们健康可爱的一双儿女，赐予我们共同经营、承担、呵护婚姻的勇气和爱心。"执子之手，相携以老"，这是一个俗世女子对婚姻的美好祈愿吧。

五、悦读

闲愁也似月明多

在宇宙太空，水星上有一座山以她的名字命名，这是全世界文化人的荣耀。一如她的名字，让宋词之美之清韵光照至今，她不只活在文化史里，更是活在世代人的心灵史上。她让仰慕她的后来者穿越时空沉醉在美的意境中，找到了灵魂的栖息地。

翻开《李清照诗词全集》，无论品读哪首词作，目光勾留处，都会有一种浓烈的情味，丝丝缕缕地直入肺腑，直透心脾。国破、家亡、夫死、无儿无女，乱世里颠沛流离、逃难客居中，所有她珍视的都弃她而去，她在冷冷清清寻寻觅觅中，触目所及的都是物是人非事事休的怅恨，感受到的都是谁怜憔悴更凋零的孤凄。她胸中深重的家国愁肠，连武陵双溪的舴艋舟都载不动，难怪她风鬟霜鬓，看灯没意思，踏雪没心情！她感伤孤苦却并未颓废，精神世界的独立柔韧，让她还能用写诗作词来排遣她的郁闷，给苟活的生命底色添一些光亮。"枕上诗书闲处好，门前风景雨来佳。终日向人多酝藉，木犀花。"读这样的句子，让人联想到大词人苏轼"一蓑烟雨任平生"的风骨气度。乱世中，尝尽辛酸，憔悴风尘，零落如泥，这是人类苦难史中所有人的共情，惟有她，用诗词，为乱世中的众生，留下了独特的、无法磨灭的生命印痕。

无论什么时代，无论生在富户或寒门，青春的烂漫天真，青春的探访遇见，青春不受羁绊的野性，都从不缺席。而生在男权社会背景下的李清照，一位有着敏锐感知力的女子，却把青春少女的样貌，用她的文字勾勒得无比鲜丽、活脱！"蹴罢秋千，起来慵整纤纤手，露浓花瘦，薄汗轻衣透。"这样的场景，是中学女生运动之后常有的情态：懒懒地收拾衣裳，整理发丝，而贴身的薄衫却被汗水浸湿，这是慵懒的青春之美；而"兴尽晚回舟，误入藕花深处。争渡，争渡，惊起一滩鸥鹭"所展现的画面，却是一大帮青年野外聚会沉醉不知归途的激情再现。夏日的黄昏，美丽的荷塘，有着怎样不可期的奇遇？读这样的句子，心跳就会莫名地加速，血脉就莫名地涨潮，记忆的窗户哗啦一下开启了，令人想起自己青春时代山野闲耍的画面和冒险刺激的经历。她笔底下青春那蓬勃的生气，无邪的率真，给人多少心灵的憧憬和回味啊！

　　问世间什么最美？风雅闲情最美。而李清照又是宋词各流派中最擅长写闲情的高手之一。无论是"云中谁寄锦书来，雁字回时，月满西楼"的柔美相思，还是"卖花担上，买得一枝春欲放……怕郎猜道，奴面不如花面好，云鬓斜簪，徒要叫郎比并看"的娇嗔之态，亦或是"试问卷帘人，却道海棠依旧，知否，知否，应是绿肥红瘦"的细腻敏锐，都把风雅闲愁写得自然舒卷，真纯含蓄，浸骨透脾。尤其是那句"东篱把酒黄昏后，有暗香盈袖，莫道不销魂，帘卷西风，人比黄花瘦"，更是写出了相思的人儿在晚秋凉风中为情所困，为伊消得人憔悴的情态！称她是婉约派词宗，可谓实至名归。而李清照最令人感佩的却是藏在骨子里的执着，在离乱中历经种种不堪而初心不改的风骨。"我报路长嗟日暮，学诗谩有惊人句。九万里风鹏正举，风休住，蓬舟吹取三山去。"这样坦率的自剖心迹，呈现的是她对理想境界的求索，洋溢着她卓尔不群的文人自信；"生当作人杰，死亦为鬼雄。至今思项羽，不肯过江东"。她对项羽的礼赞，写得非常有气度，这样硬气的诗，暗含着她对抛弃国土、庶民，仓皇南渡的当权者的谴责和忧愤。她在《金石录后序》中追叙他们夫妇的生活情趣和战乱中珍藏文物散失的经过，从容委婉的叙述，藏着浓烈的伉俪深情。如"赵李族寒，素贫俭。每朔望谒告出，质衣取半千钱，步入相国寺，市碑文果实。归，相对展玩咀嚼，自谓葛天氏之民。"他们夫妇共同的志趣，淡泊高雅的情怀，令人十分艳羡。尤其是李清照再婚以后遇人不淑，她不惜以入狱的代价，控诉丈夫丑陋龌龊的人品，追求精神独立，宁为玉碎不为瓦全。

　　这就是"不徒俯视巾帼，直欲压倒须眉"的千古奇女子。她的诗词文章，她的遗世独立的人格光芒，永远闪着珠玉般温润的光彩，像窗前的白月光一样，永远让后来人在静静地摩娑玩味中，得到美的润泽，获得永世的新生。

读家书，树家风

手头的这本《曾国藩家书》，是在曾氏 1500 余封家书中精选了 300 余封汇编而成的精华本。它集中体现了曾国藩为人处世、教子持家的智慧。作为晚清中兴第一名臣的他，能在烦冗的公务之余不忘对曾氏子弟殷殷关注、谆谆教诲的家国情怀，令我钦佩不已。尤其是他治家教子的风范，给后辈和现代人的启迪和影响非常深远。现在我谈几点读家书的体会，希望能触动读者的心灵，引起大家的情感共鸣。

曾公家书所言："无论大家小家、士农工商，勤苦俭约，未有不兴；骄奢倦怠，未有不败。"此话言简义丰，发人深省。国是大的家，家是小的国。上至名门望族、政府单位，下至基层村落、百姓人家，如果皆推崇勤奋、刻苦、简朴、节约的风尚，这个国家肯定是蒸蒸日上、国富民丰、政治清明的繁荣景象；如果骄纵、奢靡、倦怠、享乐之风盛行，这个国家就会内耗过剩空虚膨胀起来，政治腐败、仇富笑贫的社会问题将层出不穷。如果超前消费享乐之风大肆盛行，社会民众就会在膨胀的物欲攀比时风中，身心饱受压抑摧残之苦，哪里还有什么幸福指数可言？天道酬勤、自强不息等古语，和曾公的所言何其神似？我等民众，不可不谨记曾公的训诫。

曾公家书所言："昔吾祖星冈公讲求治家之法：第一早起；第二打扫洁净；第三诚修祭祀；第四善待亲族邻里。凡亲族邻里来家，无不恭敬款接。有急必周济之，有讼必排解之，有喜必祝贺之，有疾必问，有丧必吊。"曾公的这一番话，从居家日常的琐务入手，从最微妙复杂的亲族邻里之间的关系谈起，字字句句入情入理，既道出了环境显示素养的真谛，又说出了良好的人际关系是家国安定兴旺的根本。走到任何一个地方，干净整洁优美舒适的环境，总会体现一个家庭、一个单位、一个城市的精神面貌和人文素养。中国自古就是礼仪之邦，亲族邻里如能亲善友好相处，一家一户的日子如果能过好，社会这个大家庭就一定是祥和文明的。

曾公家书所言："家中要得兴旺，全靠出贤子弟。若子弟不孝不才，虽多积银、积谷、积产，总是枉然。子弟贤否，六分本于天分，四分由于家教。"父母是孩子的第一任老师，家庭教育如果出现纰漏和缺失，子弟愚妄不孝的居多。三字经所言"人之初，性本善。性相近，习相远。苟不教，性乃迁。教之道，贵以专"，说的也是这个理。那么，从哪些方面去教育子女学会为人处世呢？古人所言的：导其性、广其志、养其才、鼓其气、攻其病的教子五法，不无借鉴之处。"导其性"，我认为就是教孩子从小做一个善良、有爱心的人，对世间的花草虫鱼多一些悲悯情怀；"广其志"，我认为就是要培养孩子从小要有志向，无论是兼济天下的大志，还是修身齐家的小志，都会让孩子觉得有了追求的目标和方向；"养其才"，我认为就是要培养孩子的特长，尤其要注重培养孩子热爱求知和读书的兴趣；"鼓其气"，就是要不断地激励孩子能经受得住挫折的考验和磨砺，形成坚毅的个性品质；"攻其病"，就是要对孩子自身存在的缺点要不留情面的予以摒弃和改过。养子弟如养芝兰，既积学以培植之，又积善以滋润之。如果能从这几个方面去教育子女，孩子将来必定会成才成器。

现代家庭，儿女都是家中的至宝，加之现在的生活条件优越，许多家庭教育子女的误区之一就是不让孩子吃苦，不让孩子经历成长中来自生活的"风暴"。司马光在《家范》中曾言："为人母者，不患不慈，患于知爱而不知教也。古人曾言：慈母败子。爱而不教使沦于不孝，陷于大恶，入于刑辟，归于乱亡。非他人败也，母败之也。"这些古语为我们教育子女敲起了警钟。只有对子女少些溺爱，兼做慈母和严师，不辞谆谆教诲之劳苦，不失身体力行之典范，才能培养出德才兼备的优秀子弟。

家书中为人处世、持家教子的经验之谈还有许多，大都值得我们借鉴。曾公家书是一面镜子，会让我们正正行，醒醒神，见贤思齐，知过而改之。从而让家风的正能量发扬光大，为国为家培育出更多有志有识、德才兼备的儿女。

生命的告白

这个征服欧美文坛的华裔女作家伍绮诗，2014 年凭借长篇处女作《无声告白》夺得美国亚马逊年度最佳图书桂冠；2017 年的重磅新作《小小小小的火》又一口气拿下了 27 项年度图书大奖。我读完她的重磅新作又读了她的成名作，有点意犹未尽欲罢不能，又都拿来重读一遍。正如各大评论所言：文字闪烁着散文的美感和精准；观察和洞见就像社会学家一样深刻；文风温婉而细腻，深情力透纸背，刺痛人心。

《无声告白》中的十六岁少女莉迪娅，是兄妹中被父母视作掌上明珠寄予厚望的女孩，只因她是个混血儿，白人族群中的异类，因此她的学校生活过得压抑而孤独。女孩的母亲是个追寻与众不同爱情的白人，尽力摆脱母亲为她设计好的人生轨道，嫁给了来自中国的李先生。成为两个孩子的母亲后，她悲哀地感到她无法逃脱女人的宿命：为家庭牺牲自我。这种生活舒适温暖却平淡压抑，于是她离家出走，想要完成大学学业，成为令人羡慕的职业医生。但终因意外怀孕和无法割舍对亲人的牵挂，又被现实缴了械。她重新回归家庭后，把自己的梦想寄托在儿女身上。

她渴望培育塑造理想中的女儿，她一边勉励女儿：你的人生完全取决于你，你能做你想做的任何事，一边又给女儿太多的热情关注和期待。遭遇过母亲离家出走的莉迪娅，没有了安全感，为了讨父母欢心，她承诺要完成母亲所有的心愿。母亲时刻勉励她学好数理化，父亲希望她拥有良好的人际交往，可她越来越觉得背负父母的愿望是多么艰难，被父母过多关注是多么令人窒息。步于青春叛逆期的她，学会了作假、掩饰，学会了抽烟、交另类朋友。当她从小依恋的哥哥要去哈佛读书，当男友拒绝她的爱情，当考试成绩越来越差，当她发现父亲和同事关系暧昧，她心里坚持的这些美好，都一一碎裂之后，她彻底迷失绝望，用投湖自杀一了百了，寻求彻底解脱。女儿的死犹如一次强震，每个人的心里都裂开了口子，失去了平衡，在痛苦、疏离、误解的迷宫中左冲右突的一家人，最终找到了洒满爱和阳光的路口，重新开始。

　　小说通过一个家庭悲剧，探索了种族问题、家庭影响、个人成长的危机和嬗变，给人深深的警示。作者告诉人们：我们终其一生，就是要摆脱他人的期待，找到真正的自己。但是，我们身边又有多少不幸的人们，在父母、爱人、上司的期待中，活得虚伪憋屈，迷失了自我？单拿孩子们来说吧，尽管他们都有一定的可塑性，但他们又都有着千差万别。作为父母，一定不要打着爱的旗号，去禁锢一个生命的自由发展，让儿女去实现你未曾实现的梦想。让他或她为你的期待而改变，是一种一厢情愿的徒劳，是一种两败俱伤的绑架，不是鱼死就是网破。还在企图设计孩子未来人生的父母请放手吧！你可以是他们的人生导师，但真正的设计师是孩子自己。为了取悦他人为了他人的期待而活得不痛快的人啊，何不丢下伪装，率性而为，找回真正的自己，做自己的主人。

　　这一束橘红色的小火苗，既能形成燎原之势，烧毁一切，又能点亮许多人的心灯，照亮迷途的黑暗。小说《小小小小的火》通过流浪艺术家米娅和她女儿珀儿与房客理查德森一家关系微妙的蜕变，向我们展示了两种不同的生活愿景：一种是建立在规则秩序上的富足安稳精致利己的实用人生，一种是建立在遵从内心的物质极简却自由、真诚、丰富的艺术人生。两种人生交织冲撞，互为影像，通过引人入胜的故事情节和鲜活可爱的人物映衬，为人们展示了阶层差异、家庭观念、个人理想、爱情友谊等多元的社会关系，有着穿透人心洞见良知的魔力。尤其是成长中被偏见误解束缚压抑的女孩伊奇，因看穿了家人自私龌龊的面目，因无法挽留真诚善良正直的母女俩，而选择用一把火烧毁旧生活渴望涅槃重生的做法，极端，炽烈，心碎，犹如极光电火，照亮了每个人的心空。

　　读罢小说，我不禁掩卷深思：虽然每个人的境遇不同，贫富殊异，但最不该丧失的是追求自由渴望独立的尊严。无论如何，我们都应该去努力追寻自己真正想要的生活。还是用狄金森的诗句："'希望'是个有羽毛的东西，它栖息在灵魂里，唱没有歌词的歌曲，永远不会停息，在暴风中听来，最美。"来结束我此次的心灵之旅吧。

书店的魅力

　　岛上书店是一幢维多利亚风格的紫色小屋，一块已经褪色的招牌挂在小屋的前廊上，上面写着：无人为孤岛，一书一世界。书店的主人费克里人近中年，正处在爱妻去世、珍藏的宝贝书遭窃、书店生意不景气的人生低谷之中。心烦意乱的他最有把握赢得"年度倒霉蛋"的大奖。就在此时，一个神秘的"包袱"出现在书店之中，为他的生活带来了转机，并成为连接小岛上几个相关人物的纽带。人物之间的爱恨转化与救赎，都和书店及阅读相关联。以上是《岛上书店》这本小说的故事梗概，读完它却不忍释卷，小说犹如一首温情却略带悲怆的命运交响乐，跌宕起伏回环曲折的旋律扣人心弦，在我的心中回荡许久许久……

　　这是一部因阅读而照亮人生、救赎人性、帮助小人物走出困境的小说。书中的每个角色都很平凡，都有着被命运捉弄的伤痛：书店主人费克里的遭遇毋庸赘述，图书推销商阿米莉娅是一个已经年过三十的大龄剩女，却还找不到令她真正动心的男人；警长兰比亚斯刚离了婚，他的前妻是他高中时认为的甜心女孩，可事实上她不是个好老婆，吵架时总爱骂自己的老公又蠢又笨；书店主人死去妻子的姐姐伊斯梅嫁了一个风流成性却没有担当的作家，她因习惯性流产而失意孤独；书店老板收养的女儿玛娅，是母亲走投无路自杀身亡之前留在书店的孤女……就是这些个不被命运眷顾的人，只因为他们偶然和岛上书店结缘，和热爱阅读的书店主人有交际，因而都在这里意外找到了各自的真爱，都找到了心灵栖息的港湾。

　　正像艾米莉娅所言："我不相信有上帝，但这家书店对我来说，是最接近教堂的地方。"这就是书店的意义所在，这就是阅读的价值所在。大千世界中，曾有多少孤独、迷惘、失意的人们，因偶然走进一家书店，邂逅一本好书，而不再彷徨忧郁，重拾生活下去的信心，从而走出了人生的困境。因为阅读，生活为失意的人们打开一扇满载憧憬的门；因为阅读，人们学会了享受孤独，学会了在琐碎庸常的日子里寻找诗意；因为阅读，人们的内心变得强大而坚韧，宽厚而多情；也因为阅读，人们少了算计、冷漠、自私，多了充满善意真诚的人情味。阅读，让人们对书和生活的爱，更加周而复始，热情澎湃。

　　聪明的女作家还通过警官兰比亚斯之口，向读者趣解了命运的真相：生活中每一桩糟糕的事，几乎都是时机不当的结果；每一件好事，都是时机恰到好处的结果。因此，当我们的人生陷入僵局时，要依旧保持善良的本性，等待命运的转机时千万要顿住。不要自暴自弃，不要害怕自己一文不值，不要担心自己不值得被爱。因为作者坚信："不论在任何年龄，都有可能寻觅到伟大的爱情！"

　　"没有书店的小镇，算不上一个小镇。"这是小说中重复说了多遍的一句话。而我想说的是：一个不阅读的人生，又怎能算得上是一个真正的人生呢？

书香人生

求书记

我八岁时的秋天，拥有了第一本真正意义上的书籍——教科书。八岁之前的蒙昧记忆中，没有留下一本书的痕迹，倒是每天拉着小妹妹的手，挎着篮子去野外，在扯猪草、捡麦穗、掐韭菜、采野果的时候，认识了大自然这部五彩缤纷奇妙无穷的大书。吹着喇叭的打碗花，绚丽纤细的石竹花，像星星一样撒布原野的雏菊，随风旅行的蒲公英，还有草丛里的绿蚂蚱，花丛中的蜂蝶，轻纱帐里的蛐蛐，都给了我们说不尽的乐趣。只有到了冬天，田野和孩子们的眼睛一样，都显得有些落寞，我们又会偎在热炕上或火塘边，一边剥玉米捡棉花，一边听奶奶给我们讲那些旧年间发生在乡间稀奇古怪的故事，让我们在一惊一乍中得到新鲜的刺激和满足。当第一本教科书被我当作宝贝似的捧在手里时，我时常会情不自禁地坐在家里大声的诵读，我稚声嫩气的读书声犹如天籁之音，让听到的大人都怔怔地陷入了某种美好的遐思。

十一岁的时候，我步入了一个崭新的天地，加入读连环画和听评书的行列中。那时的小人书受孩子们青睐的程度，决不亚于现代孩子对奥特曼、动画片的迷恋。只是那时的连环画也是少得可怜，只有城镇的书店才可买到或租到。只要哪个同学有连环画，他就自然成了伙伴们追捧的明星，大家像众星捧月一般环绕着他，许多小脑袋挤在一起或坐或蹲，共同分享着薄薄的纸叶上那简约的文字和插图所传递给我们的神秘和快乐。自从家里买了收音机，我们每天都会一路小跑着回家，静静地趴在收音机前，收听著名评书演播家单田芳和刘兰芳的《岳飞传》《杨家将》，对于故事的渴求，就像高尔基形容的"如同饥饿的人扑到面包上一样"，哪里有故事，哪里就有求知的眼睛在闪亮。直到上了中学，我才真正接触到了向往已久的像《少年文艺》《当代中学生》《小溪流》等课外书刊。然而繁重的课业负担和升学压力，让我们连唱歌都要小声哼哼东张西望，难得有空闲再去看那些被老师家长称为"闲书"的课外读物。记得我时常会在晚上睡一觉起来偷看那些借来的书，担心房间露出的灯光被家长发现后挨训，有时就躲在被窝里，用手电照明读书。

当我把第一次打工赚来的薪水全部上交给母亲时，母亲望着已成年的女儿穿得那样寒素，特意给了我一百元钱，让我去县城买一身衣服。我骑着自行车来回赶了八十多里，没舍得买一瓶水，也没有买衣服，却从书店买回了我心仪已久的《路遥文集》。这是我买的第一部大书，虽然回家后挨了母亲的训斥，但心里却如同喝了蜜水一样甜。自从和书交上了朋友，我就不可遏止的去买书、借书，只要兜里有闲钱我就一定会逛书店书摊，给自己买喜欢的书。这个时期，我犹如沉醉在芬芳四溢的春天里的一只蜂儿，不分晨昏地采集着人类智慧的蜜饯。那些让我读一段就知道永远不可能忘记的中外名著，那些纷呈于我视野的时尚文化快餐，那些堆在我案头的赏玩不尽的诗词歌赋，都给了我灵魂言不可及的深深震撼，我那颗在梦想和现实的冲撞中挣扎的心，因了书籍的浸染而不再犹疑彷徨，坚定地扯起逐梦的大旗一路欢歌。

现在，我已是读书成瘾的书虫子，宁可食无肉，不可居无书。闲闲地与世界古今的艺术大师们交流谈心，是我避开尘俗保持心灵安宁的后花园。然而，同国外遍地皆是书屋、书摊的图书市场相比，中国的大街小巷所缺的是那一个个随时可拿起书来读的阅读场所。

藏书记

但凡爱书者，大都藏有自己喜欢的书籍。每当打开书橱深情巡视这些不同国籍、时代各异的文学经典时，总有一些触动，一些记忆在心头浮泛。它们之所以置于我的案头或书架，是一种注定的缘分，就像你的故交挚友，是人生命中不可或缺的财富。闲来想想流年中与书结缘的情景，心头犹如春风拂过，倍觉温馨。

有朋友赠书是一种豪奢的情谊，是可遇不可求的福分。青少年时代的我就是一个天生的书虫，而农村却是书籍极其匮乏的地方。我永远不会忘记在我求知欲旺盛，灵魂最为饥渴迷茫的时期，遇到了爱书的军官朋友。第一次看见他的书架上陈列着那么多书籍，一种巨大的喜悦和震撼像洪流一样淹没了我，满心满眼只有欢喜和惊叹！对于一个真心热爱阅读的人，李先生的慷慨大方令我感念不已。我如饥似渴、不分晨昏地阅读着从他那里借来的一本又一本文学名著。《红楼梦》《安娜卡列尼娜》《茶花女》《青春之歌》等名著，全是我那一时期沉醉其中卧享快意的经典。可好景不长，李先生因工作调动去了外地，临走时竟送了我一套北京燕山出版社出版的外国名著系列丛书，他说，他喜欢我这样热爱读书、单纯有梦想的姑娘。而我心底萌生的那份难舍和情愫，只能让我倍加珍惜先生送我的这些书。于是，这些外国文学名著成了我一生享用不尽的西式盛宴，它们被我珍藏在书架最醒目的位置，那可是我青春岁月留下的最具内涵的美丽。

好书谁不想置于案头，视为至宝？单凭借别人的好书来读终觉不过瘾，也有横刀夺爱的嫌疑。于是，宁可素面朝天，也要用薄薪把经典带回家。记得一位作家说过，一个人一旦走进宝库，看见过真正的珠宝，他就获得了基本的鉴赏力，懂得区分宝物与垃圾了，不再为平庸俗艳的文字浪费光阴。也就是从那时起，我具备了一种内在的嗅觉，在逛书店时，总会和传世经典邂逅。张爱玲、钱钟书、汪曾祺、沈从文、孙犁、贾平凹、张洁等文学大师的作品，唐诗宋词、明清小说，都是我枕边案头把玩不尽的风景。和大师们在在文字中交流，让我感觉到心灵的丰富高贵，人性的多姿多彩，更多的时候，书籍是人精神的避难所，是人生方向的导航仪，生活中的困境、迷惑都会被一种无形的力量所消解。因此，我无论漂泊到哪座城市，都先去光顾书店，在书店的一隅，静静地用心去触摸那些藏在书架上墨香中等待与我心灵交汇的书友，然后一起携手走过风风雨雨的岁月，自有一份洒脱、淡定和从容。

我书架的藏书有一部分是从各处领回家的流浪书。一次逛庙会时，在地摊上撞见了一本柳青的《创业史》上部。它委身于花哨俗艳的杂志中，发黄的扉页上蒙着薄薄的浮尘，虽是一本残书，我还是把它领回了家。还有一次在地摊上淘到一本《宋词精选》，线装书本、繁体字，扉页上疏竹淡月掩映，显示了它的古旧和意境，心里很喜欢。一次帮邻居老人搬家，在废旧报刊中竟藏着一本沈复的《浮生六记》！我如获至宝般爱不释手，老人见我眼馋，就慨然相赠，那份快意何其美好！小妹知道我把书当宝贝，从此她买的那些好书就结束了随意乱借乱丢的命运，全在我的书架上安家落户，再得新宠。《白鹿原》这本书我总共买了三回，前两次都因朋友借去失散了，弄得我好不懊恼。第三次买，是因为我所敬仰的陈忠实先生病逝。为了缅怀他，我又买了这本陕西作家的扛鼎佳作珍藏。今年过生日，我给自己在网上订购了《追忆似水年华》，雄心勃勃地想要啃下这部百万字七大本的巨著。可买回来后，皇皇巨著还是吓着了我，被我像佛一样供在案头。匆忙的碎片化时代要读完这样的大部头，确实需要足够的时间和耐心。能读完它的的人，我认为是了不起的。先把它当作宝贝藏着，等日后辞了工作再来慢慢消受吧。

现在，两个孩子成长中所购买的系列图书，也挤进了我的书架，再加上那些时尚杂志文学刊物，也占了一席之地，家中的藏书少说也有千余册。自己并非做学问之人，也不是收藏家，这些藏书足以让我这个草民感到自己是个精神贵族！未来的日子里，我还是会收藏那些自己喜欢的书，和书友们不离不弃。岁月在一点点流失，而只有面对这些藏书，才能触摸到岁月留下的痕迹和包藏在其中的悠远情怀。

文章故人情

欣闻国兄的作品散珠成串结集出版，为他这些年忙中偷闲，在自己的园子里辛勤耕耘所结出的硕果，感到由衷地高兴。也许，在有些人看来，人到中年的他才慢慢吞吞地出这么一本集子，能有多大的出息，何足挂齿。可是，真要在熙熙攘攘为虚名浮利奔忙的草根阶层中，找到这样一位德才兼备、保持性情的文化人来，找到这样一本有分量的随笔评论，却也是凤毛麟角。

"长恨此身非我有，何时忘却营营。"人在社会上的每种身份都是对一个人自我的"绑架"。这些年来，陕师大进修毕业的他，赤手空拳从乡里基层小职员奋斗到现在拥有"各种头衔"的县文联主席职位上，凭的是真才实学勤奋努力加苦干，凭的是一腔赤诚义气克己大胸怀。兼任各种职务时常为他人作嫁衣裳的他，在周至、西安文化界享有较好的口碑，也多次受到上级的褒奖。一个男人的事业心功利心得到了满足，但他也因各种俗务缠身而受累。他曾经非常无奈地说自己总是在各种"无物之阵"中纠结、周旋，没有时间读书充电，挤时间搞创作还得躲在幽暗逼仄的空间里"地下"作业。瞧着身边的人悠闲地喝茶、聊天、搓麻将，挥霍掉大把的时间，真是感到郁闷无奈！他创作最大的难处就是时间问题。为此，他尽量为目前的生活做减法，坚决地摒弃许多抛头露脸的机会，为读书创作赢得时间和空间。

热爱读书也许成为国兄此生的生命依托，那种感情是纯粹的，恒久的。他的居室可以简朴，他的衣食可以省俭，但他的藏书却不可以不丰富，他的阅读却不可以不豪奢。借他的书来读，常见他的书中写满了密密麻麻的批注，可见他读书非常用心，下的是笨功夫，每本书都留下了他思考的痕迹。在他的广读博览深思探求中，他术业有专攻，最终铸炼出自己的风格和价值取向，在文学评论这个领域内发声，在《中华读书报》《上海文汇读书周报》等著名报刊发表了一篇篇思考深邃、创意独特，语言文字颇见功力，引人注目的随笔评论。读他的文章，那些触摸时代脉搏睿智敏锐的见解，那些细致入微扣人心弦的场景描摹，那些真挚炽热深沉的心灵拷问，颇能引起人的共鸣和思考，是文友们喜爱交流分享的精神食粮。尤其是他的语言，没有故作高深的艰涩，没有矫揉造作的虚妄，朴实中蕴含着灵性，譬喻中藏着思辨，包容中张扬着个性，有的是震撼人灵魂的力度和温度，字里行间折射出作者对生活解析的睿智识见。即使是一篇发言稿，也能写得文采飞扬风生水起，让聆听的人忍不住击节赞赏。也许，只有沉溺在文字里，他的灵魂才是自由飞翔浩气长存的。

　　作为"气味相投"的文友交往这么几年，觉得他是一位亦师亦友可亲可敬、具有君子风范的兄长。他既不屑媚俗邀宠歪门邪道，也不恃才傲物目无下尘，既尊重前辈名家，又不鄙薄同僚新人，因此他的人缘好，口碑佳，没听到有人在私下里蜚短流长诟病于他。他是那种朴实内敛面冷心热的人，话虽不多，却善用妙语，睿智风趣的言辞，往往蕴含着精辟的见解和不俗的性情。在他的一路引领、激励下，我从一个热爱文学的读者渐渐成长为常有"豆腐块"见诸于报刊的作者。为了开阔我的文学视野，提升我的思想境界，他经常勉励我看一些哲学方面的书，引荐我订阅《文学报》《散文海外版》《萌芽》等文学期刊。每次淘到什么好书，都会拿出来分享、交流。而当我遇到生活或写作上的困惑时，他总会为我指点迷津，开启一扇向阳的心窗。一个人如此被朋友真心怜惜着，呵护着，而又无所图，真是让我感念不已没齿难忘。我也绝不会辜负他的厚望，更要心怀爱愿和梦想，在我们共有的文苑中耕耘和收获。

　　作为业余写作者，在创作上不必刻意追求，用散淡平和的性情对待写作最好。即使国兄喜获"柳青文学奖"并成为省市第一批签约作家，在创作上取得了一些成绩，但也容不得半点懈怠，需要不断地贴近生活，深入思考，从而不断地超越自我。我对国兄的创作充满了期待，希望他坚守品格，充满活力，在文字中彰显学者风采，在埋头耕耘的同时，不忘仰望浩渺星空，让创作之路越走越宽阔。

我的《红楼梦》情结

第一次知道《红楼梦》是通过"87版"的电视剧。小时候看这个电视剧懵懵懂懂，只爱看里面这些花花绿绿的女孩子，爱看她们梳得俏丽的发髻，穿着袅娜的衣裳轻飘飘地走路，爱听她们说话伶俐娇柔的声气儿。虽然我那时小还不知道追星，但几个姐姐都是正当妙龄情窦初开，弄了好多剧照图片贴在卧房里。记得大姐有一面小妆镜，背面夹的是一张陈晓旭梳着一根长辫子的黑白生活照。我那时经常约小伙伴来家，拿出这面镜子很神秘地给大家看黛玉，大家都啧啧称奇。后来电视剧大火之后，年画、贺年卡、扑克牌上都印着《红楼梦》的剧照，对于这些人物的形象就铭记于心了。

等到上小学六年级，好朋友从她上中学的姐姐那里借来一本《金陵十二钗》的画册，里面全是手工铅笔人物素描，诸如平儿理妆、黛玉葬花、宝钗扑蝶等，刻画细致到发丝睫毛惟妙惟肖的境地。以我当时一个乡村丫头的见识，认为能画出这样质朴清丽神采飘逸的人物画的女子，肯定是颖悟非凡的天才，我也要学画这样子的古装美女。这种兴趣一直持续到上初二，翻开课本，只要是有一点点空白的地方，都画着梳着各种发髻戴着各式珠钗的美人头像。这些便是童年时代对《红楼梦》最初的交识。

我十六七岁时基本可以看懂《红楼梦》原著了，对其中错综复杂的家族人物谱系也能理清。对于喜欢的章节能细读，不喜欢的就跳过了。二十多岁的时候，自学考试的中文本科里有几门选修课程，我选了红楼梦研究。教材是西北大学中文系薛瑞生教授编写的《红楼梦谰论》。这时才发现，小时候看过的电视剧对看书帮助极大，知道书里面的这些人长什么样子，她们的音容笑貌宛在字里行间，读到最投入的时候甚至晚上做梦都是和凤姐等厮混一起，特别是每次读到宝玉和黛玉纠缠时说的那些呆话疯话，不禁会笑出声来。

近年来有两个人因《红楼梦》而赚足了人气，一个是写《红楼梦揭秘》的作家刘心武，一个是《细说红楼梦》的蒋勋先生。有人说蒋勋先生上辈子一定是在庙里捐过钟，才能有这样迷倒众生的好声音。偶然听到蒋勋先生讲书，彻底被他治愈系的嗓音、他的悲悯情怀征服了。暑假购买了他的这套书，等到假日来读个痛快。蒋先生说，《红楼梦》是值得读一辈子的书，深以为然。

居里夫人说过，这个世界上没有可怕的东西，只有缺乏理解的东西。蒋勋先生带着悲悯的情怀，给了书中每一个人物，无论是高贵者还是卑微者以最大的尊重和理解。在他的观念里，所有的人物没有是非对错，只是在特定的背景下环境中完成自己独特的生命体验。他是在用一颗佛心在解读这部书。蒋勋先生说，《红楼梦》是一部伦理书、经济书、政治书，还是一部美学教育书。蒋勋先生特别推崇黛玉和湘云在凹晶馆联诗时所说的一句话："事若求全何所乐。"他说《红楼梦》中最悲观的人其实并不是黛玉，而是那些无法超越自我无法自拔世俗的求全之辈。在我看来，接近八十回时黛玉应该已经了悟生命，蜕变成了一个极度悲观的乐观主义者。

掩卷静思，对于一本深奥绵长的大书，阅读中最大的幸福，就是有一位智者时时引领你去消解一个又一个的心结，发掘一个又一个的宝藏，参透一道又一道谜谶。在阅读中见天地，见众生，见自我，见成长。不辜负时光，不辜负自己，是二十年后我与红楼结缘最值得的事。

闲读《红楼梦》

女儿在读《红楼梦》，我问她可读出什么滋味来？女儿略假思索后说："这是一部写人性的书。宝玉、宝钗、黛玉的三角恋爱好纠缠啊！"真是小儿女的心思。一千个读者，就有一千个哈姆雷特呢。我笑着回应后，拿过她的书顺着她阅读的折页三十二回一气儿看完三十三回，心里竟生出些不同于以往的阅读感悟来。

宝玉在湘云面前不避嫌疑称赞黛玉，黛玉窗外偷听后，心内素日里因爱而生的妒意、猜忌、误会和寝食难安的心结终于打开，她和宝玉的知己之喜，她自叹身世命薄之悲，总让我对这个冰雪聪明的孤女生出爱怜之心。最令我震撼的是两个情深之人相对无语凝噎时，宝玉说出的那三个字："你放心。"这看似简单却凝聚着深挚情思的字眼，是宝玉的肺腑之言，包含着多少安慰、承诺和信任啊！记得母亲帮我带孩子那会儿，她也常用你放心三个字，打消我牵挂孩子的顾虑，让我安心工作。每次我交代给爱人女儿的事儿，他们也总会用你放心三个字，让我如同吃了定心丸般心无挂碍。每次自己受人之托时也喜欢用你放心这三个字以表达我的真心诚意。可见，生活中能对我们说出这三个字的人，都是对你我用心用情极深的人呢。

王夫人午休时因发现儿子宝玉和自己的丫头金钏儿逗闷子调情，她一时动怒，骂金钏是娼妇，并命人撵出去，导致金钏含着耻辱投井而死。素来吃斋念佛待人和善的王夫人，为何会对金钏这个女儿般服侍她的丫头那么歹毒呢？明明是她儿子先招惹丫头的，她这种偏袒儿子怪罪他人的行为实在可恶。大家都把这归罪于礼教杀人，而蒋勋先生却认为这是王夫人的"原配情结"导致的结果。在一个仕宦贵族大家族里，对于丈夫纳妾接续香火这档子事，原配是不能干涉阻挠的，但她的心里会舒服吗？封建礼教就是让原配压抑着，得忍受失宠的落寞和委屈，因此她对身边靠"狐媚子"而上位做小老婆的女子十分厌恶。因此一旦发现丫头们稍有不太合规矩的苗头，就会毫不留情地驱逐她们，借此发泄一下她窝在心里的怨毒。蒋勋先生讲的"原配情结"这个观点实在是真知灼见，在古今婚姻中都大有市场。哪个人对自己伴侣身边那些比自己年轻貌美有才的异性，不是心怀戒备和妒忌呢？尤其是婚姻中的女人，丈夫出轨，明明是男人好色犯浑或自己不好，却偏要包庇身边人，把账都要算在犯贱的"狐狸精"头上，这种包庇自欺的心理倒是蛮可悲的。青春期的少男少女们情窦初开，他们偶尔有点小儿女之间的亲昵轻薄，大可不必视为不道德而粗暴干涉，而应给予呵护和引导，万不可棒杀青春，酿成悲剧。

贾政因宝玉在外流荡优伶得罪王爷，在家荒疏学业淫辱母婢的罪状，下死手痛打宝玉的情节，让我体会到为人父母的辛酸。贾政在《红楼梦》中是个无趣之人，比起贾赦的坏来，倒让人觉得他为人算是厚道。他在外有朝政要劳形，有官场关系要维护，长子早夭令他失去臂膀，作娘娘的爱女又难得相见，偏偏宝玉对仕途经济又不用心，还干出一些辱没先人脸面的事来，年过半百的他眼看着家业要败落下来，他怎能不郁闷呢？一个人压抑久了，怎能不迁怒于他人来次大爆发呢？喝命人拿宝玉时，他已气得面如金纸，恨不得把几根烦恼鬓毛剃去，寻个干净去处自了，也免得上辱先人下生逆子之罪。他喘吁吁直挺挺地坐在椅子上，满面泪痕的情态，像极了日常中一个个又恼又痛的囧爸囧妈。以往读这一段时，只觉的贾政为了面子受了蒙蔽，这么大动肝火杖笞儿子有些可笑，可今日看时却有种被灼痛的感伤。贾政此时恨铁不成钢的急怒抓狂，竟让我有点感同身受。处于青春期中叛逆骄纵的儿女，哪个是让父母省心的？哪个父母不是为他们的成长日夜悬心费神伤脑筋。小时候那些能把父母心融化的小心肝，如今都成了能把人肺气炸的小魔头，生硬的顶撞，戏谑的嘲讽，误解造成的隔膜怨怼，歪声丧气的斥责，许许多多的尴尬苦涩，直让人气得咬牙跺脚而无可奈何。贾政气极了还能抢起板子凑儿子发泄，可现在的孩子早不吃这一套了，因爱而生的气只得干受着。为人父母，真的不容易呢。幸好孩子们的青春期会过去，因爱而生的怨恨终可被谅解……

真是好书不厌百回读，尤其是像《红楼梦》这样的经典，每读一次，都能品出不一样的世态人情。

星空之思

除了神奇的自然界会呈现出无比震撼的美，再就是伟大的艺术所给人的感动之美。读完传记大师欧文·斯通的《渴望生活——梵高传》，震撼和感动久久地充盈着我的心魂，让我处在一种欲哭欲歌的迷离状态中感觉自己似乎也在燃烧，一种被点燃的感觉。

20世纪的一天，只有二十六岁的年轻人，偶然接触到了凡·高的画展。面对着凡·高的这个由色彩、阳光组成的波光流泻、色彩斑斓却骚动不安的辉煌世界，他惊呆了！这些画的作者，这个被他的时代所冷落生前只卖出过一幅画的落魄画家，会是个怎样的人？有着怎样的传奇人生呢？感动之余，年轻人满怀被唤醒的激情，背起旅行袋，去追随画家的踪迹，遍访他生活过的地方、亲友，住在他曾经居住和作画的每一个房屋、每一处田野，细细寻找，捕捉画家把大自然变成艺术的源头。

年轻人为凡·高着迷，在几近发狂的状态下，只用了六个月的时间竟完成了凡·高传的写作，为世界文学奉献了一部杰作，为伟大的灵魂树了碑立了传，也为自己找到了立身扬名的位置。

"对于一个不同凡俗的天才，只有也是不同凡俗的天才，才能真正欣赏到他的好处，概括出他的神貌。"叶嘉莹先生的话用来描述作家和画家互相成就的关系，再恰切不过了。作家的确用他那鲜活、质朴传神的语言和发达的想象力，把人物的个性神采、生活的丰富画卷、迷人的细节场景，曼妙地呈现在了读者面前。那丰沛芬芳具有勾魂摄魄魔力的语言，令我像个瘾君子般一次次欲罢不能地沉醉其间。艺术家之间惺惺相惜的赤诚，呈现了传播美的才华，令我敬仰。

他的爱里藏着太阳的光芒，那么单纯而热烈；他的爱里藏着星空的浩瀚，那么深沉而神秘。就像亚里士多德所言"但凡是个优秀的人，都不免是半个疯子。"为爱而痴迷燃烧的凡·高，叫人莫名地喜欢。他曾热烈追求过的女子，无论是芬芳迷人的少女、优雅沉静的少妇，还是羞涩孤独的老姑娘、卑贱可怜的妓女，他给予她们的爱都是真实热切的，都有一种至柔的善良和至坚的意志，包含在他看似粗笨而偏执的行动中。终因他的一厢情愿和被本阶级所摒弃的流浪汉身份及一文不值的穷困，他品尝到的是爱情幻灭之后被羞辱的苦涩和悲哀。他不属于阳春白雪般的女人，他只能在下里巴人中才能触摸到那种淳朴自然的真情，只有在阴暗困窘的角落里，才能感受到最真的善良、最慷慨的爱情。他在极度困窘虚弱中，不吝遭受侮辱，借钱来救助患病的妓女度过危险的善良，令我唏嘘落泪。没有爱情滋润的生命，注定是贫血残缺的。凡·高的骄傲可爱，就在于他为爱情热烈地燃烧过。

真正的艺术家，肯定是不走寻常路的。凡·高拒绝过安逸庸常的经商盈利的生活。他因看穿了上帝对一切穷苦人的苦难置若罔闻的嘴脸，才不想作伪善狡猾的传教士。他只想用画笔和色彩，来表现他对自然万物的热爱之情。他在十年的绘画生涯中，勤奋地画着，敏锐地觉悟着，勇敢地探索着找寻着自己的路子。尽管他因不能自食其力而遭受羞辱逼迫，尽管世俗社会总是刻薄地向他抛石头捅刀子，即使他因郁闷羞愤几度陷入崩溃的边缘，他都决不放弃他的画笔，绝不向世俗妥协，凭着一身傲骨一腔热爱，去做自己认为正确的事。他热爱他的田野麦田果园和星空，他喜爱那些淳朴可爱的旷工农妇船夫邮差和女佣。他痴狂地用色彩表现自然的神秘躁动，来表现众生灵魂中单纯活泼的人性光芒。他要为他的信仰献身，为他热爱的艺术尽情燃烧，就像葵花追随太阳，在田野中恣肆怒放一样。

追求艺术需要付出昂贵的代价。凡·高的幸运，是他拥有世界上最好的兄弟温森特·提奥。他是凡·高尘世中已超越血脉亲情的知音，是最慷慨无私地给了梵高理解、支助和希望的人。没有提奥，就没有凡·高。他是哥哥的福星，也是一面映衬世俗卑劣自私嘴脸的镜子。十年间超负荷的物质支撑，拖垮了提奥，可他何曾有过半点怨言呢？他精心收藏凡·高的七百余封书信和八百多幅作品，给世间馈赠了多么丰厚的艺术遗产啊！也正因为凡·高深爱他的弟弟，他才决然地向自己开枪，以惨烈的方式告别，结束生命不能承受的痛苦，让灵魂在大地上没有桎梏地飞升。

时间在岁月长河的淘洗中，终将把真金呈现在世人面前。斯人已逝，凡·高的才华亦不可复制，但只要我们能沐浴着艺术星空的璀璨光芒，能被深邃的人性之美所感动，就是幸福的！

遇见

人与人相遇，不一定会有故事发生，但一定会有个相斥或相吸的气场存在。人与书相遇，亦是如此。今年的诗词大会中，那个一身蓝袄青裙，总是笑盈盈的，又自信又伶俐的北大女孩陈更给我留下了深刻的印象。不只因她是我的关中同乡，还因为她才思敏捷气定神闲的风度。当得知她是九零后北大工科博士生，新出了诗词札记《几生修得到梅花》，我惊叹之余网购了她的书。原本是给女儿励志看的，不曾想我却沉浸其中，有些章节看了两遍还意犹未尽，又忍不住做了两千字的笔记。是不是魔怔了，中国诗词源深海阔，资深鉴赏家多不胜数，我怎么就被小自己二十岁的才女给征服了呢？

"当一个人孤独地沉浸在一种美丽中时，幸福和感伤就会同时到来。"作家祝勇的这句话准确地道出了我读本书时的心情。我俨然是在聆听这位才女品读诗词的心曲，一首首看似平淡的诗词，在这个有灵气有悟性的女子妙解、生发下，忽然焕发出珠玉般温润夺目的光彩，诗词中裹藏的灵魂、风度、气韵、美善、情趣，诗词外悠远淋漓的情思，犹如命运的琴弦，敲打着我的心魂，让我沉醉在这本书的字里行间，那种悲喜莫名的人生体验和不可言传的会意，是最为纯净、最可信赖，最堪回味的。

好的文字就是唤醒，恰似"一波才动万波随"。陈更在品读陶渊明的《移居》其一时，说陶渊明是懂得幸福真谛的人。他搬家，不是看风水、看户型，而是只要一群淳朴可爱可亲合得来的邻居，踏踏实实地享受人间的烟火气息。"闻多素心人，乐于数晨夕"，说的就是这个情形。朋友们都住在附近，常来常往，大家在一起斗嘴皮子。好文章一起欣赏，有什么疑惑说与朋友，朋友不经意的指点就让人茅塞顿开。"邻曲时时来，抗言谈在昔。奇文共欣赏，疑义相与析。"这样令我等羡煞的滋润日子只是陶渊明的小确幸之一，他作为一个真正有情怀有风骨的田园诗人，尚有许多的情志留待陈更娓娓道来。我只是爱极了这一段，引用了来重温一下子。

生活中，处善地，交好邻，确实很幸福。和单纯友善的人为邻，日子就过得安宁有味；若和庸俗势利的人为邻，难免会生嫌隙，会感到不踏实。人最怕的是心累。

我们从小都在唐诗宋词的浸染中长大，李白、杜甫、白居易、苏轼、李清照等巨擘，他们哪个的诗词我们没有读过，可我们谁也没有像陈更那样用心用情去走进这些古人，在他们的诗词评传中去发现他们的精神坐标，去感知他们的灵魂温度，再通过自己独具识见的感悟，独具功力的琢磨，把这些最令自己欣赏的个性才情展示在我们面前。"凡操千曲而后晓声，观千剑而后识器。"只有了解懂得欣赏，才能触摸到诗人丰饶的灵魂密码，才能有会意和默契的精神交流。

陈更笔下的九龄风度，是他为官时的举贤任能、秉公守则，是他处变不惊、进退裕如的从容优雅，是他待人的平和温雅活泼可亲。九龄风度就像一面镜子，让我不禁想到了身边那些可亲可敬的师友，想到了"见贤思齐"这句话给人的启示。陈更笔下的李白是挥毫而就误入凡尘的文曲星，是风格多元，粗犷豪放细腻婉约均擅长的谪仙，既有"银鞍照白马，飒沓如流星"的豪气，亦有"且放白鹿青崖间，须行即骑访名山"的浪漫，又有"安能摧眉折腰事权贵，使我不得开心颜"的不羁，更有"风吹柳花满店香，吴姬压酒劝客尝"的深情。我们宠爱李白，是因为他把自己活成了梦想。我们在他身上释放了那个炽烈的渴望自由的自己。我们都活在现实的无奈里，但读诗的心却足够自由、高贵，能让人在浊世中行走而"出淤泥而不染"。陈更道出了我每次读李白时内心想说却没说出的话，这种情感上的共鸣令人甚是快慰。

陈更说白居易对天地万物生灵都满怀深情，"两度见山心有愧，皆因王事到山中""可怜九月初三夜，露似真珠月似弓"，这些言浅意深的疼惜细腻足见一斑。而日常琐碎中，我们因俗务缠足而错过了多少夏云白，秋树红啊！而白乐天对元稹的那份过命的交情，则体现在知己之间的诗词往来间中。是"夜来携手梦同游，晨起盈巾泪莫收"的牵挂，是"忽忆同为校书日，每年同醉是今朝"的惆怅，是"每到驿亭先下马，循墙绕柱觅君诗"的欣赏，是"唯有多情元侍御，绣衣不惜拂尘看"的感恩，是"君埋泉下泥销骨，我寄人间雪满头"的无奈。有这样一段深厚的友谊，他们都是幸福的。人生难得牵挂，难得知己。"同心一人去，坐觉长安空"，白乐天的这种对友人不疏不弃、生死不舍的喟叹，直击古今多少人的心坎啊！

陈更笔下的李贺是一位惊世之才，既有走自己路的倔强笃定，又有傲人的才华和想象力，亦有寻章觅句呕心沥血的勤勉，更有他"月寒日暖，来煎人寿"的怅恨。天妒英才让李贺夭折，但他奇诡的诗句和冲天的豪情却与日月同辉。

秦观曾说过，东坡的才识中最高深的是他的人生观，其次是治国经世的担当与识见，最后是文学。陈更认为他就像是一棵忘忧草，无常又无情的风吹他到哪里，就在哪里开满了无忧花。虽然他有一肚皮的不合时宜，却给后人留下了一个蓬勃智慧的天才世界，让后人徜徉不尽，受益无穷。用这样几句清词丽句就活化出一个人的神韵，实在是不简单啊！

　　"不积小流，无以成江海。"正是陈更拒绝灯红酒绿而坚守图书馆的执着，拒绝娱乐八卦偶像剧，而选择挑灯看文章的勤奋，才成就了她今天的出众。我无法将陈更一本书中几十位诗词达人的心情札记在此串珠捡玉般一一摘录分享。读这本书，我就是一条鱼，在清流中自由自在地踱躞徜徉，源远流长的诗词天地，滋养了我，度化了我，让我把平凡的日子过得有情有味有诗意，就够了。与陈更相遇，与诗词结伴，真好。

《闲情偶记》 话闲情

莫道闲情抛却久，每到书丛觅诗意。这是我读罢李渔的《闲情偶记》之后胡诌的句子。当琐碎平淡的生活乏善可陈时，读书、旅行诸如此类的爱好，就会有助于我们逃离寻常日子的捆绑，在异域或幻境中作一番逍遥游。

林语堂先生称清代李渔的《闲情偶记》是中国人生活艺术的袖珍指南，我觉得此言恰如其分。此书从园艺、居室、饮馔、养生等方面记述了作者在社会实践中点点滴滴的感悟，反映了他的生活情趣和审美观念。书中许多美如珠翠般的句子让人眼睛发亮，许多像醇酒一样的佳句，令人齿颊留香，回味无穷。此书对于我们现代人提升生活品味、营造艺术人生不无借鉴意义。

爱美是人的天性。作为女人，没有谁不想把自己收拾得光鲜悦目的，但穿衣打扮并非人人谙熟此道。会着装打扮的女人，穿衣讲究搭配，打扮讲究适宜，即使寻常衣物上身，微施脂粉，略染腥红，就能增娇益美；拙于妆容的人，即使丽衣华服浓妆艳抹，也会让人觉得沐猴而冠，愈打扮愈丑，倒不如家常素颜来得自然朴素。李渔曾在书中说到："妇人之衣，不贵精而贵洁，不贵丽而贵雅，不贵与家相称，而贵与貌相宜。"人无论美丑，衣服无论好赖，都有一种内在的质地，只有最适合自己的才是最好的。衣物或简洁质朴，或典雅高贵，或花哨绚丽，都得和一个人的相貌、身段、气质相匹配。不一定穿品牌就能提升人的品位，不一定地摊货就不能穿出一个人的俏丽。"德润身，富润屋""腹有诗书气自华"说的就是这个理。"白发戴花君莫笑，岁月从不败美人。"若一个人的学识修养和性情，同她的妆容相匹配时，她一定会美得让人艳羡，美得让岁月无奈。

作为半边天的现代女性，谁还会信那种"女子无才便是德"的鬼话，好女人都要入得厨房，上得厅堂。那么，有才情有性情的魅力女人是如何修炼的呢？李渔先生曾言："书画琴棋四艺，一技擅长，才女之名著矣。妇人无事，必生他想，以此遣之，则妄念不生；女人群居，争端易酿，以此代舌，使喧者寂也。"现代社会为女人们掌握一技之长提供了广阔的空间，想想那些名媛才女们哪个不是拥有一技之长的人呢？琴棋书画之外，阅读、茶艺、花道、美食、烹饪、歌舞，只要一艺在身沉迷其间，日子就过得充实丰富鲜活灵动起来，那些口舌是非、妄求痴想，也就没了滋生之所。"案摊书本，手捏柔毫，坐于绿窗翠荫之下，便是一幅画图。"试问，谁不想成为画图中这脱俗闲雅的才女佳人呢？

"伤哉！造物生人一场，为时不满百岁。彼夭折之辈无论矣，姑就永年者道之，即使三万六千日，尽是追欢取乐时，亦非无限光阴，终有报罢之日……"每每读到李渔先生的这段文字，就会陷入庸常烦扰中的我会有醍醐灌顶之思：为何要深陷在名缰利锁之中，被世俗红尘挟裹着，活得那么累，那么烦，不懂得惜福及时行乐呢？李渔先生在书中云："若想得快乐，得用吾先祖老子'退一步'之法，以不如己者视己，则日见可乐；以胜于己者胜己，则时觉可忧。知足常乐，知止不殆。"细细思量这些句子，躁郁的攀比之念，难平的欲壑之想，顷刻间就会释怀消散。回头想想，同那些正在遭受离乱之苦、病痛之灾的人相比，平安健康的你难道不是有福之人么？李渔先生云："生活中止忧之法有五：一则谦以省过，二则勤以砺身，三则俭以储费，四则恕以息争，五则宽以弥谤。"生活中能有此修行的人，怎能不是个洒脱快乐的人呢？

正如清人余怀所评："糊涂的人读之变得明白，狭隘的人读了它会变得旷达，忧郁的人读了它会变得愉快，笨拙的人读了它会变得灵巧……"《闲情偶记》这本书，让我明白了：我们需要的是生活，而不是活着。书中值得玩味的"珍奇"尚有许多，我只是管中窥豹略见一斑而已，读者不妨自己去书中探访吧。

用耳朵阅读

　　"用耳朵保护眼睛"，这是"听书369"公众号的广告语。用手机听书，真是老眼昏花一族的福音。以往老觉得自己天生的好视力，无论是躺着歪着还是在幽暗或明亮的光线下阅读都无妨。但随着年岁增长，再看见那些比砖头厚的书籍和密匝匝的文字，心里就犯怵眼睛也露出怯意，再想像书虫子似的长时间钻在故纸堆里玩味却不能够了，干涩酸疼的眼睛已失去了昔日的神采，那就开启用耳朵代替眼睛阅读的模式吧。

　　最早听书的记忆来自少年时代。那时候电视尚未普及，家里能有个收音机就是全家人的精神寄托。大人听戏听新闻听天气预报，孩子们最爱听的是每天中午的评书或小说联播。我家的那台十二英寸大的绿色收音机是父亲托部队上的人买回来的，像个宝贝似的被母亲供奉在朱漆板柜的正中央，上面还苫了一方白色绣花的布。每当晌午放学时，一群孩子像野马似的一口气奔腾回家，为的是不错过刘兰芳播的《岳飞传》《杨家将》。只要评书一开讲，吵闹的孩子说话的大人就都敛了声气，端着碗或蹲或坐或倚门而站，全都竖起耳朵走进了说书人的世界，仿佛一下子穿越到了古代。为了听得真切，收音机的音量总是调到最大，家里没收音机的大人孩子就端了饭碗，凑到邻居家里蹭广播听，有时听得入迷竟大张着嘴忘了吃饭。刘兰芳说书的口技能耐真是无人能敌，不只评书烂熟于胸，书中各类角色的性格都揣摩透了，演播的声气儿饱满生动，特别有表现力。听完书去上学，路上全谝的是评书中的情节和人物命运，那种趣味劲头儿，是少年探索世界的伊始，是文学启蒙的激情。随着影视文化的崛起，听广播剧听小说联播的热潮渐渐退隐。可短短十多年过后，在互联网全覆盖的信息化时代，听书又成了一种简约时尚的生活方式。

　　人到中年，越来越喜欢在独处中沉淀或丰盈自我，听书就是一种高质量的独处，是我在这泼烦拘束的日子里最有趣味的修行。这次听书的机缘来自一位画家朋友的举荐。他在画室临摹作品或写字时，就喜欢听音乐或百家讲坛什么的，既不耽误手中的活儿，又丰富了学识提升了审美能力，一个人独处也不觉得孤独烦闷。他曾对我说，你喜欢读《红楼梦》，不妨听听台湾著名学者美学家蒋勋先生的《细说红楼梦》，很有味儿的一种解读。爱屋及乌的我迫不及待地分享了朋友发给我的链接，一下子就迷上了这种特享受的精神盛筵。蒋勋先生浑厚质感的声音有一种特别的吸引力，他一生对《红楼梦》的痴迷、研究和领悟，都表现在他声情并茂的娓娓细谈中。他从一个学者和美学家的角度来解读这本中国古典小说的巅峰之作传统文化的集大成者。他说他一直把《红楼梦》当佛经来读来品，而我从先生讲的每个迷人的细节和鲜活的人物场景中都能品出先生对人性的悲悯情怀，都能咂摸出传统文化的精髓，都能感受到先生独特的人格魅力。听先生讲红楼，不只是每天能从烟火气的世俗中超拔出来，来到贵族大观园的青春王国里漫游，和每个小儿女一起笑一起愁，更能从小说描绘的世态人情中洞察现世人生的样貌，领悟人性的丰富多态，是一种很好的精神成长。听先生讲一遍《红楼梦》，比自个儿读五遍《红楼梦》的体验还丰富。他真是作者的千古知音呢。

随后，我又关注了"听书369"公众号，免费听书的合集里收录了那么多中外名著国学精粹合集。只要想听，只须动动手指，那么多优秀的演播家的声音就会引领我们穿越时空，在异彩纷呈的大千世界中随心所欲地游历。这时手机就像是一个魔法神奇的浩瀚星空，每个智慧的星星都藏着人类最丰富的情感密码。于是，我每天都会从充满絮叨、流言、隔阂和扯淡的世俗生活中逃离出来，寻找一方安静的空间，给心灵一次最自在的漫游。我喜欢在晚上放学后的操场上漫步，一边听书一边锻炼，月色星辉，风唱虫吟，都是我听书的背景音乐，我沉浸在书中风景的变化人物的悲欢中，心潮起起伏伏，心境时而幽微时而开阔，时常为书中的某个句子着迷，时常掩嘴发笑，有时会为心高命薄的人物的命运牵肠挂肚。听书，是我每天中最有益身心的有氧运动。日常中如果有一举两得的事，那就是一边劳作，一边听书。在果园里锄草、间果、施肥、剪枝时，把手机揣在口袋里或挂在树枝上，一边听小说，一边做活儿，既不觉得单调乏味，身体也不觉得困倦。更重要的是学会了利用琐碎时间来充实自我。做饭做家务的时候，我也会兜里揣着手机，听得入情入境了，偶尔会停下和面的手或拖地的脚步，发一会儿呆，在为书中人物的遭遇流泪气噎喉哽时，"天地多少有情事，世间多少无奈人"的悲悯情怀就在心头潮起。这种看似我行我素清静无为的状态下，包藏着我日渐丰盈的诗心情肠。

在无限定的可能性里创造出理想生活的人是可敬的，在限定的生活里创造出各种趣味的人是可爱的。在今年因疫情困守宅家的日子里，我一个人在清早或夜晚田间小路上散步时，不受干扰地就听完了像《静静的顿河》这样以诗性语言再现异域风情广阔画面的诺奖巨著。如果有一天不听书，不和书中的人物密切接触，就若有所失浑身觉得不自在。雄阔又不失妩媚的顿河草原风光，具有浓郁乡土气息的顿河风土人情，生活在这里的有着像顿河草原的草一样旺盛的原始生命力的哥萨克男人女人们，以及在特定时代背景下人们对土地的眷恋，对爱情的忠贞，对前途的迷茫和追寻，那种狂热盲目、坚韧执着的人性冲突以及战争的残忍、对人性的毁灭，都对我产生了强烈的震撼！蛮性与善良相交织、美好和丑恶相抗争的命运悲歌，给人一种江河般的气势和史诗般的冲击。每每这个时候，我就会有一种短暂的忘却和深深的沉醉。我想，这个世界上除了书，没有第二种东西能让人有如此忘我的脱离又如此共情的潜入。尤其是伟大的翻译家金人和著名的演播艺术家李野默老师对这部作品的二次创作，让这部顶级的文学作品更加动人心魄！滞缓的日子里，享受着这样的听觉盛筵，俗世间的一切纷扰苦痛都让我心不在焉、进而懒得计较，善于原谅。

　　用耳朵阅读，在独处幽居之时最可怡情，亦可长才，何乐而不为呢？

美丽的女子

　　林语堂先生评价《浮生六记》中的芸，是中国文学史上最可爱的女人。先生觉得世上有这样的女子，是一件可喜的事，但愿她是朋友之妻，就可以出入其家，不邀也可自来，和这对雅人夫妇一起去享受宇宙间的良辰美景，去过一种纯朴恬适自甘的生活。读罢沈复的《浮生六记》，我对芸也是满心的向往和怜惜。她那清素下的高贵，简单中的精致，平淡里的深情，令人觉得真正是理想中的俗世奇女子。

　　芸是一位体态袅娜纤弱，性情柔和，顾盼有神采的素衣女子。刚一出场，就惹人怜爱。"她生而颖慧，学语时口授《琵琶行》即能成诵"。清贫之家寡母弱弟，皆仰仗她刺绣供给，可见她的担当和志气。谈婚论嫁之时，得遇钟情知己夫君，闺房之趣，万种风情自不待言。闲处时，谈诗论文，自有见地又颇能引起人的共鸣；沧浪亭赏月，游太湖抒怀，沉醉于山水间的雅趣令人羡煞！尤其是神诞之夜女扮男装赴会观"花照"的可爱天真，更是令人绝倒！芸的天真还体现在她的慈悲之心。和表妹游玩，见花园内稚绿娇红争艳竞美，妹妹淘气逢花必折，芸竟斥责她：既不瓶养，又不簪戴。折那么多为何？妹妹以草木无知痛痒而怪她。仅此细枝末节，足见芸的至情至性。

　　芸虽有男儿的洒脱襟怀，却并不放浪形骸，而是个多礼守道之人。她处上以敬，处下以和。尽管其夫性情爽直，落拓不羁，对她宠爱有加，而芸却并不逾礼。其夫厌之以礼缚她，引言曰：礼多必诈。芸曰：恭中有礼，何反言诈？其夫曰：恭敬在心，不在虚文。芸曰：至亲莫若父母，可内敬在心而外肆狂放耶！况且世间反目多由戏起。一番入情入理机敏应对的话，怎不令人对她刮目相看呢！

　　芸娘夫妇虽是贫寒之士，然其居舍器皿无不雅洁整齐。芸于持家省俭中无不显露出她体贴周到、慧心风雅和贤达的美德。比如夏日荷花初开，晚涵而晓放，芸用小沙囊撮茶叶少许置花心，明早取出，烹天泉水泡之，香韵尤绝。比如其夫喜欢和朋友们雅聚，小酌必备酒菜。芸不嫌其放纵，瓜蔬鱼虾一经芸手烹调，便有深味。即使贫不可耐，芸也不动声色，拔钗沽酒以尽宾主之欢，良朋美意不放轻过。她的慷慨豪爽岂是斤斤计较的凡夫俗子所能比及的？

芸最令人称奇的是，遇见一位美丽有风韵的女子，自己赏识且不说，还煞费苦心为其夫谋娶，不顾她夫妇伉俪正笃，也不虑他日夺爱争宠之危，这样怜香惜玉的痴情，岂是世俗女子可比肩的！后佳人被有势者夺去，芸探知详情归而伤怀，怨佳人重利薄情，以受愚弄而怅恨不已。芸的痴情真是令人唏嘘感叹。

这样至真至纯的女子，后来却蒙冤见弃于公婆，遭不如意事的折磨，受奸佞小人的欺负，以至于贫病交加，最终香消玉殒于他乡。芸死别时凄楚无奈的遗言，更体现了她与其夫知己半生彼此珍惜的情义。她自谓病入膏肓，良医束手，不肯再破费；感念夫君百般体恤不离不弃的深恩厚爱，坦言此生无憾；牵挂高堂春秋已高，儿女无依无靠，嘱夫君另续德容兼备者，以孝双亲，抚她遗子，她则死而瞑目。触目这样的文字，谁能不寸心欲碎，痛泪涟涟呢？

"浮生若梦，为欢几何！"掩卷深思：芸是一个天真痴情者，是一个安贫乐道者，是一个尚美崇和者，身处忧患却不失赤子之心！她俨如纯美的莲，永远亭亭玉立于时光深处，令深陷物质漩涡的世俗女子心向往之。我于千千万万本书中幸遇这样一本好书，书中人的生活艺术给了我许多滋养和启迪。

六、生灵

草木亲人

　　我原先住的宅子前院有一排修剪齐整的小叶女贞树篱，绿森森的，既是一道风景，又吸纳了公路上的浮尘噪声。院子东西侧各栽植了一株玉兰，春天蓓蕾初发，两树挤挤挨挨的紫红色的花苞，就像一盏盏精致的壁灯，耀眼夺目，又像一群敛眉含羞的青涩少女，婷婷玉立着。待到花儿开放时，起初像是齐刷刷擎着葡萄美酒的玉盏，随后又像是展翅欲飞的艳蝶，开得热烈而奔放。待到落红随风飘零时，叶子就悄悄地冒出了枝头，翠绿的叶片泛着蜡质的光泽。偶尔会有错过花期的花苞，在夏秋之间的某个清晨从枝丫间探出头来，给人花开二度的惊喜。

　　在后院东西窗前各栽植了一株银杏和广玉兰。广玉兰是常绿乔木，树姿高大挺拔，树叶革质肥厚。五六月开花时，形似荷花乳白色的花朵从绿叶间冒出来，香气四溢。许多鸟儿在这株茂盛的玉兰树上作窝育雏，每天我都能看见鸟夫妻飞进飞出呢喃欢鸣的身影；银杏树伟岸挺拔，树冠亭亭如盖。秋天，翠叶先是镶上美丽的金色花边，那些硬玉般的小果球成熟后，果皮上镀上了一层银霜，吧嗒吧嗒地落在地上，随后是满树金黄的叶子，在阵阵秋风中扑簌簌地告别枝头，让我不由地想起了"死如秋叶之静美"的诗句。我对这棵银杏树很是偏爱，经常在树下或窗前打量它的身姿，站在不同的角度给它拍照，也为它写过几首诗。

　　直到它高过了屋脊，我才突然为它的生存空间担忧起来。由于它栽在楼梯和宅子的夹角处，距离楼层太近了，一部分树枝无法自由地伸展，树身渐渐地有些倾侧了。它撑破的砖露在地面的浮根，就像钢筋一样粗硬地显露出来，伸在楼梯下的根硬是把水泥墙缝撑开了裂缝。为了生存，银杏树在这样逼仄的环境中承受了怎样的重压、束缚和憋屈啊。可是它没有萎顿，依然那么安详高昂地向高空伸展着，依然那么生机勃勃地洒下一片浓荫。

　　长在水池边上的柿子树，那粗黑长苔的枝干上缠满了各种爬藤。它总会在四月的暖阳中开出一树繁密的鹅黄色柿子花，散发出淡淡的清香；它总会在盛夏洒下一片浓荫，为树下洗洗涮涮的我遮挡骄阳，我不知有多少次向撒下阴凉的它投去感念的一瞥；秋天，它托举着一树红红的柿子，像一个个红灯笼，分外夺目。

厕所墙根长了一株连翘，那是女儿上小学时从同学家剪下的一段枝条，插在土里就生了根，枝条攀爬着院墙又窜到了厕所的瓦脊上。春天里总是在爆出繁密的花苞后的几天里，开满了鲜黄的小花朵，艳丽可爱。我总是会剪一些花枝作瓶插，把它当迎春花来欣赏。花儿凋谢后，绿叶子就冒了出来，数不清的枝条就窜了出来，长得葳蕤泼辣，向地上筛下点点的光斑。

再说说后院的菜园子吧。人勤地不懒，园子虽不大，可家常菜却样样齐全。俗话说："一月葱，二月韭。"一场春雨过后，捂了一个冬天的韭菜应春而发，长得绿油油的。清明过后，就开始点播几粒豇豆、四季豆、南瓜、甜玉米，去集市买回来几株西红柿、茄子、黄瓜、苦瓜苗，栽好了，再栽一畦葱秧，撒一包生菜籽，施些草木灰和农家肥。不大的园子，一畦豆一垄葱，诸多菜蔬共生竞发。粉紫色的豆花茄子花，鲜黄色的黄瓜、番茄花，开得那么疯、那么张扬，招惹的蜂儿蝶儿围着花儿唱歌跳舞。菜园里还冷不丁地冒出灰灰菜、荠荠菜等生鲜野蔬。等满院子的时令菜蔬次第成熟了，全家人每顿饭都吃得有香有色、有滋有味。

农历七月半，夏令菜萎谢退场了，秋茄子、辣椒、南瓜正是好时候，也是种大蒜、白菜、萝卜的节令。十月罢园，南瓜、茄子、辣椒的藤秧都开始萎败枯黄了，而蒜苗、芫荽、青菜的叶尖尚滴着寒露，清鲜可爱。

菜园子的四周并没有篱笆为界，一圈儿全是花木盆景。白茶花、丹顶红、红豆杉、铁树、发财树、仙人掌等盆栽一溜儿排开，月季、牡丹、芍药、菊花、凤仙、牵牛花列队摇曳着，后院里四季花气袭人、暗香浮动。一天奔波工作累了，回家后在院子里瞧瞧树，看看花，再侍弄一番园子里的花木盆景，心里的烦躁不经意间就消散了，心境也清爽多了。

和这些花草树木相伴久了，一想到这些十多年来在院子里落户安家的树木花草，我就不免心生感慨：它们俨然就成了我的草木亲人，特别珍惜和它们共处一方屋檐下的缘分。它们给点阳光雨露就生机勃发，来点风雨毫不畏怯躲避，各自遵循着本性时令，呈现着生命的荣与枯，盛与衰。它们给了我一种启示：拥有一颗素朴的平常心，在满是人间烟火气的日子里，活出自己的一方天地，也就心满意足了。

花开陌上

没错，我要写的是槐花和桐花，这盛开在暮春时节家乡原野上的花，之所以把它俩放在一起，是因为我发现了它们之间有许多相似之处：两种花色彩姿态都平淡无奇，可开起来却是最玩命的花，而且它们都开在让人难以企及的高树上，都与口腹之欲有关，以及因这口腹之欲而成为可以讲故事的花。

我因生在有花果山之称的秦岭脚下，童年时代对桃、杏、梨、苹果等果花是无感的，一是司空见惯，二是被贫穷限制了想象力，那时候无论大人孩子更关心的是肚子是否填得够饱，至于看桃花想到霞，看梨花想到雪的浪漫，似乎有些离奇了，从不去想爱吃的桃儿、杏儿、苹果都是花儿孕育的果实，大家只盼着槐花开。待河畔山坡、房前屋后一棵棵不起眼的大槐树上，披挂上兜兜串串的洁白花朵，整个村庄都沉浸在馥郁的槐香之中时，寡淡辛劳的日子好像一下子变得有了柔润的滋味。

那时一下学，我们便提着筐篮跟在腰上别着弯刀的父亲后面，欢欢喜喜地朝河堤或坡嗲的林子里奔去。身手敏捷的父亲一眨眼的功夫就爬上了树，三两下砍折一股大枝子下来，我们便欢快地坐在树下捋起槐花来，一边捋一边一把把拣最鲜嫩的花朵按进嘴里嚼上，美滋滋地品咂着无比清香的花苞浆汁。若大人没工夫或不在家，我们就扛上夹杆，自己爬树折枝或用夹杆来夹拧一些小股枝下来捋槐花。几家的孩子要是凑在一起，场面便喧腾了，爬树折技的，树下抢的争的笑的骂的，比头顶上忙着采蜜的蜂子都闹得热火。天色向晚，待提回家的槐花被母亲淘漉干净拌上面粉蒸成麦饭端上饭桌，吃饭的氛围都会变得安定祥和很多。再没有人去多抢一个馍馍吃，每个人都吃得肚子圆滚滚的，都很满足，甚至有的家庭会因为这段日子常吃爱吃槐花麦饭而省下些细粮呢！如今能吃上槐花麦饭更是一种福分，它是故乡亘古不变的味道。

相比于槐花，桐花只受孩子们青睐，奥秘在于落下来的桐花的花屁股里藏着星点儿花蜜。儿时贫乏的物质生活让那时的我们对于"甜"这么一种简单的味道总是有无限的向往。桐树太高，我们是摘不来花的；桐树太粗，我们抱着树摇，花儿也是无动于衷的；于是所有的孩子在仰头望树兴叹的同时都有了不约而同的期待：等风来！上课时刮了一阵风，下课了便有一群风一样快的孩子跑到学校院墙边的大桐树下捡桐花，夜里刮了一夜风，大清早你不用叫，孩子们都会乐颠颠地去捡桐花。花蒂已然脱落，把花屁股放在嘴里一吸，一丝丝甜蜜的气息便入肺腑，一张张稚朴的小脸上便有了无数个瞬间闭眼的陶醉！后来，再后来，对"甜"早已失了兴致，又见过了太多光彩夺目的名贵花卉，已经有好多年没有把灰头土脸的桐花看到眼里了。

直到有一天，偶然看到一幅摄影作品，一座山谷的峭壁上，灿烂的春阳里，一树粲然怒放的紫灰色桐花，树下的观景台上，一群身着白衬衣的都市丽人挥动着精致的帽子，撩动着婉约的头发致意微笑，我才第一次发现，桐花也可以被选为背景色入画入框，而且就是因为这一树桐花，整个画面才显得如此清新脱俗、别具风韵！从此，我似乎发现了桐花身上卓尔不凡的美感。

就在前几天和朋友去了渭南五龙沟景区，隔沟相望，对面的塬坡上，近一点是粉红、火红、紫红的各色桃花，更高更远的山崖上，错落着一树树盛开的桐花，远望你甚至分不清花色是粉是紫还是灰，就是一团团的模糊的花影，但是你会觉得，近处这烈火灼灼的桃花如果少了远处的桐花作为背景，整座山塬便少了很多自然之趣。于是观景全程，我的目光都舍近求远，落在那一树树阳光下如梦幻般的灰紫之上。

作为一个爱花的女子，这世上美丽的花何止千万，唯有槐花、桐花永远伫立在记忆的村口，闪烁着热烈又含蓄的光芒，散发从未改变的乡土气息，让人一见而生无瑕念想，是人生永难褪尽的厚朴温馨的背景色。

乐乐失散记

　　乐乐失踪的消息我想瞒着女儿。上大学的女儿经常打电话问乐乐在家好着没？她老担心乐乐在户外玩耍会遭遇车祸，或是被开三轮车的狗贩子用麻醉枪撂倒偷走。我总是说咱家的乐乐是个机灵鬼，不会有事的。可是，怕啥来啥。早上我和老公开车去镇上，还夸乐乐懂事不再撵车跑了缠磨人。可中午它就没回家吃饭，从此杳无影踪。女儿得知真相后一边哭，一边咒骂偷狗贼，我只无语怅恨，脑子里像过电影似的浮现出乐乐的许多镜头。

　　乐乐是我们村最干净帅气最肥实有灵性的狗。一身棕黄色的毛色细密油亮，黑眼珠、黑唇线、黑鼻头，仿佛是用墨线勾勒出来似的棱角分明。九个月的它个头不大不小，毛茸茸的尾巴像鸡毛掸子似的颤悠悠地翘在身后，一见来人，就唬着脸像卫兵似的冲出门去，龇牙威风地汪汪几声。只要主人一搭腔，它就立马换了嘴脸，若是生客，它就敷衍地摇两下尾巴；若是熟客，它就亲热地摇着尾巴扑闪着笑眯眯的眼睛，在人跟前讨好儿。主人若是嫌它挡道添乱儿，它就识趣地溜出门耍去了。

　　乐乐是去年腊月底女儿和儿子放寒假时从亲戚家抱回来的刚离奶的肉嘟嘟的小不点儿。乍一到新家，它哼哼唧唧地缩作一团，亮晶晶的黑眼珠警觉地打量着身边的一切。家人想抱它摸它，它就浑身抖索地闪躲，只和负责给它喂吃喝的女儿亲近，晚上就住在女儿房间里为它垫了毛围脖的鞋盒子里。几天混下来，它就在家里跑来跑去不怯生了，因新冠肺炎疫情宅家闷得无聊，女儿就给它取名叫乐乐，给家里添些生气喜乐。它的名号只叫了三五次，小家伙就听懂了意思，只要大家喊乐乐，它就竖起耳朵，屁癫屁癫地跑到人跟前，有时跑得急还会栽个跟头儿，真让人瞧着开心。唯一令人不快的就是这狗东西随意在家里大小便，有时还趁人不备去楼上撒尿，不几天家里就有了气味。于是，老公就驱逐它去了后院，并训练它在后院指定的空间方便，不准它出前门。这小东西倒是长记性，再也不在家里出恭了。乐乐不满主人的发配，一旦发现后门关了不能自由出入，它就沿着堆在后院窗台下的硬柴垛，钻过窗户的铁栅栏，卧在窗台上，隔着玻璃窗和坐在炕上的我们相伴，要么打盹，要么和家人一起看电视瞧热闹。孩子们学习倦了，就推开窗玻璃逗它解闷。一旦和它打招呼，它就快活地哼唧着摇尾巴。晚上它也不去窝里，就蜷在窗台上，隔着窗帘和人共眠，仿佛怕孤单似的。直到它长到半岁多，再也钻不进铁栅栏才罢休。

女儿前半年因疫情未去学校，乐乐就是女儿宅家时最好的伙伴。女儿上网课，它就慵懒地伏在女儿身边打盹儿，女儿出门活动，它就如影随形地跟着撒欢儿。一旦出了前门，天地广阔了，各色诱惑唤醒了乐乐的野性，它就时常溜出门去玩耍，不是和村里的群狗咬仗，就是跟着主人去果园乱逛，一会儿蹿出去撵兔子，一会儿在草窠里扑蝴蝶、蚱蜢，羡慕得女儿直说自己也想和乐乐那样无忧无虑。它尤其喜欢耷拉着舌头追着女儿的电动车，呼哧呼哧地赛跑。女儿看它见天儿那么辛苦，就把它往车踏板上抱了一次，谁知乐乐竟学会了偷懒儿，家里无论谁骑电动车出门，它都会凑上前来想上车。一旦得到准许，它就会敏捷地纵身一跃，伴着主人一起去兜风，邻居们都夸乐乐智商高有灵性。暑假里城里妹妹来家小住，乐乐每天早晚替主人陪妹妹去田间小路上散步。它快活地在果园里小路上东颠西跑，无论它和同伴玩得多热乎，只要听妹妹一声召唤，它就拨转狗头抄近道跑到人身边来，冲人摇尾巴，嘀哧嘀哧地望着你，有着儿童的热情、天真和狡猾，喜得妹妹又是给它录视频，又是给它拍照，像个明星似的在朋友圈里出镜，特招人喜欢。

邻居的花猫经常来我家串门儿，肉骨头鱼头没少混。一次乐乐在桌底下假寐，花猫又来门口喵喵叫着讨食儿。我一边唤着猫，一边给它扔了一块馍馍。花猫刚一进门，乐乐就呜地一声扑上前去，眼里寒光一闪，花猫吓得扭身逃窜。我看着这个争宠吃独食的货，差点儿笑岔了气。一次花猫又来后院偷窥乐乐的碗碟，待乐乐扑出来护食，花猫夺路窜上了后院的银杏树，花猫伏在绿荫浓郁的树干上一幅得意的劲头，气得乐乐在树下悻悻地刨着土作无奈状。这狗猫相戏的一幕实在令人惊叹！乐乐也有撒野的时候，女儿上学后，家里没人时怕它乱跑不安全，就把它哄到后院关起来，成了逛鬼的乐乐野惯了，哪里受得住约束，就在后院里咬坏门帘、拖把，扯断花草来喧泄愤懑。待我回家找它算账，它就知道自己干了丢脸的事，灰溜溜地夹着尾巴躲在树丛里，一副委屈讨饶的可怜相。把它寄养在婆婆家，它倒也明白我们是一家人，只是混完了吃喝，就跑回来卧在自家门口，天天如此，巴巴地等着主人回家。只要家里一开门，它那种身前脚后追随纠缠的亲昵劲儿，真比孩子见了爸妈还激动。因此，我们都很疼爱乐乐，啥好吃好喝的都给它留着，把它当孩子养得又漂亮又壮实。家里换了新车，晚上老公让乐乐去前院看车，无论刮风下雨，它都会守在门口车前，表现出的忠诚无人能及。可家里乍一没了它的动静，我心里就空落落的不是滋味儿……

　　狗是家养的六畜中最通人性且与人最亲密的动物。它总是那么生气勃勃地伴着主人，总是那么忠诚地护卫着家园，一点儿都不计较主人的穷富贵贱。鸡鸭猪羊被人宰杀食肉，倒不觉得什么，唯有烹狗之事令人觉得残忍。民间俗语就有"狗肉不上席"之说，这大概是对狗的悲悯之情吧。打狗主意生财的人，也许日子太窘迫吧，自然也就失去了人的善良德行。想想世间的离散亦是人生常态，何况是一只卑贱的狗狗呢。

鸟趣

　　在乡下住着，自然就和燕子、麻雀、喜鹊、斑鸠、云雀等生灵成了邻居。燕子喜欢人间烟火，巢大都安在室内屋梁下的拐角，麻雀多在墙洞或树洞里安家，有时也占燕子的巢居住；喜鹊、斑鸠的巢大都安在高大浓荫的树木之上，而云雀的巢，却隐藏在不为人知的草丛里。清晨，我总是在鸟语中醒来的，开门推窗，燕子唧唧绕梁穿门而出，大树上喜鹊"卡卡"的高音随风飘来，不远处的田野、果园里，就会传出斑鸠的咕咕声和野雉欢愉的一声声歌吟，还有一些不知名的鸟儿长腔短调的啁啾声，在城市的钢筋水泥的丛林中，是很少能聆听到这种天籁之音的。

　　三月份的一天，一对燕子选中了在我家的屋檐下安家。它们衔草啄泥忙活了好一阵子构筑的爱巢，像个倒扣的灰色贝壳，精致而牢固的镶嵌在房梁的拐角处。等母燕产下卵后，燕子夫妇就轮班在巢里孵蛋，一只安闲而机警地守着巢，一只外出觅食活动，它们唧唧啾啾软语咕哝，一派岁月静好的幸福小样。乳燕出生后，燕子夫妇每日飞出飞进给四个雏儿寻食，四个小家伙在窝里挤挤挨挨齐齐整整地探出头来，唧唧叫着张开鹅黄色的口，轮流享用父母供给它们美味。吃饱之后，又唧唧叫着倒转挪移身子，屁股朝外撅着，尾巴一翘，就从空中跌下一摊鸟粪，绝不在巢里拉粑粑，也没有哪个失足掉下来。晚上一家六口挤在一起唧唧哝哝的不知闹些什么，很是开心。乳燕羽翼渐丰开始试飞时，它们在老燕的鼓励声中，先在房梁间跌跌撞撞地练习，后来飞到院子的矮树枝上或高墙上，再后来就张着剪刀似的尾羽，唧的一声飞到不知什么地方去了。那种穿梭往来的吵闹声没持续多久，他们一家就一起飞走了，真正是燕去巢空，带走许多生机。也许燕子只有在孕育、哺乳期才需要借屋檐一角安身。结束哺育后，天空、大自然就是它们的家。

　　院子里的玉兰树枝高叶浓，上面也栖居着鸟儿。一天傍晚，听见树丛中扑扑楞楞鸟儿掐架的声音。我急忙上楼细瞧，看见两只灰褐色斑鸠的羽毛扎杀着，各居一枝冷冷地对峙着，黑豆似的眼里盛满了愤怒，脖子上项链似的彩羽闪闪发亮。它们忽然奋起扑向对方，那尖尖的喙互相啄扯着对方柔亮的毛羽，扑扑楞楞的上上下下地翻飞，又是一场恶战。我冲它们使劲拍掌，才哄散了这俩掐架的鸟儿，心想：鸟啊鸟，你们在树上瞎吵什么，为何事反目翻脸？看来，鸟儿也有气不顺的时候。第二天清晨，我在院子里一抬眼，瞅见两只斑鸠已在邻居的屋脊间轻巧地漫步。它们温柔地相向而视，彼此你亲亲我，我啄啄你，而后，一只伏下身子，一只踩在它的背上，幸福地抖动着身子。随后，它们分开，一起抖抖翅膀，咕咕了几声，在玫瑰色的晨光中比翼飞远了。是那两只昨晚掐架的斑鸠吗？似曾相识的面貌啊。它们多像床头吵床尾和的夫妻，金刚怒目式的宣泄一番之后，还是要相爱相伴着过日子呢！

那天，黑云翻墨、骤雨潇潇，天地间苍茫混沌一片。正在窗前看书的我，被几声粗粝沙哑的鸟叫声所吸引。原来是一只淋得湿漉漉的白肚子花喜鹊，站在屋檐下的晾衣绳上，一边在抖掉身上的雨珠，一边朝漫天的雨幕不安地叫着。大概是因为淋了雨，似乎受了点风寒，喜鹊的叫声不似素日那么欢愉清脆，但高亢急切，一声一声的穿过雨幕，揪扯着我的神经，俨然一个母亲，在沉沉暮色中召唤晚归的孩子。喜鹊一定是在呼唤迷失在风雨中的同伴，来这里避雨歇脚。可风声雨声中却听不到回应，我竟也无心看书，倒为它的伴儿也捏着一把汗。这只喜鹊，就一直这么嘶声呼唤着，一会儿飞到墙头，一会儿又折回来。约莫过了半小时，终于看见另一只喜鹊寻声飞来，亦像是从水中捞出来似的，在晾衣绳上抖着羽翅上的水珠，卡卡地叫着，似乎在诉说着风雨中的见闻。望着这对渐渐安静下来的鸟儿，我不禁对"夫妻本是同林鸟，大难来时各自飞"的俗语，笑着晃了晃脑袋。鸟儿尚且如此多情，何况人乎？

红嘴蓝鹊是我在五月的果园里时常照面的鸟儿。它们丰满的灰蓝色的身子拖着长长的尾羽，红嘴黑头颈白肚皮蛮帅的，叫声清亮霸气，时常在果园的地上捕食，也飞到樱桃树上啄食樱桃。它们有时为了护雏，会偶尔偷袭干活儿的果农。一次，我正在果园放着流行音乐干活儿，蓝鹊在高树上机警地叫着，冷不丁地像架微型战斗机，斜刺里冲过来，用它灰剑似的羽翅，从我头顶横扫而过，吓得我抱头闪躲不迭。记得邻居的一棵大樱桃树长在沟畔边上，蓝鹊在树上做巢，邻居想去采樱桃，被两只厉声聒噪着的蓝鹊轮番空袭，她只好狼狈离开，把高枝上的樱桃留给鸟儿享用，任凭霸气的蓝鹊在树上得意地唱甜歌。现在打药都用机器喷枪，喷射出的雾状药液在绿浪翻滚的树叶间织出美丽的彩虹，这些狡猾的鸟儿就都飞到不远处的山林里躲着去了。灰喜鹊有时还是刨食种子的"小偷"。玉米粒埋进土里，它们会张开扇面似的尾巴，飞进地里刨食，逼得人给种子拌上农药，或扮个假人立在地头。母亲是不给种子拌毒药的，她和父亲有空就在地头轮流看守这些贪嘴的"鹊贼",直到玉米粒爆出两片绿芽拱出地面。

清晨的樱桃园是鸟儿们的乐园,那叫声也透着樱桃的脆甜味。风也似乎迷上了这片果园,拂过挂着露水的樱桃林,发出窸窸窣窣的声音,似乎有无数只手,从东到西从南到北,翻开樱桃叶子看看这些泛着霞光的红樱桃。许多鸟儿落在枝头啄食高枝上熟透的樱桃,和我一样,日日贪恋这果园满溢的果香味。等听到果园里的说话声,它们就像淘气的孩子,呼啦一下子全躲到树丛或云朵里了,只剩下樱桃树枝还在晃啊晃。有时,我真想化作一只鸟,因为所需甚少,所以飞得轻盈,总让绯红的黎明在一支歌里破晓。

闲话消夏

今年的夏天，因雨多云量大，少了些酷烈炙烤、蒸笼般暑气煎熬的日子，但小暑至大暑前后的一个多月的伏天里，却是一年中最热的时令。如何消夏解暑，让伏天过得自在舒服，亦是值得思量切磋的。

消夏最寻常的地儿，莫过于有穿堂风溜过的地界儿。不像密集的高楼里虽有空调，但不接地气，总觉得闷、不敞亮，在南北或东西通透的庭院、过道、窗前、树下，总会招来穿堂风。穿堂风带着活泼飒爽的凉意，穿枝拂叶扑面而来，沁透人的心脾，挥汗而去，无论坐卧，都觉得特别舒坦。谁会避开风凉地儿呢？

吃西瓜喝绿豆汤，是消夏最寻常最经济的方式。汪曾祺先生曾说：把西瓜以绳络悬之水井中，随后一刀咔嚓下去，黑籽红瓤绽开，便有凉气四溢。现如今没有井了，西瓜可挖瓤至盘中放冰箱保鲜，拿出来用竹签或勺子吃，那种又凉又甜的感觉真好；或切了瓜牙，吸吸溜溜啃过，也是痛快。绿豆汤煮出来之后，晾之余温，再放些冰糖于汤里，盛一碗咕咚咕咚一饮而尽，真是温润香甜呢。

倘若不方便出远门，可宅在家里，于凉椅或沙发上"卧游"怡情。不是说文章是案头的山水么？读名家的记游类文章，在文字营造的画境中跟随作者穿越，到四川，去新疆，访云南，各地的名胜、风俗、美食，名士，细细领略品味一番，那种与名家视野互相印证、发现的乐趣，那种魂游万里的意趣，并不逊于舟车劳顿走马观花之美。品着清茶，心境安然地读一些自己特别喜欢的闲书，亦是最有福气的一件乐事。

消夏不可不去亲近山水。每到伏天，我总会去秦岭山里几趟。密林幽苔，清泉白石，总会把尘俗过滤掉。坐在山风鼓荡绿荫匝地的青石板上，听鸟鸣虫唱，看蝶戏山花，观素湍绿潭波涌，有凉气自蒙络摇缀的藤蔓间来袭，有凉气从脚底水流间涌出，有凉气自四面山谷来袭，那种爽透是山间幽谷特有的气息。我特别想化身为山溪的一尾游鱼，在水石相激的歌声中，恬然入梦。

消夏可邀三五好友，在月色下的藤椅上品茗论时局，可约伴儿在广场上蹦迪起舞，唱曲放歌，可同家人月色下漫步谈天说笑。老人喜欢在夏日黄昏蹲坐在风凉地儿看风景，孩子喜欢在黄昏聚堆儿嬉闹玩耍，没有谁肯辜负夏夜特有的浪漫，各找各的乐子去。

消夏不可无美食小吃佐料。每到伏天，清明前后院子菜地点播栽植的玉米、豇豆、黄瓜、辣椒，茄子，都已果实累累，新鲜青翠。主妇自可就地取材做家常菜，煮玉米棒子摊葱花煎饼，打搅团漏鱼儿拌凉皮子，烧茄子包饺子炒青辣子夹锅盔，没有肥鸡大鸭子的油腻，全是绿色吃食，是主妇们的拿手厨艺，既解馋又减肥，烟火气味中消夏解暑，不亦快哉！

当然，消夏要的是一种热爱生活的心境。没有炎热的暑气，自然生不出消夏的喜乐；没有安稳的心神，即使身处桐荫绿窗下，也体味不到这个季节的美好。和大自然做伴儿，俗气暑气总会消散的。只是蝉声一旦响起，夏天就快过去了。

写给春天

二月三日，立春，是春气始至的日子，也是满含期待的日子。春天即将来临那种按捺不住的心情，犹如等待和情人约会一样迫切。在漫长、萧瑟的冬季里，英国诗人雪莱的名句"冬天到了，春天还会远吗"，也许能给落寞的心带来些许安慰。可这回，春天是真的要来了，不由人不启窗离户，想要捕捉到春来时的点点讯息。

立春后，春天这个魔术师先要沉着脸，刮许多天"摆条风"。不是那种吹面不寒的杨柳风，也有别于那种和畅清新的惠风，而是那种料峭、透骨的，呜呜吹着哨子，呼呼啦啦漫过山川原野的劲风。小时候，听见风吹着哨子满树林子乱窜，树枝猛烈的摇晃喧吵，竟有树枝嘎的一声被刮折，我就怕得不敢出门。爷爷摸着我的小脑袋说："丫头别怕，早春的风就是这个脾性，它呜呜地吹着哨子，就是要唤醒正在休眠的树啊、虫啊、兽啊，唤回南归的燕啊、鸟啊，告诉它们春天到了。"难怪风的脚步赶得那么紧，连河里的浮冰也在它的召唤下嘎嘎地顺流而下。原来风是春天这个魔术师的开路先锋，直把冬天的阴霾枯寂一扫而光。

多日以来，都是那种干燥、多风且酷寒的天气，残冬正在做最后的垂死挣扎。在风尘飞扬的日子里，似乎连梦境也是焦躁不安的，一切沉郁思绪都在炉火边昏昏欲睡。立春后，春天这个魔术师从遥远的天际唤来霏霏雨雪，要给大地洗个清水澡。先是淅淅沥沥的雨湿了地面，再是纷纷扬扬的雪白了山川。既没有狂飙呼啸的凌厉之势，也没有冰雪塞途的淤塞，万物在湿漉漉的雨雪中沐浴，显得那么酣畅恬适，温暖纯净。已苏醒的地气氤氲着，春雪娇羞地融入泥土，化作冬麦叶尖上颗颗闪亮的银珠，来不及化的，就给路边的树丛、屋檐、远处的山脊，镶上白色的花边。路边的树木尚未抽芽著叶，但褐皮瘦枝间却孕育着繁密饱满的芽胞，生意已隐隐欲出。在细密的雨雪滋润中，山朗润起来了，水涨起来了，心头的希望升腾起来了。

立春之后，春天这个魔术师还要开"春之生"音乐会。音乐会的歌手就是那些在熹微的晨光中，在宅院外的竹林、花树间筑巢的鸟儿。整个冬天，除了屋檐下几只麻雀叽叽喳喳吵来吵去，再也听不到其他小鸟的歌喉。现在这些已知春归的精灵们飞回来了，用它们欢跃的歌声来表达对春天的期盼。它们在某个清晨，几十只形态各异的鸟，同时长歌短调，高音低声地唱和起来，仿佛一股春潮从那冬的禁锢下骤然溃决出来，一发不可收拾地涌溢于天地之间，让人在欣赏陶醉中情不自禁地想要化作一只鸟儿，用艳歌传递生命对春天的欢悦。

几场乍暖还寒的风雨过后，春天这个魔术师只须用魔杖一点，就到了见证奇迹的时候了！瞧，浅草在微微泛绿，山桃花已绽蕾吐蕊，柳枝在袅娜轻盈地舞蹈，燕雀在林间上下翻飞，小鸭在春河中划桨，哇！春天的旭阳正在升腾，鸟语花香、铺翠著锦的明媚春光将一泻千里……

无论年老年少，没有人不在春来时怦然心动，思绪萦怀；无论天涯海角，没有生灵不在春来时萌发希望，孕育成长。那么，来吧来吧，在春天这个魔术师的引领下，万物生灵都到春天这个舞台上来尽展风采吧。

写给冬天

"北风那个吹，雪花那个飘，雪花那个飘啊，年来到……"歌剧《白毛女》中喜儿的唱词，让我老是忽略喜儿的悲苦，总能联想到年之将临的喜庆和期盼。鲜亮的春联，高挂的红灯，若映衬着漫天的飞雪，那份温暖妖娆，让人总会忘掉北方冬天的漫长和苦寒。

生在北方，每年都要经历几场透骨的冷！寒潮来袭时，呜呜哀鸣的西北风，像小刀子似的削得人鼻头生疼；混沌阴沉的灰色天穹像个生铁锅般罩在头顶；屋檐下的冰溜子，水缸中的冰碴儿，凝结在眉毛梢上的霜花，脚后跟皴得裂了许多细密的血口子，红肿的手指头，那冻得青紫色小脸颊和清水似的滴答的鼻涕，记忆中的这些画面，让我对冬天这个季节实在没有什么好感。念小学时读刘长卿的五言诗"日暮苍山远，天寒白屋贫。柴门闻犬吠，风雪夜归人"，总觉得那个归人挟裹着一股寒气而来。此时，屋内若有烧得旺旺的火炉，若有冒着腾腾热气的馒头或烤白薯，被母亲笑吟吟地端到炕桌上，那些个挨冻受饿的贫人寒士定会尽开颜吧。

春夏秋冬四季来回循环阴阳平衡，并不会因谁的好恶有所增减。"春有百花秋有月，夏有凉风冬有雪"，古人道出了四季的韵致，并无厚此薄彼之意。可见冬天也有它的风采。冬日里虽衰草连天，山寒水瘦，确乎有些萧瑟。可毒虫匿迹，蚊蝇无踪，倒是冬天难得的好。偶尔出现几个难得的小阳春天气，天空蓝汪汪的，日头暖烘烘的，老头老太太就都袖着手，靠着南墙根晒暖暖或拉闲话玩牌九。屋檐下的几只麻雀也来凑趣，这些固守乡土农家的家雀，在疏朗的枝头玩腻了，就轻盈地落在院子里跳着脚觅食，拴在树下的狗们大多爱管闲事，总是呲着牙冲它们吠几声，雀儿见惯不惊地呼啦一下飞上枝头，迎风啁啾，快活地去啄食那几个冻柿子解渴去了。

北方人在大冬天特别喜欢坐炕。"一个老牛没脖项，大的小的都驮上"，这是我记事起在热炕上猜的第一个谜语。当时我的小脑瓜都想疼了，可就是猜不出个所以然来。我急得紫涨了脸向奶奶求助，奶奶笑着在我的脑门上戳了一指头，道：笨丫头，这不就是你屁股底下的热炕么？满炕姐妹都咧嘴笑，只有我羞得哧溜一下子钻进被窝里不肯露面，支棱着耳朵听她们继续猜谜语。为了奖励孩子们剥玉米或做功课的辛苦，奶奶每每会从炕头的红木箱里取出美食来犒赏我们。有时会是一碗嘎嘣脆的炒豆子，有时会捧出一堆核桃、毛栗坚果，有时会扔出几个散发着香气的大苹果。虽然数量不多，却总能让冬夜的睡梦分外香甜。鸡叫时分，奶奶总是摸黑早起把炕烧得暖暖的，棉袄棉裤掖在被窝里，早上起来穿衣服一点都不冷。冬天夜长，早上醒了，往窗外瞧去还是黑冷冷的，一家人躺在热炕暖被窝里开始聊闲天，东家长西家短的，有时因言语不和还拌几句嘴。一时间说困乏了又眯眼睡去，等香甜的回笼觉醒了，天方才亮，春夏秋三季可没有这样的闲散。

　　雪是冬天的精魂，冬天里若是少了雪花的曼舞，就少了灵性。有时半夜感觉到枕头被子的寒意，早上又见天光透着特别的亮，就知道屋外准是落了一场大雪。"洁白的雪花飞满天，白雪覆盖了我的家园，漫步走在这小路上，留下脚印一串串……"哼着这样的民谣漫步雪野，少年的情怀像初雪一样纯洁。"绿蚁新醅酒，红泥小火炉。晚来天欲雪，能饮一杯无"是唐诗中写冬闲时光友人率性相约的绝品。不知忙碌的现代人可否还有这样的好兴致，偷得浮生半日闲，约朋友喝茶谈天？雪天最美的就是茫茫的白和茫茫的静中，看山像起伏的银莽一般蜿蜒透迤，横亘在远方。不知谁家的红梅开花了，空气中弥漫着淡淡的幽香。风雅之人会雪中访梅，湖中看雪，那等俗人恐怕看到的只是风雪载途的不便，担心的是融雪的天气里那透骨的清寒。最不怕冷的就数那条唤作"土匪"的棕色卷毛狗和稚气的孩子。狗仗着它那一身厚实的长毛，会扑腾着身子去雪地里撒野，身后总扬起一阵欢腾的雪雾；孩子们呵着冻红的手，七八个一起闹着堆雪人，打雪仗，小女甚至突发奇想，蹲在院子厚厚的雪圃中，蘸着红墨水画梅花……

　　没有经历过冬寒的人，对四季的认识也许是肤浅的。冬天是去尽衰老芜杂，是悄然孕育蓄积、待时而发的内敛性格。俨然一幅水墨画，淡然的气韵中藏着天地之大美，因为她身后就是万物景荣的春天。冬天若没了纯粹的冰雪之寒，被所谓的暖冬、雾霾所操控，那可就真是失去了冬的可爱。人生若是到了发如雪的季节，也许只剩下伴着炉火睡意昏昏的追忆了。因为人生代代无穷已，长的是岁月，短的是人生啊。

写给秋天

也许是太喜欢这个季节，所以总是默默地感受着秋光的明媚，秋色的绚烂，秋声的质感，秋实的芬芳，沉醉在浓浓的秋意里。在这晚秋的晴暖午后，很想为这个即将流转去的季节写点什么，以寄托我对这个季节的情思，留一份暖意，抵挡将要袭来的冬之萧瑟。

立秋，是秋天投递的第一张名片，它预示着下半年的起始，也是万物开始成熟的象征。这个季节褪去了春的粉嫩，夏的狂热，日趋淡定丰盈起来，是生命盛装而来的繁复多彩的展示。

春光烂漫妙在叶新花媚，而秋光明净美在皓月长空。天空那么高远，那么幽蓝，似秋水那么澄碧。只看秋水共长天一色，就把人带到一种明澈宁静的境界，忍不住想要登高眺远，振臂长啸，像雁阵那样在晴空翱翔，排云直上。即使阳光，也是既有菊的热烈，又有着风的劲爽，明媚中洋溢着豪气；而那千古一轮的明月，让大河银星万点，让秋草浸满光芒，更让相思装点了游子梦想。

而秋色的妖娆，更给秋光频添了光焰。苹果的红润，葡萄的珠紫，梨子的金黄，猕猴桃的碧褐，各有各的色泽，各有各的风流。单是红色，就有枣红、橘红、辣椒红、柿子红、枫叶红、鸡冠红等数十种颜色，数都数不过来。那果园山岗间赤橙黄绿青蓝紫，相互点染的色彩，更是无法描绘。大自然这个神奇的调色师所点染勾勒的秋色，把秋的风韵全都展现在枝头，让喜爱秋天的人们尽情采撷、收藏。

最喜欢行走在秋日的田野，嗅闻秋日大地上五谷、果实的芳香。这些醉人的气息糅杂弥漫在一起，空气里似乎都流淌着蜜汁，无论是抬头还是低眉，无论是清晨还是梦乡，那种香甜的气味总会丝丝缕缕地钻去你的肺腑，让你似乎嗅到了母亲的乳香那般如痴如醉。此时才会真正理解"地生万物、土发千祥"这句古语的内涵。

鸟儿们在收割和采摘后的田野里觅食，玉米、黄豆、遗落枝头、地上的果子，藏在深翻过土地中的虫子、草籽，都让鸟儿们兴奋地叽叽喳喳鼓翼振翅，忙忙碌碌地为冬天储藏食物。看到这幅画面，怎不叫人感受到秋的富裕、慷慨呢！

清秋的蝉鸣，预示着生命即使短暂也要高歌；秋夜繁密的虫鸣，是爱情甜蜜的咏叹调！那咚的一声掉落在地下的果子，溅起了农人脸上的笑纹；那扑簌簌悠然滑落的秋叶，是生命悄然离去的叹息；那群起群落叽叽喳喳在田间觅食的鸟雀，让人感受到生命虽卑微却无比欢腾的本质；那敲窗的雨声，拂过林梢的风声，更让人觉出秋的薄凉，秋的咏叹。

秋又是四季中最淡定的季节，它的节奏是舒缓的，亦是明快的，像莫扎特的小夜曲那样令人缠绵不已，遐思悠远。人生亦如此，从稚嫩走向成熟的过程是渐进的。经历了风霜的人生，就像枝头的秋果，染了霜会愈发地丰腴甘甜。那成熟的风韵和睿智，即使遭遇大悲大喜大风大浪，也不会再掀起风暴，一切都会在淡定和悲悯的情怀中释然。这是人生中极其饱满丰盈的一段时光。

天凉好个秋！这个季节的丰富美好，岂是我的笨笔所能说完的？聪明的你，如果也热爱这个季节，就为秋天描容画像吧。

写给夏天

历代中外名人不知写了多少春花秋月的华章，却极少有夏天的影子。也许是炎炎烈日颇毒辣了些，也许是蚊叮蝇扰蝉嘶的令人厌烦吧，也许是三伏的桑拿天气让人犹如蒸锅前闷着吧，也许是夏天的旋律过于紧张，总是让人绷紧了神经吧。可我还是打心眼里偏爱夏天。

"纷纷红紫已成尘，布谷声中夏令新。"不错的，夏天的色彩最是清丽明快，令人赏心悦目。五月榴花照眼明的艳丽，接天莲叶无穷碧的清爽，惟有葵花向日倾的明快，自然是美的。还有那雪白、月白、粉色、草绿、湖绿、豆绿、天蓝、湖蓝、杏黄、柠檬黄、玫瑰红、西瓜红、水红、浅紫、浅灰……大自然中不胜枚举的色彩，全都变戏法似的织成了锦绣，裁成了时装，穿在爱美的人类身上，无论是城里人、乡下人，丑的俊的，老的少的，在这个阳光的季节里，都桃红柳绿地打扮起来，自是添了许多风流韵致，让人觉得活在这个缤纷的季节里，真好！

夏天的旋律激越而高亢。那充满了物竞天择优胜劣汰的磅礴之势，在田野间滚动，在天地间升腾。田里的瓜果菜菽，都喝足了水肥，挑着几片绿叶的新苗，在地上匍匐前进的瓜秧，在藤上、架上扯蔓的豆角、葡萄，都在拼命抽枝、长叶、膨大、着色，青果累累的桃杏梅李无不长势喜人，令辛勤劳作的农人充满了希望。麦收过后，夏熟的果子都赶趟似的成熟了。果园里整天都忙碌着采摘的人们。路上一辆辆装满了鲜果的货运汽车，源源不断地在果乡奔忙，即使整天浸泡在苦涩的汗水里，但果农的心里却乐开了花。人生走到了夏季，告别了青春的稚嫩，尚未步入沉稳的中年，有的是强健的体魄，充沛的精力，大约都明确了人生的奋斗目标和航向，唯有埋头执着地去耕耘，去实现人生的价值。

夏天的性格是豪爽的，绝没有半点多愁善感的抑郁和寂寥。单听那头顶炸开的霹雳，瞧那青蛇狂舞的闪电吧，就能让人在惊心动魄中感受到夏天爆碳一般的脾性。那倾盆如注的大雨，更让万物在焦渴中痛饮甘霖而醅畅淋漓；那雨后的彩虹，草间的清露，林梢的流泉，和浸透心脾的凉风，都是夏天特有的馈赠。即使在热浪灼人的晴空下，也有像葵花、太阳花那样的物种，迎着太阳热烈而尽情地绽放。没有在烈日酷暑中淬炼的人生，又怎能成熟而刚毅呢！

夏天的可爱还在于她那份诗意的闲适。"树阴满地日当午，梦觉流莺时一声"是夏天才有的情境，漫长的午后时光可以生出许多趣味来。酒足饭饱意倦神疲之时，躺在凉床上眯过去的自在，是千金不换的享受；或者因俗事困扰而睡不着，索性约了棋友或牌友，杀几个回合，赌赌运气，把那些个一揽子的百无聊赖和愁苦烦恼索性都葬在牌场上，即使输了，也图了个痛快；要么小憩之后，沏杯茶，闲闲地翻翻书，看场电影，吸食点精神"鸦片"，也会顿觉心里敞亮了许多。

"散发乘夕凉，开轩卧闲敞"，一天中最美的黄昏时光悄然而来。搬出凉床或躺椅来，置于浓荫的树下或楼上的阳台上，摆上冰浸的时令鲜果或佳酿，和家人或朋友小酌几杯，随意地谈古论今；或者去山口河滩的野地，席地或坐或卧，夫妇、朋友之间讲些笑话，说些体己话儿，任凭河水哗哗地流，爽风呼呼地刮，在渐浓的暮色中，看东方升起的月亮，等着星星一个个浮出云端；要不也打扮的妖妖娆娆的，去露天舞场跳舞，一曲一曲没完没了地跳下去，真是沉醉不知归路啊⋯⋯

在满耳的蝉嘶中，夏日的绿裙就要从我们眼前轻轻拂过，心头忽然有了想要夏留驻的痴想和黯然。于是，写下这几行文字给夏天，以示我满怀的留恋。

燕子

　　"鸟啼芳树丫，燕衔黄柳花。"又是一年燕归时，我不知归来的是去岁的燕子还是新燕，似曾相识是我所期待的。

　　记得小时候，有一天中午，家人正围着方桌吃饭，突然眼前一道黑色的闪电划过，只见一只白肚皮，黑羽毛，尾巴像剪刀似的小鸟在空中打个旋飞走了。燕子！我们几个孩子齐声叫嚷起来。不知何时，屋梁上已嵌了个泥巴色的巢，像和尚化缘的钵，斜斜的，但很稳。父亲得意地说："穷麻雀富燕子，这兆头好。"我当时瞪着燕子窝突发奇想：恨不得肋下生出翅膀，飞到那巢里躺一躺，瞧瞧稀奇。

　　没过几年，我家前厅壁顶交界处已有三个燕子窝了，如瓢，如贝，如碗。其中，瓢家族要算资深住户了。那时，我家的新屋刚盖起来不久，光洁的屋顶角就盘了一块泥巴。"瓢"的主人是一对毛羽乌黑发亮的燕子。它们初来乍到时，先在我家房前屋后飞来绕去，似在软语这个宅子是不是中意，主人家是不是和善。接着就雄飞雌从地一趟一趟的衔来河泥、纤枝、毛羽筑巢。不到半个月，一件杰作诞生了：那是一只精致美观的"瓢"，倒扣在屋角，长长的"瓢把儿"是走廊，"瓢肚"是殿堂，这爱之巢筑好后，雌燕也就该当妈妈了。

　　等雏燕破壳后，燕子夫妇就真正忙碌起来。每当拂晓晨曦初现时，燕子一家就早早醒过来了。四个未长毛的小家伙就张着嫩黄的小嘴唧唧地吵起来。燕子夫妇从巢里飞出来，探头探脑地张望着，单等主人开了门，好一起出去觅食。燕子的动静有时会搅了人的清梦，每当姐姐嚷着说要抄燕子窝时，妈妈就说：早起的鸟儿有虫子吃。你们要学燕子养成早起的习惯。等到老燕捕食回来，几个肉肉的小生命就吵得更是欢，它们都伸着头张着嘴挤成一堆。燕妈妈心中最有数，挨个喂，谁也饿不着。每次看到燕妈妈嘴对着嘴喂这些嗷嗷待哺的孩子，我都会痴痴地看半天，想起小时候妈妈给我喂饭的情景，心里好温暖。

　　入夏，乳燕一天天羽翼丰满起来，该学习飞翔和捕食了。两只老燕子先是唧唧咕咕地在巢里对儿女们训话，再飞到院子里的树枝上，冲着巢里的孩子发号施令。一开始，几个小伙伴挤挤挨挨地伏在巢边，清亮的眸子里既有胆怯，又有对院外明媚蓝天的向往。燕子夫妇先在院子的上空穿枝拂叶地上下翻飞，快乐地嬉戏，随后又飞回来盘旋于巢边，唧唧的锐声长声短调地鼓励着、催逼着。孩子们生命中飞翔的天性终于被唤醒，它们张开翅膀跌跌撞撞地，先是撞到了地上，又惊慌失措地飞上了枝头。几天下来，它们都成了飞行员，时而上下翻飞，时而自由盘旋，像在举行飞行大赛，那情景常让我看得赞叹不已。

　　当然，这些小生命也有恼人的时候。因为是几对燕子同时栖息在我家前厅的角落，筑巢搭窝时衔泥叼草，会把洁白的屋顶弄脏。顶惹人嫌的是鸟儿们随地方便，因此地上墙壁上鸟屎到处都有。既爱干净又有好生之德的母亲，就找来一些纸盒子放在每个窝下边接着。就这，还是有顽皮的总是把屁股撅得老高，拉在了盒子外边。一个雨过天晴的傍晚，落日熔金。邻居来我家串门，见父亲在铡草，笑着说"又买牛啦，瞧你们家，栏里有猪，圈里有羊，槽里有牛，笼里有兔，架上有鸡，树下有狗，可真是六畜兴旺啊！"我抢着说："窝里还有燕儿呢！"这时，只听见唧的一声，两只燕子停在院子的核桃树上，正在悠闲地梳理着羽毛，它们小巧的身影映着霞光，美丽极了！

　　有情双飞燕，衔泥巢我家。其实，燕子是最吉祥最家常的一种候鸟。如果把鸟类和人类等同起来，燕子就像极了小家小户过日子的百姓。它们勤劳质朴，养儿育女；它们自在随意，倦飞知还；它们友爱和睦，相和而鸣；它们虽然渺小，却一样构成大自然亮丽的风景，一样在风雨中坚韧如苇。如今，我家楼下横梁的拐角，依然结结实实地筑着碗状的燕巢。燕去巢空的冬天实在无趣。"燕子来时新社，梨花落后清明。池上碧苔三四点，叶底黄鹂一两声。"倚窗读着这么美丽的句子，我期待燕来！

重阳菊

一年一年的，热爱秋天。秋天里，我总是忙中偷闲，趁着秋光，不忘徒步去山里看看染了各色秋光的叶子，去野溪河畔与白苇红蓼脉脉相约，去果园里采摘浸着蜜糖的累累秋果，去桂园沐浴那飘散在幽径的桂子花香。一年一度秋风劲。时令到了晚秋，落叶萧萧，万物生灵都有了霜溜之后的斑驳老态。而此时绽放在山野、田圃的菊花，又让人觉得大自然要在冷寂枯寒的冬天到来时，再倾其全力，绘一幅动人的画卷。

在山野、灌丛盛开的一丛丛野菊花，花朵繁密纤巧，一色儿金黄，黄得透亮随意，气味浓烈扑鼻，既有种野性的自然美，又有明目、清热的药用功效。乡间的妇人常常挎着篮子去山野采摘，或去药店出售，或晒干了收在瓶子里泡茶喝，或装一个菊花枕头养生。有时见到逛山的游客，掐几朵小花插在发髻或耳畔，自有一番娇痴野趣。各家院落里栽植的菊花，一丛丛的，开放得恣肆明媚，剪几束插花，装点一下居室，颇有画意。那日我来到家乡祖庵古镇，观赏了重阳菊展，又一次被菊花的美征服了。

这满园赤橙黄绿白紫开得泼泼洒洒的鲜花，美得令人瞠目结舌。徜徉在花蹊中，一簇簇、一丛丛、一畦畦千姿百态的菊，或含苞亭亭玉立，或迎风朵朵怒放，红色浓烈，白色皎洁，黄色明秀，绿色莹翠，仿若织就的彩锦铺地。花儿有数千头星聚的，有一枝独秀的，有并蒂齐开的，无论是绣球菊、波丝菊、紫松果菊、重阳仙菊，还是叫不出名字的新奇品种，都似乎要把积攒了四季的能量在寒秋中迸发挥洒出来，开得疯疯癫癫，如痴如醉。仿佛这秋色真是不顾死活地燃烧一次，豪华一场，即便接下来必然败蘪凋零，也是值了！一阵飒风袭来，满园的菊花都随风摇曳起舞，仿佛能听到菊花仙子们轻启芳唇的歌吟，就连伏在花蕊间的蜂儿，也似乎醉得飞不起来！尤其是那片翠叶擎着明黄的重阳仙菊，开得那么生机勃勃欣欣向荣，让我恍惚觉得这不是寒凉的晚秋，而是阳春三月的美景。菊园的工作人员说，这重阳仙菊，是当年全真道人王重阳在重阳宫柏树旁栽植的菊花品种培育而成的。此花不只花色丰腴，春阳般明艳，还香气冲鼻，可采摘了泡茶喝。难怪有游客采花盈袖，想偷偷撷一朵回家尝鲜呢。

　　漫步在花蹊中，没有人不心神怡悦，没有人不掏出手机，想把这天地间的美色定格存储在相册里。此时真恨自个儿不是诗人，不能对花赋诗几章。难怪晋时的陶令公要在他的南山东篱下，悠然采菊；唐代的孟浩然在和朋友把酒话桑麻之后，还续约重阳节来乡下赏菊花。婉约派才女李清照在重阳佳节之日赏菊，因牵挂夫君未归触景生情，写下了"东篱把酒黄昏后，有暗香盈袖。莫道不销魂，帘卷西风，人比黄花瘦"的千古绝唱，把一个闺中思妇的情思借菊花烘托得淋漓尽致。周敦颐在《爱莲说》一文中曾言：水陆草木之花可爱者甚蕃。有人爱莲花，有人喜牡丹，梅兰竹菊各有所好。曹雪芹在《红楼梦》第三十八回中，写大观园中的一群小儿女拟写菊花诗比拼才情的场景，让我觉得世俗红尘中最爱菊花，最懂菊花性情的人莫过于曹公。黛玉、宝钗等众姐妹拟写的十二首菊花诗，从忆菊、访菊、种菊到对菊、咏菊、问菊、簪菊、残菊，曹公既写出了菊花别圃移来庭前栽植，土培泉溉勤剪护的园丁辛劳，又写出了人们闲趁霜晴试一游，呼朋携侣莫淹留的秋游画面；既写出了月下赏菊素笺画菊鬓边簪菊梦中问菊的风情雅趣，又写出了露凝霜重花叶残，蓑草寒烟无限愁的怅恨。十二首菊花诗，既是小儿女们个性情思的寄托，又显示了曹雪芹这个曾经的贵族公子生活中无处不在的美学态度。春来去，花可谢，但发现美创造美的匠心，却延绵至今。

　　眼前望着寒秋中开得正欢的菊花的芳姿艳影，不禁又怅然想起元稹的名句："不是花中偏爱菊，此花开尽更无花。"

狗狗吉祥

　　家养的六畜当中，我们全家人对狗的感情，倒是蛮一致的。狗是最通人性的动物，但狗性却永远单纯。

　　十多年里，我家前前后后养了好几条狗，有的是邻居朋友送的，有的是收留的流浪狗，瞧着狗的特点随意取个名儿叫，可花花、笨笨、豆豆、乐乐、狮子的声声叫唤中，藏着许多乐趣。因为采用自由放养的形式，狗狗们时常溜出院子在外玩耍，有的遭遇车祸横死街头，有的被狗贩子诱拐去给烹了的，有的死于疾病的摧残。记忆中，既有与狗狗们相处时的欢愉温馨的场景，也有离散后的黯然伤怀。真是狗去狗又来，空留无奈怅恨罢了。

　　现在院子里收养的两条狗——泰迪和金毛犬，是俩妹妹从城里发配到我们家的宠物狗，一条名曰土匪，一条名曰金宝。土匪长着一身驼色的打着卷儿的绵羊毛，体型娇小，聪明伶俐，黄色的眼睛时常闪烁着机警的光芒。喜欢跳着脚往主人的身上扑，喜欢以子弹出膛的速度在院子撒欢，喜欢在主人的腿弯处蹭来蹭去，以示对主人的依恋和殷勤。金宝生得体格强健，全身长着漂亮浓密的金黄色的毛发，黑黢黢的眼睛澄澈无邪，它生性温驯娇憨而不乏机灵狡猾，跑起来虎虎生风，走起来步态沉稳，颇有绅士风度。

　　两只狗狗，都曾享受过被主人娇宠的幼年时光，喝奶食肉，洗澡穿衣，膝头怀抱，逛街遛弯，甚至和主人同床而眠过。后来因小孩大人要读书上班，只好把它们都关进笼子里，等晚上回来再看顾。这两只失去自由宠爱的狗狗也会造反，经常会因不堪寂寞而掀翻笼子，咬开门锁，撕碎窗帘咬坏鞋子，在地板上大小便，搞得主人家一片狼藉，气得主人抓起它们恨不得把这狗东西从阳台上掷下去。可瞧瞧它们那讨饶无辜的可怜相，就不忍心下狠手卖了它们。买回来时它是一条狗，可现在是家里的一员了，怎忍丢弃？于是狗狗相继寄养在了乡下我们家。谁叫我们夫妇是心慈面软总愿别人分担点什么的人呢？

　　土匪刚来时，满院子乱窜，觉得敞亮开阔，能听到鸟鸣鸡啼，能看见花红蝶舞。可当主人要撇下它离开时，它却先一步抢到门外等着上车。主人只好百般引诱哄骗，将它骗到笼子里，上了锁，才不管不顾地悄然离去。土匪先是在笼子里冲撞狂吠了一阵，才委屈地安静下来，静静地打量着新主人，不安地摇着讨好的尾巴，随遇而安。金毛是晚一些时间送来寄养的。爱狗的人家，多一条狗，多一份乐趣，麻烦是不怕的。但土匪却不干了，这厮怕失了独享宠爱的专利，就凶着脸、呲着牙，吼叫抗议。但金宝却萌萌的，以为土匪以这种热烈的方式在欢迎它这个新伙伴，就急躁躁地上前去要同土匪亲热。土匪却机警地躲避着逃进了笼子里，生怕遭到这个外来的大家伙袭击。

金宝刚来，就表现出倔强的一面。它只愿意自由和人相伴，赖在外面不肯进笼子。任凭谁喊破嗓子，它都不听指令。我们动手推搡它，它索性瘫软在地上耍赖不起来，最后是连扯带拽把它塞到了笼子里，它才一骨碌翻身而起，虎着脸直冲我们发脾气。它真是让我见识了赖皮狗的架势，难怪民间把故意睡在地上撒泼的人叫"耍死狗"呢。

好几个月里，两只狗都处于争宠的敌对状态。金宝出笼来活动，土匪绝对不会迈出笼子半步。金宝天真贪玩，老想找个伴玩耍，它时常在土匪的笼子外转悠骚扰，可土匪却偏偏做出惹不起却躲得起的样子，不搭理金宝。给土匪肉吃，金宝必扑抓着不满地吼叫；给金宝梳毛挠痒痒，土匪必悻悻地瞪着眼哼唧。有时把土匪放了，它正在屋里转悠或在院子里闲逛，一看见金宝出来，就慌不择路地急忙逃开。金宝拦路堵截，土匪就豁出命去和它撕咬一番，再夺路仓皇逃到笼子里，吓得直哆嗦，金宝却是一脸的懵懂和顽皮。想不到狗狗也有相妒争宠之心，真是一个槽头拴不下两头叫驴。先入为主的土匪老担心金宝会抢了它的彩头，对它总是愤愤的。我为了避免它们打斗撕咬，只好单独放它们出笼玩耍、吃喝。有好的肉食，就一分为二，一碗水端平，免得它们聒噪。

半年来一个屋檐处着，土匪对金宝的敌意和防范渐渐消退。面对金宝痴憨地挑逗，土匪从怯怯地躲避到试探性地出笼迎战，再发展到后来的互相打斗撕咬叽咕甚欢，以致现在它们像老友似的亲密无间，一起慵懒地趴在地上啃西瓜，一起比赛上下楼梯，相跟着在月光下陪我一起遛弯儿。土匪可以伏在金宝的背上假寐，也肯耐心地为金宝舔舐伤口，那份相伴相随的默契，俨然是一对同性恋。如果它们是一公一母，肯定早都养下狗崽子了。

有人说：养狗是唯一付出就能得到忠诚的行为。只要你是疼爱它们的主人，它们就会让你呼之即来，挥之即去，不计较你的粗鲁无理，哪怕刚才还抄起棍子要处罚它们闯的祸，一转眼，等你丢掉家伙，它们就会亲昵地凑上前来蹭你，用温热的舌头舔你，身前脚后地追随你，一点都不记仇，让你半点都恨不起来。老公最疼它俩，病了给打针，脏了给冲澡，爱对它俩训话，只要他打一声唿哨，或发出一个指令，它们没有不立即响应遵守的，比学生都听话。老公不让狗狗出大门，即使我在前院以美食诱惑，它们都只是眼巴巴地瞅着，绝不迈出大门半步。老公说，只有训练过的狗才配称作犬。喂狗狗吃香肠或水果，它们绝不鲁莽地扑上来抢夺，而是小心地从我手上吞走食物，那交错参差的狗牙绝不会伤到我的手指。我每天下班回家，掏出钥匙还没摸门锁，它们就辨识出我的脚步声，在后院哼哼唧唧的欢叫闹腾，俨然是小孩子等到了妈妈那样急切。

土匪出恭时，必得找个干燥的地方。一下雨，它就去楼上的穿堂方便。当我拿着扫把在楼上唤它的名儿时，正在院子里玩的它就会嗖一下窜到笼子里不作声，知道自己干了丢脸的事。夏天一入伏，是狗狗最难熬的时日。老公把土匪的绵羊毛从头到脚剃下来，它俨然是褪了一层皮，像是脱掉了一件羊绒大衣，只剩下一身细毛，精瘦骨感丑得可爱。金宝的毛发细密无法剪剃，一日得冲几次凉。澡盆里每天都盛了水，一发现金宝张着嘴哈赤哈赤地吐着舌头喘气，就放它去澡盆里凉快去。大冬天里，它却喜欢卧在雪地里，一点都不畏冷。

金宝还特别嘴馋，一闻到肉味儿，它就张着嘴流涎水，一串一串的哈喇子直往地上淌。一次它因贪嘴摸黑去偷食老公倒入粪池的羊肉汤而滑跌下去，差点送了命。三九寒天里，老公把它从粪池里拽出来，我急忙打来热水给它冲刷脏污，它又冷又紧张地抖擞了一下身子，那脏粪点倒溅了我一身，熏得我几顿没胃口。但老公却笑说我交了狗屎运，要发财的。可看看金宝的狼狈相，我就不忍计较它的顽劣。

每次它们的旧主人来家里做客，趁便瞧瞧它们，它俩都会表现出极大的热情，欢摇着尾巴扑上去又蹭又叫，表达着对主人的依恋，享受着主人的爱抚，早把主人弃养的气恼忘掉了。这当儿，我和老公心里就酸溜溜的不自在，叹道：真是喂不熟的狗。可一旦院子里来了生客，土匪看家护主人的机警还是蛮令人感动的。

当我厌烦了与复杂的人群打交道时，就喜欢和狗狗待在一起。它们冲我摇尾巴的欢腾，永远是发自肺腑的，它们对我的真诚是不掺杂任何虚伪成分的。它们虽然任性淘气，却表现出儿童的狡猾和单纯。当然，笼中的鸟兽比不得自然界中飞禽走兽自由自在，它们被人豢养也被人限制。我尽量多给它们自由，却绝不让它们在人群中撒野。养狗至少让家人变得更有爱心，每日里给它俩喂食添水，清扫粪便，并不觉得泼烦，因为它俩总是那么生气勃勃地迎接家人，总是那么忠诚地追随我们。我曾批评妹妹说养狗是玩物丧志的无聊事儿，可是人若没个癖好兴趣，生活又少了许多意思。不去想两只狗狗未来会有怎样的命运，只求眼下相伴的日子里，大家吉祥。

八月桂花开

　　只因自己家院子里栽了几棵桂树，我就对桂树生出些静待花开的意念来。金秋在长安客居，小区的庭前、过道、晨练的公园，见到最多的竟然也是桂树。每天在这桂树花香中穿行，自然对桂花的品性、风貌有了感性的认识。

　　桂树又名木樨，木樨花即为桂花。单听名字，就觉得这种常绿乔木有一种清幽的气息袭来。清代的李渔在他的《闲情偶寄》中曾对桂花有过这样的描述："秋花之香者，莫能如桂。树乃月中之树，香亦天上之香也。"单读这句话，就觉得桂花绝不类于三春时节的浓桃艳李，它是自带仙气的花树，不那么张扬美艳，却也自有一种风流韵致，在天地间氤氲。

　　常见的桂花品种大致分为四类：金桂的花色和柠檬黄相近，银桂的花色白中泛黄，丹桂花色橙红，月桂花色白中透绿。无论是热烈明艳的金桂丹桂，还是清丽娇美的银桂月桂，都是枝枝簇簇地攒聚在一起，满树齐开，不留余地地把香气都喷吐出来，弥漫在周围的空气中。那种沁人心脾的清香，让人未见树容花影，就已经醉了几分，就惦记着一定要在晨昏或月下与桂树有个约会，好好消受一下这种香气的熏染。桂花的这种在秋光中倾情绽放的品性，让人啧啧，难怪大才女李清照赞它："暗淡轻黄体性柔，情疏迹远只香留。何须浅碧轻深色，自是花中第一流。"桂花开得正盛时，最怕冷雨来袭。一场秋霖，满树繁花缀着冰雨凉露，只能低眉敛蕊，湿漉漉的令人怜惜，那香气儿自然就淡得若有若无了。

　　每天在桂林中穿枝拂花而过，偶尔看见有人隐身在桂树下摘桂花，她是要做桂花茶，还是要蒸桂花糕呢？长尾巴的白肚子灰雀，每天早上都在桂丛间唱歌，连歌声似乎也浸着甜味儿。桂花盛放期一过，花儿就失去了明媚的光泽。一阵凉风扫过，就簌簌地落下一阵桂花雨来，地上就犹如撒了一地的金粉玉屑，我的发间衣衫偶尔也会落下花蕊，鼻孔里依旧是丝丝缕缕的香气。是否还会有像黛玉那样的姑娘，把这些残蕊落花收入香囊，一抔净土掩了它的香骨？有些花蕊就干枯在枝头，有种枝头抱香死的意味。花开花谢，总是让人几度欢喜几多愁。记得以往读过一首写桂花的佚名诗：十月桂花开，花开香袭来。美人伸玉指，轻轻把花采。花香意更浓，静候情郎来。郎来欲何为，抱香倚郎怀。此诗虽浅白，但画面感很美，花香与情味交织的意趣十分撩人，令人怀想。

我家院子有多个风景树，银杏、红枫、樱花树、桂树、石楠，再加上月季、菊花、牵牛花，可谓满园树荫花影，都在上演秋的丰娆。每到桂花吐蕊播撒芳香时，菊花就悄然孕蕾。牵牛花的藤总是攀着桂树的身子爬上去，再绽放鲜亮的或紫或红的朵朵。银杏的叶子就要镶上黄色的花边了，枫树也要点燃这个季节最后的热情了。每当举目庭院月白，凉凉的露水把桂花浸湿，秋的几多凉意就涌上心头，秋色绚烂之后的枯寂也在潜滋暗长。

眼前的桂花向秋荣，家乡的秋色应尚好。穿行在桂花丛中，我的思归之心和桂花的香交织在一起，愈发浓烈起来。

春花发几枝

每到春来，看到枯槁的草丛透出新芽、枝头冒出新绿，看到各种花儿攒足了劲儿纷乱地怒放，心中就会升腾起一种纯净的喜悦和怜惜。来来回回地穿梭在这淡白新绿姹紫嫣红的明媚春光中，心头却莫名地漫出几缕愁绪。"谁道闲情抛却久，每到春来惆怅还依旧。"早已过了寻愁觅恨、惹相思的年纪了，为何还会生出让人觉得娇情的心绪呢？原来，是自己惦记起堆弃在墙角今春没有再萌芽发枝的花草来。

昔日的这些陶罐、瓦盆等器皿里，曾绽放过怎样娇媚的花朵，摇曳过怎样婆娑的绿影呢？铁树、兰草、斑竹、山茶、杜鹃、绿萝，这些花草散放点缀在客厅、几案、窗台间，给家里带来多少赏心悦目的清雅之趣。和院子里栽植或野生的花木相比，室内的盆景就有些娇弱可怜。它们有的喜阳，有的怕晒，有的不耐寒。若摸到花草的脾性来侍弄，也非难事；若不晓得花草的脾性，只一味殷勤地施肥浇水，搬它们到室外去透风晒太阳，也许会帮倒忙。眼瞅着它们日渐萎黄、蔫巴，不解花语真是沮丧无奈的事。尤其是冬夏两季，烈日和霜冻是花草最大的杀手。这两年皆因我们夫妇在家的时日不多，这些被疏于照料的花草就遭了罪，不是晒着了就是冻坏了，一个冬天熬下来，盆栽竟所剩无几，心里愧怍，老大的不自在。眼瞅着栽植在院子里那些花木活得那么旺茂，那么泼辣，就劝自己别再养盆栽了。它们局限在逼仄的空间里不接地气，总依赖他人看顾，经不住寒潮霜雪，就难逃枯萎衰败的命运。

不就是几盆干枯的花草么？死了扔掉，再买新的，哪里就缺了风景？见我对着空花盆皱眉念叨，先生劝慰我。这真不失是一种达观的态度，旧的不去，新的不来，从来都是只见新欢笑，哪管旧颜愁。可一看见这些已经腾空的盆盆罐罐，就不免又想起花草刚来家里时的娇俏模样，就不由得翻开手机相册再留恋地相看几眼、叹息一回。以往读到黛玉葬花的章节，觉得那些被黛玉收进花冢的残英，是何其有幸。"质本洁来还洁去，强于污淖陷渠沟。"现在想来，倒是被黛玉的少女情怀所感动，忽然就明白了为何已过不惑的我，还是会因花开花谢而或喜或悲。岁月的烟火可以在容颜上留下皱纹、抹上油腻，却无法给心灵刻上年轮。闲情也罢，闲愁也好，总是人生春色深处的一缕东风，时时拂过你我的心头，给人带来诗意的慰藉。

"惜春长怕花开早，何况落红无数。"无论哪个季节遇见花开，就一定不忍错过花期。正如妹妹在她的微信中所言：有缘遇见你，就一定不会无视你慎重地等待，一定不会让你在我走过的瞬间落下一地；何妨来我的耳畔，一起绚烂，一起弥散。惜花簪花的女子，一定不会是丑人。即使是风中带来的种子，只要在田野、路边、园子里落户，如鲜黄金灿的蒲公英、紫红含羞的地丁草、绚烂多彩的石竹等，就都是我的花儿，我的芬芳。春花发几枝，枝枝可度人。花事尚且如此，那些凋零在光阴里的故人啊思念啊，又情何以堪，情何以堪呢？

七、行旅

行走新疆

对一个热爱旅行的人来说，到广阔的天地间自由行走，是一件令人神往惬意的事。今年想去新疆看看的梦想终于开花结果了！早在上中学的时候，西部情歌《在那遥远的地方》《达坂城的姑娘》，就把西域浪漫神秘的色彩烙印在我心灵的底版上。当了老师，给学生上社会课《我们新疆好地方》时，又被新疆苍茫的大戈壁，"风吹草地见牛羊"的天山牧场和葡萄沟醉人的瓜果所吸引，对新疆又多了份深情的关注和向往。一旦机缘成熟，我就无所顾忌地背起行囊，让心儿随着呼啸的列车向西部挺进。

一

河西走廊的祁连山脉高大雄浑起伏绵延，红褐色的岩层褶皱纵横，基本上是光秃秃的不毛之地。当列车行至嘉峪关时，沃野绿地缩减乃至了无踪影，除了星星点点的绿褐色骆驼刺分布在沙碛边缘，极目地平线，全是苍莽静寂、沙砾遍布的大戈壁。所谓戈壁，是蒙古语中难生草木的土地之意，给人的感觉是那么雄浑磅礴，又是那么荒凉寂寞！古朴凝重、高大雄伟的嘉峪关在我的视线中稍纵即逝，却犹如惊鸿一瞥，令人浮想联翩。看到嘉峪关，自然想到了与之毗连的阳关、玉门关。西风残照里的万仞孤城，那是春风不度，将军、征夫白发泪的荒蛮之地，历史在此定格下多少难忘的画面："劝君更进一杯酒，西出阳关无故人"的深情，"葡萄美酒夜光杯，欲饮琵琶马上催"的离歌，"莫愁前路无知己，天下谁人不识君"的劝勉，令多少人叹息肠热，给人们多少丰沛的心灵慰藉呀。回望着古丝绸路上的雄关驿站，我不禁发思古之幽情：博望侯张骞是靠着怎样的坚韧，用十三年的时光凿通了这样一条通向西域的古道呢？唐朝那个伟大的行脚僧凭着怎样的英雄孤胆和不屈的信念，跋涉荒漠走向西方的净土？脚下飞驰的车轮已无须我们用双足去丈量西域这片神奇的土地，但我对那些用双足丈量，用意志跋涉，被历史大写的人表示深深的缅怀和敬意。

　　列车驶过星星峡，就真正走进了占全国国土面积约六分之一的新疆。远方的天山闪着银辉，戈壁再次向我敞开坦荡的胸怀。同车厢的湖南客人是位随和健谈的老新疆人，他像导游一样给我介绍新疆的地貌：列车已进入塔里木盆地的大戈壁了，四野变换着肤浅的灰白和凝重的黧黑。老者告诉我，戈壁按地表特征分为毛戈壁、白戈壁和黑戈壁。所谓毛戈壁，就是戈壁地表覆盖着骆驼刺，沙棘等绿色植被的戈壁；白戈壁，就是由粗沙和砾石覆盖的荒漠化地表；黑戈壁，就是铺满黑色砾石的荒漠。我一边惊叹大自然造化的神奇，一边期待着李白诗中描写的"一川碎石大如斗，随风满地石乱走"的奇观出现，真想用双足去戈壁丈量。用手摸摸沙砾赤裸的温度。当清晨到来，经过一天一夜的荒凉阅读和寂寞行程，列车终于在绿色葱茏的乌市结束了行程。面对乌市湛蓝的天空，沐浴清爽的晨风，我真想振臂一呼：美丽的牧场，我来了！

二

　　来到新疆，最向往的地方自然是被称为火洲的吐鲁番。在由乌市到吐鲁番的行程中，我的一双眼睛应接不暇地眺望着车窗外由大片荒漠和绿洲构成的西域特有的景观。在那生命绝迹，令人望而生畏、望而生厌的茫茫荒漠，绿洲，犹如镶嵌在荒漠中一眼眼涌动着生命碧波的清泉，滋养着这里的生命，繁衍着这里的经济和文化。遥望闪耀着冰雪银辉的天山山脉，一种圣洁的情感在心中激荡。天山以母亲般的情怀，缔造了人类生命繁衍的福祉。车窗外，灿烂辉煌的油菜花和葵花交相辉映，青纱帐般密实的田禾和翻滚着金色波光的麦田，野芳杂而芬芳的绿草丛中肥硕的奶牛、牧马在悠闲地觅食。迂回曲折、犹如玉带萦绕的河流和河岸边素有"沙漠公主"之称的红柳，那些根系裸露枯萎在河岸边的死树残枝，让人想到这里曾有过生命怎样殊死悲壮的抗争！沿途我还看到了素有"死海"之称的白花花的十里盐湖风光，亚洲最大的达坂城风力发电站，那些优雅的风车舒展着长臂，仿佛迎接着远道而来的客人。

　　行车至达坂古镇时，导游说达坂古镇是乌市新十景之一，是我们此行的第一个景点。达阪古镇是唐王朝平定高昌时在西域内设置的军事要塞。此城依山势扼古丝绸之路著名的白水涧道修筑而成，城墙是取当地碎砾石夹壤土夯筑而成。城内有古堡一座，雄浑坚固，登上木楼梯，站在古城墙垛口处瞭望，古镇斑驳古朴的护城河吊桥、兵器台炮口无不显示出古城"山根盘驿道，河水浸城墙"的雄姿风韵。步入绿水萦绕苇草丰茂的古镇中心，足踏达坂城的卵石甬道，具有西域风情的民俗陈列馆、手工艺作坊、马厩、茶肆纷呈眼前。大眼睛长辫子身着维吾尔族服饰的达坂城姑娘，向你热情介绍古丝绸之路上曾有的繁华和历史变迁，兜售那些各具特色的民族工艺品；热情的维吾尔族大妈端来一碗碗自制的酸奶，让我们在缀满绿色葫芦的架下，一口一口地品尝又鲜又凉、酸中浸甜的奶制品消渴解暑；戴着瓜皮帽的酒肆老板，递上自家酿制的葡萄汁、葡萄酒供你免费品尝，如果你被他的热情风趣和酒香醉倒，就会自甘掏腰包再满斟儿大杯开怀畅饮。那香醇的葡萄美酒，让你的口齿沁香回味无穷。

在民间艺术家王洛宾先生纪念馆里，我们见证了"西部歌王""民歌之父"的王洛宾先生传奇的一生。据说新疆的公路之所以能穿越几千里荒漠超速完成，是因为王洛宾先生创作的《大阪城的姑娘》《在那遥远的地方》《掀起你的盖头来》，给了铺路工人无穷的向往和动力。先生创作的《萨拉姆毛主席》，表达了新疆人民对毛泽东主席的敬仰之情，但"文革"期间因这首歌曲受到了牵连而身陷囹圄，饱受磨难。当车上的游客唱起先生的《青春舞曲》这首欢快的旋律时，我的内心升腾起一种惆怅而甜蜜的情绪，挥之不去。

吐鲁番果然不同凡响。"吐鲁番"是维吾尔语最低地的意思，它是低于海平面154米的陷落盆地，也称得上是中国的干极，是全年降水量最少的地区之一。吐鲁番还有个别称叫"火洲"，因气候炎热而得名，最高气温达到过49.6℃，这里盛产的瓜果自然含糖量极高。刚一下车，火洲就以它火热的激情给游客蒸了一个桑拿浴。大家全身的毛孔都窒息般地张大了嘴巴，体内的臭汗一股脑儿全发散了出来。站在交河古城干涸荒凉的废墟上，造物主的鬼斧神工给人的是触目惊心的视觉冲击，只有四个字可形容我的感受：震撼至极！在维吾尔古村，我们领略到这个古老民族的农耕文化、民俗风情的独特魅力。维吾尔族的小花帽，图案精美、做工考究的壁毯和烤馕的灶台都令人惊叹。地主巴依老爷的宅院宽大敞亮，两个花枝招展的古丽（姑娘）热情地给游客沏茶，她们那看似淳朴的笑容里掩饰不住商业意识的精明。

来到坎儿井民俗园，最想一睹为快的就是坎儿井的状貌。新疆的坎儿井是中国古代同长城、京杭大运河齐名的三大工程之一。由于新疆特殊的地貌特征，致使高踞四周山系的雪水汇成溪流冲下山谷，流经戈壁沙砾地带蒸发掉一些，而更多的雪水渗入地下成为潜流。坎儿井就是把这些地下的水引向地面的一种独特的自流灌溉形式，由明渠、暗渠、竖井和涝坝四个部分组成。步入碧波涌动的地下长河，顿感脊骨沁凉，神清气爽。我们参观了人工开挖地下长河的场景，那些跪伏于阴暗沟槽中的开凿者，那些通向地面的深深竖井，那些绞缠轳辘的粗拙的井绳、土筐，无不让人感叹劳动者的勤劳和智慧！吐鲁番地区1100多个坎儿井，就是这样一个一个开凿而成的，它是绿洲的生命之源。史料记载，早在汉代，陕西关中地区就有挖掘地下窨井技术的创造，称为"井渠法"，汉通西域后，这种取水法被传入乏水的西域地区。清末因坚决禁烟而遭贬并充军新疆的爱国大臣林则徐在吐鲁番时，对坎儿井大为赞赏，他亲赴南疆查勘垦地，推广改进坎儿井，教民众制造纺车，学织布纺纱。1836年，林则徐在《娄水文征序》中说"水利之兴废，农田系焉，人文亦系焉"。从一定意义上讲，农业的命脉是水利，在农业时代，治水即是治国。坎儿井的清流，使火洲戈壁变为绿洲良田，生产出驰名中外的葡萄、瓜果、棉花、油料等作物，让火洲的春天鸟语花香，秋来硕果累累。新疆人民永远不会忘记林则徐、王震等为新疆发展作出过巨大贡献的人们。站在林公像前，我对这个"苟利国家生死以，岂因福祸趋避之"的民族英雄充满景仰之情。

三

穿过赤地炎天、生命绝迹的火焰山之后，我们急切地赶往心驰神往的葡萄沟。在火焰山的西侧，有一条横贯火焰山长约七八公里的林阴峡谷，它就是葡萄沟。在这翁郁清凉的绿洲长廊中，全都是连绵如云的葡萄园浓荫，就连宅前屋后渠旁路边都爬满了葡萄藤。在几乎不漏天光的葡萄架下，挂满了一串串、一嘟噜一嘟噜的马奶子、无核白、琐琐等色如翡翠、艳若玛瑙、形似珍珠、皮薄汁多味甘美的葡萄。置身于美丽的绿色屏障中，仿佛连人的呼吸都变得清凉而甜美。我们驱车去维吾尔族老乡家做客，那一幢幢粉墙朗窗掩映在绿色之中，一座座晒制葡萄干的阴房整齐地排列在山坡下的农庄中。来到一家绿荫匝地、花木扶蔬的庭院中，我们用导游教给的维吾尔语同热情好客的主人互相致意问候。高鼻浓眉的维吾尔族帅小伙和眉若秋水的古丽，把我们请上了他们的毡床。毡床的茶几上堆放着西瓜、哈密瓜、葡萄干和新采摘的葡萄让客人们品尝。古丽为客人们跳起了新疆舞，那扭动的腰肢，飞舞的绿裙，宛转的眼神让人无比倾倒。幽默风趣的主人请男士们戴绿色的小花帽，来自东北的客人慌忙摇手不迭"不，不，我们那里的男人是不能戴绿帽子的！哪个男人戴上它，就成了众人讥笑的可怜虫"，游客们哈哈大笑着附和，维吾尔族兄妹又特别邀请大家跳舞。尽管大家的舞姿是那样僵硬、滑稽，但每个人都跳得起劲尽兴，如果不接受邀请，男士就要留下来去葡萄园帮助主人拔草，年轻的姑娘就要嫁给维吾尔族小伙。一位南方姑娘，学着维吾尔族姑娘的腔调，翘着手臂，扭动脖子，娇声媚语地说"我的爸爸不同意，我的妈妈会生气，我也没脾气！"逗得人笑得肚子疼。望着远处葡萄架下坐着小板凳乘凉的老人那恬淡悠然的神情，我第一次读懂了维吾尔族人天性中的乐天和浪漫。记得那天我们在乌市的人民公园游玩，随处可见能歌善舞的维吾尔族男女，弹拨着冬不拉，优雅自在地边歌边舞。冬不拉的欢快，手鼓的激烈，歌声的销魂，无不折射着人性的美好，无不阐释着生命的苦痛和激情，这是一个诗意地栖居在绿洲中的古老民族。当客人们深情地唱起《吐鲁番的葡萄熟了》这首歌时，我不无遗憾地耸耸肩，虽然我们看不到葡萄丰收采摘时的盛况，但此刻我们的心已经醉了……

四

去天山的天池揽胜，是两全其美的事。天山和天池是山水相互映衬组合的绝配。天池，是以"天山明珠"享誉海内外的天然高山湖泊，犹如玉镜悬空，令人望之尘虑顿失，杂念尽涤。相传天池是西王母的沐浴池，我更相信她是西王母临妆时的一奁镜子。坐在天池前被称作定海神针的千年老榆前，望着博格达峰前的碧水云杉，我俨然是个诗意澎湃的歌者，纯净虔诚地为她写起了情诗："烟波浩淼不是你，波澜壮阔不是你，平湖秋月不是你，你是冰川雪峰孕育的女儿，翠玉是你的明眸，云杉是你的罗裙，盛开的雪莲花瓣是你额前的王冠，山涧的流岚，是你清扬的羽衣，啊！你这世外的仙姝，如此的妩媚风流，又是如此的幽独寂寞！虽然，我只是天地间的匆匆过客，千里迢迢偶尔投影在你的波心，从此，梦境不再有遗憾。"凝眸远眺，一碧如洗的晴空，丰沛灿烂的阳光，山涧激越汹涌的飞瀑雪浪，漫山蓊郁的雪岭云杉，给人多么舒心的抚慰和美好的遐思！

在天山的原木栈道上漫步，我注意到了一个细节：许多棵笔直参天的云杉长在栈道中间。栈道给一棵树让路，令我肃然起敬，我为一棵树能有尊严地与人类共同呼吸在同一片天地中而欣喜。遥望着云杉环抱的闪着熠熠银辉的雪山，我再次想到了天山、雪水、戈壁荒漠、绿洲、生命，再次感受到大自然的博大神奇，它永远蕴藏着人类难以征服的神秘和能量，让你不得不对它顶礼膜拜。我虔敬地为这方热土上繁衍生息的人们祈福：愿天山永驻，雪水长流，绿洲常青！

五

　　此次新疆之行，印证了行万里路和读万卷书同等重要的道理。一个怀揣梦想的女子，只身行走在新疆这片神奇的疆域中，没有一点独行的落寞，有的是无比的震撼惊叹！虽因旅资匮乏旅程有限，令人神往的喀什、伊犁都没有去，但对新疆永远心存向往才是最美好的境界。对于新疆，需要慢慢解读，渐渐深入。穿行在乌市的大街小巷，我被乌市街头的行道树——榆树所打动，即兴写下了一首《致榆树》："大叶榆，小叶榆，你这西域街头的行道树，你这绿叶婆娑的快活林，当我呼唤呐喊你的名字时，我轻扬的嘴角写满了惊叹，我热烈的眼神蓄满了真诚！粗砺的枝干，是你质朴无华的形象，坚挺浓密的翠叶，让戈壁变成绿洲，让绿洲更加温润。榆林的上空蓝得那么纯粹，能看见小鸟的羽鳞泛着银波；榆林的地上是多么锦绣，烂漫的花草丛中，嬉戏的孩子多么快乐，闲憩的大人多么自在。啊！小叶榆，大叶榆，你这西域的土著，我看到你庞大的家族，带给这块土地的生机，却看不到你春天萌芽时，盈盈绿色带给人们的喜讯，也看不到你秋天叶落时缤纷恬静的灰黄，更看不到冬天你与严寒抗争的铜枝铁干，给人们怎样的启示。但我，一位过客，却要礼赞你——西域的行道树，你是绿洲的守护神！"

　　吃着新疆的抓饭、烤肉、香馕，感受到了新疆人的质朴豪爽；走在二道桥的国际大巴扎，欣赏着独特的民族工艺品和南北荟萃的琳琅奇珍，维吾尔族人浓郁的民族风情扑面而来；晚上的南湖休闲广场华彩璀璨，西风汉韵、南腔北调在此纷呈异彩；早上晨练的人们不是打太极，就是做健美操。跳拉丁舞的优雅老者，用笔蘸水练书法的少年，无不昭示了盛世新疆人和谐、闲适、充满生命质量的生存状态……

　　我努力整理和检索首次新疆行走带给我的新疆印象。有些路一定要自己走，才会知道有多远；有些风景一定要亲眼看，才不会有遗憾。哪里有旅游，哪里就有商业紧随，哪里就有文化经济交相辉映，哪里就会丧失最质朴最纯净的生态美，这是我新疆之旅的最后一点感慨。

青海，青海

　　从蒸笼般闷热的西安来到青海的西宁，一出高铁站，澄碧的蓝天，盈白的云朵，爽透的风，一下子就让我神清气爽起来。

　　早上西宁下起了小雨，但旅行的脚步未曾驻留，心儿早就飞到了远方。大巴车行驶了一个多小时后，阴云流走的天空露出了一抹蓝色，辽阔的山脉、草原呈现在了眼前，心境顿觉明朗起来。

　　途经日月山时，导游介绍说日月山在古代不仅有恢宏的历史意义，它还有非常重大的地理意义。它地处黄土高原与青藏高原的叠合区，是青海省内外流域的天然分界线，划分了农耕文明与游牧文明。日月山自古就是唐蕃古道和丝绸南路的重要通道，这里曾是会盟、和亲、征战以及茶盐、茶马互市的见证地。

　　来到茶卡盐湖景区，灰白色的天穹下，整个盐湖就像一个粉妆玉砌的童话世界。晶体透明莹灿的天然盐湖，似乎能嗅到香醇的气息。盐湖景区的游人有的乘上绿皮小火车，绕湖游走，感受天光云彩投影在湖面的奇观；有的在铺着盐晶的栈道上漫步，在巍峨的盐雕前拍照；有的下到盐湖中感受在天空之镜中投影的美丽。风很凉，有深秋的意味，穿着风衣裹着披肩在蓝天白云下徜徉着，感受着盐湖的独特风味。这里真是上苍赐予人类的福地，茶卡盐场每年要向国内外输送几十万吨优质原盐，盐湖景观更是创造了不可估量的财富。

　　穿越橡皮山高原时，起伏的丘陵线条柔美，翠色欲流的草坡上，星星点点的牦牛、羊群、马匹在悠闲地觅食，一条条迂回的小河，犹如波光闪闪的玉带，缠绕在谷底。那飘扬的经幡、零星的毡房、帐蓬分布在半山腰上，在金色阳光的照耀下，犹如一幅炫目的油画，令人心旌荡漾……

　　天空时而碧青如洗，时而铅云流动，那边山丘上飘洒着细雨，这边草地上一抹露出云端的阳光分外明媚。高原、经幡、青草、河流，俨然一幅幅流动的画卷。听导游说，由于高原牧区降雨较多，牦牛羊群不得已都迁徙到了浅山区，公路两边时常出现牛羊成群的景观，有时司机不得不停下车子礼让几只横穿公路的"绅士们"。

　　青海湖，我梦中的仙湖，我一步步地向它靠近，路上的奇特美景目不暇接：到处都是碧绿的草地，成片成片的如绒毯一样，满眼的绿意像一幅浓浓的水墨画；远处的雪山时隐时现，白雪皑皑，轻雾缭绕，好像蒙上了一层神秘的面纱。终于走近了，映入眼帘的是我梦中的仙湖，它就像一块晶莹剔透的碧蓝翡翠，镶嵌在雪山之间。那一簇一簇雪白的闪跃的浪头，就像洁白的鸥鸟在展翅飞翔。定睛一看，眼前的一幕，让我惊讶不已。在不同的光影映射下，湖水呈现出了湖蓝、青碧、墨绿的色泽，如梦幻般……

　　湖面上并未看到我想象中的沙鸥翔集锦鳞群游的奇景，但湖岸郁郁葱葱的花草和碧波万顷的湖水，已足以让我沉醉了。在我的眼里，青海湖的美，天然纯洁，不带半点尘埃，是蓝天、白云、碧水、雪山、草原融合在一起的天然之美，是一种宁静祥和之美，它就是高原上一颗璀璨耀目的明珠，美得让人惊艳、让人心颤。天地有大美而无言。忽而想起了导游所言，青海湖是六世达赖仓央嘉措蒙难遁世的地方。世间唯有真正能舍弃名位的人才会决然遁世，去过他闲云野鹤寄身湖海的人生。也只有青海湖，才配得上这位俊雅情僧的传奇人生。

　　来到青海最大的藏传佛教圣地塔尔寺，步入宏大辉煌的寺庙建筑群，一幢幢白塔，一座座寺庙，古朴庄严，气象非凡，五彩斑斓的壁画、堆绣，精雕细琢，工艺绝伦。一件件法器、灯盏，透着神秘的幽光，摄人心魂……雕梁画栋的酥油花馆，呈一进两院格局，主殿为藏式平顶建筑，高三层，鎏金饰银，庄严华丽。馆内一个个捏塑的佛像人物，神态慈祥，端庄祥和；花卉鸟木栩栩如生、活灵活现，令人眼花缭乱、目不暇接……

　　看着虔诚的信众俯伏叩头、转经轮祈福，看到众佛祖宁静慈悲的法相，看到身穿朱红僧袍面相超脱的喇嘛，我的心境也变得悠远祥和起来，再次想起了仓央嘉措和他的诗《那一天》："那一天，闭目在经殿的香雾中，蓦然听见，你诵经的真言；那一夜，我听了一宿梵唱，不为参悟，只为寻你的一丝气息；那一月，我转过所有经轮，不为超度，只为触摸你的指纹；那一年，我磕长头拥抱尘埃，不为朝佛，只为贴着了你的温暖；那一世，我翻遍十万大山，不为修来世，只为路中能与你相遇；那一瞬，我飞升成仙，不为长生，只为佑你平安喜乐……"

　　"江间波浪兼天涌，塞上风云接地阴。"青海以地域辽阔、资源丰富、景观奇特而著称于世。这是一个神奇神秘、纯美圣洁的地方。高原、雪山、草原、毡房、经幡、湖泊，一步一景，一步一诗，一步一画，如梦如幻，美不胜收，令人倾醉其中、流连忘返。在行走中悦读山水，体味其中的独特韵味，这也许就是行走的意义。

游党家村记

当我在蒙蒙细雨中站在被黄土塬环绕素有"党圪崂"之称，享有"民居瑰宝"美誉的古民居门口时，恍若穿越了几百年，来到了水墨江南。

抬望眼，青砖灰瓦错落有致的四合院鳞次栉比，清一色的砖、木、石结构。穿行在纵横贯通的丁字形状由条石和卵石铺筑的巷道里，拴马桩、上马石、狮子门墩、门楼上的题字、墙壁间的砖雕图案，一一呈现在眼前。走进形似"一方印"的四合院、肃穆庄严的祠堂、森然兀立的看家楼，绕过门房、东西厢房，迈进雕镂讲究的厅房，看到那些古色古香的陈设和镌刻在青砖上的家训，所有的建筑符号都透出百年老宅古朴、厚重的气象。

这个古村落神奇之处在于瓦屋千字不染尘埃。古村落被黄土塬环绕着，又处在泌水河谷低洼地带，但就是看不到尘沙弥漫的影子，那些院落巷道都是清清爽爽的干净，看不到土墙土路，即使墙角的幽苔、花木也是青鲜明媚的，原来这里的土塬都是粘土不生尘埃。尽管这个村子有许多巷道，却看不到十字路口，全是丁字路口，有人屋门对着路口，就在对面墙上嵌上"泰山石敢当"，用以辟邪；许多四合院都开着偏门，这些个讲究都跟风水有关系，主要是为了藏风聚气。这里非木即石的门槛称作门凳，可以卸下来坐着歇脚聊天儿。

这里的先祖们注重教育后代读书习文。位于村落东南的六层文星阁，成了这个古村落地标性建筑。文星阁外的对联也是囊括了儒家文化的精神内涵，其上联是：奉先师礼义廉耻光圣道，下联是：勉后学修齐治平著贤声。楼阁里供奉的是圣人孔子孟子，顶层供奉的是手里拿笔正在点状元的文曲星。文星高照预示着党家村的后代要多出人才。听导游讲，从道光到光绪六十年间，不足百户的人家，就出了五个举人、一个拔贡、一个进士、四十四个秀才，半数人家都取得了功名。村口的"惜字炉"蕴含着丰富的文化元素。党家先祖认为文字是圣人所造，带有文字的废纸要用专用炉子来焚烧，这些细微处都被打上了儒家文化的烙印。

最为独特的是各家门楼、墙壁上雕刻的融书法、美术、文化于一体的祈福图案和治家家训。譬如门额上的题字"诗书第""清白传家""耕读""安详恭敬"，都显示出一个家庭的门风，譬如刻在青砖上的"行事要谨慎，存心要公正""富润屋，德润身""薄味养气、去怒养性、守清养道"诸如此类的上百条家训，这些扬眉、转身、回眸间就可看见的文化符号，就像一面面镜子，映照、引领后辈为人处世。家训是根，家风是果，家风正民风就淳，民风淳国家就兴胜。这些镌刻在青砖上的家训，体现了党家人血脉传承的家国情怀。

自古以来每逢新春佳节家家户户都要在屋门、墙壁、门楣贴上大大小小的福字，福、禄、寿、喜寄托着人们对幸福生活和美好未来的祝福。党家村的砖雕图案有喜上梅（眉）梢、封猴（侯）挂印、鹤鹿同春、梅兰竹菊等祈福图案，最醒目的是慈禧太后所赐的福字。这个福字的左右起笔，形似两只仰头和低头的仙鹤，字写得特别有神韵有仙气。福禄寿喜四字中最重要的是福字，人有禄无福消受不行，有寿没福享受也不行。说一个人好福气，是夸这个人德行好懂得惜福的人，才真正是幸福的人。

建筑是物化的记忆，是人类沧桑历史和传统文化的积淀，是一种无声的诉说。党家村古民居的这种古雅浑厚独特的美，无法用言辞来形容，只能凭想象在时空隧道中漫游。我只想把自己在这里感知到的一鳞半爪的美分享出来，以表达我对这被誉为"东方人类文明活化石"的古村落的敬仰之情。

梦里水乡

一

"人人尽说江南好，游人只合江南老。"炎夏游览苏州归来，朋友们问我江南是你想象中的样子吗？我竟一时语塞，其中的玄妙，岂是一语就能道尽的？

俗语云：江南园林甲天下，苏州园林甲江南；苏州好，城里半园亭。来苏州，第一个逛的景点自然是园林了。北京的颐和园、承德的避暑山庄都属于皇家园林，和苏州的私家园林拙政园、留园并称为"中国四大名园"。拙政园被誉为"万园之母"，留园被冠以"吴中第一名园"，均是古代造园艺术的集大成者，蕴藏着丰厚的人文底蕴，尽得文人学士隐逸之趣。

这两处园子，都是主人官场失意归隐苏州后请园艺名家因地制宜建造而成的，亭台轩榭的布局，假山池沼的配合，花草树木的映衬，游廊曲径的层次，都突出了自然之趣，素有"大观园"的美誉。拙政园、留园因其精美卓绝的造园艺术和个性鲜明的艺术特点，于1997年被联合国教科文组织列为"世界文化遗产"。

逛这样有名的园子，如果只是夹杂在一大堆游客当中，走马观花式地浏览、拍照，只能证明自己来过，不能真正了解园林的精粹。在逛园子之前，若能先做足铺陈，借助"度娘"先把两个园子的资料搜来看看，做到胸有成竹，再请个导游和三五位挚友一起游园，细细赏玩那些馆阁楼堂间古色古香的楹联和名人题字，静静观赏着那些风竹、雨蕉、碧荷、奇石、古藤和那些开得珠光宝气的花儿，那别具匠心的构造和浑然天成的画意之美，就迷醉了眼眸、倾醉了心魂。

两个园子的景致各具特色，它的根底在于自然景观和道教文化的气质很合拍。最令人啧啧称奇的是那些镂空的花墙和门窗，园中的游廊高低逶迤，镂空的花墙花窗隔而未隔，让园中的景致有了层次错落之奇特美感。那些用料极好的门窗家具，雕镂功夫极其细腻精致，让人艳羡起贵族们生活奢侈和讲究。几百年过去了，这些古朴的家具，不但没显示出老旧的颓势，倒像是吸纳了天地间的精气，愈发显得温润健朗、熠熠生辉，是现代工艺没法相媲美的。

两个园子具有匠心独运、诗情画意的幽美景观，被园林专家们称为"无声的诗，立体的画"。在园林中游赏，犹如在品诗，又如在赏画。在园中行游，路径弯弯，曲径幽通，或见"庭院深深深几许"，或见"柳暗花明又一村"，或见小桥流水、粉墙黛瓦，或见曲径通幽、峰回路转，真可谓步移景易，变幻无穷，醉了眼眸，醉了心魂……

二

周庄古镇四面环水，因河成镇，傍水成街，小桥、流水、人家，交相辉映，别样的柔情，别样的幽美，这就是我梦中的水乡。当与现实中的水乡面对面的时候，我只有惊奇，只有失语。

临河而筑的小小民居、作坊、商铺，新旧杂陈，皆保有明清江南建筑的特点，密密匝匝，鳞次栉比，逶迤而去，横贯东西南北。那一座座形态各异的古朴石桥，牵系着南北，连通着街市。灰的瓦，白的墙，绿的水，三种主色调，构成了一副立体、简约的水墨画。因岁月的侵蚀，老屋上斑驳脱落的苔痕水渍，给人一种历经沧桑的厚重感。临河的窗子，或幽闭，或半掩，打开傍水的后门拾级而下，就能蹲下身子浣衣或者淘洗。

坐在乌篷船上，沿着河浜悠悠穿行，听着艄公唱着咿呀难懂的江南小调，观赏着水中变幻的风景倒影，第一次领略到水中影、镜中画的幻美。浆橹声，荡啊荡，我仿佛看见了水中倒映着阿婆那张开满菊花的笑脸……

周庄之所以享有"中国第一水乡"的美誉，迎面而来的一横一竖联袂建成的两座石桥，功不可没。其中的石拱桥，横跨南北市河，桥下碧水悠悠，桥上绿树掩映，圆形的桥洞和水面的倒影，恰好形成一个圆形的图案，很是奇妙。1984 年，赴美留学的青年画家陈逸飞乘坐小船来到周庄，看到双桥，唤起童年的记忆，就以双桥为背景，创作了一幅名为《故乡的回忆》的油画。这幅油画在美国展出时，被美国石油大亨阿曼德·哈默高价收藏。他访问中国时，将这幅画送给了邓小平。适逢改革开放，双桥和陈逸飞共同让周庄声名鹊起，走向了世界。这是天地人多么巧的机缘啊！

遍布河市的作坊，商铺中陈列的民间俗物、珍奇玩意，都带着江南水乡的特色，琳琅满铺，令人眼花缭乱。尤其是那些手工艺展品，或精灵剔透，或温润古朴，或自然新巧，或稚拙可爱，或意境悠远，直勾引人的眼球，这个想摸摸，那个想看看，舍不得丢开手。那些神闲气定、坐守一隅的民间手艺人，专注地做着手中的活儿，游客是体会不到那慢工出细活的悠闲意味的。也有热情兜售的商家，他们那温言软语的殷勤劲儿，让你不忍心丢开手不买他们的东西。

逛江南巨富沈万山的故居，那雕梁画栋的前厅后堂，那梅竹掩映的私家花园，那风雅厚重的格局陈设，虽是家居生活的图景，却处处显示出主人的豪奢和讲究，不能不令人惊叹。在周庄的河市中游走，我注定是一个过客。那傍水而生的古韵繁华，会像一个梦，在记忆中如惊鸿一瞥，却会留下永不磨灭的美丽！

三

热情的苏州街坊与我攀谈着，得知我逛了园林和周庄，就建议我再去虎丘和山塘街逛逛。宋代大才子苏东坡曾写下"到苏州不游虎丘，乃憾事也"的名句。虎丘原名海涌山，据《史记》记载，吴王阖闾葬于此，传说葬后三日有白虎蹲其上，故名虎丘，享有吴中"第一山"的美誉。山中世界第二斜塔云岩寺塔、剑池、万景山庄、致爽阁、真娘墓等胜景，集山川自然之趣和人文历史于一体，呈现了"林皋生众绿，西溪春欲来。野旷鸟声静，风和花音催"的江山胜境。

虎丘最神秘、最吸引人的古迹当属剑池了。从千人石上朝北望去，只见"别有洞天"圆洞门旁写有"虎丘剑池"四个红色大字，每个字的笔画都有三尺来长，笔力遒劲，大气奔放。据《山志》等书记载，原为唐代大书法家颜真卿所书，后因年久，石面经风霜剥蚀，"虎丘"两字断落湮没。在明代万历年间，由一个名叫章仲玉的苏州刻石名家照原样钩摹重刻，所以就有了"假虎丘真剑池"的谚语。

举目只见两片陡峭的石崖拔地而起，锁住了一池绿水。池形狭长，南稍宽而北微窄，模样颇像一口平放着的宝剑，当阳光斜射水面时，给人以寒光闪闪的感觉。抬头望去，拱形的石桥高高地飞悬在半空，十分奇险。石壁上长满苔藓，藤萝野花又像飘带一样倒挂下来。透过高耸的岩壁仰望塔顶，有临深渊之感。

　　七里山塘街，是苏州古代的金粉地、闹市区，弯月般的石桥，金柳依依，白墙灰瓦的古宅，是老苏州的缩影，吴文化的窗口。公元825年，大诗人白居易奉命到苏州任刺史，看到山塘附近河道淤塞水路不通，决定开凿一条山塘河，东起阊门渡僧桥，西至虎丘望山桥，长约七里，在阊门与运河连通。他让民众在河塘旁筑堤开市、栽花种柳，这一代渐渐成了繁华的市井，老字号商铺林立会馆齐聚，吴韵笙歌四起。白居易离任后，百姓即把山塘街称为"白公堤"，修建了白公祠作纪念。清乾隆游江南时，曾御笔书写"山塘寻胜"。

　　苏州俗语说"七里山塘到虎丘"。街道呈水陆并行、河街相邻的格局，建筑精致典雅、疏朗有致，街面店肆林立、会馆集聚。有民歌唱道："上有天堂，下有苏杭。杭州有西湖，苏州有山塘。两处好地方，无限好风光。"这便是对山塘街的生动写照。

　　在山塘，品特色的茶品点心，赏桃花坞木刻年画，听悠悠的苏州评弹，逛刺绣特色商铺，乐此不疲。幕色时分，在流光溢彩的市河游逛，那种诗情画意的梦境，那种灯火阑珊的意境，让我沉醉其中、流连忘返。

　　在这个月色朦胧、灯火阑珊的深夜里，听着悠扬的琴瑟声，枕着桨撸的摇荡声，我睡在水乡的梦里。推开那一扇扇古老的窗，梦里水乡，如诗如画，梦里水乡，亦真亦幻，在我的眼里、心里，愈加清晰，愈加明朗。哦，梦里水乡，那一桨一桨的摇曳，在我的心海里摇荡着、摇荡着……

乡愁着陆的地方

　　阅读文字、书画、影像资料，可以解读一个人的心灵密码。而阅读建筑、实物和器具，也能与一个人做心灵对话，从而触摸到隐藏在器物中的血脉深情。这是我参观了人文底蕴根深源远的周至苍峪"把根留住"民俗馆之后的感想。

　　和各地借人文打造、构筑、包装的古镇民俗村比起来，这座藏在苍峪莽川村落中，具有典型关中农家样貌的私人宅院，自有它不染风尘淡泊宁静的拙朴和雅致。它是主人刘祎先生在留存了二百六十多年、生活了九代人的老宅，在这里他完成了一个"把根留住"的夙愿，谱写了又一个世俗传奇。

　　正值桃花初绽榆柳吐翠的阳春三月，恰逢县作协邀约兄弟区县文化名人在民俗馆召开有关"我们的家园"的文化论坛。馆长刘祎先生忙着招待远道而来的嘉宾，慕名前来的我，无缘跟先生交流，索性信步独行，想细细阅读眼前的庭院物语。特别庆幸的是在门口碰到了馆长的叔父，这座老宅的旧主人刘老先生。他是位地道的农村邻居老伯，亲切厚道中不乏干练和明白。和他攀谈中，我问东问西，老人倒很乐意作我的私人导游，给我讲起了刘氏家族的家世背景，讲起民俗馆创建的来龙去脉。

　　一抬眼，首先看到的是门楼额上悬挂的写着"耕读传家"的木匾，而匾却是用老宅拆下的旧门扇做成的。门楼两侧的石阶旁，各立着一个拴马桩，青砖砌成的围墙上雕镂着各种古朴的图案。门楼内侧砖墙上一边篆刻着"把根留住"几个字，一边是民俗馆 logo 图标。门楼内青砖铺就的前院敞亮开阔，围墙载着一圈儿石楠。门楼内的右侧是一株紫藤架，紫藤的前面是一株粗壮的老槐树，树下安放着石凳石桌，可以想见主人于紫藤架或槐荫树下品茗、读书、作画的悠闲。

　　庭院的前方是四间青瓦覆顶的正房，黑漆木门上闪着幽光的铜钉和饰有吉兽的门环很醒目。门环上斜插着一支粉桃，一下子就让人想到了"去年今日此门中，人面桃花相映红"的画面。大门的一侧竖着一块长条形木匾，匾上是著名作家贾平凹题写的"龙窝读书会"。进了大门是正厅，正厅中间是一个状似根雕的长方形大几案，几案的正前方是供奉列祖列宗的神案和佛堂，一尊坐佛弥勒雕塑背后是一幅立体的菩萨像群雕，两边是撰写的对联和悬挂的松鹤延年的画屏。正厅东侧是一座微型的关中厦房建筑，古旧的木板门前蹲着两具小石狮，门侧的木格窗前悬挂着辣子串、葫芦、玉米串，木柜上陈列着颇有古意的"观云海"石屏等器物。正厅西侧的玻璃橱窗内，陈列着先祖们曾经使用过的生活用品，小到喂奶、捣蒜的瓶、臼，大到老屋拆下的刻着"太"字的梁木，太字寓意此木来自秦岭深山。橱窗上面镶着一块木匾，上书"顾其箕裘"。橱窗外靠北墙处是一个深约十几米的地窖，内有暗道，可放物品，闹兵患和匪灾时可在此藏身，气孔上通至地面。正厅北面的墙上悬挂着刘氏宗族存念"敦厚和善"的牌匾，匾下是老宅的影像图片和几代人的老照片，地上陈列着木雕饰品。

步出正厅，是横贯东西的过道，两棵参天挺立的连理椿树，在过道一旁直插云天，树身遍生青苔；转过身，正屋的后墙外壁间，垂挂着各种农耕时代的器具，犁、耙、耱、锄、镰刀等一应俱全。穿过道漫步上了几个台阶，眼前是两棵石榴树环着一个水池，池中活水涌波游鱼戏浪，东西各有两溜相对的厦屋。东侧的厦屋内，烧炕、灶台、风箱、案板、水瓮、橱柜，水槽一溜儿排开，拐角处是卫生间。烧炕的一头陈列着炕箱，中间放着炕桌、茶具，一方雕花木窗格旁贴着年画，锅里正煮着茶水。好想蹬掉鞋子上炕，倚在窗前闲闲地品茗或读书。水槽是带着花纹石刻的，水龙头都是铜的。墙上依然是木杈、筛子、簸箕、竹筐、马灯器物。西厦屋全是妇人的女红用品，织布机、纺线车、线拐子、蒲团、竹扇等一一罗列。厦屋内侧是一方还生着芦草的老井台，辘轳、木桶、葫芦瓢、石碾盘和水槽依次排开。井台的墙角生着一株碗口粗虬曲苍劲的老葡萄藤。

出了后院，是刘祎馆长用一亩地换来的邻居荒废的老宅基地，地中间只修了一条青砖甬道，两边地里堆积着各处收购来的青砖旧瓦等物，两棵刘氏先祖栽的大树已移栽至此安家，这里是待建的木楼和后花园……

老人说，从拆迁老宅、构筑、布局这个民俗馆用了三年多时间，而侄子刘祎却用了二十年的时间筹划此事。这里上千件分门别类的器物的抢救、收藏，来自几辈人的积累。尤其是翻修老宅时，老树、老井台、老葡萄藤、老地窖等物，都是原封不动的物件，因此必须因物赋形，尽量保持老宅原貌。提到侄子，他满是自豪和赞赏，说侄儿是个有眼光、有见识、有定力的艺术家，几十年来一门心思扑在这件事上。作为老宅的传人，先生全力支持侄儿的事业，帮侄儿筹建民俗馆，一心一意守护老宅，是他老年生活最重要的事儿。当问他日后会不会跟随儿女去城里生活时，他坚决地摇头道：不去，就是老得爬不动了，也不去城里。他说他喜欢看一拨儿一拨儿来的艺术家，在此读书、作画、搞论坛和民俗演出，整个老宅呈现出一派祥和古朴的意蕴，让他觉得心安、荣光，活得体面。

听着老人如数家珍般的娓娓叙谈，我对眼前的宅院和先生油然生出亲切的敬仰之情。这里的一砖一瓦，一枝一叶，一件件器物，一桩桩往事，都沉淀着刘氏家族几代人的记忆和血脉深情。这些幸存下来的器物，承载着农耕时代关中乡村淳厚的乡容、乡音和乡情，唤醒了多少人对故土家园的亲切记忆。农耕时代回不去了，但农耕时代的文化符号却不容丢弃、毁灭。农耕时代的乡情、记忆就藏在这些陈旧却泛着幽光的器物之中。刘祎先生在老宅不光为自己觅到了一方寄托灵魂的净土，还让漂泊在城市的子孙们记住了他们家园的模样、自己的根脉，更让所有生于斯的乡村儿女触摸到了原汁原味的乡愁底蕴。把根留住，就是把乡愁留住。

四十里峡

秦岭诸峰秀，终南山川幽。不必远游，在家乡周至田峪的四十里峡就能领略到大自然藏在深山的秀色。四十里峡是秦岭野生植物园的后花园，这里峰峻峡幽，奇石遍地，清流迂回，如玉练萦绕；树木葱郁，植被葳蕤，嘤嘤的鸟语，在婆娑花影和参差绿枝间成韵，让峡谷更显幽寂。回环曲折的峡谷栈道向大山纵深处漫展，在这样的幽谷中流连赏玩，自有道不尽的情趣。

山因水秀，石因水奇。在经久不息的水流冲刷中，在日月风霜的浸染下，峡谷河道的石头，小至卵石大至几丈见方的巨石，都各有形态，令人称奇。有的石头印着水纹云纹，仿佛氤氲着烟霞气息；有的石头长着一道一道苍苔，似乎蕴藏着一生二，二生三的玄机；有的石头形如白鲸饮水，憨态可掬；有的石头俨然女子肥硕的丰臀，妙不可言；有的石头像枯瘦的老道打坐，颇有意境；有的石头像从水底探出的手掌，直指苍穹；有的石头如同一面浮在水中的铜镜，浮光掠影；有的如同巨蛙，在探头观天。最奇特的是一块矗立在激流中的靛青色巨卵圆石，茵茵幽幽的苍苔覆其顶部，俨然石头成了精，长了毛发；最有意思的是一块形如躺椅的巨石，坐在上面谈天，卧于此休憩，倚在石边观激流飞花，非常惬意，似乎所有的凡俗尘虑都随水流远去。望着满川的石头，忽然觉得这不说话的石头，颇有些禅意，与之相对，虽静默，却可亲。

"山是眉峰聚，水是眼波横"，此句道出了水是峡谷灵气精魂所在。四十里峡河床因落差不同，有的地段急湍甚箭，猛浪若奔；有的地段，因藏身于植被荫郁的幽谷中，水声犹如琴音般袅袅，水色犹显幽深缥碧；有的地段是空阔地带，水色映着天光日影，空明而恬静。水流偶尔从断岩上跌落下来，玉珠碎裂，银星四溅，哗笑之声久响不绝，使整个峡谷幽而不寂。当日光从参差的枝柯间投向水面，光斑闪烁犹如铺了一河的碎金。整个峡谷因水声水色的氤氲，绿叶儿青得逼人的眼，鸟鸣声也水洗过般清亮。距河床五米左右的高处岩壁上，古栈道的遗迹历历可见。石岩间碗口大小蜿蜒排列的石孔有圆有方，时隐时现，向幽谷纵深处游走。听说此古道是昔日山民从陕南翻越关中的通道之一，山里的药材、蜂蜜、生漆等特产经此道运往山外销售，再换回粮食布匹等日用杂货。民间传说此栈道是财神赵公明率家乡民众，开凿的一条通商之道。现在，依然有山民徒步背着背篓，把山里的蜂蜜、药材等山货运出来。在漫无际涯的岁月变迁中，这些古栈道逐渐湮没在了历史的风尘中，只留下斑斑残迹，任后人凭吊传说。

秦岭无闲草。素有野生植物王国的峡谷内，千余种植被，有名的树藤花草，无名的花草藤树，抢占了山间谷底所有的空间，杂花生树，草长莺飞，野果在枝头招摇，诸多的花木气息，令人熏熏欲醉！许多生长在崖壁石缝间的树，生机勃勃地向高空竞秀，那种立根破崖咬定青山的气魄，令人啧啧称奇。随处可见的参天古木、藤缠树、苍苔枯木，是峡谷深处的原始森林的奇特景观。有的树一根并生双身，被誉为恩爱的连理木；有的树四棵并肩环绕，被誉为手足树；奇树生石、树抱石生、枯树育鲜菇的景观，令人连连惊叹。地面上能清晰地看到野羊、野牛、野猪留下的蹄痕、粪便。流连在碧波万顷的峡谷中，摸摸树，赏赏花，看看石头，听听鸟鸣，吹着山间凉爽的风，真是无比惬意的事。如果我是一位诗人，一定要写出一首长诗来描绘山川的奇景；如果我是一名画家，我就用各种色彩去点染深林的美丽。但是我只能用无言的惊叹，来传达我此刻在天地大峡谷中的欢喜。

在田峪划归秦岭野生植物保护区之后，山民们都陆续迁到了山外。但在四十里峡谷，依稀可见几户人家。跨过一座凌空架起的板桥，来到一座竹树环绕的农家小院。虽是砖木结构的寻常民居，却也收拾得窗明檐净。除了几间住屋，还有柴房、牛棚、鸡埘、猪圈、茅厕一溜排列，全都罩在核桃、梧桐、槐树的浓荫里。几只土鸡在院子里追逐觅食，一只肥硕的花猫卧在院中的青石上晒太阳，几个柴蹲横陈在院子的一角。屋后的坡地，疏疏的一圈竹篱笆，几架豆角，黄瓜已扯蔓孕蕾，满地的土豆秧长得绿油油的。前院的石坎下是一片竹林，老竹苍劲，新竹青翠，一片清幽。沿着竹林斑驳的石径往前走，是一个石潭，一股山泉潺潺地注入其中，水清自溢又流向稍远处的河道。潭边有几块石头，定是主人洗浣所用。原本想在此农家歇脚，品尝一下山里人家的新鲜野蔬，不巧主人不在，院子里一片虚静。这样清静自足的人家想必一定有一个守朴抱拙的主人吧，要不谁还耐得住如此寂寞。

在深林幽谷中，看见古朴简陋的山神庙，自然觉得可亲。四十里峡倒是有个依山而筑的观音寺，翻修的殿宇也是雕梁画栋，几尊彩塑的神仙却也栩栩如生。施行叩拜之礼的的香案前，有个作布施的功德箱。寺里没遇到人，只听见寺外高大的皂荚树上几只鸟，栖息在枝上谈天。随着旅游业的发展，这里不再是藏在深山的人不识的原生态之地，渐渐地有了雕琢的痕迹，渐渐多了来此休闲的游客。现代文明所到之处，必然带来污染和喧嚣。四十里峡是家乡的后花园，是家乡亮丽的风景线，惟愿这里的青山绿水，永远闪耀着翡翠的光芒。

中原行走笔记

高速路上，路边的绿化带林间，一轮橘红色的日头在蒙蒙青纱似的枝条间飞速掠过，那么轻灵飘逸，俨然是我那颗放飞的心魂，在烟花三月的大地怀抱中快乐地飞翔。

我正从西安东下洛阳再至开封。找"度娘"借问，先弄明白几个关于洛阳城称谓的来由。洛阳地处中原，门户四通八达，是产粮大区，又是中华文化的起源和光大之地，十三个朝代在此建都。李唐时期，唐高宗为了解决粮食供给，常带文武百官去洛阳巡查，为了提升洛阳地位，将它正式定为东都，建洛阳宫殿，称长安和洛阳为"东西两宅"。到武则天称帝改国号"周"后迁都洛阳，又称洛阳为"神都"。北宋建都开封时，洛阳又被称为"西京"。洛阳的"东都""神都""西京"之惑已解。这个历经三千余年兴衰变迁的中原都城，在我造访的当日，地铁开通运营仪式正在进行。

开封亦是我国七大古都之一，位于黄河中游豫东平原南岸，有八个王朝在此建都，在历史上有过启封、大梁、东京、汴京等称谓。北宋在此建都后，开封作为京都，达到了历史上最繁华的时期。随着商品经济的兴起，宋打破了隋唐都、市、里、坊分离的封闭式结构，大街小巷，店铺林立，呈现出东京全城皆市的格局，取消了"宵禁"制后，夜市早市应运而生，漫卷着民间的烟火气息。作为中原文化的里程碑，北宋完成了自汉唐以来中外文化冲击融合的过程，并为中国市井文化的崛起，创造了一个成功的开端。北宋著名画家张择端的《清明上河图》，就生动地记录了北宋都城的市井繁华。在北宋以后的历史变迁中，在历代的战祸、兵灾和黄河数次泛滥淹城的浩劫中，开封城多次被毁灭，又数次在消失的都城上崛起，于是就有了"开封城，城摞城，地下埋有几座城"的考古发现。开封人历来喜欢随遇而安，不争不比悠闲散漫地过日子，即使现在没地铁，无摩天大厦，但它的历史内涵和现代活力仍值得期许。

关林和开封府

历史人物关羽和包拯，在国内是家喻户晓的星座。此次拜谒关林和开封府，旨在探寻他们的精神缘何如此光耀千秋。据中国封建礼制，帝王墓称为陵，圣人墓称为林，王侯将相墓称为冢，百姓墓称为坟。洛阳关林是关羽葬首之所。据史料记载，东汉建安二十四年，关羽败走麦城被孙权加害。孙权将关羽首级送于在洛阳的曹操。曹操识破离间计，更敬慕关羽为人，按王侯之礼厚葬关羽，并建有祭祀的庙堂，在冢旁遍植柏树。清康熙五年，康熙帝加封洛阳关帝庙为"忠义神武关圣大帝林"，即始称关林，也是我国唯一的一处"林、庙"合祀关圣帝君的圣域。关羽义参天地，道衍春秋，历朝黎庶对关公皆以神灵膜拜，在华夏大地上，到处都有香火鼎盛的关帝庙，关林成了海内外万流归宗景仰日深的朝圣之地。

站在关林内的石碑前览阅关羽史料，脑际总浮现着关公在《三国演义》中的鲜活形象。民间俗语"关公面前耍大刀"，旨在嘲讽自不量力之辈，但关公"单刀赴会""斩颜良诛文丑"的神勇威猛，实在令人记忆犹新。关羽少时爱读《春秋》，一身正气，喜欢习练武艺，嫉恶如仇，曾让横行乡里的恶霸做了他的刀下鬼。他与刘备、张飞志气相投，义结金兰，匡扶天下的抱负任他横刀立马驰骋纵横，位列蜀汉五虎上将之首。他刮骨疗毒时饮酒下棋谈笑自若的坚韧气概，简直豪气冲天。曹操对人才素有笼络招揽之意，尤其对关羽，他曾不惜高官厚禄真诚挽留他，但关羽挂印封金不为所动，让曹操喟叹不已；曹操在赤壁之战中仓皇败北无路可逃时，关羽感念曹操当年对自己礼遇甚厚义释曹操，这种英雄相惜的义气谁人能及？关公之所以令后世膜拜敬仰，就在于他"贫贱不能移，威武不能屈，富贵不能淫"的大丈夫气概，就在于他忠义仁爱铸精魂的英雄持守和胆识。他有过五关斩六将的辉煌，也有败走麦城的黯淡，这才是人真实的命运交响曲，这是他作为人而非神在民间流芳百世的光环所在。

对包拯的记忆，来自秦腔《铡美案》和《包公赔情》两出戏的熏染。这两出戏，让攀附权贵、忘恩负义、杀妻灭子的陈世美背上了千古骂名，让开封府不畏强权不徇私情的包青天名扬天下。戏剧是艺术，本是高抬教化人的，但包拯确实是北宋一个光明磊落的清官。他就像一面镜子，照出了官场权贵们贪赃枉法的丑态，照出了小百姓面对强权的无奈和对为百姓主持公道官员的希翼。这次来开封，还未下车，就隔湖远远望见包公祠古建外墙上"百姓青天百姓敬，千年包公千年祠"的醒目语录，一时间一股浩然正气就在胸中升腾起来。

眼前的仿宋古建开封府，只是开封市古文化旅游的一个景点。开封府内，每天都在表演开封府《开衙迎宾》仪式，每日都在为游客上演《铡美案》的古装实景话剧。包龙头衙前的三口龙头铡、虎头铡、狗头铡令人望之生畏，大堂前"勤政为民""清正廉明"的镏金大字令人望之生敬。包拯在面对权贵的高压和草民的哀告时，不是没有犹豫，不是不想顾及人情，他送银两给秦香莲，让她撤诉回乡抚养子女另谋生活，可秦氏以死明志时对他的质问，犹如当头棒喝，良知这个"法官"还是让包公下了宁丢乌纱官帽，也要为百姓主持公道的决心。无论后人如何演义包拯传奇，公生明，廉生威，秉公执法，正大光明的包龙头精神内核是亘古不变的。站在包拯的铜塑前礼拜，读着包拯所作的《书端州郡斋壁》诗文"清心为治本，直道是身谋。秀干终成栋，精钢不作钩。仓充鼠雀喜，草尽兔狐愁。史册有遗训，毋贻来者羞"，油然而生的敬意又多了些分量。只要"庙堂""青天高悬"，人民心头就会日日是晴天。

白马寺和龙门石窟

白马寺和少林寺，都是佛教寺院，却是红尘游客喜欢涉足览胜的地方。各大寺院原是佛教徒清修之地，一旦和旅游文化挂钩，就成了许愿祈福吸金创收的浮华喧嚣之所。芸芸众生没兴趣关注佛教禅宗的义理和清规戒律，只知如来佛祖、观世音菩萨、弥勒佛祖等诸神佛，都是法力无边救苦救难的神仙，因此从紫陌红尘中远道而来，只为观瞻朝拜，只为祈福发愿，只为猎奇观景。中国人历来在儒释道三宗教派的影响中生存，各种教义早已互相渗透融合，生成的这种混血，犹如孔圣人面对神灵的态度——参不明白，也就一半清醒一半醉懵懂着也罢。而对文化行旅者来说，走进佛教寺院，亦是一种发现诗意提升自我审美境界的修行。

白马寺是东汉佛教自西域而来最早在中原地区落脚之地，佛经、僧人和佛像据说都是由白马驮来此地。寺，原为汉代中央部门一种办事衙门的通称，如光禄寺、大理寺等。东汉明帝时，摄摩腾、竺法兰两位僧人由西域驮经到洛阳，起初住在鸿胪寺，后明帝敕令于洛阳城西雍门外为他们创建"精舍"，称为白马寺。这样一来，后世便相沿以"寺"为佛教寺院建筑的通称了。因此白马寺为中土佛教建筑之始，第一座佛塔在洛阳白马寺建成后，神州大地上就化育出了具有中国民族特色的古塔建筑艺术形式。白马寺有中国佛教的"祖庭"和"释源"之说，此处的白马可不是《西游记》中的白龙马的化身哟！现存的遗址古迹为元明清所留，诸佛法相尊严，古朴生动，佛教文化脉脉相承，处处藏有玄机。在天王殿里，见到了中央佛龛内明代塑造的弥勒笑像。相传五代时，一位叫契此的和尚，经常挂一根锡杖肩背一个布袋来往于热闹的街市，人们叫他布袋和尚。他在临死时说："弥勒真弥勒，分身千百亿。时时示时人，时人俱不识。"于是人们把他当作弥勒佛的化身。礼拜完佛祖之后，我的嘴角也浮出几缕笑意，红尘中那些大度能容、笑口常开的人，岂不是混迹人间的千万亿之一的真人么？现今的白马寺内，已成了一个缩小版的世界佛教建筑展厅了，各国风格迥异的佛教建筑令人大开眼界。无缘欣赏白马寺晨钟暮鼓的法器之音，但还是听到了佛门弟子诵经的清修之乐，几人能从佛音中明心见性，那得看各人的修行了。

龙门石窟位居中国四大石窟之首，是世界上造像最多、规模最大的石刻艺术，始凿于北魏孝文帝年间，盛于唐，历经十多个朝代陆续营造，长达一千余年。佛像作为后世对佛陀成道升至天界后的一种念想而铸造，是佛教徒寄托精神的神祇，到后来就衍化为超级万能的偶像出现在世界各地，有金铸木雕石刻等不同材质的造型。北魏开凿洞窟造佛像时，以"皇帝即如来"，控制笃信佛教的子民，目的就是让人敬畏，进而服从。龙门石窟造像为皇家贵族所建。相传武则天把自己的脂粉钱两万贯都捐了来，根据自己的容貌仪态雕刻卢舍那大佛。来到龙门石窟前，看到伊水西山峭壁上的大大小小的洞窟和各具情态的佛像，有的佛像姿容柔美，有的佛像庄严凝重，有的佛像已残损，有的佛像面目已漫漶模糊。站在莲花大顶的佛像前，觉得慈眉善目的佛祖，俨然质朴的邻家大妈，扬起右手，仿佛在跟众生打招呼，给人一种亲和的抚慰。

龙门石窟中最著名的大卢舍那像龛，九尊佛像极富情态质感，栩栩如生，气象非凡！端详卢舍那主佛姿容，佛像仅头高就四米，耳朵长达两米，佛像面部丰满圆润，头顶为波状发纹，双眉弯如新月，鼻挺若悬胆，一双秀目凝视众生，露出蒙娜丽莎般的神秘微笑，令人敬爱莫名，不忍移目！这组群雕以其宏大的规模，精湛的雕刻高踞于中国石刻艺术的巅峰，也成为唐朝这一伟大时代的象征，令人叹为观止。然而这些数万尊幕天席地凿刻在石壁间的石佛，不知要耗费多少民脂民膏，不知有多少杰出的工匠从少年到白头囚身于此？心头觉得震撼的同时又生出几许迷惘：民众真的就信这些"石头超人"能给他们带来护佑和超度么！人民有信仰，国家有力量，民族有希望！我在心头久久回味思索着"信仰"一词在现代的内涵，离开了此地。

清明上河园和白园

清明上河园是开封市以北宋著名画家张择端的传世之作《清明上河图》为蓝本，建造的大型历史文化仿古游乐主题公园，是国家非物质文化遗产展演示范基地，国家 AAAAA 级景区，占地六百余亩。千年前，张择端把北宋的市井繁华从现实搬到了画卷，而千年后，开封人又把它从画卷上复制到了现实。穿过虹桥步入园内，犹如穿越到了北宋汴京繁华的街市，穿汉服的男女游走在商铺林立酒招茶肆横陈的街上，赶牛车、牵骆驼进城的民俗雕塑呈现于眼前，街头有敲锣托盘卖艺的，有现场制作画扎花刺绣的；包大人在汴河的船里喜迎四方宾客，王员外的女儿绣楼上抛绣球招亲，布袋木偶戏正在招揽看客，蹴鞠表演传来火爆笑声，水上东京保卫战即将实景开演，食光街的特色美食飘来阵阵香风，趣园荡秋千玩滑板的嬉笑不绝于耳……移步换景的民俗繁华令人眼花瞭乱，看了东市的杂耍，又赶着去西市瞧新鲜，真有点应接不暇。

最令人留连忘返的是晚间穿过双亭桥去看水上大型实景演出《大宋·东京梦华》。剧情由八首经典宋词串联而成，把宋词所表现的内容、意境、情绪，借助音乐、美术、舞蹈和声光电高科技手段，同清明上河园内水榭楼阁、民俗实景相结合，以真实独特的画面形式呈现出来，生动真切地再现了北宋京都的市井风情及繁华兴衰的历史。

演出序曲由南唐后主李煜的词《虞美人·春花秋月何时了》开场，"问君能有几多愁"呈现了旧王朝衰败的遗恨，"一江春水向东流"的浩荡气势预示着北宋王朝势不可当的崛起，悲欣交织的画面，引人入境。接着一幕是辛弃疾的《青玉案·元夕》和苏轼的《蝶恋花·春景》，词里所描绘的元夕赏灯"东风夜放花千树，更吹落星如雨，宝马雕车香满路，凤箫声动，玉壶光转，一夜鱼龙舞……"与春日踏青的"花褪残红青杏小，燕子飞时，绿水人家绕。枝上柳绵吹又少，天涯何处无芳草。墙里秋千墙外道，墙外行人墙里佳人笑……"的画卷，竟神奇地铺排在眼前，真是灯如海星般璀璨，绿野芳菲如潮般漫涌，汉唐风韵的舞蹈，让市井风情比画卷生动，街上上元夜出游的官人、百姓、商贩、玩耍的孩子，斗鸡的场景设置紧挨观众席，给人的穿越感特别强烈，盛世东京的浪漫与活力毕现眼帘。紧接着演绎的是柳永的《雨霖铃·杨柳岸晓风残月》所展现的离歌相思与周邦彦的《少年游》中宋徽宗和名妓李师师的爱情传奇，词曲缠绵画面唯美，令人沉醉其间浮想联翩；随后演绎的是《齐天乐、万国朝圣》的辉煌盛况，突出了北宋鼎盛时期各国朝拜君民同乐的民族豪气。第五幕随着辛弃疾的《破阵子·醉里挑灯看剑》与岳飞《满江红·怒发冲冠》词曲的歌吟，穆桂英挂帅出征，车辚辚马萧萧壮怀激烈收拾旧山河的战争，把演出推向了高潮，大宋的繁华在红色战火的洗礼中落幕。尾声苏轼的《水调歌头·明月几时有》，又把观众从惊心动魄的战火硝烟中拯救出来，表现了历经盛世衰败之后，人们对美好未来的期盼与祝愿。序曲中小男孩放入水中的河灯，在尾声中又由乘舟的小女孩送回来，历史起伏跌宕根脉传承，盛世繁华在新纪元中踏歌而来……

整个演出入情入境如梦如诗美轮美奂，真有"一朝步入画卷，一日梦回千年"的神奇感。在这里和最美的宋词相遇，与古调新弹的文化相遇，心里交织着无法言表的欢悦和赞叹，真是感受到了满满的文化自信。

说到白居易的墓园，这次行旅可谓有缘无分，即使念念不忘想去拜谒，但阴差阳错的竟与它失之交臂。也许因为对大诗人过于倾慕吧，也许是因之座落在伊阙东山的琵琶峰上，与龙门石窟隔河相望。晚间做梦，魂魄竟飘飘荡荡来到了白园，只见园内竹树环合碧荷吐芳，十分清幽古雅，也许白天听导游讲前来此地的游客几乎全是冲着龙门石窟去的，专程来白园的俗众是少之又少。梦里依稀看到一个名叫"听伊"的亭子，这是白居易晚年与好友元稹、刘禹锡等好友饮酒品茗论诗之所，真羡慕诗人有那么多至性故交与他诗酒人生。来到乐天堂，白居易的汉白玉塑像飘逸脱俗，望着这位千年以来用诗歌润泽后世心魂的诗人，想告诉他我来自他写《长恨歌》的周至，在近前却因害羞竟无语凝眸，耳畔回荡着在课堂上和同学们一首首吟诵的《草》《暮江吟》《忆江南》《观刈麦》《卖炭翁》《琵琶行》等诗歌。忽而又依稀看到一条顺山势而建的长廊上，墙壁里嵌着几十通刻有白居易诗文的石碑，它们是中国各地的书法名家留下的胜迹，心想这也许就是园内的诗廊了。正念着去琵琶峰拜谒白居易墓，去香山寺观瞻诗人晚年静修的地方，也许是心太切梦太薄，我一脚踩空，竟跌落回现实！再想闭目重续旧梦已无望，心中暗笑自己太痴，真是梦从心头起呢。白居易去世后，唐宣宗李忱曾写诗悼念他云："缀玉联珠六十年，谁教冥路作诗仙？浮云不系名居易，造化无为字乐天。童子解吟《长恨曲》，胡儿能唱《琵琶行》。文章已满行人耳，一度思卿一怆然。"一代代后来人传唱他的诗词，也算是一种心魂之交流，不语之思吧！

只因洛阳的牡丹甲天下，在洛阳，人们像种菜一样种牡丹，因此洛阳城就在清明前后玩起了"洛城飞花令"，以"洛阳红"为主的各色牡丹花团锦簇，摇曳在春风里的街巷园林，延续着一千多年的"花开花落二十日，满城人人皆若狂"之盛况。我这次来洛阳，无缘感受皇家园林千顷牡丹盛开的辉煌气势，但也在遗址公园早开的牡丹花系中，观赏了一丛丛半人高的花枝上争妍斗艳的牡丹，也在玉白朱红浅粉色的花丛中，做了一次狂蜂浪蝶，陶醉在清风晨露中轻颤的牡丹花香中。只要有一颗爱花的心，天涯处处有花香。还是留些游踪未至处，他日寻访意更浓吧。

你好，诗经里

　　沣河之滨的诗经里，顾名思义，就是《诗经》这部儒家经典诞生的故里。诗经里，以诗经文化为魂，把诗经中有关沣河的人文元素转化为现实景观。

　　置身诗经里，人们可着汉服穿越古今，可在国风广场观看踏歌起舞演出，可在中国古琴博物馆观赏礼乐演奏，可在花间酒店与月共眠，在老舍茶馆体验餐茶文化，可在邻家小聚享受美食，可体验沐手抄诗、簪花祈福、月夜放灯的美好，亦可在古镇的清流花溪间自由徜徉，吟赏烟霞。《诗经》与沣河邂逅，开创了西周的礼乐文明；我与诗经里邂逅，蓦然找到了亲近《诗经》的钥匙，再次触摸到诗经思无邪的魂魄。

　　风雅诗颂馆演出，以实景歌舞剧的形式，全景展现了《诗经》从采诗、献诗到编撰、传承的演变历史。流动变幻的场景，将我引领到千年之前河滨纵横、苇草萋萋的原野，采诗官追随雎鸠的和鸣声，奔走于田间村舍，聆听着大自然的勃勃生机，捕捉着女子采摘、纺织、打枣、割稻的歌声，记录着男子们伐木、筑屋、耕作、狩猎的号子声，体味着人们婚嫁、祭祀、兵役中寄托的悲喜祈愿。从西周到春秋的几百年风尘中，作为艺术家的采诗官和乐工们，精心汇编增删，才有了诗三百的珍品流传。难怪孔子说："不学诗，无以言。"没有诗经的濡染浸润，中华又怎能被誉为诗的国度呢？《诗经》作为中国诗歌的源头，包含着民生的百态百味，令无数文化学者为之倾倒而皓首穷经。

　　"关关雎鸠，在河之洲。窈窕淑女，君子好逑。"《关雎》篇是被孔子誉为"乐而不淫，哀而不伤"的情诗，位列国风之首。比翼和鸣的雎鸠，引发男子对采荇女子的思慕、追求和向往，单纯炽烈的情怀，是代代人歌咏传颂的千古绝唱。我最早喜爱的句子除了《关雎》，就是《诗经卫风伯兮》中的句子："自伯之东，首如飞蓬，岂无膏沐，谁适为容？"自从心上人儿离去，她就是这么花容失色潦倒慵懒，她只为所爱的人，才做最美的自己。简单率真的直抒胸臆，活出为爱痴迷的模样，在无疑处有意设问，楚楚自怜之意，引得无数痴心人产生共鸣。

　　"昔我往矣，杨柳依依；今我来兮，雨雪霏霏。"以往读这个句子，想着物换星移的变迁中，美总是转瞬即逝，情总是幻化成空。但是今天再读，我却品咂出了另一种滋味。漫天雨雪的严冬，一个退役的征夫走在返乡的路上。归途漫漫，思绪飘飞，故乡渐近，心却难安。他时而忆起年少时离乡的柳色，时而猜想心上人是否变了心肠？多年不见的老街是否变了模样，村口的老柳下爹娘是否还在守望？区区十六字，真是道尽了远行游子的情肠。"知我者，谓我心忧；不知我者，谓我何求？"回乡路上，越思量越惆怅，竟不知归来何所依傍？真不知如何消解这世态的炎凉。

　　"投我以木瓜，报之以琼琚。匪报也，永以为好也。"这是我在诗经中读到的最动人的句子。古人云：来而不往非礼也。人际交往中，你我最看重的是朋友之间的相知默契，最珍视的是恋人间的两情相悦。你无论送我的是木瓜、木桃、木李，我都会欣然接受，并会以美玉回赠。并非我想要给你更丰厚的回报，只是想让你明白：你对我多么重要，我多么想和你永世相好！

　　这样反复咏叹的表白，绝没有衡量厚薄轻重的心思，有的只是以我心换你心的情义，而在这个物欲横流的时代，不以物质衡量交情深浅的人还在吗？友情需在美酒佳肴中见证，爱情需拿珠宝名车来增加底气。饭桌上，大多时吃的是仪式感，吃的是奢华的服务，推心置腹地促膝谈心亦成了奢求。"夜雨剪春韭，新炊间黄粱"的相邀欢是多么美好，"相见亦无事，不来常思君"的牵挂是多么真挚！

　　英国诗人库珀说过："上帝创造了乡村，人类创造了城市。"人们久困在钢筋水泥的丛林中，一旦厌倦了灯红酒绿的喧嚣，腻烦了声色犬马的奢靡，就极其渴望回归山林，回归田园，去呼吸大地的芬芳，去聆听自然的天籁，去湖光山色中寻找诗意的栖居。也许在旅途中，你找到了心灵的皈依，也许你即使置身某个文化古镇，也不曾找到安放心灵的去处，那就不妨翻开《诗经》，翻开诗词歌赋，在这里一定会找到安放灵魂的故乡。

梦回楼观

　　年年岁岁，混迹于熙熙攘攘的人群中渐渐长大的我，即使远离故乡，楼观台的影像也永远投放在灵魂的底片上，温馨而迷人。

　　山不在高，有仙则名。家乡秦岭北麓的道教祖庭楼观台，曾因一位骑着青牛的老人在此结草为楼修心悟道，留下五千言《道德经》而名扬天下。几千年沧海成桑田的历史变迁中，《道德经》没有湮灭于历史的烟尘中，而是像星辰一样永远在世界东方的苍穹闪耀。"道生一，一生二，二生三，三生万物。""人法地，地法天，天法道，道法自然。"《道德经》就像天地间镌刻的一首神秘而充满玄机的诗篇，小时候只会背这么几句，却无法领略其博大精深的大智慧大思辨。后人缘其而追问的灵性之火，亦在世界的各个角落生生不息地闪现辉映。也许是因为熟悉，我们往往忽略了对它的细致的追问。直到楼观被打造成现代大景观——道文化展示区后，我才留恋起昔日它朴素的自然风光和醇厚的民俗风情。

　　记得每次来到楼观，无论是站在炼丹峰前纵目远眺田陌秀蔚、佳木成林的渭河平原，还是回首南望群峰叠翠、白云缭绕的终南秀岭，无不令我心境开阔、神清气爽。那古朴雅致的亭台楼阁掩映在翁郁的古木花树间，犹如展开的水墨丹青，静默中展现着它繁复而多叠的美丽。凝望着矗立在幽幽青山间宁静慈祥的老子塑像，我恍惚觉得这位睿智平和的老人满含期待与忧患，正在为来自四面八方的游客娓娓布道、缓缓洗礼。

　　宗圣宫的大雄宝殿外间，花木掩映中的那些残存的古碑、苍劲虬曲的古柏、拙朴逼真的青石牛、驮着石碑的老龟，皆影影绰绰地诉说着历史的苍茫印记，令人不免发思古之幽情。最引人关注的是那一株已有几千余年历史的老银杏树，它历经战乱、地震、雷劈等劫难，虽树身已蛀空过半，但嶙峋的树身依然抽出嫩枝，长出鲜亮的绿色扇形叶子，在明媚的阳光中快乐地舞蹈着，不能不令人感叹生命不屈的绝唱！据说这棵银杏树是株雄树，和其并称连理的是老子说经台前那棵雌银杏树。这对夫妻树南北相守几千年，在岁月的无涯中根脉传情，不舍不弃默默守望，令人叹为奇观！难怪人们把它们尊为神树而许愿祈福。

楼观的百竹园，曾是我最爱驻足赏玩的地方。刚一步入百竹园的绿色汪洋中，清新幽静的气息就扑面而来。那一竿竿绽翠吐芳的秀竹，似乎把人们的吐纳之气也给染绿了。那婆娑的竹叶清吐明辉、摇曳生姿，总会令人尘虑顿消、心目清明。春日的竹林，在壮硕苍翠的"老竹王"呵护下，千千万万破土而出挺拔如剑的新竹，把竹林碧波荡漾得更加流光溢翠。"日暖爱行深竹里"的句子，真是应了此时的情怀。休憩在林中石凳上，伴着婆娑竹影读一本闲书，或者听鸟儿在枝头欢愉地啁啾，看日影悄悄地挪移，怎么也不想再入喧嚣的尘世了。

说经台前的八角亭下树着一块石碑，碑刻"上善池"三个大字，亭侧有一石砌小池，池内壁有一个石龙头，口吐清泉终年不绝。关于上善池，曾听过一个泉水医病的动人传说。相传元世祖时期，周至地界遭到千年不遇的时疫，无药可医的民众处于水深火热的煎熬之中。此时，楼观台道观住持夜做一梦，他梦见观里的太上老君说："山门石侧有地泉一眼，泉内有吾炼就的丹药，可治民疫。"住持醒后，命小道士循石阶挖泉，果然有地泉一眼，喝此泉水两个时辰后，疫病不治而愈，方圆百里的百姓闻讯皆来求取，一时间疫情尽除，老君显灵普渡众生的善举，成为街谈巷议的佳话。三年后元翰林学士大书法家赵孟頫来楼观游览，听得泉水医病的故事，因感于老子的《道德经》中"上善若水、水利万物而不争"的启示，就写了"上善池"三字，立碑为记。所谓大智慧，也许都蕴含着慈悲为怀的善念吧。

"老子祠"三字是已故中国佛教协会会长赵朴初居士所题，祠内的老子像仙风道骨栩栩如生，鼎炉内檀香缭绕，四方的游客没有不在此顶礼膜拜的。每次见善男信女叩首许愿时，我就想起灵官殿门口康有为书写的楹联："存心邪僻，任尔烧香无点益；持身正大，见吾不拜又何妨。"这句话看似浅显却蕴含着大智慧，对时代人心有着醍醐灌顶的警示作用。老子祠东西两侧，立有《道德经》碑石，西侧一组为元朝高文举篆书五千言道德经，具有很高的历史和艺术价值。祠内名人问道墨迹、金石、文物不胜枚举，值得细细玩味。

踩着缘溪蜿蜒的卵石小径或石阶，在问仙沟闲逛，到处杂花生树、藤蔓萦缠、怪石伏道。耳闻得清溪潺潺、鸟鸣虫吟，全是大自然的馈赠。那蹿出草丛见人不惊的野兔，停在道上，似乎还瞥游人一眼，才机灵地远遁，引得游客也想和伏在树丛中的野雉一唱一和，尽情享受亲近自然的山野之趣。如果你走得累了，尽可以在道旁的石凳石桌前小憩，那些艺人巧匠们镌刻在道旁的诗画传说，又会给你带来无尽的遐思和畅想。

每年正月初一和二月初十，是方圆近百里的民众倾城而出逛楼观的盛会。当新春的大门刚刚打开，料峭春寒中，穿着簇新的孩子，装扮鲜靓的青年，携儿带女的夫妇，都要去楼观台迎春、纳福、浪景。放眼望去，田屿河畔、楼观古镇纵横的主干线上，可谓车如春潮人若织锦，人们欢语喧阗游逛的景象尤为壮观。二月初十是楼观古镇道观庙会和物资交流大会，亦是春来人间万物鲜、民众踏青赏春的好时令。此时的古镇，俨然是另一个清明上河图的再现：各路商贾云集，各类货色齐备，秦腔大戏歌舞杂耍助兴，酒肆饭馆宾客如云。锣鼓喧天的老君庙前，人影纷沓，烛光摇曳，紫烟升腾。人们在山道林木间嬉游，在茶肆酒馆中欢聚。无论是唱歌的孩子还是拄杖的老人，他们都在这个春天里把积攒、压抑了一冬的热情全抖落在山间，因此，才有了"紫陌红尘拂面来，无人不道看花回"的浪漫洒脱。

若想细细玩味楼观台殿、阁、塔、楼等多处古迹神韵，若想寻得深奥道教的真经，就请来道教祖庭楼观台。鲁迅先生曾经说过："中国根底全在道教，以此读史，有许多问题可以迎刃而解。"我希望人们在意蕴无穷的道文化的浸染中，找到回归本真、回归自然的幸福。

走着去看山

一

冬日里师生同去远足，步行十公里再宿营爬南山。有的同学大呼：那么远！而大多数同学则挥着小拳，气冲斗牛的样子。五十人的队列彩旗飘飘，孩子们唱着歌沸沸腾腾地疾走，引得路人不断驻足赞叹。很少有甩着膀子大步流星走一程的时候，在以车代步的时代，许多人已忘记了用脚走路的感觉。虽然健身房、运动场也可热身健体，但"道由白云尽，春与青溪长"的洒脱自然无从领略。

一路走来，少年时和几个同学走长路的情景竟在脑海中鲜活起来。暑假打工归来未搭上班车，二十公里的行程对于归心似箭的我们来说，并不在话下，同伴提议开"十一号汽车"回家。卯足劲的我们意气风发，一路放歌而行，俨然运动健儿一般。走得久了，大家都不再言语，望着西天的云彩遐思，听着暮色里的河蛙鼓噪，路边的萤火虫也提着灯笼伴我们同行。举目四望，漫天的星斗和地上的灯火交相辉映，让人不知是灯欲升作满天星，还是星欲化作万家灯。我第一次那么深切地感受到大自然的美好，同伴们谁也没有叫苦喊累，反而愈走愈兴奋，像是鸟儿在鼓翼飞翔，只听见脚下呼呼的风声，那筋骨舒展、通体舒畅的感觉无可言喻。在望见家中灯火的一刹那，我们竟狼奔似的飞窜回家，让家中的母亲抚脚唏嘘不已！那是我第一次走路走出来的风度。今天的我又和孩子们一起徒步竞走，再次去体验走路的甘苦。

宿营地是傍山崖构筑的小寺院，屋瓦拙朴，器具洁净，人情慈善。师生一起喝着烧沸的山泉水，嚼着方便面的香甜是酣畅无比的，稍事休整后，师生乘兴爬南山。连绵横亘的群峰，蜿蜒淙淙的溪谷，郁郁森森的苍松修竹，宁静的丽日蓝天，真像一幅简约的画卷呈现在我们面前。孩子们被山溪牵引着向山的更深处漫游，捡一方白里透青的石子，采一枚烂漫的红叶，摇几棵高悬的冻柿子，在丛林间唱歌欢笑，真像一群出笼的鸟儿。我告诉孩子们：爬山要一鼓作气，千万不要喊累叫苦，如果被山怪听见了，它就会施魔法，让你顷刻骨酥筋软，寸步难行。闻听此言，大同学会意忍笑，而落在后面的小女生不甘被山怪所伏，奋力向前攀爬。

林间小憩时，不禁闭目沉思：世间万物，人若情有所钟，必会对之细细赏玩，慢慢体会，它也会向你展示那繁复而多叠的美丽。那在石缝中扎根的松柏，在峭壁间构筑的蜂巢，小溪中清扬的细浪，铺满一地的青苔，无不给人以生命的震撼。牵绊我放慢脚步去吟赏，涤尽尘心去玩味。无奈世间有太多匆忙的步履，匆忙的眼睛，匆忙的心，而无缘消受与我们触手可及、擦肩而过的美丽。

回来的途中，我问孩子们喜欢山吗？孩子们脸上洋溢的快乐给了我答案。走着去看山吧，让步履再从容一些，让眼睛再闲静一些，你会发现，万物静观，其乐无穷。

二

和亲友组团去登观音山，是有意思的一件事。更有意思的是登山的队列中，妹妹的宝贝小佳人只有四岁，几位姐妹也从未奢望能登上此山，但大家今天都希望挑战成功。原来心中的畏难情绪是纸老虎，软弱的人会被它唬住，而勇敢地去行动，就会征服它。

刚到白杨叉的庙前，就有许多登山的手杖放在那里。这些都是一拨拨登山者留下的。对登山的人来说，那些手杖就是登山的援手，与人方便于己也方便，人人都需要。慢走缓行备足粮草，是登山的要诀。在崎岖环绕的山径间缘溪而行，眼前草木繁荫，翠蔓丛生，有一种空翠湿人衣的意蕴，耳畔虫吟鸟语，嘤嘤嗡嗡，充满生机，偶尔被一种叫草蝇的飞虫叮咬一口，俨然针刺一般，也是有意思的。

"正入万山圈子里，一山放过一山拦。"峰在回，路在转，在遮天蔽日的原始密林中奋力登攀，所有的杂念心思都放下，专注地想要征服大山，心中充满了把它踩在脚下的豪迈，战胜了最初的疲乏，发过汗的身心似乎清爽了许多，连咚咚的心跳也犹如擂响的战鼓。在补充能量时，无论是咀嚼还是吞咽，都有一种别样的香甜。

途中小憩时，一方嶙峋的山石，几棵参天的古木，一块清幽的碧苔，一枝烂漫的山花，一枚青青的山果，一缕流岚，遍山浓翠，拄杖驻足、抚摸、观赏、流连、拍照，都是有意思的事。薄阴的天气，密林的山径也是湿漉漉的有些滑，那些流动的雾气缭绕在身边，看不见前行的人，只听见他们的声音，真有那种"前者呼，后者应"的情趣在里头。偶尔踩飞的石子，偶尔跌坐的屁股蹲，偶尔划伤的手臂，都让人痛并快乐着！

　　到达山顶观音山大殿，"会当凌绝顶，一览众山小"，孩子们对着山谷雀跃欢呼：我来了！我来了！白茫茫的山川云遮雾罩，依然神秘莫测。无限风光在险峰，观音山只是首阳山的一个驿站，当年伯牙叔夷采薇的首阳山，还在云深之处。叩拜布施礼毕，坐在庙前的古柏下休憩闲话，耳畔隐隐传来诵经的声音，恍然入梦。

　　上山容易下山难。上山时，心气尚勇，尽管吃力，但每一步都踩得实，迈得稳，虽是缓走慢行，却千山万壑都踩在脚下。下山虽有些轻松，但难免有那种把持不住的虚飘，打滑，跌跤，扭伤筋骨，都是常有的。而且下山更需腿脚上有功夫，否则腿脚酸痛几天都缓不过劲来。四岁的小佳人是大家登山时一个美丽的包袱，妈妈、伯伯、表哥连拉带拽，外加背着扛着，用了几个小时成功登顶。下山时，无论是背或扛都挺险的路段，小佳人硬是在大人的牵引下，自己小碎步走过那些危险地带的，她小花裙下的嫩藕一般的小腿结实着呢，洋溢在她粉嫩小脸上的乖巧和笑容是那么纯净，惹人爱怜。小人儿成功攀越，真是创举呢。

　　来到小小山神庙前，一位失语山民憨憨地笑着，拎来一篮五味子，每人手里塞几串红玛瑙似的山果，真叫我们狂喜不已。吃着这样的美味，赶紧把兜里仅有的毛票和面包递给他，他咧着嘴开心地笑着，真是令人难忘的画面。刚刚下山，突然下起了一阵骤雨。举目望山，阴云笼罩一片苍茫。老天真是眷顾垂怜，如果雨来得早，我们岂不是要在山里仓皇奔逃。那雨仿佛在为我们洗尘，想想实在是没有比腿更长的路了！

附录　他说

再现语文之美

国稳社

这里的"语文"，不是通常所指的学科概念，而是对包括语法修辞在内的语言文字的统称。文字自然属语言范畴，但语言不仅仅是文字。如音符和旋律之于音乐，色彩和造型之于美术，影视中的镜头切换，舞蹈里的动感姿式，莫不属于艺术语言。作为文学语言的文字，对一个写作者来说，既是基本的、起码的要求，同时也是终极的、最后的标准。可以说，一个作家终生都跋涉在磨练语言、淬砺文字的苦旅之中。它不仅仅是表情达意的手段与载体，甚至是文学世界的目与本体，它是一个独立的、自足的系统，而不是委身于情志、依托于心声的附属品。无论是古典的精准、传统的写真，还是现代的变形、先锋的探索；不管是理趣之真、情趣之雅，抑或是伦理之善、意境之美——无不是经由语言文字而抵达的。也正是从这个意义上，我们才说文学是语言的艺术，而文字功力则是检验一个作家专业水准的无比重要、几近唯一的尺度。

阅读景卫萍的文章，给人的第一印象，就是她的文字具有一种先声夺人的"口感"和"乐感"，以至于遮蔽了她在写作上其他方面的才能。她对文字有一种近乎本能的敏感，知道如何处理语言的浓度和密度，晓得怎样控制文字的节奏与色彩，那种语感常能传达一种独有的气息和特别的味道。例如这一段话：烟波浩淼不是你，波澜壮阔不是你，平湖秋月不是你，你是冰川雪峰孕育的女儿。翠玉是你的明眸，云彩是你的罗裙；盛开的雪莲花瓣，是你额前的王冠；山涧的流岚，是你清扬的羽衣。啊，你这世外的仙妹，如此的妩媚风流，又是如此的幽独寂寞！虽然，我只是天地间的匆匆过客，千里迢迢偶尔投影在你的波心，从此，梦境不再有遗憾。这哪里是在写景，分明是一首吟唱给天池的情歌嘛！天山明珠，在这里已不再是冰冷的景观、描写的对象和记述的客体，而是幻化作风情万种的仙子，变成了摇曳多姿的精灵，且刚从《聊斋》的幕帘后走到你的眼前，你仿佛能嗅到它的呼吸。如此效应是怎样产生的呢？文字使然！

当然，文字的精纯与陋劣，绝不是一个简单的事实；语言的华滋与粗鄙，也不仅仅是孤立的现象。它的背后，往往掩藏着一位写作者区别于他人的文化密码和心理机杼；它通向了主体的精神气质和审美旨趣，它关乎到作家的人文情怀和价值立场。总之，语言文字是更复杂深厚之物的外壳和标签，就像冰川露出海面的一角，又如钓线留在水上的浮子，它们的下面才是巨大而真实的存在。一个肥腻、油垢而污浊的灵魂，是绝难写出清爽、洁净而晶亮的文字的；而一个淡定闲雅、单纯质朴的作者，同样不会经营出蝇营狗苟、市侩十足的文字。偶尔的口谈、短时的言说，或可蒙人于一瞬；一旦下笔为文、白纸黑字，那文字与人格的必然联系是很难拆解、不可分裂的。如果说，小说因其明鲜的修辞性和强烈的工艺性而间接地表达对生活的感受，那么，散文则以其文体的自由而成为一种最直接的文类。在散文世界里，主体人格是极难躲藏的。

景卫萍的散文，就是一种自由的书写、自在的坦白，一种自然的述说、自如的表达。

《行走新疆》是一篇体制相对阔大的游记。史地知识的有机穿插、诗词文献的合理引述，边疆风情的特写、民族习俗的点染，使文章的内涵丰富了起来。文中，既有个人行踪的记叙，又有观照视点的变换；既有美景的工笔描摹，又有真情的深切抒发；既有剀切的议论，又有简要的插说。各种手法综合运用、巧妙杂糅，在写作方法论的层面上显得立体而饱满。《素描写真》是一篇写人的散文。人，既是万物的灵长，又是艺术的核心，还是文学的统领；写作的功力，就是写人的功力。如果说，长篇写人的命运，中篇写人的性格，短篇写人的情绪，那么，散文则着力于人的情怀，落墨于人的趣味，它讲究的是格调。《素描写真》用两千字的短短篇幅，就将一个"80后"女子的个性、活力、锐气活画了出来。主人公张菲的音容笑貌、言行举止，她的追求与向往，她的苦恼与困惑，她的经历和际遇，她的青春和爱情，都给人留下深刻的烙印。"80后"不是娇生惯养的绣花枕，不是一帆风顺的楞头青，也不是一切都靠父母的庸人；他们是一个视野开阔、热力四射的代际，一个思想新锐、独立不羁的群体。张菲就是他们中的典型一员，她有知识、有文化、有想法，而且富有同情心，又敢作敢当、敢爱敢恨，是一个可爱的"新人类"。《端午琐忆》是一篇描写家乡风土的散文，阅读的过程是温馨的，脑海中飘散着粽子的清香，令人口舌生津、甘之如饴。通篇散发出的怀旧气味，使人联想到林海音笔下的《城南旧事》、萧红书中的《呼兰河传》。那淳朴的乡间亲情和遥远的童年记忆，穿过岁月的屏障，在我们的心中款款缭绕，于读者的眼前久久弥散……

不同于公共话语靠平稳的概括来阐述理念的行文路数，文学之所以是艺术话语，就在于它凭细节支撑，借形象发声。景卫萍的这一组散文，在这两点上是有共性的；如果说特色，细节与形象正好构成三篇文章的交集。例如她把粽子当作善解风月的美女来状写："他们把粽子捧在眼前左瞧右看，慢慢地嗅那丝丝缕缕的香气儿，然后轻解丝绦，慢褪罗裙，待粽子的凝脂玉体呈现在眼前时，仍会强抑嗜欲，轻轻地嗅，慢慢地咬，一口一口细细消受她的风味。"这样的写法，把粽子的精魂都给写出来了，够形象的吧？至于细节——艺术的细胞，就无须列举了，可谓俯拾即是，读者自可寻味。

吃文艺饭的人，先得具备秉赋，如发达的形象思维、超强的艺术感觉等，这是前提。这一点谁都承认，但却最没说头，因为那是先天的，没啥可说。关键在于后天的作为，特别是方法体系的健全、完善与科学；对于成材来说，如果说秉赋决定可能性，那么方法则决定现实性。所谓"工欲善其事，必先利其器""磨刀不误砍柴工"等箴言，讲的都是方法的重要性。景卫萍之所以能写一手好文章，与她文学阅读的经典化取向不无关系。她的读书，在总量上、结构上都保持了清醒而自觉的状态，与时尚拉开了必要的距离。长期浸淫于斯，人的精神质地就会逐渐有了纯度。听听她读的那些书名，不由使人产生一种"高级"的欣羡和向往：啧啧，瞧瞧人家，尽吃"精料"，难怪呢。

当然，一个人的成败得失，是由多方面原因造成的，而不是哪一样因素起作用的结果。日常的景卫萍，似乎不谙世故，有时像孩子一样。我想，这与年龄无关，这种类型的人可能长到老都不会圆通。说她是"儿童"，肯定不是智商意义上的，而是心灵底色、精神气质、主体人格方面的指涉，就像一簇烂漫的山茶，或如一丛挺拔的秀竹，朴实坚韧，单纯热烈地在自然中汲取阳光雨露，茁壮成长。加油吧，景卫萍，大家期待着你更趋成熟、更加老到、更其深邃的散文新作。

本文写于 2010 年，（作者系"柳青文学奖"得主，周至县文联主席）

山野的精灵

李婷福

　　我深信释迦牟尼说过的一句话：无论你遇见谁，他都是你生命里该出现的人，都有原因，都有使命，绝非偶然，他一定会教会你一些什么。卫萍是我四年前认识的朋友，虽然相交时间甚短，但是一见如故。

　　她最吸引我的就是她的单纯和执着。当我因为春懒而无所事事的时候，她担心自己几亩猕猴桃侍弄不及，怕樱桃园子的荒草让邻居笑话。我说弄不及就那样吧。她笑笑回答："园子长荒了，心里就不自在，面子上过不去。"每年樱桃熟了，她都邀请朋友去她家摘樱桃，我和丈夫也去过。她自己戴上有长边的宽沿帽子，穿上长袖衣服，全副武装。让我也戴上帽子，一起摘樱桃。她知道在一个枝丫遍布的地里干活，经常会戳伤晒伤皮肤。而经常说自己是农村人的我，其实只是一个过客，并没有真正在山野间生活过。我到了地里，遍地跑，满眼的果子令人眼花缭乱，她就笑吟吟地指导我们怎样采摘味道甜的吃。临走时，给我们又装了满满两大箱子带走。美丽的樱桃园多次成了她文章中的伊甸园，这片土地的鸟语花香，春耕秋收，都倾注着她的喜乐哀愁。

　　在城乡一体化进程中，当她看到农民不再珍惜土地遗弃土地时，她就再也不是一个地地道道的农人，一个山野村妇了。她的满腔乡愁就变成一行行有温度的文字："眼看着农民不再爱恋土地，眼看着乡村像个摆阔的土豪，失去了它原有的质朴生机，我对这种突兀的变化，有种无所适从的深情怅惘！人人心里有对乡村未来的憧憬，人人心中又充满了乡村被异化的怀疑。"这是根植于骨血中对家乡喜爱的流露，也是因为家乡异化的痛彻心扉。她大量的文章都是描写家乡的山山水水，家乡的花花草草，还有家乡的父老乡亲，家乡的常人俗事。既有乡间俚语，又有深邃寓言，其间相通的是都散发着泥土的芬芳，弥漫着万物有灵的野趣。这时卫萍就不只是一个"村妇"了，而是一个笔下生花，力透纸背的"写者"。我喜欢"写者"这个词，也就这样形容她了。我不喜欢"作者"这个词，固执的认为"写"这个词，更能形象地表达出她喜欢文字，伏案疾书的情态。

她经常对我说，自己是一个"边缘人"。我知道她的无奈：当过打工妹的她通过自学考试拿了大专学历，转战当地学校二十多年当代课教师，荣誉证书拿了厚厚的两摞。年已不惑，又一次考到教师资格证。虽说她的收入不及公办教师的一半，还被一些势利之徒小视，但是她对语文和学生的热爱却是真诚质朴的。我在九峰中学支教时，她已在九峰中学代课，教毕业班语文。她的教案备得扎实严谨，课堂教学风趣活泼，非常有大语文的风格。同事信任她，学生喜欢她，连我这个师范专业的语文老师都对她刮目相看。连轻易不赞美下属的领导都对她赞叹不已：她勤奋好学笔耕不辍，已是发表过几十万字散文小说的网站签约作者。与她一交往，我们果真相见恨晚。她经常的状态是刚放下笔就拿起锄头，刚合上书，就系上围裙。而在农村，自己又不愿意每日蝇营狗苟，鸡毛蒜皮，落入庸俗脂粉群中。所以，她说自己是"边缘人"时，有一种苍凉和无奈，也是一种自我调侃。

我喜欢她打电话说：让你当家的开车拉咱们去听讲座；有一个关于写作的报告会，咱们一起去；我最近读什么书了，计划写什么东西……这样意气风发兴致勃勃的她，让我想起校园内的丁香花，它密密匝匝的花朵美丽含蓄，花蕊全部向上，一簇簇盖过绿叶，欣欣向荣，蓬勃健康，多么像她既泼辣又文静的神采。她的笔名"精卫"，暗和她名字的内涵，又呼应她本性中的如精卫填海一般的执着。

"花影不离身左右，鸟声只在耳东西"，这是上苍给人的福分。婆婆说："人看不到自己的福，只看到自己的苦，就活得不自在。但愿人人惜福，向美向善而生。"这段话是她写婆婆的一篇文章中的几句，也表现了她的心声。她在花影鸟鸣中，向美向善向阳，而文字就是她的大道。我非常心仪李镇西老师对自己所从事的职业的三个评价：活命的职业，喜欢的事业，永远的宗教。而像山野精灵一样的卫萍，她是一直把"写者"作为自己的宗教对待的，不是这样吗？

（作者系西安市鄠邑区蒋村镇初级中学语文教师）

乡村语境中的女性书写

——读景卫萍散文集《涓滴成河》

张攀峰

一

"岁月静好、现世安稳"是当下好多人的共同心愿。在当下众声喧哗的时代，总有一些人在悦读的滋养下，过着一种"日常经验之外，审美意义之始"的生活。"70后"散文作者景卫萍便是其中一位。

景卫萍在"女儿、妻子、母亲、教育工作者"多重身份之外，又额外添加了另一种身份——那就是酝酿多年散文集《涓滴成河》出版后，成为"女性散文家"。

从开始阅读散文集《涓滴成河》的时候，我一直在想，作为一位"70后"女性散文作者，景卫萍以什么样的文化姿态和生命体悟，来建构起自己的"乡村非虚构叙事谱系"。

带着这个命题，我走进散文集《涓滴成河》所呈现的文学图景。在我看来，景卫萍多年来一直保持着一个姿势：扑下身子劳作、辗转多地教书；安安静静读书、潜心一隅写作。她平和沉静、忙忙碌碌尽着女性的责任，从容不迫化解着生活的琐碎与沉重。她以女性的个人体验，书写乡村细节和自然景观与关中风土民俗和世态人情。落纸成文，绘制出篇篇用心之作，展示着乡村的偶然与必然，希望与困境，展示着小人物宿命与抗争，出走与回归，那一抹浓浓的文化乡愁，在她敏感的笔端被不断回味萦绕。

生活经验与文本创作是高度吻合的。散文集《涓滴成河》所呈现的"在场""人物""乡情""亲情""悦读""生灵""行旅"七个"版图"就是例证。在我看来，作为一位"散文写作者""乡村知识分子"，她醉心于田园风光，钟情于乡村风物，这是对自身坚守的价值认同，是对今日写作的文脉接续，是鲜活而丰富的生活场景，与温暖且生动的生命面貌。她是向生活寻求灵感以抚慰内心的人，本真、本源、本心，她的创作原本是什么就是什么，不虚妄，不凋敝，不张扬。穿过时间的耿峪河，感知秦岭的厚重，用民间女性善于凝望、体察、审视的散文笔墨，展现关中乡村生存状态的回眸与过程，当下与审视，她的文字宛若周至的猕猴桃，水灵灵、毛茸茸，散发着没有污染、纯天然的香气，充盈着温馨、温暖、温和的民间感情。

散文之体温、文学之情怀，这是她对乡村质朴风物、日常生活的礼赞。她时常给我说，她只要进入写作，心态就是沉潜的。从孩提时代文学梦想发芽开始，她就像一个质朴、勤谨的农民那样，在文学的自留地春生夏长，秋收冬藏。

这，沉甸甸的果实就是散文集《涓滴成河》。

二

时间是最严厉的批评家。时间对于每个人都是公平、公正的。景卫萍的散文集《涓滴成河》，就是她在生存与时间挤压、平衡下馈赠的"礼品"。

阅读景卫萍的散文，无论是她的生活叙说、自然书写，还是记叙他人，都是作为写作对象的主体感受为基点的，感受思维统揽了她的创作路径。如果说，《本命年》《乡村歌手》《风吹麦浪》等篇什，写出了特定的生命节点的心理感念和心理图景，那么《婆母》《南山南》《母亲》《老小》《来自山城的大妈》《山川记忆》等散文，则是景卫萍基于个人亲验，展示的与中年关联的生命关系和真挚亲情。上有老，下有小，是对一位痴迷创作的中年女性生存关系的概括。在我看来，她的叙写有绵密的针脚和生动的韵味。叙事考究、别致，有故事，有景象，有情感，在散文里探索人性的"褶皱"。同时，她所呈现的文本，是具体的、实在的，是可以对号入座的。因为，我们有着和她一样的亲人、故乡、土地。

托尔斯泰曾说："写你的村庄，你就写了世界"。景卫萍对乡村语境的书写建构在女性身份与情感认同上。在她看来，人与土地的关系，人因婚姻产生的关系是乡村世界中的基本关系（许多佳作印证了这一点），它决定着每个人的生活态度和乡村世界的命运。因此，在她的笔下，这种关系就变成了乡村世界中人们的生活伦理，这种生活伦理维系着景卫萍叙说的社会关系，鲜明的民间教育工作者立场与创作态度，从而构成了散文集《涓滴成河》的底色。

在我看来，景卫萍的创作大致分为四类：一是对乡村现实生活的关注；二是对亲情的书写；三是对四季、自然的礼赞；四是读书、行旅对人心灵层面的理性思考。

正因如此，她的文章才有对人间烟火的正视，这让我们记住了几个关键词：热烈、敏锐、抒情、坚守。

三

景卫萍认为自己创作的"灵感"一直来源于乡村。

散文集《涓滴成河》在写物寄情的审美情趣中，追求着一种生命本真的象征，一种诗意化的情思。她说，原本生活清苦，只能寄情于文字，让文字承载着生活的光亮，给人以现实观照和精神寄托。一片自然风景，就是一处心灵世界；一个地理风貌，就是一座艺术雕塑；一种人文思想，就是一幅心灵画卷。也正是这样，她的坚守，才有了今日的收获。

时间是个神奇的魔法师，会使美好的事物在记忆深处散发璀璨的光芒，会让不美的回忆暗淡消逝。但，她的文章是有光芒的。她的散文适合夜晚来读。夜，越来越浓，最后浓成一团化不开的墨。白日喧嚣背后的思绪，常常需要黑夜来填补和平衡。也许，在夜色苍茫的无边宁静中，我们从她的散文集《涓滴成河》更能品读出纷繁世事，体验出人生行进间的一己得失。

生活是琐碎的，我们总是在各自的生活矿藏里，挖掘出属于自己的宝库。对于景卫萍来说，这宝库，便是生活与文字对她的吸引。我深知，细读文本是评判作品好坏的根据，没有细读就没有可信赖的评判。我不打算就景卫萍文本展开分析与研究，我个人固执地认为，那与课堂上的讲义无甚差别。就文本而言，那是"仁者见仁智者见智"的事。相信好文章大家总是会引起共鸣的。

当前，"乡村振兴"是热议的话题。一个具有大家气象的作家，都要建立一个牢固生活的背靠点（即叙事点），景卫萍根植乡村，她的背靠点是坚如磐石的，这本散文集《涓滴成河》是她这些年的阶段性盘点与总结。

相信她的创作是有"野心的"。最后有句话送给景卫萍：从事"非虚构"创作，要有入世的温度与现实意义，又要有出世之后的超然与达观。

如此，我们期待着！

（张攀峰，笔名潘枫，"70后"青年文艺评论家、音乐词作家、导演、编剧。中国戏剧文学学会戏剧导演专业委员会会员、陕西省文艺评论家协会会员、陕西金融书画家协会理论评论部主任）

在荒芜中采撷一丝微光

刘驰军

　　岁月更迭，不知不觉间，与卫萍邂逅，已过四年。先于我们相识的，是文字。初看到那些文字，直觉告诉我渴望结识这个给我文字惊艳的人。待熟识后，发现我们是同一类人，都在找寻一种踏实的东西，来托起人生的荒芜。"生活中有些人近在咫尺，却始终是个面目模糊的陌生人；有些人即使难得相见，却是心头常常牵挂的人。同声好相应，同气自相求。每当我郁闷不快时，她仿佛心有灵犀似的，先打来电话问候。和她拉完话儿，我的心境顿觉明朗了许多。""朋友就是喜悦的接纳、贴心的交流、无私的付出、彼此牵挂的人啊。"她在《女人花》《素描写真》中说的这两段话，又何尝不是在说我们。用文字架构起相互触达的桥梁，真是一件神奇而暖心的事。

　　读她的文字，常常被清新饱满的绿色覆盖着。她是山野的女儿，天空中的飞鸟，空际的云蔼，阳光下的草木，都成为她文字里最鲜活、最生动的示范——大到一座山林，小至一片草叶，都在她的笔下有着自己精确的内存和记忆；任意倾听，呢喃的声音被风吹散又聚拢，她都会给予美妙的生命记录。借用尼采评价歌德的话，"做地上的王者"。滂沱的绿在她的笔下飞舞，盈满眼眶："谁是大自然养大的孩子，谁就永远望得见故乡，永远懂得山野的趣味！现在的孩子们，就像笼中的金丝雀，哪里有过自己寻食吃的自在和香甜？""它们给点阳光雨露就生机勃发，来点风雨毫不畏怯躲避，各自遵循着本性时令，呈现着生命的荣与枯。它们给了我一种启示：拥有一颗素朴的平常心，在满是人间烟火气的日子里，活出自己的一方天地，也就心满意足了。""唯有槐花、桐花永远伫立在记忆的村口，闪烁着热烈又含蓄的光芒，散发从未改变的乡土气息，让人一见而生无遐念想，是人生永难褪尽的厚朴温馨的背景色。""四十里峡是家乡的后花园，是家乡亮丽的风景线，惟愿这里的青山绿水，永远闪耀着翡翠的光芒。"如果说，清雅是她文字的纱衣，青翠一定是她文字的色彩。我看到了，明亮的阳光在微波上跳跃，四野绿叶如翠，绿草如茵，仿佛闻得到沁人心脾的春的气息，到处是一派生机，鲜明的色彩，蓬勃的生命，舒畅的感觉。

　　读她的文字，时时在内敛与激情中置换。一个有才华的写作者，风格往往是多变的，既有深远闲淡，又有通俗诙谐，显示其丰富的艺术才能。她忽而澎湃，像是一个才华横溢、热血沸腾的青年在激昂文字；忽而冷静，像是一位出口成章、妙语连珠的语文老师在谆谆教导，拥有波澜不惊的从容和安宁。写人、状物、摹景、记事、叙情，内容全是光明、纯洁，有着满纸赤诚的激情与热爱。摘引几处，且看："虽说你已是鬓角泛出霜花的中年大叔，但在我眼中却是正值盛年的成熟稳健的大丈夫，犹如一棵在秋光中渐染霜华的挺拔繁茂的树。我累了倦了，你是我最想依靠的肩膀和靠山；你困了乏了，我是你得到抚慰的怀抱和停泊港湾。""望着这棵枝繁叶茂的大核桃树和树下日渐衰老混沌的父亲，祈盼父亲和这棵核桃树永远守候在这老宅子里。""许多像鸟巢一般散落在向阳山坡上的人家，都相继携了家眷、牲畜去山外的平川落了户，留下的，是那些带不走、忘不掉的山川旧物和往昔岁月。""夜晚，创业大道、科技大道、振兴路、环山路上的路灯交相辉映，已经让乡村夜幕中闪亮的星星失去了光彩；清晨，各种车流交汇的噪声，早已淹没了乡间在树林天空飞翔的鸟儿的欢鸣。"热烈是有谦卑来托底，柔情是带着节制，她笔下的人与周遭有着最佳契约，聒噪，浑浊，已然消解。静谧浮漫开来，美好的情愫不断流淌。

　　读她的文字，你会在一地鸡毛的现实中纯粹起来。里尔克在《布里格随笔》中写道："她们始终坚持不懈，穿过世俗生活的种种琐碎有一刻神态还一直像少女。"一个人的文字是必须与他的生活放在一起看，他用他的生命本身践履着、传达着他们的思想，文字与作者的生命、生活合而为一。少女感，是卫萍文字给我的第一感受。谁的人生不委屈？她的人生痕迹，亦有过触礁和碰壁，有过失败和不甘，却能始终保持着一派天真之气。透过她的《本命年》一文，"回眸几个本命年的际遇，觉得本命年的确有点'邪性'，真是'坎儿'奇，'关口'险，无论是心理上生理上都处于危机状态，有种如履薄冰般的小心"，可以看到她生际的坎坷，心理遭受的崎岖，但在成败得失之间，她从来都是坦然又凛然的。"历尽劫波人无恙，既事在人为，又得仰赖机缘和心态"。这世间总有些事，需要笨拙而天真地去做。在此途程里，有获得，有疗愈，流成生命的丰沛。幸运的是，卫萍遇到了文学，既然人生如此荒芜，我有太多才情，莫如把自己放逐其中，另辟蹊径地用文字来取悦自己，抚慰心灵。强有力地以纯净的心灵、敏锐的感知和强烈的表达愿望来写作。"就像葵花追随太阳，在田野中恣肆怒放一样。"对生活的期盼，使她不想只为眼前的琐碎与苟且而执着，文字就有了高级的感知。诸如《那美，漫过蔷薇墙而来》里"也时常在各种花丛前留恋，时常在花光鸟影中任思绪飞扬，伸展，那些和花事相关的美好，就自然而然的萦绕在心头笔端了。"

　　酸酸涩涩都是过往，卫萍的文章和她的为人一样，抛却机心，她以书写的方式，确立了自己的人生价值——用雅致来沉淀、过滤生活，凭文字与世界做最朴素的沟通，简单又纯粹。"写作，让我得以用语言的勃勃生机，来呈现众生万物生生不息的爱愿情怀，让我在梦幻的天空自由飞翔……"，故而，奉献给他人的，就有了悦目。

　　读她的文字，如同在古今中外任意行走。"一个人的阅读史，就是他或她的心灵成长史。"在《梦幻之旅》中，她这样定义着。确实，无论是城市题材，还是乡村纪事，中国或者异域，无论是历史，还是现当代，是诗词，还是电影，无论地理风情，还是自然万物，她"犹如沉醉在芬芳四溢的春天里的一只蜂儿，不分晨昏地采集着人类智慧的蜜饯"。一个从青年时期即与张爱玲、钱钟书、汪曾祺、沈从文、孙犁、贾平凹、张洁等文学大师交流，把唐诗宋词、明清小说作为枕边案头把玩不尽的风景，将外国文学名著当成一生享用不尽的西式盛宴的人，她的人生不会太差。"我有幸能和古今中外的大师名家交流对话，心境也从往日的幽暗逼仄变得明朗开阔起来。诚然，书读得多了，入世深了，心中自然积了'块垒'，生了识见和情怀，需要去发抒去表达。于是写作自然成了安顿灵魂，与世界对话的一种方式。阅读，让我的心灵饱满丰盈，绽放光芒；写作，让我得以用语言的勃勃生机，来呈现众生万物生生不息的爱愿情怀，让我在梦幻的天空自由飞翔……""闲闲地与世界古今的艺术大师们交流谈心，是我避开尘俗相扰保持心灵安宁的后花园。""因为读书，我的人生从未有过百无聊赖的虚空和过不去的坎。"在描述书籍阅读中，她所体现出的文字张力和魅力，让人尊崇。谁能怀疑她的指点江山没有沐浴过汉唐的光照，吮吸过宋元的清风？谁能保证，她激扬文字的手肘不曾触碰过今日昔时，叩动过梓里他乡？

　　"当琐碎平淡的生活乏善可陈时，读书、旅行诸如此类的爱好，就会有助于我们逃离寻常日子的捆绑，在异域或幻境中作一番逍遥游。"她把行游远方作为阅读大地、体悟生命的另外一种拓展。行走新疆时，她会发出"有些路一定要自己走，才会知道有多远；有些风景一定要亲眼看，才不会有遗憾！"的慨叹，行走中原之际，她生发出"对文化行旅者来说，走进佛教寺院，亦是一种发现诗意提升自我审美境界的修行"的感怀，徜徉青海时，她升华出"在行走中仔细阅读，珍惜每一次与山与水的相遇，体味其中的独特韵味，这也许就是行走的意义"的体悟，她用自己的足步，杂糅以情愫及史籍知识，在异乡寻觅自我。

　　当然，读人，也是她阅读的一种方式。无须刻意找寻素材，扎根于生活中，有敏锐的洞见，众生相就一一呈现眼前。"她那清素下的高贵，简单中的精致，平淡里的深情，令人觉得真正是理想中的俗世奇女子。"除了在《浮生六梦》中的美丽的女子芸用华美来呈现，她描写人时，不同于阅读书籍、电影等用典考究的语言，更多地使用近邻之间熟悉的秦腔拉家常式的口语，这就让她刻画的人物生动起来。《草纸王》中所赞叹的"一个人一辈子，干好一个职业，做成一件大事，都非寻常之辈"，更像是在说自己。

小王子说，花丛里的一朵花对你来讲毫无意义，而你一旦拥有它，它就变得与众不同。寄希望卫萍能持久地用扑下身子劳作的姿态，和庸碌的日复一日握手言欢，努力地完成从春到秋的收获。

（本文作者供职于西安）

后记：关于写作

如果说记忆是条河，它的源头一定在故乡。提起故乡，心里总会涌现亲切的怀恋，总会萦绕挥之不去的惆怅。而写作，这把开启记忆之门的神奇钥匙，总会让故乡曾经或正在离我而去的一切，从心灵底板中影现出来，给人以抚慰。

收录在《涓滴成河》这本书里的文字，是我这十多年来用脚丈量过，用心印证过，带着我的温度和个人印迹的山河人间。面对即将付梓出版的文稿，我犹如一个农夫巡视自己的粮仓，看着因丰收而发光的粮食，再次忆起土地、阳光、雨露对果实的恩泽。

于我而言，没有阅读就没有写作。阅读既是对心灵的滋养，又是对心灵的唤醒。阅读，从狭义上讲就是读书，从广义上讲也包含读社会人生百态。无论是哪种阅读，都是人成长的阶梯，都是人了解历史，认识社会，洞察人性的通道。尤其是阅读中外古今大部头名著，世事万象、挚爱深情，都会在书中多棱镜般纷呈，既怡悦性情，又增长才识。在这春风化雨式的名著浸染中，我的胸中也生出了"丘壑"，眼里亦有了波光，于是涂鸦和抒写自然生发。这里，我特别感谢让我与书结缘与文学结缘的师友。正是与写作结盟，才让我这个在烟火尘俗中混迹的女人，收获了不一样的人间烟火。

作家巴金说过："我写作，不是我有才华，而是我有感情。"正是这种感情，让人心痒手痒，把写作当成了与世间万物对话的方式。生活在故乡的小镇上，劳动在故乡的田野、校园里，跋涉在故乡或异乡的山川中，跪拜于肃穆的墓园前，画意时常在山川间浮现，诗意常在田野的枝头摇曳，美总在朴素的人群中闪耀，相思总在心头梦里哭泣。这些油然而生的情愫，让我张开了探寻的翅膀，把发现的眸子投射到那些漫溢着个性美、人情美、人性美的人群中，把细腻的触角伸到蕴藏着神奇诗意的自然生灵中，用心采撷、加工、提炼，使质朴的高贵、执着的爱愿、浪漫的贞洁，变得更加芳郁、纯美，给原本芜杂的生活和炎凉的世间，增加一抹迷人的暖色和清澈的鲜亮。

作为资质平凡之辈，我自知不具备小说家海市蜃楼般丰沛奇幻的想象力，缺乏诗人抽象、跳跃而朦胧、深刻的才情，我喜欢散文这种日常的、细流式的生动自由的文体，用切实的真诚和细密的感性触角，来寻访深藏于街巷、阡陌和山泽中的美，试图推开一扇扇平凡而神秘的心之门，去表现人之为人的高贵和无奈、柔弱和坚韧，把古朴而充满生机的自然田园，图画般珍藏于文字中。用悲悯的情怀，去解释一切，原谅一切。

每个人都是有来历的，每个生命都不可辜负。行走在生命的原乡，对生活，对周围一切的诗意理解和表达，是童年时代和故乡山河给我的最美好的馈赠。当然，故乡是一座富矿，作为开采者，我只是浮浅地采掘了它不足十分之一的矿料。欲深入开采生活深处的金子，尚需执念、勤奋和积淀，尚需假以时日扎实地掘进。当然，作为业余写作者，在创作中不必刻意执着，用散淡沉静的性情对待写作最好。在阅读中写作，在写作中阅读，于我，是自我救赎，自我实现的最佳方式。只要生命不息，写作永远在路上。

在此，特别向发表我作品的多个网络平台的编辑老师致敬！向多年来始终用小红心激励我创作的朋友致谢！向对我出书鼓与呼的师友国稳社、张兴海、张攀峰、杜崇斌、王军强、刘驰军、李婷福、徐荣斌等师友表示诚挚的谢意！向理解支持我的家人致谢！他们作为我的坚强后盾，给我心灵的绿荫和包容，为我抵挡了许多俗务缠身的烦恼，让我安心地做自己喜欢的事情。仅以这部稚嫩青涩的处女作，献给我爱和爱我的人们。